UNDERGROUND 27

LA CORTE

STEFANO TURA

IL KILLER DELLE BALLERINE + L'ULTIMO BALLO

18/3/21
Alla cara Nadia,
buona lettura
ad alta e bassa voce

LA CORTE

Pubblicato da

LA CORTE

LA CORTE EDITORE
Via Giacomo Bove 16, Torino

Prima edizione italiana: febbraio 2021

Pubblicato in accordo con Benedetta Centovalli - Literary Agency, Milano

Immagine di copertina: © Magdalena Russocka - Trevillion
Progetto grafico: Creativita Agency
Foto dell'autore di © Stefano Santoro

ISBN:9788831209618

Finito di stampare nel mese di febbraio 2021
presso Geca Srl, San Giuliano Milanese (MI)

www.lacorteditore.it

A Franca

STEFANO TURA

IL KILLER DELLE BALLERINE

LA CORTE

PROLOGO

Dieci anni. Due per ogni vittima. Ma la condanna non era per omicidio, come invocato dal pubblico ministero. Riguardava soltanto il vilipendio e l'occultamento di cadavere. Fabrizio Dentice non avrebbe scontato la detenzione in carcere ma in un ospedale psichiatrico giudiziario. La corte d'assise di Forlì aveva ritenuto valida la tesi difensiva dell'avvocato di Dentice, Guido Bellombra, secondo cui l'imputato, durante i delitti, sarebbe stato in preda a raptus di follia, determinati dai traumi subiti da bambino. Solo dopo gli omicidi la sua mente sarebbe ritornata lucida: Dentice avrebbe allora squartato e nascosto i corpi delle vittime per sfuggire alla giustizia. Soprannominato dai giornali il *killer delle ballerine*, Dentice aveva confessato di avere ucciso cinque ragazze che lavoravano come cubiste nelle discoteche della Riviera.

Il verdetto aveva scatenato la rabbia dei familiari delle giovani uccise. Per diversi giorni il tribunale di Forlì era stato assediato da un corteo di gestori di locali pubblici, deejay, pierre, ballerini che urlavano slogan e accuse nei confronti dei giudici, responsabili, secondo loro, di una pena troppo mite.

Una settimana più tardi, durante il trasferimento di Dentice dal carcere di Bologna all'ospedale psichiatrico di Castiglione delle Stiviere, c'era stato un vero e proprio assalto al furgone blindato. I carabinieri avevano dovuto sparare alcuni lacrimogeni per disperdere la folla inferocita che tentava di scardinare le portiere dell'automezzo, sputava e lanciava pietre contro i finestrini del furgone.

1

Il ronzio del fax si era perso nel frastuono di voci e rumori che riempivano la sede della "Gazzetta di Forlì" al secondo piano di palazzo Calori, nel centro della città. Se non fosse stato per Luana, Luca Rambaldi quella sera avrebbe lasciato la redazione senza avere la notizia che aspettava da tempo: il dipartimento dell'amministrazione penitenziaria del Ministero di Grazia e Giustizia, nonostante il parere negativo del PM e della corte d'assise, gli aveva concesso un permesso speciale per un colloquio con Fabrizio Dentice nell'ospedale di Castiglione.

«Come farei senza di te!» disse Luca alla segretaria che gli porgeva il fax.

«L'ho fatto solo per dovere. Se avessi seguito l'istinto, avrei buttato il foglio dentro il cestino della carta» rispose Luana con un sorriso.

«È per questo che sei così preziosa» ribatté lui.

«Cazzate! Anche se avessi fatto sparire il fax, avresti continuato a rincorrere il tuo assurdo progetto. Quindi, tanto vale... Ma sai benissimo come la penso».

Tra i due era rimasta una sorta di complicità dopo aver vissuto una breve storia d'amore.

Luca le sorrise alzando le mani in segno di resa. «Ti prometto che non la metterò su un piano personale. Cercherò di essere il più lucido possibile».

Martina Ferretti aveva 22 anni, era di Cesena e frequentava l'università a Bologna. Da un paio d'anni lavorava come cubista presso l'agenzia Star di Rimini, l'unica specializzata nel fornire ballerine, modelle e intrattenitrici ai locali e alle discoteche della riviera romagnola, da Cervia a Pesaro. La fama dell'agenzia non era delle migliori, soprattutto per i trascorsi giudiziari del titolare Claudio Casadio, un quarantunenne riminese, arrestato varie volte per sfruttamento della prostituzione. Ma se una ragazza voleva fare la cubista non aveva alternative.

Luca aveva visto Martina per l'ultima volta in discoteca. Quella sera il Princess di Riccione era meno affollato del solito nonostante l'invasione dei turisti di agosto. Verso le 4 del mattino i due erano usciti dal locale. Martina era molto stanca: aveva ballato sul cubo per ore incurante degli sguardi dei clienti che attirava su di sé. Si sentiva vulnerabile ma non per gli abiti succinti che indossava durante le danze.

Non riusciva a non pensare a Katy, la sua amica Caterina Solinas. Nemmeno una settimana prima, era stata chiamata da Daniele Sacchi, il vicequestore di Forlì, all'istituto di medicina legale per riconoscere quello che restava della ragazza. Quando il medico aveva sollevato il lenzuolo, Martina aveva fatto molta fatica a trattenere i conati che le trafiggevano lo stomaco. Davanti a lei, un corpo martoriato, privo della testa e delle gambe, solcato da ferite e tagli ormai putridi. E, inconfondibile, un angelo tra le fiamme tatuato proprio sopra il pube. Sotto il palmo della mano destra, un timbro raffigurante la lettera P aveva consentito agli inquirenti di creare un collegamento tra il Princess e quel cadavere.

«Mio Dio!» aveva urlato Martina tremando. «Cosa le hanno fatto?»

C'era voluta più di un'ora prima che la ragazza si calmasse e cominciasse a rispondere alle domande di Sacchi.

Dopo la serata al Princess, Luca aveva insistito perché Martina rimanesse con lui.

«Ti prego, amore, sono stanca. E poi, scusami, ho bisogno di stare da sola».

«Va bene» si era rassegnato Luca. Aveva atteso che lei scendesse dall'auto ed entrasse nel portone del palazzo di piazza San Martino, a Bologna, dove Martina condivideva un piccolo appartamento in affitto con un'altra studentessa. Il giorno successivo non si erano sentiti. Ma dopo due giorni in cui Luca aveva tentato invano di mettersi in contatto con lei, aveva segnalato la scomparsa della fidanzata alla Questura di Forlì.

Tre giorni dopo, al termine di ricerche estenuanti nelle campagne, lungo gli argini dei fiumi e nelle discariche, i carabinieri avevano trovato in una cava di pietra nei pressi di Ravenna il corpo straziato di Martina. Privo della testa ma con tutti e quattro gli arti.

Dopo la scoperta del cadavere di Martina, Luca era stato molte volte a parlare con il vicequestore Sacchi. Tra i due era nato uno stretto rapporto di fiducia. L'anziano poliziotto sapeva che per Luca era importante cercare di esorcizzare il dolore buttandosi a capofitto nel proprio lavoro. Per questo non aveva esitato a svelargli tutti i risvolti dell'indagine, dai collegamenti con gli omicidi più recenti di Katy e di Helen, una cubista dell'Harem di Gabicce, trovata senza testa e senza gambe nella pineta di Cervia, a quelli più lontani nel tempo.

La catena di omicidi, secondo la ricostruzione della polizia, era iniziata i primi giorni dell'anno. Grace, Graciela Castro, una giovanissima cubana che lavorava in quel periodo al Matrix di Rimini, era stata trovata semisepolta nella spiaggia di fronte al Grand Hotel. L'assassino l'aveva pugnalata alla gola. Poi le aveva reciso la testa, forse con una scure, e con la stessa arma le aveva troncato gli arti inferiori. Gli inquirenti avevano inizialmente pensato a una vendetta tra gang di albanesi o nordafricani che gestivano un traffico di prostitute. Finché, verso la metà di febbraio, Simona Landi, una bella ragazza che ballava al Cessna di Miramare, era stata pugnalata a morte e il suo corpo, privo della testa e delle gambe, era stato abbandonato in un terrapieno vicino alle saline di Cervia. Messa da parte la pista prostituzione, sui fascicoli in questura era comparsa la scritta “Omicidi cubiste”.

2

Fabrizio Dentice era stato arrestato un mese dopo l'omicidio di Martina. I carabinieri lo avevano fermato un sabato notte lungo la statale adriatica mentre, a bordo di una vecchia Saab 900 nera, stava lasciando Riccione in direzione di Misano. Un controllo ordinario che non gli sarebbe costato nemmeno una contravvenzione per eccesso di velocità. Uno dei carabinieri aveva però chiesto di aprire il baule. Si era diffuso nell'aria un fetore che ricordava le carogne di animali rimaste per ore al sole. Alcuni sacchetti grandi per i rifiuti, impolverati, insabbiati e incollati fra loro, con macchie nere dense, avevano insospettito ancora di più i carabinieri. Nonostante le proteste di Dentice, le forze dell'ordine avevano insistito per andare a casa sua, una villetta a Villamarina di Cesena. Una prima perquisizione non aveva portato a niente. Poi i carabinieri erano entrati nel garage. Appesa a una parete c'era una grossa scure da legna. Sul tavolino da lavoro una serie di bottiglie di acidi e prodotti chimici. Sopra una mensola tre coltelli da pesca subacquea. Dentro alcuni borsoni da palestra, vi erano vari pezzi di ossa: femori, tibie, peroni e ossa del piede. Infine, conservate in un'enorme cisterna piena di formaldeide, cinque teste di giovani donne. Le teste di Martina, Katy, Helen, Grace e Simona.

Il DNA esaminato nelle impercettibili tracce di sangue rinvenute sulla lama della scure coincideva con quello di almeno tre delle ragazze uccise. Le scarse impronte sul manico dell'accetta non furono mai del tutto identificate. Soltanto una sembrava appartenere con sicurezza a Dentice. Era chiaro che la scure era servita a squartare i cadaveri.

Più difficile fu per la polizia accertare l'arma del delitto. I tre coltelli da pesca trovati nel garage di Dentice erano perfettamente puliti. Nessuna impronta, nessuna traccia di sangue.

Una confessione piena e circostanziata. Fabrizio Dentice si autoaccusava dei delitti delle cinque ragazze. Ma i suoi racconti abbondavano di particolari riguardanti la "seconda fase", lo smembramento e l'occultamento dei cadaveri. Quando si trattava di spiegare la scelta delle vittime, il luogo e l'arma del delitto, il ricordo si faceva confuso e irrazionale.

Sacchi aveva ottenuto di poter interrogare Dentice da solo, spiegando al pubblico ministero che avrebbe cercato di scavare nel suo passato, per capire se era possibile individuare un movente.

«Suo padre l'ha mai picchiata?»

«No, no, mio padre non ci ha mai nemmeno sfiorati. Era una guardia giurata e tornava sempre a casa la sera tardi, distrutto dal lavoro. Crollava sul divano. Così io e la mia sorellina lo aiutavamo a spogliarsi e ad andare a letto».

«Si è mai sentito trascurato da sua madre?»

«Bè, mia madre si è ammalata presto. Aveva bisogno di cure...»

«È vero che sua madre si è uccisa perché non ce la faceva più a sopportare che suo padre abusasse di lei, Dentice, quando tornava a casa, ubriaco, di fronte allo sguardo terrorizzato della sorellina?»

«No, non è così...».

«E non è forse vero che lei cercò inutilmente l'aiuto di sua madre che, ormai schiava degli psicofarmaci, non le dava ascolto, alzava al massimo il volume del televisore e continuava a ballare per ore mentre nell'altra stanza suo padre la violentava?»

«No, no, sta sbagliando. Mio padre non mi ha mai toccato e mia madre...»

«Come si è sentito quando ha saputo della morte di suo padre? Era contento? Quante volte aveva desiderato ucciderlo con le sue mani?»

«No, io...»

«E sua madre? La odiava per la sua debolezza, perché non l'ha mai difesa da suo padre. Voleva uccidere anche lei e ha goduto quando l'ha trovata in camera con la gola squarciata. Era così eccitato che ha anche cercato di infierire sul corpo. Non è così?»

Dentice aveva cominciato a tremare, fino a cadere in un vero e proprio stato di schizofrenia. Gli occhi ribaltati, la voce aumentata di almeno due toni.

«Mamma, smettila di ballare! Ti prego, mamma, ti prometto che aiuterò Eleonora a rimettere in ordine la sua stanza. Ti prego, spegni quella musica e ascoltami...»

L'interrogatorio aveva definitivamente convinto la corte dell'infermità mentale di Fabrizio Dentice.

«Il mio cliente ha vissuto anni d'inferno. Un padre, Romolo Dentice, violento e inumano, che lo costringeva ad abusi fisici e psicologici. Una madre, Nicoletta Terenzi, incapace per anni di difendere il figlio dalla ferocia animale del marito e sprofondata, alla fine, in un mondo illusorio di musica e ballo. Avete visto i videotape degli interrogatori del mio cliente, quando parla della madre che continua a ballare, incurante delle sue richieste d'aiuto. E avete sentito raccontare di Eleonora, la sorellina di 15 anni, che in preda all'isteria sfasciava la camera e piangeva disperata urlando il nome del fratello. Forse, signori giudici popolari, non sapete che la madre di Dentice si suicidò, tagliandosi la gola con un paio di forbici un mese dopo la morte del marito, schiantatosi in auto contro un albero mentre tornava a casa ubriaco da un night-club di Rimini. E sicuramente ignorate che Fabrizio ed Eleonora Dentice rimasero in casa vicino al cadavere ormai in putrefazione della madre per sei giorni prima di essere trovati dalla polizia. Fabrizio, che ormai aveva 23 anni, fu affidato ai servizi sociali e rinchiuso in una comunità. Eleonora, che, secondo medici e psicologi, era stata risparmiata dal padre, fu affidata a una famiglia di Bologna con lo scopo di ritrovare una vita il più normale possibile.

Uccidendo quelle povere ragazze, il mio cliente ha ucciso ogni volta il fantasma della madre, una "ballerina" sorda e insensibile alle sue richieste d'amore, protezione e affetto. E dopo averle ammazzate, ne ha conservato le teste, perché ciò che gli era sempre mancato di sua madre era la ragione, la mente, la testa, appunto. Ha invece distrutto le gambe, strumento per la danza, simbolo del suo inascoltato dolore.

Fabrizio Dentice è un uomo malato, ha bisogno di cure. Voi avete finalmente l'opportunità di fargliele avere. Voi avete la possibilità di fargli capire che qualcuno lo ascolta. Il carcere sarebbe per lui ancora violenza, ancora soprusi, ancora... musica».

L'arringa appassionata dell'avvocato Guido Bellombra aveva fatto presa. Dentice era stato riconosciuto colpevole ma incapace di intendere e di volere.

3

«Mi chiamo Luca Rambaldi. Sono un giornalista e ho un permesso per parlare con il detenuto Fabrizio Dentice».

Il piantone del reparto isolamento dell'ospedale psichiatrico di Castiglione delle Stiviere squadrò il giovane cronista.

«Qual è il motivo del colloquio?»

«Mi spiace ma non posso dirle nulla».

«Devo avvertire il direttore, si accomodi in sala d'attesa».

Passarono oltre venti minuti prima che Learco Pastore, il direttore dell'istituto, si facesse vivo.

«Allora, signor Rambaldi, so che vuole vedere Dentice».

«Sì, ho un permesso speciale del...»

«Voglio essere chiaro con lei. Io ero contrario a quest'incontro, ma evidentemente ci sono ragioni che vanno oltre la mia volontà. Dentice è malato, instabile e pericoloso. Da oltre un mese vede soltanto il suo avvocato e il personale dell'istituto. Non può concedere interviste o rilasciare dichiarazioni. Lei gli parlerà attraverso un vetro blindato, con un microfono. Solo lei potrà vederlo. Non potrà rivelargli la sua identità. Ufficialmente lei sarà uno psichiatra ricercatore dell'Università di Urbino che sta scrivendo un saggio di criminologia».

«Va bene, io...»

«Mi lasci finire. Capisco il dolore che ha provato per la perdita della sua ragazza e le esprimo le mie condoglianze. Ma stia alle regole altrimenti questa sarà la prima e ultima volta che vedrà Dentice, anche se mi chiamasse il ministro in persona. Chiaro?»

«Senta, il dolore non è un sentimento declinabile al passato. Ma mi rendo conto che lei usa parole di cui certamente non conosce il significato. Non accetto le sue condoglianze, sono false e ipocrite. Continui a occuparsi dei suoi ordini e non si azzardi più a parlarmi di sentimenti».

«Portate questo stronzo da Dentice, controllatelo a vista e poi toglietemelo dalle palle!» urlò Pastore mentre Luca si era già avviato nella zona del metal-detector.

Un letto da ospedale con un piccolo comodino in ferro. Un tavolo di formica, una sedia, un lavandino senza specchio. Nessun lampadario, soltanto due tubi al neon sopra il letto. Nel soffitto, altissimo, una plafoniera. La stanza non aveva finestre. Su una parete, un riquadro di vetro blindato, specchiato all'interno, che consentiva la visuale dall'esterno.

Luca rimase qualche minuto davanti al vetro, in silenzio. Il killer era seduto sul letto. Lo sguardo perso, lontano da quella stanza, probabilmente a causa dei sedativi. Aveva segni rossi sui polsi. Indossava una specie di pigiama arancione e delle ciabatte. Dimostrava più dei suoi 32 anni, con i capelli radi e la barba di una settimana.

Nella mente di Luca ricomparve l'immagine di Martina, sconvolta durante il riconoscimento del cadavere di Katy. Poi il corpo decapitato di Martina stessa. Lo strazio del funerale, Sacchi che gli comunicava l'arresto di Dentice, l'orripilante museo scoperto nella sua villa e gli occhi glaciali del killer alla lettura della sentenza.

«Dentice, sono oltre la parete, può sentirmi?»

«Lei è lo psicologo dell'università?»

«Sì, sono io. Come sta?»

«Non ce la faccio più a vivere come un fantasma. Ho bisogno di vedere la luce del sole, di capire se è giorno o notte, di sentire qualche rumore, di leggere, di respirare. Dica al direttore di fare qualcosa. Le pillole mi stanno uccidendo. Voglio andare in galera e scontare la mia condanna come tutti gli altri. Loro almeno vivono».

Le parole di Dentice ridestarono in Luca l'angoscia. Per la prima volta parlava con l'assassino di Martina, di cinque ragazze innocenti. Riuscì a resistere all'impulso di andarsene.

«Capisco, parlerò con il direttore. Ma io non sono un terapeuta. Il mio compito è soltanto quello di scrivere un saggio. Se la sente di andare avanti?»

«E che cosa dovrei aggiungere? Può leggere gli atti, la mia confessione, i verbali. Non ha seguito il processo?»

«Sì, ma vorrei sapere qualcosa di più. Perché colpire le ballerine, perché mutilare i corpi e conservare le teste...»

«Sono malato. Non ha sentito il mio avvocato?»

«Perché proprio le ballerine delle discoteche?» insistette Luca.

Dentice si voltò verso il vetro, quasi volesse vedere il volto di chi gli stava parlando. Si avvicinò, gli occhi fissi oltre la parete. In silenzio alitò sul vetro, formando una chiazza di vapore. Luca sentì un brivido percorrergli la schiena.

«Ti piace ballare? Ti piace la musica?»

«Sì, anche se non ho molto tempo per ascoltarla».

«E vai in discoteca?»

«Qualche volta, nei weekend».

«E non ti ecciti a guardare quelle giovani gazzelle dalle gambe lunghe ballare sui cubi? Non hai mai pensato: Dio, come vorrei che una ballasse in quel modo sopra il mio cazzo! Come mi piacerebbe scoparla mentre balla. E poi costringerla a muoversi, a danzare fino a quando ti implora di smettere. E a quel punto cominciare a toccarla con una lama affilata. Prima il seno, poi arrivare fino all'inguine. Risalire fino al collo e metterle il cazzo in bocca spingendo il coltello nella gola. Riesci a immaginare il tuo sperma mentre si fonde con il sangue ancora caldo? Quella puttanella non riuscirebbe nemmeno a urlare...»

Luca tentò di allontanarsi dal microfono ma si sentì svenire. Un sudore freddo gli colava lungo la schiena. Cercò ugualmente di tenere la situazione sotto controllo. Deglutì un paio di volte e balbettò: «Qui non c'è una corte che deve convincersi che della sua pazzia. Le ho chiesto soltanto se esiste un movente per i cinque omicidi».

«Ma che cazzo di psicologo sei? Parli come un poliziotto, come uno di quei cronisti da strapazzo! Le ho uccise io e poi lo fatte a pezzi tutte quante, quelle troie da quattro soldi. Ho dato le loro gambe in pasto ai cani e mi sono tenuto le teste».

«Di tutte e cinque?»

«Cinque, dieci, cento, mille... Le ho squartate perché nessuno potesse dare loro un'identità. Erano solo delle bagasce senza vita. Non meritavano nemmeno una lapide sulla loro tomba...»

Luca cominciò a riacquistare un po' di lucidità e freddezza.

«Secondo la perizia psichiatrica lei ogni volta che uccideva una ballerina ammazzava il fantasma di sua madre. Il rapporto parla di abusi da lei subiti da parte di suo padre e di un odio profondo verso sua madre che non l'ha mai difesa».

La voce di Dentice tornò improvvisamente tranquilla. Il suo viso si rilassò. «Sono stronzate. Mio padre non ha mai toccato né me né mia sorella. Mia madre, poveretta, si è ammalata presto e quando è rimasta da sola si è uccisa».

«Lei aveva 23 anni quando perse i genitori. Per cinque anni è stato in cura al centro di salute mentale di Imola. Poi cos'è successo?»

«Mia sorella fu spedita a Bologna ma non seppi dove. I medici le vietarono di frequentarmi per non rivivere la tragedia. Io andai a Rimini. La casa di Forlì venne venduta. Con la mia parte di soldi, iniziai un'attività di importazione. Avevo conosciuto alcuni viados che frequentavano la periferia: mi trovavo bene con loro, non facevano mai domande. Insieme aprimmo una piccola boutique a Riccione. Si chiamava Agua Viva. Vendevamo costumi da bagno, parei, sandali. Quasi tutto il campionario era importato da Rio de Janeiro. I viados compravano gli abiti quando tornavano a casa. Gli affari andavano bene. Per quasi tre anni tutto filò liscio fino a quando scattò la gelosia fra alcuni di loro e fu la fine. Lorena, un travestito di Rio, iniziò a lavorare per un'agenzia di spettacolo di Rimini. Incontrò un pappone e cominciò a fare marchette per lui. Batteva per strada e frequentava i privé delle discoteche. Il suo compagno, Belinda, era accecato dalla gelosia. Una notte seguì Lorena in discoteca. La vide appartarsi con un cliente nel parcheggio. Mentre i due stavano scopando entrò in macchina e sparò contro la sua amica. Lorena morì, il cliente scappò e Belinda salì sul tetto di un grattacielo di Rimini e si buttò giù. Il negozio fallì e io da allora non ho più trovato lavoro. Ma secondo me questa storia...»

«Scusi, ha parlato di un'agenzia di sp...»

«Le chiacchiere sono finite, è ora di alzare i tacchi!»

La voce di Learco Pastore interruppe bruscamente le parole di Luca, proprio quando Dentice sembrava più lucido.

«Bè, adesso devo andare!» disse, cercando di dissimulare il disappunto.

«Tornerai? Come ti chiami?» chiese Dentice.

«Ehm... Zaccaria, Alberto Zaccaria. Può starne certo!» rispose Luca guardando dritto negli occhi Pastore.

A Luca qualcosa non tornava. La rabbia con cui Dentice aveva parlato delle ballerine, poi la calma improvvisa, infine quello strano racconto della boutique insieme ai viados. E poi non era emerso nessun particolare sulle ragazze uccise. Perché Dentice non si era ricordato che Martina era stata l'unica delle sue vittime a cui non aveva amputato le gambe? E la storia di Lorena e Belinda. L'omicidio nel parcheggio. Che cosa c'entrava esattamente? Che cosa stava cercando di dirgli?

«Com'è andato l'incontro con il killer? È da questa mattina che non penso ad altro».

«Per carità Luana, non farti sentire dal direttore. È di là?»

«Sì e ti sta aspettando».

«Non gli avrai parlato del mio viaggio a Castiglione, spero!»

«E perché no?»

«Cristo, lo sai che è una cosa riservata. Quello vorrà sicuramente che io ci faccia un pezzo».

«E tu digli che non te l'hanno fatto vedere. Ma... gli hai parlato?»

«Sì, poi ti racconto».

Ermete Donati, il direttore della "Gazzetta di Forlì", uscì dalla stanza mentre Luca stava parlando con Luana.

«Allora, Rambaldi, posso sapere anch'io qualcosa di questo scoop?»

«Non c'è nessuno scoop. Non me l'hanno fatto nemmeno vedere».

«Scherzi? Ma non avevi l'autorizzazione del giudice?»

«Sì, ma il direttore dell'istituto mi ha messo mille bastoni fra la ruote: ha detto che Dentice stava male, che non era in condizioni di vedere nessuno, che l'incontro era da rimandare».

«A quando?»

«Mi farà sapere lui».

«Merda, avevo previsto di mettere il pezzo in apertura. Nessuno ha mai intervistato il killer... Sicuro che non si sia venduto l'esclusiva a qualcun altro?»

«Sicurissimo, non ti preoccupare».

Donati rientrò nella sua stanza mentre Luca, rivolto a Luana, fece il gesto di asciugarsi la fronte.

«Meno male che l'ha bevuta. D'ora in avanti, però, conto sul tuo silenzio. Senti, abbiamo un elenco telefonico di due anni fa?»

«Credo di sì. A cosa ti serve?»

«Dentice mi ha parlato di una boutique di Riccione di cui lui era socio insieme ad alcuni viados. Si chiamava Agua Viva. Mai sentita?»

«Ho gusti un po' diversi, grazie al cielo».

«Eccola! Agua Viva – moda intimo e mare direttamente dal Brasile. Era in viale Ceccarini 67. Chissà che cosa c'è adesso».

«Mi vuoi spiegare, per favore?» disse Luana.

Luca riferì alla segretaria come si era svolto l'incontro con Dentice.

Le disse anche che ne avrebbe parlato con Sacchi ma come indagine privata, non giornalistica.

«Non riesci a non pensarci, vero?» lo interruppe Luana.

«Già. Mi vuoi ancora aiutare?»

«Ho un'altra scelta che non mi faccia perdere un... amico?»

«Non esiste amicizia tra uomo e donna» disse Luca allargando le braccia.

«Appunto» rispose Luana, porgendogli un foglietto adesivo su cui aveva trascritto l'indirizzo della boutique.

4

La morte delle cinque ballerine non solo non aveva scoraggiato la gente a frequentare le discoteche, ma i locali in cui avevano lavorato le vittime erano diventati veri e propri luoghi di culto. C'era chi aveva addirittura organizzato un "killerparty": una serata speciale per la quale l'Hell, la discoteca più alla moda di Rimini, aveva limitato gli inviti, facendo lievitare il prezzo dei biglietti. Il momento clou sarebbe stato quando alcune cubiste, con abiti stracciati color rosso sangue, si sarebbero mosse lascivamente ai bordi della pista in attesa del killer, un ballerino dal fisico atletico, a torso nudo, con un cappuccio sulla testa e un grosso coltello fra le mani.

Quella sera, in un divanetto isolato rispetto alla pista da ballo, che consentiva però di avere sotto controllo buona parte della sala, dietro consiglio del pubblico ministero, c'era anche Sacchi con due agenti in borghese.

I fasci di luce illuminavano i cubi facendoli diventare piccoli palcoscenici. Le grandi casse che dominavano la pista dal soffitto rimbalzavano i potenti toni bassi di ritmi techno. Il killer-ballerino e le cubiste-prede erano impegnati in una danza corpo a corpo molto coinvolgente. Il pubblico incitava il killer a uccidere le ballerine.

«Non ci posso credere...» mormorò Sacchi rivolto agli agenti. Decise di allontanarsi e si avvicinò al bar vicino all'entrata della discoteca.

Il privé dell'Hell era unico nel suo genere. Accesso esclusivo e a totale discrezione della proprietà del locale. Uno stanzone lungo e stretto con divanetti alle pareti e una scia luminosa sul pavimento, unico punto luce della sala, che arrivava fino al bancone del bar, divenuto per l'occasione un imponente tavolo da autopsia sovrastato da lampade alogene da sala operatoria. I baristi indossavano lunghi camici verdi, mascherine e copricapi da medico legale, guanti in lattice.

Claudio Casadio, organizzatore dello spettacolo, in doppiopetto nero, camicia nera aperta e capelli lunghi fino al bavero della giacca, lisciati da un abbondante strato di gel, era seduto in fondo al privé. Con lui, nel divano ad angolo, due ragazze della Star, Emma e Veronica.

«Lo trovo veramente di pessimo gusto» Emma si rivolse a Veronica, cercando di non farsi sentire da Casadio. Ma quest'ultimo era molto attento.

«Senti, piccola non siamo qui per fare i moralisti. C'è uno spettacolo da fare e lo faremo. Siete tutte pagate per questo».

«Ma hanno ucciso delle nostre colleghe, delle nostre amiche. Come puoi speculare anche sulla loro tragedia?»

«È lavoro, te lo ripeto. Cominci a rompermi i coglioni! E poi probabilmente quelle avranno fatto qualcosa per fare incazzare quel pazzo assassino. Pensa ai soldi che faremo con questa storia. Voglio portare lo show *Dancers' Killer* in tutti i locali della Riviera».

«I soldi che farai tu, stronzo!» Emma si alzò di scatto e rovesciò il bicchiere pieno di gin tonic addosso a Casadio.

Veronica cercò inutilmente di calmare l'amica.

«Sei out, capito? Troia! Pigliainculo! Porta le tue chiappe fuori di qui e non farti più vedere!» urlò Casadio mentre Emma stava già uscendo dal privé.

L'ancheggiare nervoso di Emma, diretta verso l'uscita di servizio, catturò l'attenzione di Sacchi. Per un attimo il poliziotto fu tentato di fermarla. Ma fu lei che si fermò, si voltò verso di lui, accennò un sorriso, poi proseguì verso il retro del bar, infilandosi uno spolverino grigio. Sacchi, seduto al banco, la seguì con lo sguardo fino a quando non scomparve dalla sala.

Aveva visto tutto. Abituando gli occhi all'oscurità del privé aveva potuto osservare per tutta la serata Casadio insieme alle ballerine. Li aveva avvicinati quando si erano appartati nel salottino. Aveva ascoltato i loro discorsi, li aveva sentiti litigare e poi aveva visto lei alzarsi e rovesciare il bicchiere addosso a Casadio. L'aveva vista allontanarsi, con il suo vestito bianco dalla profonda scollatura sulla schiena che lasciava intravedere una rosa tatuata poco sopra il sedere e l'elastico del perizoma rosso. Aveva osservato le gambe snelle e affusolate che un lungo spacco sul davanti del vestito scopriva.

Nessuno si era accorto della sua presenza, nemmeno quando aveva seguito la ragazza fuori dal privé. Poi era stato facile raggiungere l'uscita di sicurezza, aprire la porta antipanico e scomparire tra gli angusti corridoi e le buie scale di servizio.

«Non me ne importa nulla di quello stronzo, della sua agenzia del cazzo e di quella miseria che mi dà per sbattermi ogni sera sopra un cubo» ripeteva a se stessa Emma, spedita nel lungo corridoio che portava alle scale di servizio. Il rumore squillante dei tacchi alti rimbalzava tra le pareti e sembrava scandire il tempo dei ritmi techno. Alla fine del corridoio un neon rotto creava un cono d'ombra proprio in prossimità delle scale di metallo.

Emma sentì un brivido lungo la schiena. Solo allora si accorse di avere lasciato il telefonino sul divano del privé.

«Al diavolo, lo andrò a prendere domani a casa di Veronica» pensò restando immobile.

Improvvisamente le parve di sentire un rumore provenire dal fondo delle scale.

«C'è qualcuno? Sono Emma. C'è qualcuno lì?»

Silenzio. Frazioni di secondo che le sembrarono secoli. Pensò a quello che era successo a Katy e a Martina, al terribile spettacolo che stava andando in scena nella discoteca, alle parole di Casadio: «Avranno fatto qualcosa per fare incazzare quel pazzo assassino». Ancora un rumore. Anzi un debole respiro.

«Basta con questi scherzi del cazzo! Non mi diverto affatto. Siete degli stronzi, tutti quanti!»

Un passo in avanti ed Emma raggiunse le scale. Un colpo secco a una caviglia. Una coltellata vibrata dal basso poco sopra al malleolo recise i tendini. Emma precipitò per le scale. Nella rovinosa caduta sentì un dolore lancinante, insopportabile. Il perone si era spezzato e aveva lacerato le carni, allargando la ferita provocata dal coltello. Il sangue colava velocemente giù dai gradini. Emma non sentiva più il piede sinistro. Non poteva muoversi. Avrebbe voluto urlare ma era completamente paralizzata dal terrore. Vide una figura salire lentamente le scale. Nell'oscurità non riusciva a distinguerne il volto. Ma vedeva chiaramente il lungo coltello da macellaio che il killer brandiva nella mano sinistra, coperta da un guanto.

«Stai per morire, lo sai? Mi stavi aspettando? Sono qui. Adesso verrò a liberarti. Non dovrai più ballare, non dovrai più farti sbattere, povera piccola troia da due soldi!»

«Chi sei?» riuscì a sussurrare Emma con un filo di voce.

«Ti prego, non uccidermi!»

«Hai sbagliato, sorellina! Dovresti invece essere contenta se ti uccido. Se ti libererò da questa gabbia. Ma non preoccuparti, tra qualche istante ti accontenterò...»

Emma tentò di trascinarsi più lontano ma il dolore alla gamba le impedì di muoversi.

«Dove vuoi strisciare, lumachina? Ti piace giocare? Oh, povera chiocciolina, guarda che brutta ferita... Come farai adesso a ballare?»

Improvvisamente la luce al neon riprese a funzionare e un fascio di luce squarciò il buio, illuminando la scala.

«Mio Dio, sei tu!» riuscì soltanto a mormorare Emma.

La lama le si infilò con violenza nella bocca, tagliandole la lingua e incastrandosi nel palato. Poi un altro colpo sotto il mento e un altro nella gola, nel collo, in un orecchio. Finito lo scempio, il killer scavalcò il cadavere, facendo attenzione a non pestare le pozze di sangue sugli scalini, e si avviò tranquillamente verso l'uscita. Dalla porta del retro del locale si diresse verso il parcheggio. Aveva lasciato l'auto davanti all'entrata principale ma a quell'ora la festa era al culmine e le probabilità di incontrare qualcuno erano scarse. Ma si bloccò. Si accorse con sgomento che uno dei poliziotti era lì fuori, vicino alla sua auto.

«Emma... Emma... Dove sei? Hai dimenticato il telefonino sul divano. Sei ancora qui?» Dopo aver attraversato il retro del bar, Veronica entrò nel lungo corridoio che portava all'uscita di servizio. «È passata da qui pochi minuti fa, forse riesci ancora a beccarla» le aveva detto un ragazzo del bar.

«Emma, sono Veronica. Mi senti? Hai fatto bene ad andartene. Con la scusa del cellulare ho potuto sganciarmi anch'io da quel porco di Claudio... Ci sei? Ma che cosa...»

Veronica non riuscì a trattenere un urlo. Il corpo di Emma era accartocciato sulla scala, il volto completamente sfigurato: la mandibola era squarciata, i denti spaccati e la testa, attaccata al corpo solo da un piccolo lembo di carne, penzolava da un gradino. Il piede sinistro era reciso. Profonde ferite attraversavano il busto dall'alto verso il basso. Tutto il cadavere sembrava galleggiare in un lago di sangue.

L'urlo della ragazza richiamò due camerieri che si trovavano nel ripostiglio vicino al bar.

Veronica era accovacciata in un angolo, la faccia bianca di terrore, lo sguardo sconvolto e il telefono cellulare stretto con entrambe le mani. Doveva essere caduta poiché era sporca di sangue sulle gambe e sulle braccia. Uno dei baristi corse indietro a chiedere aiuto. Il poliziotto che era rimasto dentro al locale si precipitò a chiamare il collega all'entrata. Quando i due raggiunsero il luogo del delitto trovarono Sacchi già intento a prendere i primi rilievi.

Via libera. Si guardò intorno per controllare la situazione poi con una breve corsa raggiunse l'automobile. Una rapida sgommata e l'Hell era già lontano.

"Il *killer delle ballerine* uccide ancora", "Il mostro è tornato", "Chi ha ucciso Emma?". La mattina seguente i giornali locali, usciti in edizione speciale, dedicavano i titoli al ritorno del serial killer, accusando polizia e magistratura di un clamoroso errore giudiziario.

Per alcuni Dentice era addirittura un povero orfano indifeso, vittima dell'incapacità degli inquirenti, troppo frettolosi nel chiudere il caso. Ermete Donati, il direttore della "Gazzetta di Forlì", fu più prudente. "Ancora sangue in discoteca", titolava la prima pagina. "Chi è Fabrizio Dentice?", era l'articolo di spalla, firmato dallo stesso Donati.

Per tutto il giorno Luca provò a contattare Sacchi in questura. «Il vicequestore non riceve nessuno» era la risposta di rito. «Non siamo autorizzati a parlare con la stampa». Luana aveva l'ordine di provare ogni cinque minuti il numero di cellulare di Sacchi, perennemente staccato.

Controvoglia, Luca decise di chiamare il direttore dell'ospedale psichiatrico di Castiglione delle Stiviere.

«Sono Luca Rambaldi della "Gazzetta di Forlì". Vorrei parlare con Learco Pastore».

«Sono io. Non ho molto tempo».

«Volevo soltanto sapere quando posso tornare per incontrare quel detenuto...»

«È escluso che lei possa ancora vederlo. Quindi se non le dispiace...»

«Aspetti! Io sono autorizzato...»

«Tutti i permessi sono sospesi!»

«Ha saputo dell'omicidio di ieri notte a Rimini? Il suo comportamento è cambiato?»

«Addio Rambaldi e... buon lavoro!»

Luca rimase con la cornetta in mano, impotente.

«Pronto? Chi è al telefono?» Un'altra voce sconosciuta proveniva dall'apparecchio. La comunicazione con l'ospedale non si era interrotta.

«Ehm, buonasera, parlo dalla Questura di Forlì» improvvisò Luca. «Ero in attesa di poter parlare con il responsabile...»

«Il vostro funzionario? Quello che è arrivato questa sera da Rimini?»
«Sì, certo!» rispose prontamente Luca «il dottor Sacchi...»
«Adesso non penso possa venire al telefono, è nella stanza di Dentice. Non può entrare nessuno».
«Allora è meglio non disturbarli. Chiamerò più tardi».
«Come vuole, ma sarà una cosa lunga».
Luca prese la giacca e si precipitò fuori dalla stanza.
«Dove stai andando con questa fretta?» gli chiese Luana.
«Vado da Sacchi, a Castiglione».
«Dove?»
Ma Luca era già in fondo alle scale.

L'unico modo per parlargli era aspettarlo fuori dal cancello dell'ospedale. Erano le cinque del mattino e la nebbia aveva avvolto le campagne circostanti, quando il lampeggiante giallo del cancello automatico si accese. Luca vide l'Alfa 156 verde in attesa che il cancello si aprisse. Al volante un autista. Al suo fianco Sacchi. Con uno scatto il cronista balzò fuori dalla sua macchina e si parò davanti a quella dei poliziotti. L'autista frenò e diede un colpo di clacson, ma Luca non si mosse. L'agente alla guida estrasse dal giubbotto la sua Beretta calibro 9.
«Fermo!» gli disse Sacchi «lo conosco. È un giornalista di Forlì».
«Cosa cavolo fa qui a quest'ora?» chiese l'agente.
«Penso di sapere cosa vuole».
Luca si avvicinò al finestrino dalla parte di Sacchi.
«Ho urgente bisogno di parlare con lei. Sono ore che l'aspetto. So che ha visto Dentice e...»
«Va bene, ma non ora. Torniamo a Forlì!»
«No, parliamo adesso!»
Sacchi scosse la testa, poi scese dall'auto e disse all'autista di parcheggiare e aspettarlo in macchina.
«Luca, sono due giorni che non dormo. Questo caso mi sta facendo impazzire».
«È stato lei a dirmi di non arrendermi. È grazie a lei che sono riuscito

ad accettare la morte di Martina. Ma ora sento che tutto sta per cadermi nuovamente addosso. Deve aiutarmi! Che cosa sta succedendo?»

«D'accordo» disse Sacchi «ma non ho molto da dirti».

I due si incamminarono verso un piccolo bar latteria, poco distante. La proprietaria stava alzando la serranda.

«Buongiorno, signora» fece il poliziotto «possiamo sederci un attimo e avere due caffè?»

«Ve li posso fare solo con la moka» rispose la donna «la macchina per l'espresso è ancora spenta».

«Vanno benissimo» disse Sacchi prendendo posto insieme a Luca nel tavolino più lontano dal banco.

«C'è qualcosa in comune tra l'omicidio dell'altra notte all'Hell e i delitti di Dentice?» chiese Luca.

«Emma, la ragazza uccisa, anzi massacrata, era una ballerina. Lavorava per la Star, la stessa agenzia di tutte le ragazze uccise. Frequentava le discoteche della Riviera e conosceva le altre vittime. Ma la dinamica di questo delitto è diversa. Per prima cosa la giovane è stata uccisa all'interno del locale e il suo cadavere non è stato né mutilato, né decapitato, né portato via. L'arma usata dall'omicida pare sia anche questa volta un grosso coltello. I colpi vibrati sul corpo e sul volto della ragazza sono addirittura 36 o 37. Forse il killer aveva intenzione di staccarle la testa. Ma con un coltello? Il piede sinistro era reciso. La gamba fratturata all'altezza della caviglia. Nessun tentativo di amputare gli arti inferiori. Nessun oggetto portato via, nessuna impronta e... nessun movente!»

«Anche a Martina non furono amputate le gambe. Ed è stato l'ultimo omicidio attribuito a Dentice!»

«Sì, ma Martina venne decapitata. E poi non venne uccisa in discoteca. Il suo corpo era stato nascosto».

«Devo dirle una cosa. Dentice sembrava non ricordarsi di come era stata uccisa Martina e di come era stata trovata. Mi ha detto di avere strappato le gambe a tutte le ragazze! In realtà non sapeva nemmeno quante ne avesse ammazzate».

«Cosa? Ma perché non me ne hai mai parlato? Quando te l'ha detto?»

«Durante il colloquio di qualche giorno fa, qui, a Castiglione. Inizialmente pensavo si trattasse di una sua confusione mentale, ma adesso ne dubito».

«Pensi che non sia lui il killer?»

«È di questo che volevo parlarle. Lei lo ha visto?»

«Sì, sono stato con lui per quasi sei ore questa notte...»

«Sapeva dell'omicidio dell'Hell?»

«No, è in isolamento».

«Conosceva Emma, la ragazza uccisa?»

«Ha detto di no».

«Come ha reagito quando gli ha detto di questo delitto?»

«Nessuna reazione. Inizialmente non ha chiesto niente, sembrava disinteressato. Forse perché è sotto sedativi...».

«Era sorpreso?»

«No, o perlomeno non lo ha dato a vedere».

«Ma ha un'idea di chi può essere stato?»

«A questa domanda mi ha risposto... che sono solo cazzi miei».

«Però continua ad accusarsi degli altri delitti?»

«Sì, certo».

«E lei, cosa ne pensa?»

«Bè, c'è una cosa che mi ha colpito. Dentice ha preteso che gli raccontassi come Emma era stata uccisa, in che modo era stato trovato il cadavere, se avevamo rinvenuto l'arma del delitto. Quando gliel'ho riferito, anche se con molte omissioni, dapprima ha sorriso, è sembrato quasi eccitato. Poi però il suo volto si è teso, ha cominciato a tremare e a respirare a fatica. E non gli avevo fatto nessuna pressione. Da quel momento il suo atteggiamento è cambiato. Non ha più... collaborato».

«Ritiene che sappia qualcosa?»

«Non lo so. Comunque, da un punto di vista giuridico, la sua posizione non cambia. Ho solo disposto una sorveglianza più stretta».

«Vorrei nuovamente vedere Dentice. Come sa, ho il permesso ma ogni volta quello stronzo del direttore dell'istituto...»

«Senti, Luca, è un brutto momento, adesso...»
«Per chi?»
«Okay, parlerò con il direttore. Ora però devo tornare a Forlì».
Dopo aver bevuto il caffè, Luca riaccompagnò Sacchi alla macchina, ringraziandolo per il tempo che gli aveva dedicato.
«Ma come hai fatto a trovarmi qui?» gli chiese il poliziotto, abbassando il finestrino.
«Mi ha guidato l'istinto!» rispose Luca, accennando un sorriso.

Stava immobile, in piedi, fissando l'orizzonte. Sentiva sul viso e tra i capelli la brezza del mare. Aspirava a pieni polmoni il forte odore di salsedine e di pesce. All'alba, sul pontile tra la darsena e il mercato ittico di Cesenatico, alcuni pescatori sciacquavano le cassette dove, poche ora prima, avevano caricato saraghi, mazzole, sgombri e sardine. Il pavimento del capannone adibito a pescheria era macchiato di sangue. Ripensò ai torrenti rossi usciti dal collo e dalla gamba della cubista dell'Hell, quando con il coltello ne aveva trafitto le carni. Sentì di nuovo l'odore intenso e amaro del sangue che usciva da quel corpo. Aveva ucciso ancora. Ora si sentiva bene, ma sapeva che sarebbe durato poco.

Vicino al molo una giovane coppia cominciò ad aprire un chiosco di piadine e bibite. Il sole stava salendo sul mare.

5

«*My name is Luka, I live on the second floor, I live upstairs of you, yes I think you've seen me before...*» Per la terza volta consecutiva riascoltava la canzone di Suzanne Vega. Era un regalo di Martina che gli aveva fatto per il suo compleanno, un anno prima.

«Ogni volta che ascolto questo brano» gli aveva detto «mi sembra di vederti, timido e imbranato, mentre tenti di attaccare discorso con me. "Mi chiamo Luca". Ti ricordi? Ero appena scesa dal cubo, ti sei avvicinato e con fare impacciato mi hai chiesto se per caso mi era venuta sete dopo aver ballato così tanto».

A Luca pareva persino di sentire la presenza della ragazza nel sedile accanto. Accadeva sempre più spesso. In redazione, per strada, a casa, in macchina, di giorno, di notte. Le parlava, le raccontava tutto ciò che stava succedendo, gli sviluppi nelle indagini, i suoi incontri. Stava diventando un'ossessione. Era parecchio dimagrito. 65 chili, troppo pochi per un uomo di quasi trent'anni, poco meno di un metro e ottanta. Intorno agli occhi scuri erano comparse diverse rughe che nemmeno i folti capelli neri, tenuti lunghi sulla fronte, riuscivano a nascondere. E il suo naso, da sempre sproporzionato rispetto al viso, adesso appariva fuori misura.

Da giorni stentava a dormire. I ricordi spesso creavano mostri e si trasformavano in incubi. Luca sognava e vedeva il corpo decapitato di Martina sdraiato vicino a lui nel letto. Faceva l'amore con lei. Finché il suo pene diventava una lama. Cominciava a ferirla, tagliarla, mutilarla. Improvvisamente si trovava a spiare Dentice, rinchiuso nell'ospedale psichiatrico. Lo vedeva seduto sul letto, di spalle, intento a cucire una specie di pallone. Poi si girava verso di lui ridendo rumorosamente e gli mostrava ciò che aveva fra le mani: la testa di Martina con la bocca cucita. Le labbra che stringevano un coltello da carne. Due buchi al posto degli occhi.

La morte, l'omicidio, il dolore stavano monopolizzando i suoi pensieri. Non si trattava più soltanto di scoprire la verità, rendere giustizia a Martina. Era ormai una questione di sopravvivenza. Una sfida pericolosa con una parte di se stesso.

Il cartello "Riccione" apparve quasi all'improvviso. Luca sterzò bruscamente a destra, facendo sbandare la sua vecchia Passat. Consultò il foglietto su cui era annotato l'indirizzo della boutique Agua Viva: viale Ceccarini 67. Si trovava alle spalle della stazione ferroviaria, nella zona più a nord del paese. Viale Ceccarini continuava poi fino al mare diventando la via più alla moda di tutta la Riviera.

Al posto della boutique c'era una lavanderia. Luca guardò all'interno. Una donna stava stirando dei pantaloni. Alle sue spalle, in fondo al negozio, una ragazza era intenta a caricare una lavatrice. Luca non poté fare a meno di osservare il fisico della ragazza, messo in risalto dai pantaloni neri a vita bassa e da una maglietta attillata che le lasciava scoperto l'ombelico e le evidenziava i seni, e il suo bel viso, incorniciato da lunghi capelli corvini. Non appena entrò, incrociò con lo sguardo due profondi occhi verdi, che lo fissavano dal fondo della lavanderia.

«Serve qualcosa?» La donna fece voltare Luca dalla sua parte.

«No, cioè sì» farfugliò. «Vorrei un'informazione. Sto cercando il titolare di una boutique che era al posto di questa lavanderia».

La donna lo guardò infastidita: «Non ne so nulla. Ho rilevato il negozio da un'agenzia. Mi spiace, arrived...»

«Sa chi, prima di lei, aveva a che fare con questo negozio?»

«Glielo ripeto, ho affittato il locale tramite un'agenzia. Ma, mi scusi lei chi è? È della finanza?»

«No. Sono un giornalista della "Gazzetta di Forlì". Sto facendo un'indagine sulle attività produttive e commerciali della riviera romagnola».

«Cosa vuole che le dica... Il lavoro è quello che è, soprattutto nei mesi invernali. Sono 15 anni che faccio questo mestiere. Quella è mia figlia Carmen. Ha vent'anni. Mi dà una mano quando ne ha il tempo e soprattutto la voglia. Non ne vuol sapere di lavorare qui e per certi versi la capisco. A lei piace andare in discoteca, alzarsi la mattina alle sei è faticoso».

«La ringrazio, ma io volevo capire soprattutto come avviene il passaggio da un'attività commerciale a un'altra. Ad esempio, mi hanno detto che qui prima della sua lavanderia c'era una boutique gestita da omosessuali e allora...»

«Non ho a che fare con quella gente! Anzi questa cosa mi crea soltanto dei problemi. Sa quanti chiamano o passano cercando quello o quell'altro... Lasciano il telefono, l'indirizzo. Non vogliono proprio capire che da Ilsa Gemini certe persone non devono neanche entrare!»

«Speravo che potesse aiutarmi per trovare... Lasciamo stare... Arrivederci!»

Uscito dalla lavanderia, Luca si sentì scoraggiato. Aveva sperato di individuare un collegamento tra Dentice, la boutique di viados Agua Viva e gli omicidi delle ballerine. E non era riuscito a trovare nemmeno un punto di partenza.

«Ehi, come ti chiami?»

Luca si voltò. Carmen era sul marciapiede e gesticolava nella sua direzione.

«Mi chiamo Luca. Che cosa c'è?»

«Forse stai cercando questo» disse la ragazza, mostrandogli un biglietto da visita su cui c'era scritto un nome, Valeria, e un numero di cellulare.

«È un transessuale brasiliano. Cinque giorni fa è passato dalla lavanderia e ha fatto un sacco di domande. Voleva sapere se qualcuno lo aveva cercato, se conoscevamo l'indirizzo di altri viados che in passato lavoravano nella boutique. Ha chiesto anche se la polizia fosse venuta a cercarlo. Mia madre lo ha trattato malissimo. Lui le ha lasciato questo biglietto da visita ma lei lo ha accartocciato e buttato nel cestino davanti ai suoi occhi. Quando si è distratta ho recuperato il biglietto dai rifiuti. Non so perché, mi ha fatto pena. Sembrava molto spaventato. Ho pensato che forse avrei potuto aiutarlo, ma non sapevo in che modo».

Gli occhi di Carmen trafissero ancora una volta lo sguardo di Luca.

«Oh, g... grazie. Stavo proprio cercando una cosa del genere».

«È un tuo amico?»

«No, ma forse potrebbe dirmi qualcosa su una storia che sto cercando di capire».

«Non c'entra niente l'indagine commerciale?»

«In effetti, no. Si tratta di una cosa completamente diversa. Ma mi sembrava una buona scusa per riuscire ad avere informazioni da tua madre».

«Mia madre è fatta così. Non si fida di nessuno, ce l'ha con tutti. Vede minacce dappertutto. È così da quando mio padre se n'è andato con un'altra donna cinque anni fa. Pensa che era la migliore amica di mia madre. Lei li ha scoperti che stavano… stavano insieme».

«Mi dispiace».

«Purtroppo nessuno può fare niente per lei. Senti, vai a cercare Valeria?»

«Penso di sì».

«Se vuoi ti posso accompagnare. So dove trovarla. Alle 12,30 chiudiamo. Se ti va...»

«Certo che mi va. Ti aspetterò».

6

Da quando era salita sulla Passat Carmen, imbacuccata in un maglione di lana grossa con cappuccio, non aveva detto una parola tranne «Vai a Rimini!»

Giunti in città, si diressero verso la stazione ferroviaria. Alla fine di via Roma, un'insegna luminosa che recava la scritta "Lost in Space" segnalava l'ingresso di una sala giochi. Luca parcheggiò a qualche metro dal locale, dalla parte opposta della strada.

«Non mi hai ancora detto come fai a sapere che questa Valeria è qui» le chiese prima di scendere dall'auto.

«E non intendo dirtelo. Lo so e basta. Quando saremo dentro, mi limiterò a presentartela. Poi me ne andrò e te la vedrai da solo».

«Ma non ti devo riaccompagnare al lavoro?» chiese Luca stupito.

«Non ti preoccupare: mi arrangerò».

La sala giochi, arredata secondo uno stile postatomico, sembrava una via di mezzo tra l'interno di un'astronave di *Star Trek* e il fortino segreto del temibile Jabba di *Guerre Stellari*. Pareti grigio-nere facevano da schermo alle luci colorate dei giochi elettronici. C'erano anche un bar e una saletta con divani e televisori. E fu proprio verso uno di questi divani che Carmen si mosse a passo deciso, dopo aver detto a Luca di aspettare al bar. Lui la vide avvicinarsi a due transessuali. Uno con i capelli lunghi neri, un paio di occhiali scuri, un trucco vistoso. L'altro era mulatto, i capelli corti, tinti di biondo.

Carmen salutò tutti e due amichevolmente e si accovacciò davanti al viado con i capelli neri. Rimasero a parlare per cinque minuti. Ogni tanto Carmen si voltava e indicava Luca al bar. Poi gli fece cenno di avvicinarsi.

«Lei è Valeria. E lei è Samantha» disse.

«Ciao, io sono Luca».

Valeria gli porse la mano senza dire nulla ma squadrandolo dietro alle lenti scure.

«Bene, vi lascio parlare. Ciao!» riprese Carmen allontanandosi.

«Aspetta» Luca la bloccò afferrandole un braccio. «Dove posso rintracciarti? Mi lasci un tuo numero?»

«Chiama in negozio!»

«Non hai un cellulare? Sai, se risponde tua madre...»

«No, mi dispiace. Ma tutti mi cercano lì. Non ci saranno problemi».

«Bè, grazie, Carmen. Sicura che non ti serve un passaggio?»

«Ciao Luca!» disse lei sorridendogli dopo aver notato il suo imbarazzo.

Luca si rivolse alle due sedute sul divano.

«Sono un giornalista della "Gazzetta di Forlì". Questa mattina sono stato a Riccione, nella lavanderia dove Car...»

«Senti, bel manzo, sappiamo tutto. Carmen ci ha già informati. Ci ha detto che ci stavi cercando. Cosa possiamo fare per te?»

Il sarcasmo del viado lo infastidì: Luca dovette respirare a fondo per mantenere la calma.

«Vengo subito al punto. Qualcuno di voi ha avuto a che fare con la boutique Agua Viva?»

Il tono di Valeria si fece più preoccupato: «Io sì. Qual è il problema?»

«In quale periodo?»

«Non ricordo, uno, due anni...»

«Chi era il titolare della boutique?»

«Oddio, come corri con queste domande! Ma cosa vuoi sapere...»

«Conosci due brasiliane? Si chiamano Lorena e Belinda, o almeno questi sono i loro nomi d'arte».

Il viso di Valeria si indurì. Si tolse gli occhiali scuri scoprendo due occhi segnati, senza trucco.

«Adesso basta, tesoro! Non so se sei un poliziotto o per chi diavolo lavori. Prima di tutto dimostraci che sei un giornalista».

Luca la interruppe sventolandole sotto il naso il tesserino rosso dell'ordine.

«Cosa è successo a Lorena e Belinda?»

«Una tragedia, sono morte tutte e due. È stato un incidente. Insieme facevano funzionare la baracca. Poi tutto è andato a rotoli».

«Dicono che è stato un omicidio-suicidio».

«Cominci a rompermi le palle. Guarda che qui sotto ho ancora tutto!» sbottò Valeria con un gesto in mezzo alle gambe.

«Cosa mi dici di Fabrizio Dentice?» chiese Luca in tono perentorio.

Quel nome creò il panico tra le due. Samantha, che fino a quel momento aveva assistito al dialogo senza parlare, scosse la testa. Valeria tentò di alzarsi, ma Luca la trattenne con una mano su una spalla.

«Sentimi bene. Dentice ha fatto a pezzi la mia ragazza. Si chiamava Martina. Le ha tagliato la testa. Il corpo è stato recuperato in un fosso. Non me ne frega un cazzo se non ti va di parlare di lui. Devi dirmi tutto quello che sai e cerca di stare bene attenta a quello che mi racconti. Io non ho proprio più niente da perdere!»

Valeria era alle corde. Si era imposta di non dire nulla ma lo sfogo di Luca la colse di sorpresa. Il suo tono cambiò radicalmente.

«D'accordo. Cercherò di aiutarti... Ma non so molto di lui».

«Dove l'hai conosciuto?»

«Nella boutique, era il compagno di Lorena. Il negozio era loro».

«Come? Vuoi dire che Dentice stava con un viado?»

«Sì, stavano insieme e lavoravano insieme. Lui in verità si occupava solo della parte commerciale, lei e altre amiche di acquisti e vendite. Lorena l'ho conosciuta in un locale notturno, quando aveva già anche l'altro lavoro».

«Quale?»

«Animatrice per un'agenzia. Faceva serate in discoteca mentre di giorno continuava a stare in negozio. Mi aveva chiesto se potevo darle una mano nella boutique, così cominciai a frequentarli entrambi».

«E Belinda?»

«Bè, lei lavorava già nel negozio. Faceva la modella. Aveva un fisico perfetto».

«Cosa è successo tra loro?»

«Il problema era il carattere di Lorena. Le piaceva divertirsi, non diceva mai di no a nessuno. Mi capisci?»

«No!»

«Voglio dire, ufficialmente stava con Dentice ma passava tutto il tempo con Belinda. E poi quel lavoro per l'agenzia...».

«Animatrice in discoteca?»

«Sì, animatrice, cubista e tutto il resto. I clienti non le mancavano. Faceva gli straordinari e questo a Belinda non andava giù».

«Per questo l'ha uccisa? Ho sentito che l'ha trovata in macchina con un cliente e le ha sparato. Poi si è suicidata buttandosi giù da un grattacielo. È così?»

«Così dicono!»

«C'è dell'altro?»

«Mah, Belinda non era tipo da uccidersi. Io la conoscevo bene. Era gioiosa, amava la vita, era ottimista di natura. E poi...».

«Sì?»

«E poi non ha mai posseduto una pistola. Le armi le facevano paura. Suo padre a Rio era stato ucciso durante una rapina a una banca colpito da un proiettile vagante. Lei era ancora un... bambino. Da allora cominciò a odiare le armi. Mi sembra strano che si sia procurata una pistola per sparare alla sua amica. No, non ci crederò mai!»

«Ma non ci fu un'inchiesta?»

«Sì, certo. La polizia raccolse testimonianze, tutte noi siamo state interrogate. Ma la conclusione fu che si trattava di omicidio-suicidio per gelosia. Grazie anche a un biglietto, trovato nell'ascensore del grattacielo di Rimini con l'ultimo saluto di Belinda. Ma il biglietto era sicuramente falso»

«Perché?»

«Perché un brasiliano non scriverebbe mai la parola *mucho.* Quello è spagnolo. In brasiliano si dice *muito.* Nel biglietto c'era anche la parola *dos*, cioè due. E anche quello è spagnolo. Noi diciamo *dois.* Chi ha fatto la messinscena non sa bene le lingue!»

«E voi non avete detto niente?»

«Ci hanno trattati come appestati. Hanno minacciato di rispedirci tutti a casa se avessimo continuato a rompere le palle».

«Anche Dentice è stato interrogato?»

«Non lo so».

«Chi ha fatto le indagini?»

«La polizia».

«Quale?»

«Quella di Rimini».

«E poi?»

«E poi niente. Tutto è finito lì. Nessuna inchiesta, nessuna ricerca, nessuno spunto. A chi cazzo vuoi che gliene freghi di due froci che crepano!»

«E il cliente che era con Lorena?»

«È stato interrogato dalla polizia. Pare che abbia confermato la versione ufficiale... spontaneamente!»

«Sai chi è?»

«Il suo nome è sempre rimasto top-secret. Motivi di privacy».

«Ma tu non ti rassegni, vero?»

«Sei matto! Io sono la prima a essermi rassegnata. È un gioco sporco e pericoloso, meglio starne fuori».

«Allora cosa cerchi? O meglio, chi cerchi alla lavanderia della madre di Carmen?»

Valeria si passò una mano fra i capelli.

«Bè, nessuno in particolare... Ma c'è sempre la possibilità che qualche amico abbia bisogno di te, che possieda un vecchio indirizzo e non sappia come trovarti...»

«Guarda che non sono mica fesso!» sbottò Luca.

«Senti, ti ho detto tutto quello che so. Di più non saprei cosa fare per te».

«Parlami ancora di Dentice. Aveva altri amici, frequentava qualche giro strano, come si comportava?»

«Era sempre molto calmo. Gestiva i soldi, stava ore in negozio a lavorare. Una persona quasi... invisibile. Non ti accorgevi nemmeno della sua esistenza».

«Frequentava i night, le discoteche?»

«Non quando c'ero io».

«E il suo rapporto con Lorena come era?»

«Lorena era molto protettiva nei suoi confronti, quasi una madre, forse un po' troppo possessiva».

«Una madre?»

«Sì, una mamma-amante: tenera ma molto gelosa».

«In che senso?»

«Dentice era uno che aveva dei segreti. Del suo passato non ha mai parlato. Ogni tanto spariva senza dire nulla e poi tornava senza dare spiegazioni. Lorena andava su tutte le furie».

«Non ti ricordi qualche episodio in particolare? Qualche periodo? È molto importante».

«Ma... no, cioè...»

«Ti prego!»

«Cazzo! Io finisco nella merda, lasciami perdere!»

Valeria tentò ancora una volta di alzarsi dal divano. Questa volta però Luca si limitò a guardarla negli occhi. Lei ricambiò l'intensità dello sguardo e si riappoggiò allo schienale.

«Lorena voleva vederci chiaro» riprese con un sospiro,

«perciò si rivolse a un amico poliziotto. Gli parlò delle stranezze di Dentice, delle sue sparizioni, di quelle telefonate...»

«Quali telefonate?»

«Al telefonino di lui. Nelle ore più strane, spesso in piena notte. Dentice ogni volta sembrava sconvolto e spariva».

«E il poliziotto che cosa ha fatto?»

«Non lo so, Lorena non ha avuto il tempo per dirmelo».

«Dimmi un'altra cosa. Hai parlato di un'agenzia di spettacolo per cui Lorena aveva cominciato a lavorare?»

«Sì, lei ballava in discoteca e faceva marchette!»

«Conosci quest'agenzia?»

«È la Star di Rimini. Il titolare è un pezzo di merda, un lurido pappa».

«Come si chiama?»

«Claudio Casadio».

Luca sentiva i battiti del cuore rimbombargli nella testa.

«Tu lo conosci?»

«Di vista».

«Dove posso trovarlo adesso?»

«L'agenzia è vicino alla Questura di Rimini. Dopo il Ponte di Tiberio».

Luca si alzò dal divano. Guardò l'orologio, erano già le 5 del pomeriggio. Sentiva che il tempo gli stava sfuggendo.

«Valeria, sei stata di grande aiuto. Ora devo scappare. Ma sicuramente avrò ancora bisogno di parlarti».

«Stai attento. Il gioco è più grande di quello che pensi.

Può essere molto pericoloso!»

«Mi guarderò le spalle. Fai lo stesso anche tu».

«Ah, senti... mi dispiace molto per Martina!»

Luca stava per uscire dalla saletta ma le parole di Valeria lo lasciarono senza respiro.

Perché quella frase? Valeria aveva conosciuto la ragazza? Si allontanò quasi di corsa, senza riuscire a dire niente. Dentro di sé sentiva crescere la paura.

7

L'insegna luminosa "Questura di Rimini" gli comparve davanti quasi all'improvviso appena svoltato un angolo. Erano le 5,40. Sicuramente quelli della squadra mobile erano già arrivati tutti. Entrare a fare domande senza un tramite era troppo rischioso. Avrebbe creato sospetti e soprattutto non sarebbe riuscito a ottenere nessuna informazione utile. Aveva bisogno di una presentazione ad hoc. Ma di chi? Sacchi? Doveva tentare.

«Cerca qualcuno?» le parole del piantone lo riscossero dai suoi pensieri.

«Dovrei andare dal dirigente della mobile». Luca rimase nel vago.

«Da chi esattamente?» gli fece il piantone con tono perentorio.

«Non ricordo il nome. Vengo da Forlì, sono un giornalista. Il vicequestore Sacchi, di Forlì, dovrebbe avere già avvertito il dirigente della mobile del mio arrivo. Ho provato a chiamarlo un minuto fa ma il suo telefonino non prende».

«Attenda». L'agente alla porta prese il telefono e cominciò a comporre dei numeri interni. Luca, in piedi di fronte al vetro, agitava nervosamente le mani dentro le tasche del giaccone cercando di mostrarsi calmo. Se in quel momento qualcuno di sopra, alla mobile, avesse provato a mettersi in contatto con Sacchi sarebbe stata la fine della sua "indagine privata". E anche i rapporti con l'amico poliziotto ne avrebbero risentito in modo irreparabile.

«Guardi, signor...?»

«Rambaldi. Luca Rambaldi».

«Il dottor Cinti non c'è e nemmeno Bellano, il vice».

«Capisco, ma sono venuto apposta da Forlì e mi era stato detto di parlare...».

«Posso sentire l'ispettore Gerace, il capo della sezione omicidi. Mi sa che questa sera c'è soltanto lui».

«Oh! Della omicidi? Andrà benissimo, grazie!»

Due piani di scale. Una porta a vetri con la scritta "Squadra mobile" in lettere bordeaux e una serie di porte di legno affacciate su uno squallido corridoio. «L'ultima porta a destra al secondo piano, l'ispettore la sta aspettando» gli aveva detto il piantone.

«È permesso?» chiese Luca dopo aver bussato senza attendere la risposta.

«Avanti!»

L'ispettore Gerace, contrariamente a quanto Luca si era immaginato, era giovane, sui quarant'anni, non molto alto, magro e vestito in modo informale.

Luca gli porse la mano: «Buonasera, sono Luca Rambaldi della "Gazzetta di Forlì"».

«Voleva parlare con Cinti?» disse Gerace alzandosi dalla scrivania.

«Sì, ma credo che anche lei possa aiutarmi».

«Mi dica».

«Tempo fa a Rimini ci furono un omicidio e un suicidio di due viados brasiliani. Lorena e Belinda. Ricorda qualcosa in proposito?»

«Ne ho sentito parlare».

«Fu Belinda a uccidere Lorena a colpi di pistola. Poi si suicidò gettandosi dal grattacielo».

«Sì, ora ricordo».

«Si occupò lei delle indagini?»

«No, in quel periodo ero a Roma per fare il corso da ispettore».

«Quindi non è al corrente di come furono condotte le indagini?»

«No. Perché?»

«Oggi ho parlato con un viado che era amico intimo delle due vittime. Lui non crede che Belinda abbia ucciso l'amica né tantomeno che si sia suicidata».

«D'accordo, ma non capisco l'interesse giornalistico per una vecchia storia di viados».

Luca si trovò in difficoltà. Non poteva certo rivelare al poliziotto il legame tra i transessuali e Dentice, ma le domande generiche rischiavano di destare maggiori sospetti. Decise quindi di giocare il tutto per tutto per giungere direttamente all'obiettivo.

«Ispettore, ha ragione, è una storia ormai passata. Ma il viado con cui ho parlato non si dà pace. Era il compagno di Belinda. Non sapeva che avesse una relazione con quell'altro, Lorena, e continua a tormentarsi, inseguendo scenari fantasiosi di complotti e misteri».

«E lei cosa ha a che fare con tutto questo?»

«La mia ragazza, Carmen, lavora in un locale a Riccione, frequentato da questi viados. È diventata una sorta di confidente del transessuale amico di Belinda, tanto che ha finito per farsi carico delle sue ossessioni. Ultimamente non parla d'altro che dell'omicidio di Lorena, del suicidio di Belinda, del test... Siamo arrivati a un punto critico. Perciò ho deciso di prendere in mano la situazione. Voglio dimostrare al viado e soprattutto a Carmen che, come dice lei, ispettore, si tratta di una vecchia storia senza misteri e lati oscuri. Così la finiamo una volta per tutte. A questo proposito, trattandosi di un'indagine ormai archiviata, è possibile dare un'occhiata al fascicolo?»

Mentre gli rivolgeva la domanda, Luca guardò il poliziotto negli occhi. L'ispettore aveva ascoltato con interesse la storia ma il suo sguardo tradiva una certa incredulità.

«Purtroppo per questo deve parlare con Cinti. Sono atti custoditi nel suo armadio».

«Ma fu lui a condurre l'indagine?»

«Non era il responsabile ma vi prese parte».

«E chi era il capo?»

«Un altro funzionario che però se ne andò da Rimini. Ma io in quel periodo non c'ero».

«Non voglio portarle via altro tempo. Se lei potesse dare un'occhiata a quel fascicolo e ai verbali... Sarebbe importante. Le giuro che non le darei più fastidio...»

Gerace si convinse che era meglio assecondare la sua richiesta. Se non altro per porre fine al dialogo. In fondo si trattava di un caso già archiviato.

«Aspetti qui. Vedo se riesco a recuperarlo» disse uscendo dalla stanza.

Dopo mezz'ora Gerace rientrò nella stanza. Il volto scuro, le mani vuote.

«Non c'è, non sono riuscito a trovarlo» disse senza guardare il cronista. Non capisco. Eppure ci sono tutti gli altri. Ho cercato dappertutto. Ho guardato anche nei file dell'archivio computerizzato. Niente. Nessuna traccia».

«Ma come è possibile?»

«Non glielo so dire. Mi dispiace».

«Ma è mai successa una cosa del genere? Voglio dire, un fascicolo che scompare?»

«Di regola no, a meno che...»

«Qualcuno non lo faccia sparire!»

«Veramente volevo dire che... potrebbe essere andato perso durante un trasferimento di dati o un trasloco».

«Ma a lei pare invece plausibile che qualcuno lo abbia distrutto o fatto sparire?»

«Non lo so. È difficile. Non mi sembra un fascicolo che scotta. Tutto è possibile comunque».

Luca fece una smorfia di sconforto.

«Non so cosa dirle, Rambaldi, mi dispiace di non averla potuta aiutare. Se riuscirò a sapere qualcosa glielo farò sapere. Non mi piace questa storia delle carte scomparse. Voglio vederci chiaro».

Prima il discorso di Dentice, poi il nuovo assassinio in discoteca, le paure di Valeria, lo strano omicidio-suicidio e infine il fascicolo dissolto nel nulla. Più i giorni passavano, più Luca si rendeva conto che la storia del *killer delle ballerine* nascondeva qualcosa di più terrificante dei delitti. Prima di andarsene lasciò il suo numero di cellulare al poliziotto.

«Mi faccia sapere se viene fuori qualcosa».

«D'accordo. Ma la prego, non ci sputtani con la storia del fascicolo scomparso!»

«Ispettore, quando le ho riferito che si trattava di un fatto personale, dicevo la verità».

Stava per uscire dalla stanza quando gli tornarono in mente le parole di Valeria: «...Lorena si rivolse a un amico poliziotto...»

«Un'ultima cosa ispettore. Lei ha mai conosciuto personalmente Lorena?»

«Io no, ma mi hanno raccontato che un paio di volte era venuta in questura».

«Perché?»

«Per parlare con qualche mio collega».

«Aveva fatto delle denunce?»

«Non mi risulta».

«Con chi parlava?»

«Con qualcuno della mobile, non so esattamente chi».

«Magari qualcuno che ha fatto le indagini sulla morte dei viados e poi ha fatto sparire le carte. È così ispettore?»

«Glielo ripeto, non ero a Rimini in quel periodo».

«Sì, certo. Arrivederci e... grazie!»

Scese le scale, salutò il piantone con un cenno della testa e si diresse verso la Passat. Mentre si avvicinava notò un foglio di carta sotto un tergicristallo del parabrezza. «Cazzo! Mi hanno fatto la multa!» imprecò, cercando le chiavi nella tasca.

«Bar dei Fiori – ore 20. Ti aspetto. C.». Non era una multa ma un messaggio scritto a mano su un foglietto da block-notes. Non poteva che essere Carmen. Ancora turbato per l'incontro con Valeria e il colloquio in questura, Luca accolse con sollievo l'idea di incontrare nuovamente la ragazza. Il suo orologio segnava le 19,30. Salì in macchina e si diresse verso il lungomare. Non sapeva esattamente dove fosse il

Bar dei Fiori ma gli era parso di vedere un nome simile sullo stradone lungo gli stabilimenti balneari dopo piazzale Tripoli. Non aveva molto tempo per cercarlo.

8

L'infermiere indossò i guanti in lattice, prese il vassoio, infilò la chiave nella toppa e sbloccò la serratura della pesante porta. Prima di entrare raddrizzò la targhetta appuntata sulla casacca bianca con il nome: Francesco Faletti.

Dentice era seduto sul letto, di spalle, lo sguardo fisso verso il pavimento. I piedi nudi, le mani appoggiate sul ventre, strette l'una nell'altra, come in preghiera.

«Ho portato la cena. Questa sera lo chef propone zuppa di ceci e pollo con patate. Una vera squisitezza!» disse Faletti cercando di allontanare la tensione.

«Preferivi forse i *passatelli*? È così che li chiamate dalle tue parti, no?»

Nessuna risposta. Nessun movimento.

«Ecco il vassoio, ma mi raccomando, mangia piano, che non ti vada di traverso, okay?»

L'infermiere aggirò il letto e raggiunse il tavolino tenendo sempre sotto controllo il killer con la coda dell'occhio e cercando di non voltargli le spalle. Posò il vassoio sul tavolino e solo in quel momento si rese conto della situazione. Una vertigine lo fece barcollare. Girò di scatto la testa. Dentice era immobile sul letto con la bocca piena di sangue. Dalle labbra dischiuse scendevano rivoli rossi misti a saliva e vomito. Brandelli di carne erano appiccicati al mento e al collo.

Le mani imbrattate di sangue, stringevano convulsamente parte della lingua.

Faletti cominciò a urlare: «Aiuto! Emergenza! Fate presto!» attaccandosi al pulsante d'allarme della testiera del letto.

All'arrivo di altri due infermieri, Dentice non oppose resistenza. Fu caricato su una barella e portato al pronto soccorso.

9

Il Bar dei Fiori, a dispetto del nome, era un piccolo locale in una traversa del lungomare tra un albergo di quelli "aperti tutto l'anno" e un McDonald's. Costruito in perfetto stile navale, aveva un bancone in legno scuro e una serie di panche e tavolini lungo la parete, illuminati da lampade d'ottone. Dal soffitto scendevano alcune reti da pesca. Carmen era seduta su una panca, nell'angolo più lontano dall'entrata. Tutta vestita di scuro, con un lungo cappotto di pelle che le arrivava fino ai piedi, il viso pallido segnato da un trucco marcato, fumava una sigaretta sottile. Luca le sorrise.

«Ti aspettavo per le otto» disse lei. «Sei in ritardo di mezz'ora».

«Scusami, ma non riuscivo a trovare il bar. Ero convinto che fosse dopo il Grand Hotel e ho girato per un po'».

«Qualcosa da bere?»

«Tu cosa hai preso?»

«Un Martini cocktail».

«Vedo che cominci forte la serata. Ne prenderò uno anch'io. Allora?»

«Ho visto la tua macchina in piazza Cavour, oggi pomeriggio...»

«Devi dirmi qualcosa?»

«Ho incontrato Valeria dopo che vi siete parlati. So che ti ha raccontato parecchie cose».

«Che tu conoscevi già».

«Valeria è una mia amica».

«Quindi tutta la storia dell'incontro in lavanderia, del biglietto da visita... tutte balle!»

«No! Valeria è effettivamente venuta in lavanderia ma non cinque giorni fa, bensì ieri. Voleva sapere se la polizia la stesse cercando e mi ha chiesto informazioni su una sua collega. Mi ha raccontato poi della sua storia, della boutique, degli omicidi. Quello che non ti avevo detto è che io e Valeria ci conosciamo già da un po' di tempo. Tra di noi c'è un grande feeling. Sento che lei è una persona sincera e ha bisogno d'aiuto. Oggi, dopo che vi siete lasciati, mi ha telefonato. Mi dispiace molto per la tua ragazza. È veramente terribile ciò che le è successo».

«Non penso che tu possa immaginare cosa significhi».

«Sì invece, ti capisco...»

«Ma Valeria conosceva personalmente Martina?»

«Non lo so. Non me l'ha detto».

«Cosa vuoi da me? Perché mi hai cercato?»

Carmen esitò prima di rispondere. «Ti interessa sapere qualcosa di quell'agenzia, la Star?»

«Certo. Ma tu cosa...»

«Anch'io lavoro per la Star qualche volta».

«Cazzo! Ma da quando?»

«Da qualche mese. È là che ho conosciuto Valeria. Ci sono parecchi viados che lavorano per la Star».

«Quindi anche tu...»

«No, io faccio soltanto serate in discoteca, ballo sui cubi, prendo parte alle coreografie».

«Come Martina?»

«Sì».

Luca mandò giù il Martini quasi tutto d'un fiato e sentì lo stomaco andare in fiamme. Ma quel bruciore era nulla rispetto al calore che sentiva pervadergli tutto il corpo. La ricerca della verità lo faceva scontrare con i suoi fantasmi. E poi c'era quella sensazione di pericolo che da qualche giorno non lo abbandonava mai.

«Carmen, io non voglio coinvolgerti nelle mie storie...»

«Ho detto che ti voglio aiutare. Non è che possa fare molto ma...»

«Cosa hai in mente?»

«Questa sera c'è una festa al Doppia Coppia di Misano. Tra gli organizzatori della serata ci sono anche persone dell'agenzia. Io non devo lavorare ma sono stata invitata. Se ti va puoi venire con me. Naturalmente è meglio che tu non faccia troppe domande. Ci sarà anche una mia amica che lavora per la Star. Potrei inventarmi che ho dimenticato degli abiti in agenzia che mi servono per domattina e cercare di farmi dare la chiavi. Allora, mentre tutti sono ancora alla festa, potremmo andare in agenzia a vedere se troviamo qualcosa. Che te ne pare?»

«Mi pare molto rischioso».

«È un sì?»

Carmen si allungò sullo sgabello, gli si avvicinò e lo baciò sfiorandogli leggermente le labbra.

«Sì» sospirò Luca a mezza voce.

10

Il Doppia Coppia era un locale gay, atipico rispetto a quelli "storici" della riviera romagnola. Si trovava in collina, a Misano Monte, a qualche chilometro dall'autodromo, raggiungibile soltanto attraverso tortuose stradine sterrate che aggiravano casolari e capannoni. Non si trattava di un night o di una discoteca vera e propria, ma di un club il cui accesso era riservato ai soci. In realtà il locale era frequentato da persone anche senza tessera. Qualche anno prima il Doppia Coppia, che allora si chiamava Castro, era finito nell'occhio del ciclone per la denuncia di una ragazza di 22 anni, che aveva accusato alcuni buttafuori di averla violentata nella toilette del locale. La polizia, su ordine del magistrato, aveva chiuso la discoteca per una settimana, fermando quattro buttafuori, ma l'esito delle indagini aveva riservato un colpo di scena. La giovane, dopo decine di interrogatori e numerosi riconoscimenti all'americana, era crollata ammettendo di essersi inventata tutto per attirare l'attenzione. A sua volta denunciata per calunnia e false dichiarazioni al pubblico ministero, se l'era cavata con una condanna a due mesi con la condizionale e al pagamento delle spese processuali, ma per il Castro la vicenda significò il fallimento. All'inizio dell'anno, il ritorno alle antiche tradizioni era stato reso possibile dai nuovi proprietari: una coppia di stilisti milanesi omosessuali. La festa di quella sera era stata organizzata per raccogliere fondi in favore di un'associazione per la ricerca contro l'Aids.

«Ci sarà anche Casadio questa sera?» chiese Luca a Carmen, entrando con la Passat nel parcheggio del locale.

«Non credo. Lui preferisce feste non gay. Ma meglio così. Avremo più facilità di movimenti. E poi ci darà senz'altro una mano la mia amica Silvia».

Luca si frugò in tasca cercando il telefonino. Quando riuscì a trovarlo notò sul display che era arrivato un messaggio della segreteria. Ma non riuscì ad ascoltarlo perché una voce metallica lo avvertì che il suo credito era terminato.

«Cazzo! Adesso come faccio!» imprecò.

«Fidati di me». Carmen si incamminò verso l'ingresso. Entrarono senza bisogno di mostrare alcun documento. Carmen incontrò subito Silvia.

«Questo è Luca, un mio caro amico. Ha un problema, il suo cellulare è kappaò. Puoi intercedere per una telefonata dall'ufficio?»

«Sicuro, ti accompagno io». Silvia fece cenno a Luca di seguirlo e si incamminò ondeggiando i suoi fianchi snelli.

Entrarono in uno stanzino con una scrivania in formica bianca, un tavolino su cui era appoggiato un computer Olivetti e una poltrona in finta pelle bordeaux.

«Ti lascio solo. Quando hai finito puoi raggiungerci al bar del privé, okay?»

«Grazie» rispose Luca sedendosi alla scrivania. Digitò il suo numero di telefono e immediatamente partì la segreteria.

Poi compose il numero di codice d'accesso ai messaggi.

«Luca, sono Luana. Ma dove sei finito? Sono le nove di sera e il capo ti sta cercando da quasi un'ora. È successo un gran casino a... Castiglione delle Stiviere! Chiamami al più presto, anche al telefonino. Ciao».

Mentre componeva il numero di cellulare di Luana, Luca faticava a controllare il respiro.

«Pronto».

«Ciao Luana, sono Luca, ho sentito il tuo messaggio solo adesso...»

«0541-777...? ma da dove stai chiamando?»

«Da una discoteca a Misano. Senti...»

«Una discoteca? Cosa stai combinando? Non eri andato a Castiglione?»
«Appena ci vediamo ti spiegherò. Ma cosa è successo?»
«Questa sera, verso le otto, è uscita un'agenzia. Da Castiglione delle Stiviere».
«E allora?»
«Dentice è stato ricoverato d'urgenza. Si è strappato la lingua».
«Stai scherzando?»
«È in sala operatoria, stanno tentando di ricucirgliela. Ma il problema è che l'ha fatta a pezzi con i denti. È difficile che possano riattaccargliela».
«Quando è successo?»
«Oggi. Se ne è accorto un infermiere quando gli ha portato la cena».
«Merda, che storia!»
«Il capo cosa ha detto?»
«Era incazzato nero perché non ti ha trovato. Pensavamo che tu fossi in zona. Voleva un pezzo per aprire il giornale di domani. Poi lo ha fatto fare a un altro con le agenzie. Ma perché hai staccato il telefonino?»
«Stavo parlando con alcune persone. Ho delle novità importanti. È stata una giornata densa».
«Puoi parlare adesso?»
«Meglio di no. Appena ci vediamo ti racconto. Io vedo di sapere qualcosa di più da Castiglione. Puoi coprirmi tu con il capo? Digli che ci sto lavorando e che mi farò vivo presto».
«Non lo chiami? Si incazzerà ancora di più...»
«Lo so, ma non ce la faccio. Ti prego, Luana...»
«Non mi sembra molto corretto. Comunque, se è questo che vuoi...»
«Grazie, sei impagabile».
«Lascia stare... E buon divertimento».
«Come scusa?»
«Non sei in discoteca?»
«Sì, ma sto cercando... è un casino come al solito. Scusa Luana, ti saluto».

Luca spense il telefono. Ripensò a Dentice nella sua stanza. Lo immaginò con il volto insanguinato, la bocca aperta e un mozzicone di lingua. Gli tornò in mente il suo incubo, il killer sul letto con la testa di Martina. Si sforzò di restare lucido. Non sapeva l'ora precisa in cui Dentice aveva compiuto quel gesto ma era chiaro che l'ultimo incontro significativo che aveva avuto era stato con Sacchi. Che cosa era successo in quell'interrogatorio che aveva portato il killer a cercare di tapparsi definitivamente la bocca? C'era evidentemente qualcosa che il suo amico poliziotto non gli aveva raccontato quando si erano incontrati la mattina precedente. Oppure si trattava solo di un altro gesto folle. Ancora una mutilazione. Questa volta su di sé. Ma, perché?

Alcuni passi fuori dall'ufficio distolsero Luca dai suoi ragionamenti. Quasi si stava dimenticando di essere al Doppia Coppia con Carmen che lo stava aspettando in sala. Scese le scale con passo veloce, passò davanti al guardaroba e raggiunse l'ingresso del privé. Ma un energumeno rivestito di Domopak lo bloccò sulla porta. «Amico, qui si entra solo se sei qualcuno» gli disse dandogli una spinta. Luca riuscì a controllarsi.

«Mi stanno aspettando al bar. Sono con una ragazza».

«Non posso farci niente».

Luca cominciò a perdere la pazienza. «Levati dalle palle!»

Il bestione non accennò il minimo movimento. Un gesto e il cronista sarebbe finito fuori dal locale in meno di un minuto.

«Lascialo passare Iachi, l'ho invitato io!» Era la voce di Silvia. Il gigante si spostò e, anche se controvoglia, fece passare Luca.

Carmen era seduta su una panca rivestita di un tessuto chiazzato bianco e nero. Al suo fianco una ragazza mora, appariscente. Sembravano assorte in una conversazione. Luca si rese conto che la bambolona mora era in realtà Valeria.

«Guarda chi si rivede! Ciao bel manzo, ancora a caccia di fantasmi?» disse Valeria regalando a Luca una delle sue occhiate più languide.

«Oh, finalmente! Pensavamo ti fossi perso in qualche toilette!» scherzò Carmen.

Luca non degnò di uno sguardo Valeria. «Carmen, ho bisogno di parlarti. È accaduta una cosa grave a... Non possiamo parlare da soli?»

«Parla pure: io e lei ci diciamo tutto».

«Dentice si è strappato la lingua. Con ogni probabilità resterà muto. Dovrei andare all'ospedale o almeno cercare di parlare con qualcuno degli inquirenti».

Nessun commento. Nessun movimento.

«Mi dispiace, Carmen. Grazie per l'aiuto ma penso che la nostra serata finisca qui».

Fu Valeria a parlare, le mani tremanti e la voce rotta dalla paura: «È una storia maledetta! Ho dei brutti presentimenti. Vi prego, cercate di starne alla larga. Almeno tu, Carmen! È pericoloso entrare in questo vortice...»

Più il viado parlava e più Luca capiva che Valeria era terrorizzata da tutto ciò che riguardava Dentice.

«Cosa vuoi dire? Che cosa sai?» chiese Luca, ma Valeria non lo ascoltava e continuava a rivolgersi a Carmen.

«Ho bisogno di bere qualcosa e di distrarmi. Vado a raggiungere le altre al bar. Ciao Luca, alla prossima».

Restarono entrambi in silenzio guardando Valeria alzarsi dalla panca e avvicinarsi a un gruppo di viados fermi al bancone del bar. Carmen non aveva ancora aperto bocca. Luca sentiva il peso di quel silenzio.

«Tu non hai niente da dire?»

«Non dovremmo modificare il nostro piano».

Carmen sembrava aver mantenuto la calma. Parlava con sicurezza. Luca rimase affascinato dalle vibrazioni della sua voce.

«Ma come? Dopo quello che è successo?»

«Ma cosa puoi fare adesso? Chi pensi che ti possa dire qualcosa? Come minimo non ti fanno nemmeno avvicinare all'ospedale».

«Sì, ma io...» Luca stava per dirle che aveva uno speciale permesso di colloquio con Dentice, poi si rese conto dell'assurdità di ciò che stava pensando. Dentice non era più in grado di parlare. Però avrebbe sempre potuto parlare con Sacchi.

«Forse a Forlì riesco a sapere qualcosa di più».

«Cambia qualcosa se ci vai domattina?» chiese Carmen.

La ragazza aveva ragione. Le possibilità di trovare l'amico poliziotto erano minime, parlare per telefono era sconsigliabile ed era molto probabile che Sacchi fosse tornato a Castiglione delle Stiviere. Ma fu il gesto di Carmen a convincerlo definitivamente. La ragazza tirò fuori dalla borsetta un mazzo di chiavi. Erano quelle dell'agenzia Star.

«Sono riuscita a convincere Silvia a prestarmele. Domani dovrò restituirgliele e non ci saranno altre occasioni».

Luca guardò l'orologio. Mezzanotte meno cinque. Il locale era già pieno. Valeria e le sue amiche erano vicine alla consolle del deejay. La serata stava entrando nel vivo. Nel giro di un'ora nessuno si sarebbe più accorto della loro "fuga".

«Ma non c'è il rischio di trovare Casadio in agenzia?» domandò Luca.

«Il rischio c'è, ne è convinta anche Silvia, ma vuoi lasciar perdere tutto per questo?»

«Va bene. Beviamo qualcosa e poi andiamo».

Carmen sorrise come se non avesse dubitato di quella decisione.

«Martini cocktail?» chiese.

«Gin tonic» disse lui «almeno questa volta decido io».

11

"Una ragazza?... mmhm..."
È in una macchina nel parcheggio del Castro. Vede Luca uscire insieme a Carmen. Mette una mano sul coltello appoggiato sul sedile anteriore. Sulla lama si specchia la luce fioca dei lampioni. Gira l'impugnatura nera. Adesso quello strano specchio lungo e stretto riflette il suo volto. Ma non si vede. Quando "quei pensieri" sono così forti, così presenti, non è quella la faccia che riconosce. Potrebbe avere fra le mani una sua foto ma non riuscirebbe a riconoscersi.
"Si sono fermati. Stanno guardando da questa parte. No!
Non è possibile!"

«Carmen, aspetta!» Valeria, uscita di corsa dalla discoteca, chiamò l'amica dalla parte opposta del parcheggio. Carmen e Luca si fermarono e si voltarono verso la porta del locale dove il viado stava facendo dei segni con la mano per attirare la loro attenzione. Ma una macchina tra di loro impediva la visuale. Valeria era poco vestita e il freddo le faceva tremare le spalle.

«Carmen, sono io! Mi vedi? Carmen...» Luca e la giovane amica erano troppo lontani. Sfidando il freddo Valeria si incamminò a passo veloce verso di loro.

"Passi nella ghiaia. Qualcuno alle spalle... mmhm... si sta avvicinando... Non voltarti, non girare la testa... non mi vede, non mi vede, non mi vede... mmhm..."

La mano ancora lì, sul coltello, nel sedile vicino. Ma è troppo grosso, non riesce a nasconderlo.

"Il rumore dei passi è vicinissimo. È proprio qui. Si ferma... mmhmm... non girare la t..."

Non era facile camminare velocemente con i tacchi sulla ghiaia. Il piede si piegò verso l'esterno. Il dolore era fortissimo. Valeria si fermò massaggiandosi la caviglia avvolta nello stivale nero. Una mano appoggiata a quell'auto parcheggiata per sorreggersi meglio su una gamba. La testa piegata verso il basso.

"Sta guardando dentro?... mmhm..."

Sente la sua presenza fuori dal finestrino. Resta immobile. La mano sull'impugnatura del coltello. Le pupille iniziano una lenta rotazione verso destra. La testa rimane ferma.

"Mi sta guardando! Mi sta guardando in faccia!"

Valeria stava con la testa piegata, la caviglia tra le mani. Finché le sembrò di essere colpita da un flash. Veniva da quell'auto. Guardò all'interno. Nel buio apparvero due occhi. Stavano fissando i suoi.

Fece uno scatto improvviso con la testa. "Dio mio, speriamo che Carmen non sia già andata" pensò Valeria. La Passat di Luca stava già raggiungendo l'uscita del parcheggio.

«Carmen! Carmen!» La Passat scomparve dalla sua visuale.

«Hai sentito?» chiese Carmen.

«Cosa? Non ho sentito nulla!» rispose Luca. Prese una cassetta e la inserì nell'autoradio. Risuonarono le prime note di *Smells Like Teen Spirit* dei Nirvana. Il volume della musica infastidì Carmen.

«Scusa, puoi abbassare? Non ti è sembrato di sentire qualcuno urlare?»

«Quando?» disse Luca abbassando leggermente il volume.

«Prima, nel parcheggio».

«No, perché?»

«Ho avuto l'impressione che qualcuno mi stesse chiamando. Però quando mi sono girata a guardare non ho visto nessuno».

«Sarà stata la musica della discoteca» concluse Luca rialzando il volume.

«Sei proprio fissato con questa musica!»

«Questa è la più bella canzone che sia mai esistita. Kurt Cobain la scrisse nel '91. Tre anni dopo si sparò alla testa in una stanza sopra il garage della sua casa di Seattle con un fucile calibro 20. Trovarono il corpo dopo tre giorni. Aveva messo uno sgabello alla porta per barricarsi. Prima di suicidarsi aveva scritto un biglietto a Bodah, un suo immaginario amico d'infanzia. Gli raccontava del vuoto che sentiva dentro di lui, che lo rendeva un miserabile rocker di morte. Era terrorizzato che sua figlia, Frances Bean, potesse diventare come lui. E poi bang! Premette il grilletto appoggiando la fronte alla canna del fucile».

...our little group has always been, and always will until the end...

Carmen lo fissava incuriosita.

«Perché?» chiese.

«Perché cosa?»

«Perché mi racconti tutti questi particolari su Kurt Cobain? Sembra quasi che tu stia parlando di una persona che hai conosciuto».

Luca si voltò a guardare Carmen. Il vento le aveva scombinato un po' i capelli. Una lunga ciocca le attraversava il viso passandole sopra l'occhio fino a sfiorarle la bocca. Avrebbe voluto baciarla. In quel momento.

«Luca...» Carmen accennò un sorriso e gli appoggiò una mano sul ginocchio.

«Che cosa mi avevi chiesto?» disse Luca, il cuore che batteva forte.

«Perché Cobain?»

«Non lo so. Mi capita spesso di pensare a lui. I genitori che si odiavano. Un'infanzia vissuta da solo, tra violenze e armi da fuoco. Non si è mai sentito parte di questo mondo. Non ha trovato nemmeno una via d'uscita. Anche la musica non gli sembrava più sua. Aveva generato una bambina, in un mondo che non amava. Non sopportava l'idea che sua figlia potesse provare ciò che lui aveva vissuto da bambino. La sua vita è stata una continua ricerca di un'uscita di sicurezza. Ma non l'ha mai trovata. Da vivo almeno».

«E tu?» chiese Carmen.

«Io ho paura della morte. È la negazione di tutto. Però capisco il suicidio. Se non c'è più qualcosa per cui valga la pena vivere. Altrimenti le giornate passano, una dopo l'altra, e dopo la notte un altro giorno. Senti che il tempo se n'è andato, senza lasciare traccia. E allora pensi. Cosa ho provato? Ho amato? Ho odiato? Mi sono sentito vivo? Ho fatto ciò che veramente volevo fare? Quando cominci a trascorrere troppi giorni da sopravvissuto vuol dire che ti stai abituando alla negazione. Alla morte. A quel punto puoi scegliere. Aspettarla, come fa la maggior parte della gente, o cercarla».

Luca aveva fermato la macchina a caso, davanti al centro direzionale Flaminio. Carmen guardava verso il basso, le mani incrociate sul grembo. Luca le accarezzò il viso spostandole all'indietro i capelli. Le prese una mano e la portò alle labbra. Carmen si girò. Aveva gli occhi velati di lacrime. Kurt Cobain cantava il ritornello di Come As You Are. Luca le afferrò la testa con entrambe le mani mentre le sue labbra sfioravano quelle socchiuse di lei. Si abbracciarono e si strinsero con tutta la forza che avevano, continuando a baciarsi. Fu Luca il primo a lasciarsi cadere sullo schienale del sedile. Carmen sorrise e gli prese una mano.

«Questa notte c'è qualcosa per cui vale la pena vivere?» gli chiese.

«Oh, sì! Questa è una di quelle notti che lasciano il segno».

Il dolore alla caviglia era insopportabile. Valeria cercò di dimenticarselo. Barcollando sulla ghiaia tentò di accelerare il più possibile il passo, senza mai voltarsi indietro. Era terrorizzata. Quegli occhi nella macchina, disumani, cattivi... La discoteca sembrava lontanissima. Respirava affannosamente. Il sangue le pulsava nelle tempie. Gli occhi non riuscivano a trattenere le lacrime che facevano colare scie di trucco lungo il viso. Avrebbe voluto urlare ma le corde vocali erano come paralizzate. Finalmente qualcuno. L'ingresso del club era ormai a un passo.

Valeria si precipitò addosso a un buttafuori: «Aiutami, ti prego! Nel parcheggio... In quella macchina c'è... È spaventoso...» Si girò all'indietro di scatto. Nessuno. Guardò verso l'uscita del parcheggio. Nessuno. Anche la macchina era sparita. Il panico tornò a gelarle la schiena.

«Calmati! Cosa c'è?»

Valeria balbettava. «Nel parcheggio... dentro una macchina... qualcuno mi ha fissato... voleva uccidermi! Ne sono sicura... aveva qualcosa tra le mani, sembrava un c... c... colte... oddio, era terribile!»

Il buttafuori uscì verso il parcheggio mentre un altro cercò di tranquillizzare Valeria facendola sedere su una panca.

«Ma hai visto chi era?»

«Aveva gli occhi pieni di... odio! Vi prego, aiutatemi!»

«Adesso ti devi calmare. Qui non ti può succedere niente. Se c'è qualcuno lì fuori lo prenderemo. Ma non ti ricordi com'era?»

Il respiro di Valeria si fece quasi regolare. Si asciugò gli occhi con un fazzoletto: «Volevo raggiungere una mia amica che se ne stava andando. Sono andata nel parcheggio e ho visto la macchina in fondo, verso il cancello. Mi sono avvicinata, pensavo che fosse vuota. Per caso ho guardato dentro. Ho intravisto un bagliore, poi due occhi che mi fissavano dal buio. Erano spaventosi. Allora mi sono messa a correre verso l'entrata del locale...»

«Qualcuno ti ha seguita?»

«Non lo so».

In quel momento rientrò il buttafuori: «È tutto tranquillo. Nel parcheggio non c'è nessuno. Ho guardato anche dentro le auto. C'è solo un ragazzo strafatto di ecstasy sdraiato per terra».

«Vedi, non c'è nulla di cui preoccuparsi. Probabilmente ti sei sbagliata» disse l'altro.

«Non è vero! Era là, dentro la macchina!»

«Ho capito. Adesso però bevi qualcosa e stai tranquilla».

«Sei matto? Qui fuori c'è un maniaco assassino e tu mi dici di stare tranquilla?»

«Fuori non c'è nessuno e dentro nemmeno! Adesso basta se no mi tocca sbatterti fuori! Stai calma e cerca di non rompere più i coglioni» sbottò il buttafuori.

Valeria lo fissò con aria feroce, gli mostrò il dito medio e si diresse verso il privé.

12

Carmen e Luca giunsero davanti a un portone in legno di un vecchio palazzo di due piani. Carmen tirò fuori le chiavi dalla tasca del cappotto.

«Aspetta. È meglio se prima suoniamo il campanello. Ci dovesse essere qualcuno...» disse Luca.

«Se ti fa stare più tranquillo, suona pure». Qualche secondo, un'altra suonata e poi una terza.

«Basta Luca, vuoi svegliare tutto l'isolato?»

«D'accordo, apri pure».

Un corridoio stretto e lungo apparve dinanzi a loro. L'unica luce nel vano era quella che filtrava dalla strada. Luca avanzò a tentoni cercando l'interruttore delle scale. Rovinò addosso a una bicicletta appoggiata al muro che cadde a terra.

«Cazzo, ma perché non ti metti anche a urlare per fare più casino!»

«Ma dove si accende la luce?» chiese sottovoce Luca raccogliendo la bicicletta.

«Non lo so, ma è meglio se procediamo al buio, bici permettendo...»

Arrivarono al pianerottolo del secondo piano. Una targa azzurra con la scritta "Star" indicava l'ingresso dell'agenzia.

Luca bussò due volte. Nessuna risposta. Nessun rumore.

«Sei convinto adesso?» chiese Carmen spazientita.

«Sì, sì, apri...»

«Facciamo prima un giro di perlustrazione!» disse Luca. Cercando di fare il minor rumore possibile e accendendo soltanto la luce dell'ingresso, entrarono in una stanza con due scrivanie e una serie di scaffali colmi di riviste e documenti d'archivio.

«Qui lavorano le segretarie, Silvia e Imelde» spiegò Carmen. La piccola stanza seguente era una sorta di ripostiglio pieno di scaffalature in metallo i cui ripiani contenevano decine di faldoni di documenti.

«Sembra lo studio di un notaio o di un commercialista, non di un agente di spettacolo» sottolineò Luca.

«Quei dossier contengono informazioni che potrebbero esserci molto utili» replicò Carmen. «Casadio fa compilare schede personali, se possibile anche con foto, di tutte le ragazze che prendono contatto con l'agenzia. Le segretarie hanno l'ordine di preparare una cartella con i dati anche per una semplice telefonata».

«Alla faccia della privacy».

«In questo modo lui però è sempre coperto. Può contare su un gran numero di aspiranti ballerine e si fa forte con i locali nel proporre ogni genere di spettacoli. Inoltre, lasciando intendere di poter disporre di tutte le ragazze che vuole, rende altissima la competizione e bassissimi i compensi».

«E quelle che vogliono il posto assicurato devono...?»

«È un porco! E non si fa scrupoli. Anche con le minorenni».

«Perché non l'avete mai denunciato?»

«A che scopo? È pieno di amici poliziotti. Sapessi quanti vengono qui. Lui presenta loro le ragazze, le ricatta e quei maiali ne approfittano. Così se per caso una di loro si azzarda a dire qualche cosa si becca automaticamente una controdenuncia per calunnia e passa per una puttanella che cerca di farsi pubblicità o di spillare soldi».

«È disgustoso! Come fai a lavorare in questa agenzia?» Luca ripensò a Martina. Lei non gli aveva mai raccontato questi retroscena. Perché? C'era qualcosa che la spaventava?

«So a cosa stai pensando» disse Carmen. «Martina era diversa. Non ha mai accettato proposte di questo genere. Le piaceva ballare e basta. Come a me».

L'ufficio di Casadio era la stanza più grande. Sulla parete, dietro una scrivania in legno di noce fine Ottocento, decine di foto di modelle: a figura intera, in primo piano, in studio, durante le esibizioni. Alcune foto erano autografate, con dediche e cuoricini. "...La tua calda preda. Jenny", "...Chiamami e verrò. Lara", "...Scatenata e perversa. Milla". Sembravano slogan per film pornografici. Il destinatario delle dediche era sempre lui: Claudio Casadio. Una foto in particolare bloccò il respiro di Luca. Rimase a fissarla per qualche minuto. Carmen lo raggiunse.

«Sai chi è?» chiese lei.

«No. Ma ho un sospetto... Possibile che sia proprio...»

«Sì, è Simona!» disse «la seconda vittima del killer». Luca continuò a fissare la foto in silenzio.

«E guarda questa!» disse Carmen indicandone un'altra che ritraeva una ragazza mulatta sorridente, i capelli lunghi, lisci e neri.

«È Graciela Castro. Si faceva chiamare Grace. Lavorava a Rimini in alcuni locali. Era cubana e... molto bella. È stata la prima vittima».

«È pazzesco! Lavoravano tutte per la Star!»

«Pensi che Casadio possa essere coinvolto in qualche modo?»

«E come potrebbe non esserlo? Anche se sembra assurdo» disse Carmen.

«Che cosa?»

«Che Casadio abbia a che fare con gli omicidi di Dentice e giochi così allo scoperto. Le vittime sono tutte della sua agenzia: Simona, Grace... La polizia è venuta qui varie volte. Possibile che non si sia insospettita?»

«Hai detto che Casadio è protetto dalla polizia...»

«Questo è vero. Ma secondo me c'è dell'altro».

«Cosa intendi?»

«Casadio sa. Quel porco è a conoscenza di qualche cosa che riguarda questi delitti. Non so cosa, ma di certo lo rende inattaccabile dalla polizia».

«Vuoi dire che la polizia ha interesse a nascondere qualcosa?»

«Non lo so. È possibile. Forse non la polizia in generale ma qualcuno sì. Qualcuno che Casadio potrebbe ricattare».

«Magari chi ha fatto sparire quel fascicolo» borbottò Luca.

«Quale fascicolo?» chiese Carmen.

«Quello dell'omicidio di Lorena e del suicidio di Belinda. Oggi pomeriggio sono andato in questura per dare un'occhiata a quelle carte. C'era un ispettore della omicidi, un certo Gerace, che mi ha detto che quel fascicolo è introvabile. Sparito, volatilizzato. E non si spiega come sia potuto succedere».

«Dobbiamo cercare quel dossier» fece Carmen.

«Qui?»

«Perché no? Evidentemente contiene qualcosa di molto scomodo per la polizia. E Casadio forse ne è venuto in possesso e lo usa per ricattare qualcuno. Se è così basta cercarlo».

«Ma perché tenerlo proprio qui? Nel posto più ovvio».

«Se non ti va di cercare possiamo anche andarcene».

«Va bene. In fondo siamo qui per questo».

Luca prese un fazzoletto di carta dalla tasca, lo impugnò e cominciò ad aprire i cassetti della scrivania. Carmen andò nel ripostiglio e iniziò a guardare i dossier.

Per oltre mezz'ora Luca e Carmen esaminarono schede, foto, indirizzi, fotocopie di documenti di identità e passaporti, lettere, dépliant di locali da ballo, biglietti da visita di deejay, pierre, addetti stampa. Improbabili curriculum di producer di serate, registi teatrali e televisivi, cassette video VHS e beta professionali, super 8 e dischi DVD. Nei cassetti della scrivania di Casadio, Luca trovò anche due scatole di preservativi, un vibratore a pila a forma di pene, uno speculum ginecologico, guanti di lattice, vaselina, "crema toro" per prolungare l'erezione, anfetamine, Viagra, varie pasticche di ecstasy a forma di quadrifoglio, del Roipnol, una bustina con due francobolli all'LSD con l'immagine di un coniglietto di *Playboy*, hashish pakistano in tavolette e un sacchetto pieno di marijuana. Oltre a foto di modelle in topless, giornali pornografici, videocassette di Selen, Eva Henger, Jessica Rizzo.

«Luca, vieni qui, presto. Vieni a vedere!»

Carmen era seduta per terra, appoggiata con la schiena alla parete, sulle ginocchia una scatola di cartone aperta, piena di documenti dattiloscritti. Ne teneva due nelle mani.

«Non dirmi che hai trovato quel fascicolo!» disse Luca.

«Non esattamente. Però guarda qui!»

«Che cos'è?»

«È un elenco di nomi, completi di indirizzo, telefono privato e cellulare».

«E quale sarebbe la novità? Questo posto è pieno di elenchi di dati personali».

«Sono poliziotti!»

«Come fai a esserne certa? Fammi vedere».

«Accanto a ogni nome c'è il grado e la sezione. La data è dell'inizio dello scorso anno».

Luca lesse attentamente i nomi. Facevano tutti parte della Questura di Rimini. C'era il capo della mobile Cinti, il vice Bellano e altri a lui sconosciuti.

«Ci sono altri fogli?» chiese Luca.

«Sì, ma non c'entrano nulla con questi. Sono indirizzi di discoteche e animatori».

«Allora manca qualcosa».

«Complimenti per l'intuizione, Sherlock!»

«Nient'altro?»

«Oh, sì. Ma non penso che le misure di Adele, Lilla, Tamara, Fiona, Titti... ci siano utili».

«E quelle?» chiese Luca indicando una pila di cartelle rigide con l'elastico dentro alla scatola.

Carmen cominciò a spazientirsi. «Se non ti fidi puoi riguardartele tutte, però io me ne vado». Poi prese una di quelle cartelle e la aprì. «Vuoi controllare? Camilla, anni 16, di Gatteo. Seno: quinta. Vuole fare la cubista. Le piace la musica afro. Vive con i genitori che però non sanno nulla. Studia ragioneria a Ravenna. Fidanzata ma...Vuoi che vada avanti? Romina, 22 anni, di Rimini. Ha già lavorato come ballerina in discoteca. Sporadiche apparizioni come valletta a programmi di televendita a TeleRomagna. Seno: quarta. Fianchi 90. Vive con un'amica. Disponibile anche per lap-dance, strip-dance e... Poi senti questa: Mar...»

«Carmen, ora basta».

«No, invece adesso mi ascolti. Allora: Martina, vent'anni, di Cesena. Studentessa. Vive a Bologna. Fidanzata...» Carmen si bloccò di colpo e si girò verso Luca. Lui era immobile con il fiato sospeso, gli occhi spalancati, le mani tremanti.

«Scusa, non me ne sono resa subito conto» mormorò Carmen.

Luca le strappò la cartella di mano e iniziò a leggere. C'era una foto in primo piano, il numero di telefono della casa di Rimini, di quella di Cesena dei genitori, l'indirizzo della stanza in affitto a Bologna e il numero del suo cellulare. Luca continuò a leggere: fidanzata con Luca Rambaldi, 28 anni, giornalista. "Gazzetta di Forlì". Musica: techno, house, trip-hop, commerciale. Un metro e 78. 80-60-80. Solo dancer. Impegnativa.

«Che cazzo significa *impegnativa*?» disse mentre i suoi occhi correvano lungo il foglio: "discoteca Princess con Katy.Cube from midnight. Amica V". «E chi cazzo è V.?» e senza attendere risposta proseguì: «Se scopro che quel porco di Casadio le ha fatto qualcosa o l'ha costretta a fare cose che lei non voleva, lo ammazzo!»

«Calmati Luca, non serve che ti agiti, adesso» cercò di tranquillizzarlo Carmen, ma lui continuava a fissare il foglio.

«C'è una data. Cazzo! È vicino al cognome di Martina, guarda! Aspetta un attimo, fammi pensare. È del giorno dopo il riconoscimento del cadavere di Katy».

Carmen si avvicinò a Luca e sbirciò il documento da dietro la sua spalla.

«Dobbiamo scoprire cosa significa. A tutti i costi!» gridò Luca.

«Vedrai che troveremo la spiegaz...» sussurrò Carmen ma non riuscì nemmeno a finire la frase che Luca schizzò verso l'ufficio di Casadio e cominciò a spalancare furiosamente tutti i cassetti e le ante dei mobili.

«Smettila, stai facendo un gran casino! Così non troverai niente e ti metterai solo nei guai!» urlò Carmen.

Luca sembrava in preda a un raptus mentre buttava per terra foto, floppy disk, videocassette, documenti, cartelle, schedari. Carmen corse verso di lui, lo abbracciò da dietro stringendolo forte all'altezza del petto e gli bloccò le braccia. Luca cercò di reagire, poi crollò a terra, lentamente, abbandonandosi alla stretta di Carmen. Iniziò a piangere. Entrambi scivolarono sul pavimento, abbracciati.

«Coraggio, Luca. So che non è facile ma devi farcela» disse Carmen, accarezzandogli il viso «non puoi lasciarti andare proprio adesso. Martina era una ragazza forte, lei non è mai scesa a compromessi e questo te lo posso assicurare. Dobbiamo scoprire perché le hanno fatto fare quella fine orribile. Glielo dobbiamo, non credi?»

«Sì... sì, lo so... lo so... hai ragione, Martina era forte, era... oh, Dio, tu non sai quanto mi manca! Tutto quello che faccio mi sembra vuoto, la gente che mi sta attorno mi dà fastidio, non ho più voglia di niente. Quella notte dovevo stare con lei, dovevo...»

«Basta con i sensi di colpa. È troppo comodo! Se vuoi che la morte di Martina non sia una delle tante notizie che fanno vendere i giornali, se vuoi darle la dignità che merita, abbi il coraggio di andare fino in fondo. Dove nessuno, evidentemente, vuole arrivare!»

«Grazie Carmen» Luca riuscì a sorridere debolmente alla ragazza «tu... tu...»

Lei non gli lasciò finire la frase. Con le dita gli sfiorò la bocca e lo baciò lentamente sulle labbra.

«Allora, te la senti di continuare?» chiese dolcemente.

«Sì. Va tutto bene, adesso». Tenendosi per mano Luca e Carmen cominciarono a riordinare lo studio.

13

La sala grande del Doppia Coppia era talmente affollata che si riusciva a stento a ballare. Il deejay, completamente calvo, con le sopracciglia colorate di rosa e giallo, si dimenava in consolle indicando i tanti travestiti che, a turno, gli ammiccavano dalla pista. La saletta attigua al privé, illuminata da finte candele, era piena di gente, accalcata intorno a una gabbia centrale, dentro la quale ballavano una ragazza in slip e un trans, simulando un atto sessuale.

Valeria, ancora sconvolta, si era rifugiata da venti minuti nel bagno per "signore" del privé. Fumava nervosamente appoggiata a una parete. Entrò Silvia.

«Valeria, cosa ci fai qui?»

«Anche tu pensi che sia nella toilette sbagliata?»

«No. Mi chiedevo semplicemente dove fossi finita».

«Hai saputo la storia del parcheggio?»

«Un ragazzo all'ingresso mi ha raccontato che un trans, in preda alle allucinazioni, ha visto un maniaco».

«Veramente non ho avuto nessuna allucinazione! Stavo cercando Carmen e ho visto il killer. Aveva tra le mani un coltello. Almeno credo...»

«Ti ha minacciato? Lo hai visto in faccia?»

«Bè, no... non ho potuto vederlo bene e non so se aveva intenzione di aggredirmi. Ma, ti giuro, i suoi occhi! Terribili. Ho visto il male, l'orrore!»

«Nessun altro lo ha notato?»

«Ero da sola, nel parcheggio. Poi sono corsa verso l'ingresso ma i buttafuori non si sono accorti di niente».

«Rilassati. Qui non c'è nessun pericolo».

«Come fai a saperlo? Quegli occhi potrebbero essere già dentro al club!»

«Stai tranquilla! I ragazzi all'entrata se ne sarebbero accorti. Andiamo a bere qualcosa».

«No, Silvia, voglio andare a casa. Sono distrutta».

«Va bene. Ma... senti, Carmen e il suo amico, Luca, sono già andati via?»

«Sì, li ho visti andarsene proprio mentre ero nel parcheggio. Ho chiamato Carmen ma non mi ha sentito».

14

«Hai sentito?» sussurrò Luca.

«No. Che cosa c'è?» rispose Carmen.

«C'è qualcuno, ho sentito un rumore».

«Ma, dove? Io non ries...»

«Sssst... eccolo!»

Uno scricchiolio vicino alla porta d'ingresso.

«Presto, spegniamo le luci e avviciniamoci alla parete!» Silenzio. Carmen sentiva il cuore batterle in gola.

«Forse è qualcuno che abita di fronte» bisbigliò Carmen.

«Zitta! Non farti sentire. Sta per entrare».

Un fruscio di abiti e il rumore di un passo. Carmen e Luca erano pietrificati. In piedi, appoggiati alla parete della stanza di Casadio completamente al buio, non riuscivano a distinguere se quei rumori provenissero dall'esterno dell'agenzia o se qualcuno vi fosse entrato.

«Abbassiamoci, così sarà più difficile che ci veda» suggerì Luca.

«Ma chi può essere? È notte fonda».

«Non lo so. Ma è meglio restare immobili e non fare rumore».

I passi, lenti e sommessi, ora erano più vicini. Ancora uno scricchiolio, proveniente, questa volta, dalla stanza delle segretarie.

«È qui. Non ha acceso la luce» disse Carmen con la voce bassa e tremante.

«Se si ferma lì, potremmo tentare di scappare» propose Luca.
«Ma è buio».
«Preferisci che entri in questa stanza e ci scopra?»
«Cazzo, non lo so. Ho paura. Ma perché sta al buio...»
«Forse sta cercando qualcosa, o qualcuno... Cristo! Forse sta cercando noi! Dobbiamo andarcene, subito!»

Avanzarono strisciando lungo la parete e raggiunsero l'ingresso. La porta della stanza delle segretarie era aperta. Un leggero chiarore filtrava dalle persiane, illuminando debolmente parte del locale. Carmen e Luca guardarono all'interno ma non riuscirono a scorgere nessuno. La porta d'uscita era a pochi passi però il buio nell'ingresso era totale. Decisero di proseguire ancora, rasenti alla parete, poi, con uno scatto, raggiungere la porta e precipitarsi fuori. Carmen era dietro Luca. D'improvviso sentì l'aria muoversi alle sue spalle. Un soffio di fiato la raggiunse sul viso. Allungò istintivamente la mano, ma qualcuno la afferrò.

15

Il deejay con le sopracciglia rosa e gialle, dopo quasi due ore in consolle, chiese il cambio a una vee-jay di MTV.

Si diresse verso il bagno. Era deserto. Si avvicinò alla fila di porte. Cinque servizi, tutti vuoti. Si fermò davanti al primo. Con una spinta spalancò la porta e rimase paralizzato. Un viado era seduto sul gabinetto con i pantaloni abbassati fino alle caviglie. Un fiume di sangue gli imbrattava le gambe e gli stivali. L'inguine era squarciato. Il pene e un testicolo erano stati tranciati e infilati in bocca. L'altro testicolo, attaccato per metà, galleggiava sull'acqua rossa del water. Da un profondo taglio sulla pancia cominciava a uscire parte dell'intestino. Al posto degli occhi, due buchi neri da cui colavano grumi di sangue rappreso. La bocca, squarciata, era semiaperta in un ghigno terrificante.

Si appoggiò allo stipite della porta e cominciò a vomitare. Poi si mise a gridare più forte che poteva.

16

«Merda, mi hai fatto prendere un colpo! Ma che cosa ci fai tu qui a quest'ora?»

Dopo l'urlo di Carmen, Luca era riuscito ad accendere la luce del corridoio: il misterioso visitatore dell'agenzia era in realtà Silvia.

Carmen era fuori di sé dalla rabbia: «Mi vuoi spiegare perché sei venuta qui e soprattutto perché sei entrata in quel modo...»

«Carmen, ti prego. Non volevo spaventarti. Non ero sicura che foste ancora qui».

«E quindi hai pensato bene di giocare all'allegro fantasma!»

«Ho cercato di non fare rumore. Non sapevo chi avrei potuto trovare...»

«Ma come fai a dire tante stronzate una dietro l'altra? Mi vuoi spiegare che cazzo ci fai qui?»

Luca, sorpreso, assisteva allo scambio tra le due, senza dire una parola. Si chiedeva se quella strana "intrusione" non fosse un modo per controllare le loro mosse.

«Devi credermi, Carmen, ero molto preoccupata! Casadio non si è fatto vivo per tutta la serata, né in discoteca, né per telefono. Così avevo paura che fosse venuto in agenzia mentre c'eravate voi. Non volevo che vi trovasse ma non sapevo bene cosa fare...»

«E se fosse stato così come ci avresti aiutati?»

«Mi sarei inventata qualcosa. Lui è un pezzo di merda. Pensa male di tutti perché è il primo a comportarsi in modo ignobile. Però si fida di me, lo sai...»

«Perché sei entrata così furtivamente? E con quali chiavi?»

«Con queste! Ne ho un altro paio. Era tutto buio. Poi ho sentito dei rumori e ho avuto paura. Temevo che qualcuno potesse vedermi, quindi ho cercato di rimanere nascosta. Quando per sbaglio ti ho preso la mano e tu hai urlato, sono quasi svenuta. Ero terrorizzata».

«Dillo a me» disse Carmen. «È un miracolo che non sia morta dallo spavento...»

«Credimi, Carmen, mi dispiace molto. Sai quanto ci tengo alla nostra amicizia...»

La tensione stava calando. Luca ne approfittò per affacciarsi alla finestra che dava sulla strada per controllare che nessuno fosse arrivato insieme a Silvia.

«Com'è andata? Hai trovato i tuoi vestiti?» disse Silvia cercando di cambiare discorso.

«Veramente no. Pensavo di aver dimenticato qui dei pantaloni ma mi sono sbagliata. Non c'è niente».

«Ma è già finita la festa?» chiese Luca.

«No, io me ne sono andata. Troppa gente, troppo caos. E poi il nostro spettacolo è stato più breve del previsto. A proposito, Valeria ha detto di averti cercato nel parcheggio...»

Luca e Carmen si avvicinarono a Silvia, in attesa.

«...sì, ha detto che ti ha seguito fuori. Ma a un certo punto avrebbe visto qualcuno con... con un coltello...»

«Un coltello?» dissero insieme Luca e Carmen.

«Sì, lei sostiene che si trattava del killer».

«Lo ha visto bene?» chiese Luca.

«Non in faccia. È scappata subito dentro al club».

«Qualcun altro lo ha visto?»

«Nessuno».

«E il coltello?»

«Mah, forse Valeria è un po' esaurita...»

«Valeria non parla mai a vanvera» la corresse Carmen angosciata «qualcuno deve averla spaventata. Dov'è adesso?»

«L'ho lasciata in discoteca ma mi aveva detto che sarebbe andata a casa».

«Dobbiamo andare da lei, subito» disse Carmen rivolgendosi a Luca.

«Se volete poss...» Silvia non riuscì a finire la frase.

Luca e Carmen erano già fuori dall'agenzia.

Il parcheggio del Doppia Coppia era circondato da auto della polizia. C'era anche un'autoambulanza con i lampeggianti blu accesi e il portellone spalancato. Due agenti in divisa stavano recintando l'area tra il parcheggio e l'entrata del locale con del nastro bianco e rosso. Dalla discoteca entravano e uscivano uomini della scientifica con i guanti di lattice. Alcuni avevano tra le mani indumenti intrisi di sangue. I flash di una macchina fotografica lampeggiavano attraverso le vetrate del locale. Una pattuglia di vigili urbani bloccò la Passat cento metri prima del parcheggio.

«Mi dispiace ma di qui non si può passare».

«Che cosa è successo?» chiese Carmen ansiosa.

«Non lo sappiamo nemmeno noi. Abbiamo l'ordine di non far passare nessuno».

«Ma là c'è una mia amica e...»

«Mi dispiace signorina».

Carmen stava per scoppiare. Luca le prese una mano e gliela strinse forte. «D'accordo, ce ne andiamo».

«So io come superare il blocco» le disse piano mentre si allontanavano.

Fecero una decina di metri e sparirono dietro una curva. Parcheggiarono in una piazzola sterrata e si incamminarono verso la discoteca. Mentre stavano per raggiungere il posto di blocco, sopraggiunse un furgone mortuario, preceduto da un'auto.

«Presto, adesso!» disse Luca. Con una breve corsa superarono la pattuglia, distratta dall'arrivo del furgone.

«Hai visto, è arrivato anche il carro funebre!» Carmen era sempre più preoccupata.

«Dev'essere successo qualcosa di grave».

«Dio, ti ricordi cosa ha raccontato Silvia di Valeria e... del coltello?»

«Stai tranquilla. Non è detto che le sia accaduto qualcosa!»

«Gesù, era così agitata questa sera ...»

Mentre si avvicinavano alla discoteca Luca si sentiva tremare al pensiero di quello che avrebbe potuto trovare. Respirò profondamente per cercare di non trasmettere altra ansia a Carmen.

«Ehi! Dove andate? Qui non si può entrare!» Un agente li chiamò con voce perentoria, avvicinandosi a grandi passi.

«Siamo giornalisti. Io sono della "Gazzetta di Forlì", lei è una mia collega. Passando abbiamo visto lo spiegamento di forze e ci siamo avvicinati per capire cosa sia successo. Ci può dire qualcosa?»

«No, non posso dire niente. Non potete stare qui, perciò andate».

«Ma ci sono feriti? Abbiamo visto anche il furgone mortuario...»

«Vi prego signori, dovete uscire dall'area recintata!»

«È morto qualcuno? C'è stato un omicidio?»

«Cazzo! C'era una mia amica là dentro questa sera, devo sapere...» urlò Carmen cercando di superare lo sbarramento. L'improvviso trambusto fece accorrere altri poliziotti.

«Che problema c'è?»

Luca riconobbe l'ispettore che aveva incontrato nel pomeriggio alla Questura di Rimini.

«Ispettore Gerace, sono Luca Rambaldi della "Gazzetta di Forlì", si ricorda di me? Ci siamo visti ieri a Rimini, in questura...»

«Mi ricordo. Cosa ci fa qui?»

«Ho bisogno di parlarle. Per favore, mi faccia passare...» Gerace fece un cenno agli agenti.

«Grazie ispettore. Lei è Carmen, una mia... la mia fidanzata».

Carmen lo guardò incuriosita.

Luca riprese: «Che cosa è successo?»

«C'è stato un omicidio. Non posso dirle molto. Stiamo ancora facendo i rilievi».

Carmen cominciò a tremare e fissò il poliziotto con gli occhi sgranati.

«Chi è morto? E come è stato ucciso? Me lo dica, per favore!» chiese con la voce rotta dall'emozione.

«Mi dispiace ma non sappiamo ancora l'identità della vittima. Non aveva con sé i documenti».

«Ma è un uomo o una donna?» riprese Luca.

Mentre l'ispettore Gerace stava per rispondere, Carmen vide uscire dalla discoteca gli addetti dell'impresa funebre con una barella su cui era adagiato un corpo coperto da un telo. Senza dare il tempo al poliziotto di reagire, cominciò a correre verso la barella. La raggiunse e prima che gli uomini della medicina legale potessero fermarla sollevò il telo. Non riuscì nemmeno a urlare. Vide improvvisamente tutto nero e sentì le gambe cedere. Svenne. Era Valeria.

17

L'intervento chirurgico si era protratto per oltre due ore. La difficoltà maggiore era stata quella di ricucire i brandelli di lingua al piccolo moncone rimasto in bocca. Inoltre Fabrizio Dentice aveva perso molto sangue e vi erano stati problemi anche per l'anestesia. Il vicequestore Sacchi aveva atteso fuori dalla sala operatoria dell'ospedale di Parma.

«Allora com'è andata?» chiese quando il chirurgo uscì nel corridoio.

«Abbiamo fatto tutto il possibile. Era ridotto proprio male. Si è strappato la lingua con le mani e con i denti, e poi ha continuato a infierire con i molari sul moncone».

«Come ne uscirà?»

«Bè, di sicuro sopravviverà. Ma dubito che potrà ancora parlare».

Le porte della sala operatoria si aprirono di scatto. Uscì un'infermiera trascinando il letto a rotelle su cui si trovava Dentice, ancora sotto gli effetti dell'anestesia. Sulla bocca aveva una vistosa fasciatura. Sacchi lo fissò mentre il letto si allontanava. Poi riaccese il telefono cellulare. C'erano otto nuovi messaggi. Ascoltò solo il primo: «Sono Cinti della mobile di Rimini. C'è stato un altro omicidio. Questa notte, a Misano, al Doppia Coppia. Un viado è stato massacrato».

La sala stampa al primo piano della questura era piena di gente. C'erano i corrispondenti di quasi tutti i quotidiani nazionali, di molte testate televisive e di radio private, oltre a diversi fotografi. Luca riconobbe tra la folla una sua amica di Rimini, che scriveva per un importante giornale, e riuscì a raggiungerla.

«Ciao Annamaria, come va?»

«È un casino! È arrivato anche l'inviato da Roma. Lui fa la cronaca, io devo fare il pezzo di spalla, ricostruire la storia. Vogliono due pagine ma... mi stai ascoltando?»

L'attenzione di Luca si era spostata sui due che erano entrati nella sala e si erano diretti verso le sedie e i microfoni. Uno di questi era l'ispettore Gerace.

«Chi è quello pelato?» chiese Luca ad Annamaria.

«È il capo della mobile, Terenzio Cinti».

«Ah, è lui?»

«Lo conosci?»

«No, conosco quell'altro, l'ispettore Gerace».

«E come fai? Quello è uno che fa fatica anche a salutare!»

«Gli ho parlato ieri».

«Ieri? Luca, che cosa stai combinando?»

«Niente. Ma questa storia mi interessa. Hai visto le agenzie?»

Cinti prese la parola.

«Buongiorno signori, grazie di essere venuti. Bene, come tutti penso saprete, la scorsa notte in un club-discoteca di Misano, il Doppia Coppia, c'è stato un omicidio. È stato ucciso un transessuale di origine brasiliana. Si chiamava Emerson Dos Santos, ma era conosciuto come Valeria. Nessun precedente penale, permesso di soggiorno in regola».

Un cronista lo interruppe. «L'assassino è stato individuato?»

«Non ancora. Abbiamo però dei sospetti. Riteniamo che si tratti di qualcuno che appartiene al mondo della prostituzione. Probabilmente è stata una vendetta, un delitto passionale».

Luca notò che Gerace teneva la testa bassa e lo sguardo fisso al pavimento.

«E come è stato ucciso?» si fece avanti un altro giornalista.

«A pugnalate. Vari colpi in tutto il corpo. Quelli letali all'addome».

«Dove è avvenuto l'omicidio?»

«Nella toilette delle donne. Pensiamo che la vittima conoscesse l'assassino».

«Ci sono testimoni?»

«Nessuno».

«Tracce, impronte?»

«Niente».

«L'arma del delitto?»

«Un coltello. O un grosso pugnale».

«È stata rinvenuta?»

«No».

«Chi ha dato l'allarme?»

«Un deejay del locale. Lo stiamo interrogando».

Luca prese la parola. «Avete controllato il passato di questo trans?»

Cinti si voltò verso Gerace il quale cominciò a sbattere velocemente le palpebre mantenendo lo sguardo verso il basso. Quindi rispose: «Sì. Non è emerso nulla di anomalo. Era piuttosto conosciuto nel suo giro ma non risulta avesse dei nemici».

Luca riprese: «Qualche anno fa a Riccione e Rimini morirono due viados brasiliani. La vicenda fu archiviata come omicidio-suicidio. Ritiene che ci siano collegamenti con questo nuovo delitto?» Annamaria guardò Luca incuriosita. I tic di Gerace si fecero più frenetici.

«Al momento non abbiamo elementi» rispose Cinti, «ma non si può escludere nulla. Tutto fa pensare a un delitto passionale».

Luca riattaccò: «Due giorni fa alla discoteca Hell di Rimini è stata uccisa a coltellate una cubista, Emma D'Onofrio.

Avete preso in considerazione l'ipotesi che si possa trattare dello stesso killer?»

«Sì, il famoso *killer delle ballerine*» gli fece eco Annamaria che cominciava a capire dove Luca intendesse arrivare.

Cinti si rabbuiò e non riuscì a nascondere il proprio disappunto. «Escludo che ci sia un collegamento tra i due omicidi. Non ci sono elementi in comune. Le vittime sono molto diverse fra loro. Valeria non era una ballerina. Capisco che per voi giornalisti un serial killer farebbe più notizia ma siete fuori strada. Questa è una storia fra omosessuali».

Fu Annamaria ad attaccare. «Perché Fabrizio Dentice si è strappato la lingua?»

Il brusio nella sala si fece più alto.

«Questo non riguarda la Questura di Rimini» rispose infastidito il poliziotto «stiamo andando su argomenti che non sono attinenti alla conferenza stampa. Signori vi ringrazio, non abbiamo altro da aggiungere. Vi terremo informati sullo sviluppo delle indagini. Arrivederci».

Chiudendo con uno scatto la cartella che aveva fra le mani, Cinti si incamminò verso la porta della sala, seguito da Gerace. Luca si precipitò verso l'uscita e bloccò l'ispettore trattenendolo per un braccio.

«Ho bisogno di parlarle» disse quasi sottovoce.

«No, in questo momento non è possibile» rispose Gerace.

«Solo un minuto. Dove vuole lei».

«È impossibile».

Gerace fece per allontanarsi ma Luca non lo mollò.

«Ma è vero che non ci sono collegamenti con gli altri omicidi?»

«Non posso proprio dirle nulla, mi spiace».

«Ma lei lo sa che Lorena, Belinda e Valeria erano amiche». L'ispettore guardò negli occhi Luca. Si voltò per vedere se Cinti si fosse allontanato poi sospirò: «Sì, è vero. Si conoscevano. Ma Valeria è stata massacrata...»

«Come Emma, quella cubista dell'Hell, vero?» chiese Luca spalancando gli occhi.

«Non lo so, dobbiamo attendere l'autopsia».

«Dove è stato portato il cadavere?»

«Bè, questo non...»

«La prego!»

«Al reparto di medicina legale dell'ospedale di Rimini, dove c'è anche il cadavere dell'altra ragazza. Però io non le ho detto niente, mi raccomando».

«La ringrazio, ispettore» disse Luca salutandolo.

La sala stampa era ormai vuota. Luca si diresse verso l'uscita ma si accorse che Annamaria era rimasta ad aspettarlo. Tornò sui suoi passi, si fece indicare da un agente un'uscita di servizio sul retro e se ne andò con passo spedito.

18

L'ospedale di Rimini, di costruzione piuttosto recente, era una struttura a dieci piani, con numerose entrate indipendenti. Una volta superata la guardiola all'ingresso del grande parcheggio, i controlli erano praticamente inesistenti. Un compito facile per chi, come Luca, aveva intenzione di introdursi senza farsi notare. L'istituto di medicina legale si trovava sul retro dell'ospedale, al pianterreno. Superò la camera ardente e infilò un corridoio stretto che portava ai laboratori. Per due volte incrociò alcuni assistenti in camice bianco che lo guardarono incuriositi ma non gli chiesero nulla. Giunse al termine del corridoio e, con sollievo, vide la scritta "esami autoptici" su una grossa porta doppia in metallo, chiusa. In quel momento uscirono un medico anziano e una giovane dottoressa con in mano alcune cartelle cliniche. Colto quasi di sorpresa, Luca iniziò a tastarsi le tasche della giacca, poi girò le spalle ai due ed estrasse il telefonino. Ma qualcuno gli picchiettò la spalla.

«Scusi, guardi, qui non...»

Luca si voltò di scatto e vide la dottoressa, sola. Notò i lunghi capelli ricci e rossi che le scendevano sulle spalle e i luminosi occhi azzurri dietro un paio di sottili occhiali da vista. Appuntata sul petto una targhetta: «Dott.ssa Benedetta Battistini – assistente medicina legale ASL 05». Gli occhi di Luca si posarono sul nome e per qualche secondo in più sul seno generoso, trattenuto dalla casacca. Luca abbozzò un sorriso imbarazzato ma la dottoressa non accennò ad alcuna reazione.

«Qui non può...»

Luca cercò di interromperla gesticolando con il telefono ancora in mano. Lei continuò.

«Mi lasci parlare. Qui non può usare il telefono. Ci sono delle apparecchiature molto delicate. Potrebbe creare dei problemi».

Lo sguardo di Luca si illuminò.

«Ah! Chiedo scusa».

Poi aggiunse: «È lì che vengono eseguiti gli esami autoptici?»

«Lei è della polizia?»

«No... Sono un... avvocato. Lavoro con lo studio che assiste la famiglia di quella ragazza uccisa in discoteca, Emma D'Onofrio».

«Mi dispiace molto per quella giovane e per la famiglia.

Posso esserle utile in qualcosa, avvocato...»

«Celli, Vittorio Celli dello studio legale Canepari. Sono stato incaricato di fare una relazione sull'esito dell'autopsia».

«È stata eseguita ieri pomeriggio. Ho proprio qui la cartella. Ma... lei è autorizzato? Nessuno mi ha detto niente».

«Lo studio ha avuto l'autorizzazione dal magistrato che conduce l'inchiesta. Hanno telefonato questa mattina all'istituto per avvertire che sarei arrivato».

«Strano, non mi è stato riferito. Sono io che catalogo i referti».

«Probabilmente non ce n'è stato ancora il tempo. Abbiamo

parlato questa mattina con il magistrato. Comunque non si preoccupi, se mi fa dare un'occhiata ai... al referto, prendo soltanto qualche appunto. Poi tornerò con più calma per ritirarne una copia. È meglio che non torni a mani vuote in studio... pratico lì da poco tempo quindi non vorrei...»

«Ho capito, però devo informare il primario del reparto. Io non sono autorizzata a mostrare le cartelle. Sono documenti privati».

«Mi scusi, Benedetta, posso chiamarla così? Chieda pure al suo capo ma, nel frattempo, potrebbe farmi dare un'occhiata alla cartella? Non ne farò parola con nessuno. L'aspetterò qui».

«E va bene, l'accompagno nell'ufficio».

Si avviarono in una piccola stanza di fianco alla porta di ferro. La dottoressa appoggiò sulla scrivania la cartella di Emma, facendo segno a Luca di sedersi. Poi aprì un armadietto chiuso a chiave e vi ripose le altre cartelle che aveva in mano. Stava per richiudere l'armadio, quando il cercapersone che aveva nel taschino cominciò a suonare.

«Devo andare. Non tocchi niente e non prenda nulla.

Torno fra un attimo!»

«Certo, non si preoccupi, grazie ancora!» disse Luca. Poi si precipitò all'armadietto, lo aprì, fece passare febbrilmente vari fascicoli e tirò fuori la cartella "Emerson Dos Santos".

Appoggiò il referto sul tavolo, vicino a quello di Emma.

REFERTO UNO – AUTOPSIA

Il cadavere di Emma D'Onofrio, 22 anni, presenta numerose ferite lacero-contuse in tutto il corpo, prodotte da arma da taglio con lama appuntita della lunghezza probabile di almeno 23 cm. e della larghezza di 5 cm.

Il capo risulta in parte amputato. Sul collo le ferite da taglio sono 16 e tutte potenzialmente mortali.

La bocca presenta un profondo taglio verticale. Il palato è sfondato. Nella gola vi sono segni evidenti di lacerazione prodotta dallo stesso tipo di lama.

Nell'addome vi sono altre venti ferite da taglio, all'altezza dell'intestino tenue. Evidente fuoriuscita di viscere.

Il piede sinistro è stato reciso con arma da taglio. Tibia e perone presentano fratture in più punti.

Passò all'altra cartella.

REFERTO DUE – INDAGINE PRELIMINARE

Su precisa richiesta della squadra mobile di Rimini e Forlì e della procura della repubblica di Forlì, pur non essendo ancora espletato l'esame autoptico sul cadavere di Emerson Dos Santos, 32 anni, giunto alla medicina legale dell'ASL 05 di Rimini alle ore 7 di oggi, ma considerata la procedura d'urgenza straordinaria richiesta dall'autorità giudiziaria, si forniscono le seguenti risposte ai quesiti richiesti:

– le ferite presenti nel corpo della vittima sono state causate da arma da taglio con lama appuntita della lunghezza di 23 cm. e della larghezza di 5 cm.

– la morte è sopraggiunta per emorragia in seguito alla lacerazione del peritoneo.

– il corpo non mostra segni di rapporti sessuali o tracce di liquido seminale.

– nessun elemento, fibra o reperto non appartenente alla vittima è stato rinvenuto sul cadavere.

«...stesso coltello, 23 cm... niente sperma in entrambi i casi...». Luca stava annotando alcuni appunti su un piccolo taccuino quando sentì un rumore dal corridoio. Chiuse di scatto la cartella e la mise nell'armadietto ma, nella fretta, la appoggiò su un ripiano diverso.

Benedetta notò l'apprensione nello sguardo del cronista. Si girò verso l'armadio, vide il lucchetto aperto e si tastò la tasca della casacca facendo tintinnare le chiavi. Con fare brusco, senza dire una parola, si diresse verso il tavolo, afferrò la cartella con l'autopsia di Emma e la mise nell'armadio. Ma si accorse dello spostamento dell'altra cartella.

«Penso che lei debba andarsene il più in fretta possibile da qui» disse con aria severa.

«Ma non ho ancora finito di leggere la cartella... Come faccio a preparare una relazione per il mio studio» rispose Luca.

«Senta, nessun avvocato Celli, di nessuno studio Canepa, o come diavolo si chiama, è stato autorizzato a prendere visione del referto dell'autopsia di Emma d'Onofrio o di chiunque altro. Il primario ha chiamato la polizia per avere delucidazioni. Stanno venendo qui per identificarla e bloccarla. Sono sembrati molto agitati. Le conviene alzare i tacchi».

Luca sussurrò un «Grazie» alla dottoressa, scattò in piedi, si chiuse la giacca e corse nel corridoio. Giunse all'uscita dell'istituto, controllò che nel cortile non vi fossero poliziotti, si girò indietro e si accorse che Benedetta, dal fondo del corridoio, lo stava seguendo con lo sguardo.

19

Lo scoop della “Gazzetta di Forlì”, il giorno seguente, era sulla bocca di tutti. Donati, il direttore, riguardò per l’ennesima volta la prima pagina del giornale con aria gongolante. *Omicidi in discoteca, la stessa arma* era il titolo a nove colonne. L’articolo, firmato Luca Rambaldi, riportava i brani salienti delle autopsie di Emma D’Onofrio e di Emerson Dos Santos, in arte Valeria, le metteva a confronto e di fatto smentiva le dichiarazioni di Cinti durante la conferenza stampa alla Questura di Rimini. Si prospettava l’ipotesi che a uccidere Emma e Valeria fosse stata la stessa persona. Era possibile quindi che fosse in circolazione un altro serial killer. In un altro articolo, veniva dato grande risalto all’automutilazione di Dentice nell’ospedale psichiatrico e al significato che il gesto poteva avere.

Luca era seduto di fronte alla scrivania di Donati. Lo sguardo basso, l’aria assente.

«Questa volta abbiamo fatto centro!» disse il direttore, con gli occhi luccicanti. «Stanno arrivando telefonate da tutta Italia. L’Ansa, la Rai… Hanno chiamato persino dalla “Bild”, in Germania. E non sai quanto sono incazzati alla Questura di Rimini. Per noi è tutta pubblicità».

«Ermete, sono molto stanco, posso prendermi la giornata per recuperare?» rispose Luca senza entusiasmo.

«Ma come, adesso? Ti stanno cercando tutti...»

«Sono due notti che non chiudo occhio. Non ce la faccio più».

«D'accordo. Se hai bisogno, chiamami e... tieni duro, mi raccomando!»

«Sì, sì» Luca si trascinò stancamente fuori dalla stanza del direttore, fino alla sua scrivania.

Luana gli si avvicinò: «Non sembri uno che si sta godendo la sua giornata da protagonista».

«Lascia stare Lu. Sai come sono andate le cose».

«Cioè che l'articolo sei stato costretto a scriverlo? Che lo scoop non lo volevi fare? Per piacere».

«Io volevo soltanto far capire al direttore che Valeria non era stata uccisa da un amante tradito. Che non era una squallida storia di sesso e sangue come avevano detto in questura. Perciò gli ho parlato delle autopsie, chiedendogli di mantenere il segreto. Lui invece ha voluto a tutti i costi farne un pezzo. Sai cosa significa questo?»

«Che sei diventato famoso?»

«Non mi prendere per il culo! Significa che tutti i miei contatti con la polizia vanno a farsi fottere, che se va bene quelli dell'ospedale mi denunciano e che la mia inchiesta è over! Finita!»

«Mi sembri un po' esagerato. E poi se lo hai messo al corrente potevi immaginare che lui ti avrebbe costretto a scrivere... Le notizie vanno date! Non è questa la prima regola del cronista?»

«Luana, non mi va di scherzare. Dovresti capirmi».

«In realtà faccio fatica a seguirti. Il tuo intuito ti ha portato sul luogo del delitto. La tua tenacia ti ha consentito di arrivare alle autopsie. Hai stracciato tutti. Di cosa hai paura?»

«Forse di arrivare alla verità. Più vado avanti e più mi spaventa. È come se sentissi la presenza di qualcosa di terrificante che mi segue costantemente e cerca di sopraffarmi. Questa storia mi sta annientando».

«È Martina che ritorna?» chiese Luana prendendogli una mano tra le sue.

«Nessuno ritorna. Siamo noi che cerchiamo di non perderci» rispose Luca.

Il telefono squillò.

«Una certa Carmen per te» Luana passò la cornetta a Luca, gli diede un colpetto sulle spalle e si allontanò.

«Carmen, ero preoccupato!»

«Bè, non sembra» la sua voce era alterata.

«Cosa dici?»

«Ho in mano la "Gazzetta di Forlì". Devo farti i complimenti?»

Luca sentì un tonfo nello stomaco.

«Carmen, è un casino. Non ho potuto...»

«Che cosa non hai potuto?» lo interruppe lei. «Non hai potuto fare a meno di sputtanare Valeria? Non hai potuto fare a meno di mandare tutto all'aria? Perché non hai scritto anche di me, di mia madre, della nostra visita alla Star, di tutto quello che ti ho raccontato? Non riesco a capire. Ma cosa vuoi? Che cosa cerchi? Ti interessa sapere chi ha ucciso Martina oppure stai cercando una storia da prima pagina?»

Per Luca le parole di Carmen erano fitte di dolore.

«Non è così Carmen, lo sai».

«Non so un cazzo, Luca! E probabilmente non so nemmeno chi cazzo sei tu. Non contare più su di me per i tuoi scoop!»

«Carmen, per favore, ascoltami. Avevo deciso di non scrivere nulla ma sono stato costretto. L'unica cosa che mi interessa è arrivare in fondo a questa storia anche se mi fa paura. E posso farlo solo con te...»

Dall'altra parte del filo, silenzio.

«Carmen, ho bisogno di te!»

Un lungo sospiro e poi la comunicazione si interruppe. Luca restò a fissare la cornetta del telefono per qualche minuto, incapace di muoversi.

20

Guardò l'orologio: erano le 11 di sera. Era rientrato a casa da poco, ma il peso di quell'appartamento deserto e silenzioso lo opprimeva. Il telegiornale di un'emittente privata di Rimini stava mandando in onda un servizio sulla conferenza stampa in questura. Luca si rivide accanto ad Annamaria. Poi la telecamera inquadrò i poliziotti.

"Cazzo, Gerace! Ecco chi può dirmi qualcosa!" pensò.

Compose il numero della questura.

«Buonasera, cerco l'ispettore Gerace».

«Chi parla?»

«Luca Rambaldi della "Gazzetta di Forlì"».

«Ho l'ordine di non passare nessuna comunicazione, soprattutto se chiama la stampa».

«Mi può dire se l'ispettore è in questura?»

«Non posso, mi dispiace».

«Senta, se almeno lei può parlare con Gerace, potrebbe riferirgli che Luca Rambaldi lo sta cercando con urgenza? Le lascio il numero del cellu...»

«Non credo sia possibile».

«Cazzo! Gli dica che ero con Valeria la scorsa notte al Doppia Coppia. Se vuole chiamarmi bene, altrimenti faccia come vuole. Arriveder...»

«Un momento. Ha detto che vuole riferire del viado ucciso?»

«Non voglio riferire un bel niente! Voglio solo parlare con Gerace!»

«Mi è sembrato di averlo visto passare mezz'ora fa. Se attende, controllo se è ancora in ufficio».

«Oh, ma com'è gentile!»

Luca approfittò dei minuti di attesa per cercare di riacquistare la calma.

«Sono Gerace, buonasera. Ha bisogno di parlarmi?»

«Buonasera, ispettore. Sì. Forse non è il momento più adatto ma volevo chiederle alcune informazioni sull'omicidio di Valeria... di Emerson Dos Santos».

«Senta, lei mi ha già procurato abbastanza guai con quell'articolo...»

«Ha ragione ma non sono stato io che...»

«Tagliamo corto. Sa qualcosa di quel transessuale ucciso?»

«Possiamo incontrarci e parlare di persona?»

«Fra un'ora al bar Canali, in via Destra del Porto. Va bene?»

«Ci sarò!»

Quando entrò nel bar Luca trovò Gerace in piedi, al bancone. Aveva una bottiglia di birra in mano e stava parlando con il gestore. Nel locale c'erano solo due ragazzi, impegnati in un videogame.

«Ispettore, come sta?» chiese Luca avviandosi a un tavolo appartato.

«Ho avuto giornate migliori, grazie. Allora, Rambaldi, cosa voleva dirmi?»

«Mi chiami pure Luca. Come sa ho visto i referti delle autopsie...»

«Già, un bel casino. In questura c'è stato l'inferno. Cinti è andato su tutte le furie, era convinto che lei avesse avuto una soffiata da qualcuno all'interno. Il questore ha dato l'ordine

di interrompere qualsiasi rapporto con i giornalisti. Per questo non l'ho fatta venire in ufficio. Mi raccomando, conto sulla sua discrezione, anche se...»

«Non le darò modo di pentirsi di questa scelta, ispettore».

«Quindi?»

«La nota del medico legale parla di un'arma di 23 centimetri, nessun segno di violenza sessuale o di sperma, niente capelli, pelle, fibre o tracce di alcun tipo del killer. Esattamente come per l'omicidio dell'altra ragazza, Emma».

«Vada avanti».

«L'assassino uccide a coltellate una cubista in discoteca. Due giorni dopo fa lo stesso con un viado, in una discoteca vicina. Anche in questa occasione strazia il corpo della vittima. Stesso modus operandi, stessa ferocia, stessa attenzione a non lasciare tracce».

«E fin qui siamo d'accordo».

«Nei cadaveri ci sono mutilazioni di ogni genere. In quello di Valeria sono addirittura stati recisi gli organi genitali. Ma c'è un elemento ricorrente molto significativo».

«Ovvero?»

«Emma è stata accoltellata alla bocca. A Valeria sono stati trafitti gli occhi. Voce e vista. Il killer voleva essere certo che le vittime non potessero vederlo e non potessero parlare».

«Ma li ha uccisi, non ha senso!»

«Io credo che le vittime non siano state scelte a caso. Entrambe conoscevano il killer. Per questo si è accanito su di loro in quel modo».

«È un'ipotesi, non dico di no. Ma a noi servono dei riscontri o almeno degli indizi».

«C'è dell'altro. Fabrizio Dentice due giorni fa si è strappato la lingua. Un gesto folle. Ma non è singolare che il presunto killer si sia mutilato in quel modo all'indomani dell'omicidio di Emma?»

«Vuol dire che Dentice...»

«Dentice potrebbe conoscere il killer e forse ne ha paura».

«Quindi si strappa la lingua per rassicurarlo che non parlerà».

«Esatto! Intanto l'assassino continua a fare fuori chi può creargli dei problemi».

«Ma quali problemi poteva dare Valeria? Lei ha parlato con il viado quella sera. Che cosa le ha detto?»

«Purtroppo non è riuscito a dirmi nulla. Ma era molto agitato. Aveva dei brutti presentimenti e si faceva prendere dal panico ogni volta che si nominava Dentice. Lo conosceva bene. Quella sera era sconvolto per la notizia dell'automutilazione. Stava per dirmi qualcosa, ma non ha fatto in tempo. L'ho rivisto nella barella, coperto da un lenzuolo. E poi c'è Casadio...»

«Che cosa?»

«Emma e Valeria lavoravano entrambe per la Star, l'agenzia di Casadio, come tutte le altre vittime di Dentice. Possibile che quest'uomo non c'entri nulla?»

«È stato indagato, torchiato, controllato. Ha sempre degli alibi di ferro. Non ci sono elementi contro di lui. Anche per gli ultimi delitti ha una posizione inattaccabile. Nel primo caso era nel privé della discoteca insieme a decine di persone. Nel secondo era fuori Rimini e anche qui ci sono testimoni».

«È mai stato alla Star, ispettore?»

«Io no, ma i miei colleghi l'hanno controllata più volte».

«Chi esattamente, se lo ricorda?»

«Perché questa domanda?»

L'imbarazzo di Luca si fece evidente. Nonostante la fiducia nei confronti di Gerace, non se la sentì di raccontargli della scoperta dei dossier della Star con i nomi dei poliziotti.

«Dopo quella storia del fascicolo scomparso...»

«Che cosa intende?»

«Se qualcuno in questura ha fatto sparire il fascicolo può essere che abbia poi perquisito l'agenzia di Casadio senza troppa attenzione. Perché non va lei a fare una visita a Casadio?»

«E che cosa dovrei cercare?»

«Non lo so. Ma se decide di farlo penso sia meglio che vada da solo, senza informare la questura».

«È contro le regole».

«Ah, sì?»

«Adesso devo tornare in ufficio. È stata una chiacchierata interessante. Le do un consiglio, però: stia attento, Luca, questa è gente che non scherza»

«Ispettore, è tanto tempo che non riesco più a scherzare».

21

Per tornare a Forlì, Luca decise di prendere la strada che costeggiava il mare. La radio trasmetteva il nuovo disco dei Manu Chao. Non riusciva a non pensare a Valeria e alla sua agitazione la notte in cui era stata uccisa. Ripensò alle ultime parole che aveva detto quella sera in discoteca: «...è una storia maledetta, cercate di starne alla larga».

Che cosa sapeva Valeria? Di chi aveva paura? E che cosa stava cercando? Assorto in questi pensieri Luca giunse fino a casa. Gli parve di intravedere un'ombra dentro a un'auto ferma vicino al cancello. Ma non ne era sicuro. Si infilò nel parcheggio sotterraneo del suo palazzo e sistemò la macchina nel garage.

Chiuse la serranda e si incamminò verso l'ascensore. Improvvisamente si spense la luce. Il suo cuore sussultò. A tentoni raggiunse l'interruttore e premette due volte. Niente. Buio totale. Si frugò nelle tasche sperando di trovare un accendino. Il telefono cellulare gli scappò di mano e finì sul pavimento. Il tonfo echeggiò nel corridoio. Rinunciò a cercarlo e continuò ad accanirsi sull'interruttore. Invano. Luca si sentì avvolgere dall'oscurità. Si diresse il più veloce possibile verso l'ascensore. Fu allora che sentì un rumore. Prima dei passi, molto lenti. Poi un suono metallico. Si bloccò incerto se cominciare a correre verso l'uscita o stare immobile. Il sotterraneo ripiombò nel silenzio. La paura gli immobilizzò i muscoli. A pochi metri di distanza, Luca sentì un leggero fruscio di abiti.

«Chi c'è qui? Chi c'è?»

Silenzio.

All'improvviso sentì un rantolo molto vicino. Iniziò a correre verso l'ascensore, ma andò a sbattere violentemente contro qualcuno in piedi davanti a lui. Sentì il rumore di un oggetto di metallo che cadeva per terra. Lottando per non perdere l'equilibrio, Luca riprese a correre. Raggiunse la parete in fondo e cominciò a tastarla, cercando il pulsante dell'ascensore. Lo trovò. I passi si avvicinavano sempre di più. Le porte della cabina si spalancarono e un fascio di luce illuminò l'ingresso. Si buttò nell'ascensore spingendo a caso i pulsanti dei piani. Si schiacciò contro la parete e si girò. Riuscì a vedere soltanto la lama di un coltello fendere l'aria. Le porte si richiusero. Una voce rantolante filtrò dalla fessura delle porte mentre l'ascensore cominciava a muoversi: «Ti ucciderò, ti farò a pezzi. Non potrai scappare per sempre».

22

Claudio Casadio raggiunse il parcheggio di Portoverde con il suo Grand Cherokee nero. Quel piccolo agglomerato di case tra Riccione e Misano sarebbe dovuto diventare una San Diego della riviera romagnola, un luogo esclusivo per ricchi proprietari di yacht. Ben presto però, per la presenza di numerosi mafiosi in soggiorno obbligato, era divenuto uno dei più grossi centri di traffici illegali. A Portoverde non c'erano segreti ma l'omertà era garantita.

Casadio si accese una sigaretta e guardò l'orologio: le 8,15. Poco dopo, una BMW 520 entrò nel parcheggio e si fermò vicino al Cherokee. Casadio scese e si infilò nella BMW, sedendosi a lato del posto di guida.

«Volevi vedermi?» chiese Casadio.

«Sì, c'è un problema».

«Di cosa si tratta?»

«C'è qualcuno che sta ficcando un po' troppo il naso».

«Chi è?»

«Qualcuno della tua agenzia».

«Una delle ragazze?»

«Pare di sì».

«Allora non è un problema, lo sai».

«Questa volta sì. Non è da sola, con lei c'è un giornalista».

«Un giornalista?»

«Sì, uno di Forlì. È riuscito anche a intrufolarsi all'istituto di medicina legale e ha visto i risultati delle autopsie».

«Quindi sa tutto?»

«Per ora ha solo dei sospetti».

«Lo conosco?»

«Probabilmente sì. Era fidanzato con quella ragazza di Cesena... quella che stava per scoprire tutto».

«Qual è il rischio?»

«Lo hai visto anche tu... Ha ricominciato a uccidere.

Prima o poi farà uno sbaglio e sarà un casino per tutti».

«Ma perché ha ammazzato Valeria?»

«Sai di chi stiamo parlando. Non mi fare queste domande. Comunque quel viado si stava agitando e... parlava troppo. È stato meglio così. Ma se i due omicidi vengono collegati, avremo tutti addosso. Soprattutto per colpa di quel cazzo di giornalista ficcanaso e di quella stronzetta».

«Cosa devo fare?»

«Il capo vuole che tu faccia sparire tutto. Al giornalista ci penserà personalmente».

«Farò come dice».

«Un'altra cosa. Per un po' di tempo non telefonarmi né al cellulare, né tantomeno in questura, okay?»

«Ricevuto».

Casadio uscì dall'auto e si incamminò verso la jeep mentre la BMW se ne andò sgommando dal parcheggio.

23

Sentiva salire l'angoscia. Dopo quell'agghiacciante incontro nel sotterraneo si era barricato in casa. L'unica persona che aveva cercato era stata Carmen. Voleva raccontarle tutto, voleva raccomandarle di fare attenzione, di non girare da sola, di non aprire la porta. Quella notte Luca non era riuscito a dormire. Alla lavanderia rispondeva la segreteria telefonica. Alla Telecom non risultava nessuna famiglia Gemini.

Alle 9 chiamò la redazione dicendo che non sarebbe andato a lavorare. Poi scese in portineria.

«Ha trovato per caso un cellulare nel box?» chiese al portinaio, intento a smistare la posta.

«Questo?» rispose il custode mostrandogli il suo telefonino.

«Meno male! Mi è caduto ieri sera ma non riuscivo più a trovarlo a causa di un black-out. A proposito, lei sa che cosa è successo?»

«È strano, qualcuno deve aver tranciato il cavo dell'elettricità che passa nel parcheggio. E ha tentato anche di staccare il collegamento che aziona l'ascensore. Così mi ha detto l'elettricista che ho chiamato stamattina».

Carmen abitava in una palazzina a tre piani in una via interna del lungomare di Riccione tra una serie di pensioni a due stelle. Una casa modesta con l'intonaco scrostato e un giardino soffocato dalla ghiaia.

Luca si attaccò al citofono ma non ottenne risposta. Decise allora di cercare la ragazza alla lavanderia.

La madre di Carmen lo aggredì, senza dargli il tempo di fare domande.

«Ah, ecco, proprio lei! Si può sapere dove è finita Carmen? Da quando esce con lei, rientra a casa solo per dormire. E non parliamo del lavoro! Io sono da sola qui. Si può sapere che cosa state combinando?»

Luca cercò di assumere un atteggiamento il più disteso

possibile. «Probabilmente starà arrivando» disse. «Sono giorni un po' duri».

«Ah, certo! È dura andare in discoteca e fare le sei del mattino, mentre c'è gente che ogni mattina alle sei si alza per andare a lavorare!»

«Signora, non è una questione di discoteca...»

«Ah no? Vuole dirmi che ieri sera non siete andati a ballare? Chi pensa di prendere in giro. Questa mattina quando mi sono alzata Carmen non era ancora tornata e lei lo sa bene. È stato mandato qui da quella sciagurata per addolcirmi? Bè, le dica pure che sono furibonda e che si sbrighi ad arrivare!» Luca sentì la testa girare. Cosa aveva fatto Carmen durante la notte? E dov'era adesso? Decise di non dire niente alla madre e si incamminò verso la macchina.

Prima di mettere in moto controllò se ci fossero messaggi nella segreteria telefonica di casa.

«Ciao, sono Silvia, l'amica di Carmen. Ti ricordi? Ho bisogno di parlarti, è molto importante. Ti lascio il mio cellulare: 034...»

Come aveva fatto Silvia ad avere il suo numero di casa? Lo aveva chiesto a Carmen? Compose il numero del cellulare di Silvia, ma era spento.

«Cazzo!» imprecò. In preda all'ansia fece il numero della Star.

«Agenzia Star, buongiorno. Sono Imelde. In che cosa posso esserle utile?»

«Cercavo Silvia, sono un amico».

«In questo momento non può rispondere. Vuol dire a me?»

«Purtroppo non posso. Ma... è una cosa lunga?»

«È nell'ufficio del titolare. Non so per quanto ne avrà».

«Mi scusi ma è molto importante. Non potrebbe avvertirla? Mi bastano pochi minuti».

«Mi dispiace ma non posso disturbarli».

«Imelde, se potessi dirle di cosa si tratta sono sicuro che cambierebbe idea. La prego...»

«Per favore, non mi metta in difficoltà. Qui c'è una situazione un po' tesa...»

«Cosa succede?»

«Bè, non so se... C'è un poliziotto insieme al titolare e a Silvia. Non posso passare nessuna telefonata».

«Il poliziotto è venuto da solo?»

«Sì».

«È in borghese?»

«Sì».

«Un tipo sui quarant'anni, non molto alto e magro?»

«Sì, esatto. Ma lei come fa a...?» *Clic!*

24

«Lei sa che per questo reato c'è il carcere fino a dieci anni? Poi se non sbaglio la sua fedina penale non è proprio immacolata».

«Sì, lo so, ispettore...?»

«Gerace. Sezione omicidi della Questura di Rimini».

«Cosa vuole da me?»

«Stia calmo, Casadio. Voglio solo farle alcune domande... Per ora. Certo che tutte quelle foto di ragazze minorenni non alleggeriscono la sua posizione».

Seduto alla scrivania Casadio malediceva la sua spavalderia che l'aveva portato a trascurare ogni cautela e a lasciare in giro foto e documenti compromettenti. Chi aveva ordinato a questo ispettore di andare a fargli visita? Avrebbe fatto anche lui la "solita richiesta"? Gerace, in piedi al suo fianco, continuava a rovistare sul tavolo mentre Silvia, visibilmente preoccupata, era seduta vicino a Casadio.

«Chi è questa bambina?» chiese all'improvviso Gerace, sollevando una fotografia.

«Non lo so» rispose Casadio con aria di sufficienza.

«Chi ha fatto queste foto?»

«E che cazzo ne so io!»

Il limite era stato varcato. Gerace afferrò Casadio per i capelli e gli sbatté violentemente la testa sulla scrivania. Un rivolo di sangue uscì dal naso. Silvia urlò ma si trattenne dopo che ebbe incrociato lo sguardo del poliziotto.

«Okay, faccia di cazzo! Ti rifaccio la domanda. Chi ha fatto queste foto?»

Casadio si passò la mano sulla bocca sporca di sangue. Tossì due volte e senza alzare lo sguardo mormorò: «Le ho comperate. Me le ha portate un tizio che lavora in un centro di accoglienza dei minori di Rimini. Fa il volontario».

«Chi è?»

«Uno che lavora con i preti. Fa parte di un'associazione di beneficenza».

«Come si chiama?»

«Basilio Laghi. È di Marzeno, vicino a Faenza». Gerace prendeva nota su un taccuino.

«Quante foto ti ha venduto?»

«Più di cento».

«Quando?»

«Circa otto mesi fa, quando sbarcarono in Italia tutti quei clandestini dall'Albania».

«Cosa ne fai di queste foto?»

«Le passo allo scanner e le metto in un sito criptato di internet che fa parte di un circuito privato inaccessibile. Chi se le vuole scaricare deve pagare».

«Quanto le hai pagate?»

«Diecimila lire l'una. In rete costano fino a 50 mila».

Gerace prese una busta di carta e cominciò a infilarvi le polaroid.

«Dovrei andare in bagno» disse Casadio, continuando a grondare sangue dal naso.

«Non ho ancora finito» fu la secca risposta del poliziotto, che riattaccò: «Con queste posso farti chiudere tutta la baracca e spedirti di nuovo in galera. Quindi cerca di non farmi innervosire. E adesso dimmi. Cosa sai dell'omicidio del viado?»

«Di chi?»

La testa di Casadio ripiombò con violenza sul tavolo. Questa volta fu il labbro superiore ad avere la peggio. L'uomo cominciò a sputare sangue e saliva.

«Valeria, o se preferisci Emerson Dos Santos».

«Non so niente, non ero a Rimini quel giorno».

«Non mi frega un cazzo di dov'eri! Ti ho chiesto cosa sai dell'omicidio».

«Glielo ripeto: niente».

Gerace respirò profondamente due volte.

«Lavorava per te. O anche questo non lo sai?»

«Sono tanti quelli che lavorano per me. Non posso ricordarmeli tutti».

Il poliziotto si voltò verso Silvia per avere conferma.

«Valeria faceva qualche lavoro per l'agenzia ma solo saltuariamente» disse agitata. Casadio la fulminò con lo sguardo.

«Chi l'ha fatta fuori?»

«Io non c'entro niente. Lei pensa che io sia così idiota da togliermi il pane di bocca? Questi froci mi fanno guadagnare!»

La mano di Gerace era pronta a ripartire. Trattenersi non fu facile.

«Con il viado siamo a quota sette. E tutti i morti lavoravano per la tua agenzia del cazzo. Chi pensi di prendere per il culo?»

«Ho centinaia di persone sotto contratto. La mia è l'unica agenzia del genere in Riviera. In tutta la Romagna non esistono cubiste, ballerine ed *entreneuse* che non siano nel mio libro paga. E lei trova strano che tutti i morti lavorassero per me?»

«Cosa sai di Dentice?»

«È un serial killer. È stato arrestato perché ha massacrato alcune cubiste».

«Hai mai avuto rapporti con lui?»

«Sta scherzando? Io vendo sesso e spettacolo, faccio divertire la gente. Non mi interessano i pazzi maniaci».

«Con queste foto fai divertire la gente, pezzo di merda!

Non pensare che la storia finisca qui!»

«Ispettore, le assicuro che se vengo a sapere qualcosa glielo riferirò».

«Non fare il cagastorie con me! Sarò io a starti alle calcagna. Ti seguirò, ti controllerò, sarò il tuo incubo, la tua ossessione. Alla fine potrai soltanto pregarmi in ginocchio di farti saltare il culo e allora mi divertirò a pisciare sulle tue suppliche e sulla tua schifosa faccia da cazzo!»

Casadio rimase impassibile, il naso rotto e la bocca sanguinante. Silvia fissò il poliziotto per qualche istante, poi abbassò lo sguardo.

Mentre stava per uscire, Gerace notò sulla scrivania una videocassetta, seminascosta sotto un pacco di riviste. Lesse l'etichetta: «Miramare. Campeggio San Severo. Snuff».

Casadio aveva perso la sua aria strafottente e cominciava a sudare. Gerace se ne rese conto: «Se è quello che penso io sei finito, culorotto!» Infilò anche la cassetta nella busta e se ne andò sbattendo la porta.

25

La sala giochi era quasi deserta. Erano accese solo le luci al neon al centro del soffitto, non c'era musica e la maggior parte dei videogame era spenta. Dietro il bancone un giovane asciugava stancamente i bicchieri, guardando un programma di MTV. Su un divano due travestiti stavano facendo colazione. Riconobbe il viado nero che aveva incontrato insieme a Valeria il giorno del loro primo incontro. Ricordò anche di averlo visto parlare con Carmen. "Una bella fortuna!" pensò Luca avvicinandosi. L'accoglienza non fu delle più calorose.

«Che cazzo vuoi da noi, bello? Non stiamo lavorando» disse il secondo viado, il viso martoriato da cicatrici dell'acne.

Luca fece finta di nulla e si rivolse all'altro.

«Sono un amico di Carmen. Ti ricordi, ci siamo visti qui, alcuni giorni fa...»

Il travestito non aprì bocca.

«Ho bisogno del tuo aiuto» proseguì Luca «si tratta di Carmen. Non riesco più a mettermi in contatto con lei e...» Il viado butterato si spazientì. «Senti bello, noi non sappiamo niente e soprattutto non ce ne frega un cazzo dei tuoi problemi. Quindi cerca di alzare i tacchi e di lasciarci in pace».

Luca non perse la calma.

«Carmen è sparita da ieri e non so dove cercarla. Avete idea di dove possa essere? Non è a casa e nemmeno in lavanderia».

«Eravate al Doppia Coppia l'altra sera?» domandò il viado nero.

«Sì, però ce ne siamo andati presto. Prima che...»

«Prima che ammazzassero Valeria».

«Sì. Poi siamo tornati al club e abbiamo visto come l'avevano ridotta... Dio è stato terribile! Carmen è svenuta».

«Io sono Samantha» si presentò il viado «e lei è Feliciana».

Luca diede la mano a entrambi e si sedette di fronte a loro.

«Sei preoccupato per Carmen?» riprese Samantha.

«La conosco da appena tre giorni e non so nulla delle sue abitudini. Però dopo quello che è successo non riesco a stare tranquillo».

«Carmen è una ragazza intelligente e sveglia. Non è una che sparisce senza dire niente. Non voglio agitarti, ma prima la troviamo meglio è».

«Dove posso cercarla?»

«Potrebbe essere andata dal padre».

«Dove abita?»

«A Coriano, in una villa sulla collina. Una volta mi ha chiesto se potevo accompagnarla».

«Mi porteresti là?»

«D'accordo, fammi finire la colazione e andiamo».

26

Il piccolo attico si affacciava su piazza San Martino, una delle zone più tranquille del centro storico di Bologna, abitata per lo più da studenti universitari. Lì aveva alloggiato Martina.

In quell'appartamento, rimasto senza inquilini per mesi, erano appena entrati due ragazzi di Ferrara, iscritti alla facoltà di Giurisprudenza.

«Filippo, comincia a pulire la tua stanza. Poi vieni a darmi una mano».

«Che palle, Andrea! Per fortuna sono solo 40 metri quadrati».

«Per seicentomila lire al mese che cosa speravi?»

Filippo si arrotolò le maniche della camicia, prese uno straccio e cominciò a passarlo sulla scrivania.

Tolse i cassetti, li appoggiò per terra e spolverò gli incavi del mobile.

A un tratto si accorse che un foglio di carta era sul fondo del secondo vano.

Filippo lo raccolse, lo scrollò dalla polvere e iniziò a leggerlo. Era scritto a mano su entrambe le facciate con una calligrafia ordinata e rotondeggiante. Sembrava la brutta copia di una lettera o di un diario.

Luca, amore mio,

ho paura. Stanno succedendo cose terribili. Dopo quello che hanno fatto alla povera Katy ho deciso di smettere con le serate in discoteca. Ieri è stata l'ultima. So che mi capirai. Volevo parlarne con Casadio, così questa mattina sono andata in agenzia, a Rimini.

La porta era aperta, in segreteria non c'era nessuno. Nell'ufficio del capo ho sentito delle voci. Per non disturbare mi sono seduta nella stanza accanto ad aspettare. Con Casadio c'era un'altra persona. Parlavano a voce piuttosto alta.

Ho sentito Casadio che diceva: «...bisogna fermare questo massacro! Ne ha già fatte fuori quattro, tutte della mia agenzia. Prima o poi arriveranno anche a me. Fino ad ora ho lasciato fare ma adesso è troppo rischioso».

La persona che era con lui ha risposto: «...fino a quando io sono alla mobile non avrai nessun problema. L'importante è che tu tenga tutto nascosto. Se dovesse capitare un'altra storia come quella dei viados, sarebbe impossibile farla passare ancora come omicidio-suicidio».

E Casadio: «Il problema non è Dentice».

E l'altro: «Lo so! Ma per il momento non possiamo farci niente».

Mi sono alzata piano piano e, cercando di non fare rumore, sono andata verso l'uscita. Proprio in quel momento mi è squillato il cellulare nella borsa. Mi stava chiamando una mia amica. Bè, veramente si tratta di un viado. Si chiama Valeria, è molto simpatica. Mi piacerebbe fartela conoscere.

Non ho risposto. Ho spento il telefono e sono corsa giù per le scale, sperando che non mi avessero sentito. Ho continuato a correre senza voltarmi. Ho preso la macchina e sono tornata a Bologna. Dopo circa un'ora, mi ha telefonato Silvia, una delle segretarie di Casadio. Mi ha chiesto se questa sera ero libera per lavorare al Planet di Milano Marittima. Le ho risposto di no e lei mi ha domandato se fossi rimasta a Bologna, dicendo che era il capo che voleva saperlo.

Sono scesa a comprare qualcosa da mangiare. Mentre uscivo dal portico mi è venuto incontro un uomo. Era alto e robusto. Mi ha mostrato un distintivo e ha detto di essere un poliziotto.

Si chiama Petralia. Ha voluto vedere i miei documenti e mi ha chiesto dove abitavo. Ha detto che si trattava di un controllo di routine. Quando sono rientrata in casa, ho avuto l'impressione che fosse ancora lì a controllarmi nascosto dietro a una colonna.

Adesso sono da sola, qui in casa. La mia compagna di stanza è andata dai suoi genitori, ad Ancona. Ho provato a chiamarti ma hai il telefono spento. Sono un po' agitata. Probabilmente mi sto preoccupando per nulla. Non penso che mi abbiano vista alla Star.

Scrivere mi scarica la tensione, non credo però che ti spedirò questa lettera. Voglio andare a dormire presto. Sono sicura che domani quando ti racconterò questa storia mi aiuterai a trovare una spiegazione di tutto. Spero tu possa accompagnarmi all'agenzia.

Ti amo tanto. Vorrei che tu fossi qui con me questa notte.

Martina

Filippo rigirò tra le mani il foglio di carta per cercare un indirizzo o un qualunque riferimento. Ma non c'era niente. Raggiunse Andrea nell'altra stanza.

«Senti, come l'hai trovato questo appartamento?» gli chiese.

«Se non ti va bene mi trovo un altro compagno di casa!» rispose Andrea sbuffando.

«No. Voglio soltanto sapere se ti sei rivolto a un'agenzia, o cosa ...»

«A un'agenzia di Bologna. Il numero l'ho trovato nella bacheca della segreteria dell'università. Ho preso appuntamento, l'ho visto, mi è piaciuto, il prezzo mi sembrava buono. Qualcosa non va?»

«E prima chi ci abitava?»

«E che ne so! Anzi, il tipo dell'agenzia mi ha detto che prima c'erano due ragazze. Ma quando l'ho visto era libero da alcuni mesi».

«E le ragazze dove sono andate?»

«E come faccio a saperlo, secondo te».

«Ce l'hai ancora il numero dell'agenzia?»

«Sì. Eccolo qua: Agenzia Immobiliare Il Parallelepipedo – Fausto Bigondi».

«Non vorrai per caso creare problemi. Guarda che a questo prezzo è una vera occasione!»

«Stai tranquillo, voglio solo sapere una cosa. Poi ti spiegherò».

Fausto Bigondi venne incontro a Filippo con un sorriso stereotipato.

«Lei deve essere Malossi, lo studente che mi ha telefonato».

«Sì, buongiorno, chiedo scusa per il disturbo...»

«Mi dispiace averla fatta aspettare. Venga nel mio ufficio che parliamo. Allora signor Malossi, in che cosa posso esserle utile?» disse Bigondi, facendo segno a Filippo di sedere davanti al tavolo.

«Riguarda l'appartamento di piazza San Martino che il mio amico, Andrea Calamosca, ha preso in affitto da voi...»

«C'è qualche problema?»

«No, assolutamente. L'appartamento va bene».

«E allora?»

«Solo una curiosità. Chi ci ha abitato prima di noi?»

«Quello è un appartamento per studenti. Ci saranno stati altri ragazzi come voi».

«Il mio amico, Andrea, mi ha detto che lei gli ha parlato di due ragazze...»

Bigondi si rabbuiò: «Sarà stato così. Non riesco a ricordarmi di tutti gli affittuari».

«Una delle ragazze si chiamava Martina?»

«Non lo so, non credo».

«Potrebbe controllare? Avrete il contratto in archivio, suppongo...»

«Non credo sia possibile. C'è la privacy sui dati personali».

«Vorrà dire che andrò a controllare il contratto in comune. Per lei non è un problema, vero?»

«Senta, vi ho già fatto un prezzo stracciato. Mi dica che cosa vuole!»

«Martina».

Bigondi sospirò, rassegnato.

«Che tragedia! Una ragazza splendida. Era di Cesena. Studiava storia antica qui a Bologna. Viveva con un'altra studentessa di Ancona. Persone simpatiche, cordiali, puntuali nei pagamenti. Ha vissuto in quell'appartamento per un anno e mezzo. Di giorno studiava e frequentava i corsi. La sera faceva la cubista per mettere da parte un po' di soldi. Ma era serissima e fidanzatissima. Alcuni mesi fa scomparve. Per due giorni non si seppe niente. Il terzo la trovarono in una cava a Ravenna... decapitata!»

«Merda! Chi è stato?»

«Quel pazzo che ha ammazzato tutte quelle ragazze, il *killer delle ballerine*! Ricorda? Ne hanno parlato tutti i giornali».

«Oh, sì! Una storia pazzesca. Come si chiamava?»

«Mi sembra Dentice, o qualcosa del genere. Dopo quella tragedia nessuno ha più voluto l'appartamento. Quando si sparge la voce che porta sfortuna... È rimasto lì, disabitato, fino a quando è arrivato il suo amico. Ho capito che non conosceva la vicenda. Per invogliarlo ho tenuto basso il prezzo dell'affitto. Mi dispiace, non era mia intenzione imbrogliarvi».

«Io non sono superstizioso e l'appartamento mi piace.

Però lei è stato scorretto».

«Ha ragione ma...»

«Non intendo crearle problemi. Però voglio vedere i dati di Martina».

Bigondi tirò fuori una scheda.

«Martina Ferretti, universitaria. Nata a Cesena il 10 febbraio 1980, residente a Cesena. Recapito a Rimini: via Mercantini 3. Cellulare: 0348... Mi aveva lasciato anche il numero del fidanzato, nel caso il suo non fosse stato raggiungibile ...» Filippo prese nota di tutto e riconsegnò la scheda. Mentre stava alzandosi, Bigondi gli chiese ansioso: «Allora, rimarrà nell'appartamento?»

27

«Attenti al cane!» Il cartello era affisso sul cancello della villa di Coriano. Accanto all'immagine di un feroce dobermann vi era il disegno di un uomo in tuta mimetica, che puntava un fucile mitragliatore.

«Un tipo ospitale il padre di Carmen» disse Luca a Samantha.

«Già, non so se sperare che sia in casa o no».

Un pitbull spuntò all'improvviso dall'altra parte del cancello e iniziò ad abbaiare ai due visitatori. Sulla porta della villa comparve un uomo di circa cinquant'anni, alto, atletico, con il fisico scolpito, le braccia tatuate.

«Girate al largo da questa casa! Andate a fare le vostre porcherie altrove!» urlò, guardando Samantha con disgusto.

«Siamo amici di Carmen. Io mi chiamo Luca Rambaldi, sono un giornalista. Lei è Samantha. Possiamo parlarle un momento?»

«Carmen non abita qui» replicò l'uomo con tono secco.

«Lo sappiamo. Ma è molto importante. Riguarda sua figlia».

L'uomo fissò con disprezzo Samantha, richiamò il cane e si convinse, a malincuore, a farli entrare.

La casa era arredata in modo semplice ed essenziale. Su un tavolino, diverse foto di Carmen da bambina, al mare, con i genitori, di fianco al cane.

«Non la vedo da tempo. Non viene spesso a trovarmi. L'ultima volta è stato due mesi fa». La voce dell'uomo sembrava malinconica.

«L'ha sentita?» chiese Luca.

«Sì, mi ha telefonato quattro o cinque giorni fa, per salutarmi».

«Ha notato qualcosa di strano?»

«Veramente no. Perché?»

«Voglio essere sincero con lei» disse Luca. «Sono due giorni che non ho notizie di Carmen. Ho provato a cercarla a casa, dalla madre, in lavanderia. Sembra scomparsa. Nessuno l'ha vista, nemmeno i suoi amici più intimi». Seduta su una poltrona Samantha annuì.

«Speravamo fosse venuta da lei ma evidentemente non è così. Vede» continuò Luca «io e sua figlia in questi giorni ci stavamo occupando di quegli omicidi in discoteca...»

«Sì, ho sentito alla televisione. Hanno massacrato un fr ...» Lo sguardo di Samantha si caricò di rabbia e l'uomo non finì la frase.

«La persona uccisa era molto amica di Carmen e di Samantha» disse Luca. «Chi l'ha ammazzata è un pazzo senza scrupoli. Spero che l'improvvisa sparizione di Carmen non abbia niente a che vedere con questa storia».

Il padre della ragazza si accese una sigaretta e cominciò a fumare, passandosi la mano più volte tra i capelli.

«Avete avvertito la polizia?» chiese l'uomo.

«Non ancora. E nemmeno sua madre».

Samantha prese la parola: «Conosce qualcuno da cui Carmen potrebbe essere andata? Un'amica, un parente...»

«No. Però una volta è venuta a trovarmi insieme a un'altra ragazza. Una con i capelli rossi, più o meno della stessa età di Carmen».

«Si ricorda il nome?»

«Purtroppo no. Sono state qui poche ore. Mi disse che lavorava con lei. Mi sembravano piuttosto legate».

«Che genere di lavoro?»

«Serate in discoteca».

«Di dov'è questa ragazza?»

«Di Cattolica o di Gabicce».

«Non ha nulla di lei? Un indirizzo, un numero di telefono...»

«Non credo... Mi faccia pensare... Ecco, sì! Mi ricordo che rimase colpita da un mio tatuaggio e mi spiegò che suo fratello aveva un piccolo studio a Cattolica dove faceva piercing e tatuaggi. Mi ha lasciato il biglietto da visita dicendomi di andare da lui se avessi voluto farmene un altro».

Dopo qualche minuto, l'uomo tornò con un cartoncino plastificato. Vi erano stampati il disegno di un drago cinese e una scritta: «Il Tratto di Giorgio Minguzzi – piercing e tattoo

– piazzale I Maggio, 3 – Cattolica».

«Grazie. Le lascio i miei numeri di telefono» disse Luca.

«La prego di chiamarmi se Carmen si dovesse fare viva».

L'uomo accompagnò Luca e Samantha all'uscita.

Prima di salutarli disse al cronista: «Mi raccomando, mi faccia sapere qualcosa. Anche se la vedo poco, Carmen è... è... molto per me. Mi dispiace per prima. Non avevo capito».

28

Nell'obiettivo passano le brandine, i sacchi a pelo, le tende e i piedi di un uomo che cammina a passo svelto nel prato di notte. Nel trambusto una voce: «...è morta, cazzo». Poi la telecamera si spegne.

Gerace premette il tasto STOP del videoregistratore, estrasse la cassetta e guardò ancora una volta l'etichetta: «Miramare. Campeggio San Severo. Snuff».

Il filmato era stato girato di notte dentro una tenda da campeggio. Una ragazza tedesca veniva sorpresa nel sonno e violentata. Il suo assassino, un uomo di cui non si vedeva mai il volto, durante la violenza le teneva la testa schiacciata contro il cuscino per impedirle di chiamare aiuto.

«Marcirai in una galera dove ti spaccheranno il culo ogni giorno e ti faranno a pezzi!» imprecò all'indirizzo di Casadio, scaraventando la cassetta sul tavolo. Afferrò il telefono e compose il numero di cellulare di Cinti. Ma riattaccò senza attendere che cominciasse a suonare. Guardò l'orologio: le 21,10. Si diresse verso l'ufficio di Cinti. La porta era chiusa.

Tornò alla sua scrivania e mise in un cassetto le foto e il nastro sequestrati a Casadio, assicurandosi di chiuderlo a chiave. Uscendo dalla questura si fermò dal piantone.

«Quando è andato via Cinti?» chiese all'agente.

«Quasi un'ora e mezzo fa» rispose il poliziotto dalla guardiola.

«Era da solo?»

«Mi sembra che fosse con Petralia».

«Hanno lasciato detto dove sarebbero andati?»

«Ho sentito che parlavano di un nuovo locale di Riccione. Di un appuntamento dopo mezzanotte. Ma, non vorrei sbagliarmi ispettore».

29

Fino a qualche anno prima il Dubai era l'unico locale della riviera romagnola che univa i ritmi e il frastuono della musica techno con il relax e le atmosfere di un harem. Ora si chiamava Kollege. All'interno, corridoi stretti e spazi ampi con bar, tavolini, una sala-tivù, un privé arredato come uno spogliatoio da palestra e perfino una piscina dove gli ospiti potevano fare il bagno. Nelle quattro pedane da ballo le deejay, vestite come Lara Croft, suonavano musica diversa. Tutte le cubiste indossavano una maglietta aderente a maniche corte con la scritta *Fucking Barbie* sul seno.

Gerace trovò una lunga coda all'ingresso. La mezzanotte era passata da dieci minuti.

Mostrò con discrezione il tesserino ai buttafuori ed entrò nel locale. Non era sicuro che Cinti e Petralia fossero in quella discoteca, anche se si trattava dell'unico locale "nuovo" di Riccione. Non aveva visto nessuna macchina della questura nel parcheggio. Ma decise di dare lo stesso un'occhiata in giro.

Le *fucking barbie* ancheggiavano sui cubi. Gerace si fermò a osservare una ragazza che ballava con movimenti sinuosi, la maglietta madida di sudore, appiccicata al corpo, i capezzoli come disegnati, le gambe lunghe e affusolate e un ridotto lembo di stoffa nera che copriva l'inguine. Si allontanò con un sospiro. Controllò la piscina, il privé e perfino i bagni ma dei suoi colleghi nessuna traccia.

Più per scrupolo che per convinzione, si diresse verso l'ufficio del direttore della discoteca. La porta era socchiusa. Gerace sbirciò attraverso la fessura. Tre persone stavano parlando in piedi, vicino a un tavolo. Due erano troppo lontane per essere riconosciute. La terza era Claudio Casadio.

Il primo istinto di Gerace fu quello di irrompere nella stanza ma riuscì a mantenere la calma. Si avvicinò ancora di più alla porta per ascoltare.

«Ha preso tutto, foto e cassetta. Io non voglio problemi e quello mi sembra uno che ne può creare parecchi».

«Non capisco per quale motivo sia venuto da te. È stata una sua iniziativa personale, nessuno gli aveva dato disposizioni...»

«Quello è un rompicazzo, te l' avevo detto...»

«Stai calmo. Dobbiamo capire qual è il suo piano».

«Quello mi vuole fottere! Chi me l'ha mandato?»

«Lascia fare a me. Togliamocelo subito dalle palle!»

«Bravo stronzo! Ricordati che è un poliziotto...»

«Sento puzza di guai! Io voglio uscirne, subito...»

«Nessuno ne esce e nessuno fa nulla fino a quando lo dirò io! Chiaro? Il capo troverà una soluzione».

Aveva riconosciuto le voci. Aveva capito di cosa stavano parlando. Ma non voleva crederci. Erano Cinti e Petralia, detto il "bisonte". Fece un passo indietro e senza fare rumore si allontanò. L'unica cosa da fare era andarsene al più presto dal Kollege, senza farsi notare.

30

Il laboratorio era di fianco a un lussuoso albergo nella piazza principale di Cattolica.

«Tu devi essere Giorgio» disse Luca stringendo la mano a un ragazzo che aveva il cranio tatuato, una serie di tatuaggi che gli coprivano le braccia e il collo e diversi piercing sul naso.

«Sì, e voi Luca e Samantha? Avete chiamato ieri per un appuntamento?»

«Sì, ma non è come pensi tu. Io sono un giornalista della "Gazzetta di Forlì" e lei è una mia amica».

«Ditemi pure».

Luca e Samantha si scambiarono uno sguardo d'intesa.

«Giorgio, tu hai una sorella?»

«Sì, perché?»

«Lavora con te?»

«Mi dà una mano qualche volta per il piercing. Studia all'università, a Cesena».

«E balla ogni tanto sui cubi nelle discoteche?»

«Sì, collabora con un'agenzia di Rimini che le procura le serate».

«Come si chiama l'agenzia?»

«Non ricordo. So che gli uffici sono nel centro di Rimini. Comunque dopo quello che è successo non credo che voglia continuare...»

«A cosa ti riferisci?»

Il giovane li guardò, incredulo: «Non lo sapete? La sua più cara amica è stata uccisa giorni fa in una discoteca di Rimini. È stata mia sorella a trovare il corpo!»

Il battito cardiaco di Luca aumentò di colpo. Si girò verso Samantha e vide che anche il suo sguardo era attento e preoccupato.

«Come si chiamava la ragazza?» chiese Luca con un leggero affanno.

«Emma, Emma D'Onofrio».

«E tua sorella?» fece Samantha.

«Veronica».

Luca ricordò di aver letto nei verbali della polizia che era stata una ragazza di nome Veronica a trovare il cadavere martoriato di Emma nelle scale di servizio della discoteca Hell. Ma, seppur interrogata a lungo, non era riuscita a fornire nessun elemento utile alle indagini.

«Dov'è tua sorella adesso?» chiese Luca.

«Se non sbaglio, a Cesena per una lezione».

«È possibile rintracciarla?»

«Bè... non so se è il caso. Quando mia sorella ha trovato Emma e ha visto in che modo era stata ridotta ha avuto uno shock terribile».

«Capisco. Però, è molto importante per noi parlarle».

Il giovane guardò Luca e Samantha con aria preoccupata. Quindi sospirò: «Se dopo mezzogiorno andate al bar Miki, nella zona vecchia di Cesena, la troverete senz'altro. Va sempre là quando finisce le lezioni».

Appena superata l'uscita di Rimini Nord, il telefonino cominciò a suonare.

«Puoi rispondere tu, Samantha? Io sto guidando» disse Luca passandole l'apparecchio.

«Pronto?»

«Buongiorno, vorrei parlare con il fidanzato di Martina Ferretti».

«Un momento, prego».

Samantha impallidì e ripassò l'apparecchio a Luca.

«È meglio che parli tu».

«Chi parla?» chiese Luca.

«Sono Filippo Malossi, chiamo da Bologna. Lei era il fidanzato di Martina Ferretti?»

«Sì». Luca deglutì e fermò la macchina in un'area di sosta.

«Sono di Ferrara ma studio legge a Bologna. Posso darti del tu?»

«Sì, certo».

«Mi dispiace molto per ciò che è successo» disse Filippo.

«E mi hai cercato per dirmi questo?» fece Luca.

«No. Ho preso un appartamento in affitto con un amico. Ieri ho trovato per caso una lettera di Martina indirizzata a te».

«Cosa?»

«Sì. Una lettera che lei ti ha scritto ma che non ti ha mai dato o spedito».

«Ma dove abiti?»

«Nell'attico di piazza San Martino, dove stava lei...»

«E la lettera dov'era?»

«Nell'incavo di un cassetto della scrivania».

«E come hai fatto a risalire al mio numero?»

«Mi sono informato presso la società immobiliare. L'agente mi ha fatto vedere una scheda dove c'erano tutti i numeri di Martina. Mi ha anche raccontato la sua storia. Mi dispiace...»

«Gli hai fatto vedere la lettera?»

«No! Nessuno sa dell'esistenza della lettera. Nemmeno il mio compagno di stanza!»

«Cosa c'è scritto?»

«È proprio questo il punto. Io non conosco i fatti e non riesco a interpretarla. Però, secondo me, sono cose serie. Quando l'ha scritta Martina sembrava molto spaventata...»

«Devo leggerla subito!»

«Va bene se vuoi ci possiamo incontrare».

«Sicuro. Io adesso sto andando a Cesena per un appuntamento ma nel pomeriggio sono libero. Dove posso raggiungerti?»

«Va bene alle 19 a casa mia?»

«In piazza San Martino?»

«Sì… se te la senti. Altrimenti possiamo vederci in un bar…»

«Ci vediamo a casa tua. A dopo».

Luca rimise in moto e riprese la strada verso Cesena mentre Samantha lo fissava in attesa di una spiegazione.

«Poi ti racconto» le disse Luca.

Ma non aprì bocca per tutto il viaggio.

31

Il bar Miki, in via Aldini, era frequentato soprattutto da studenti e professori universitari.

Luca e Samantha arrivarono verso mezzogiorno. Il bar era affollato come sempre. Si guardarono intorno finché notarono una ragazza dai folti capelli rossi, con degli occhiali tondi, che leggeva seduta a un tavolo, mangiando un panino.

Luca non ebbe alcun dubbio e le si avvicinò, mentre Samantha rimase al bancone.

«Veronica?»

La ragazza girò la testa lentamente. Si tolse gli occhiali e lo guardò con aria incuriosita, liberando il viso da una ciocca di capelli.

«Sì, sono io, e tu chi sei?» disse Veronica accennando un sorriso.

«Luca Rambaldi, sono un giornalista di Forlì, lavoro per la "Gazzetta"».

Bastò la parola "giornalista" per far scendere negli occhi della ragazza un velo di fastidio e insofferenza. Inforcò nuovamente gli occhiali e girò la testa verso il libro. «Scusi, ma non ho nulla da dirle. La prego di...»

Luca non la lasciò finire: «Non voglio farti interviste o strapparti dichiarazioni. Posso sedermi?»

«E va bene. Se è vero quello che dici...»

La giovane si tolse nuovamente gli occhiali e appoggiò la schiena alla sedia.

«Si tratta di una mia amica. Si chiama Carmen Gemini e vive a Rimini. So che la conosci. Lavora anche lei per la Star. Ho parlato con suo padre».

«E allora?» chiese Veronica.

«Credo che sia scomparsa! Non la vedo e non la sento da tre giorni. A casa sua non c'è, alla lavanderia non s'è fatta viva e anche i suoi amici non la vedono da giorni. Qui con me c'è un ragazzo brasiliano, amico di Carmen, che mi sta dando una mano. È lì al banco. Si chiama, ehm... Samantha».

Veronica si portò una mano sulla fronte e poi sulla bocca: «Sei sicuro che Carmen sia scomparsa?»

«Non ne ho alcuna certezza, ma sono preoccupato. Del resto tu sai le cose che sono accadute in questi giorni...»

Veronica abbassò lo sguardo.

«Mi dispiace molto per Emma. Credimi, io posso capirti» continuò Luca.

Con una mano Veronica si asciugò una lacrima.

«Lavori ancora per la Star?»

«No, dopo quello che è successo ho chiuso con quel lavoro e con quella gente. E Carmen? Che cosa c'entra in questa storia?»

«In questi giorni mi ha dato una mano. Abbiamo fatto alcuni giri per locali e sentito alcune persone. Poi è successo quel fatto al Doppia Coppia...»

«Parli del transessuale brasiliano?»

«Valeria. Era una grande amica di Carmen e di Samantha. Carmen è rimasta sconvolta. L'ultima volta che l'ho sentita al telefono era a pezzi. Poi non ho più avuto sue notizie. Il padre ci ha detto che tempo fa l'hai accompagnata a Coriano».

«È stato cinque o sei mesi fa. Era un po' depressa e aveva voglia di vedere suo padre».

«Ma la conosci bene?»

«Bè, non è proprio un'amica intima. Abbiamo lavorato insieme in qualche occasione, in locali di Gabicce o Pesaro. Ha un carattere un po' chiuso, fa fatica a parlare di sé. È una ragazza complessa ma molto intelligente».

«Per questo dubito che sia sparita volontariamente dalla circolazione. Tu, per caso, l'hai sentita in questi giorni?»

«No, mi dispiace. Ma hai provato a chiamare Silvia, la segretaria dell'agenzia? So che lei e Carmen sono amiche».

«Silvia! Cazzo! Due giorni fa mi ha lasciato un messaggio al telefonino, dicendomi che doveva parlarmi di una cosa importante. Mi sono completamente dimenticato. Forse era qualcosa che riguardava Carmen! Devo chiamarla subito!»

Luca salutò Veronica con due baci sulle guance.

32

Una decina di minuti più tardi Luca e Samantha viaggiavano nuovamente sulla A14 in direzione nord.

«Dove si va adesso?» chiese il viado.

«Tu non lo so, io vado a Bologna» rispose Luca.

«Grandioso!» fece Samantha «là ho tantissimi amici. Puoi lasciarmi nella zona della fiera, troverò sicuramente un modo divertente per tornare a casa».

«Ah, Samantha, senti...»

«Che c'è?»

«Grazie!»

33

Sacchi accolse Gerace sorridendo nel suo ufficio, al secondo piano della Questura di Forlì.

«Come stai caro Alvaro? È una vita che non ci sentiamo. Da quando siamo in due questure diverse...» attaccò Sacchi facendo accomodare Gerace davanti alla scrivania.

«Sto bene, Daniele. Anche se sono giorni molto stressanti.

E tu come te la passi?»

«Da vecchio rincoglionito che non riesce ancora a mollare. In realtà, non mi permettono di mollare. Se le cose continuano così, vedo la pensione sempre più lontana... Al telefono hai detto che volevi parlarmi di una cosa importante. Di che si tratta?»

34

Piazza San Martino era proprio come se la ricordava.

Sembrava che il tempo si fosse fermato.

Lo sguardo di Luca salì fino alle finestre dell'attico. Erano illuminate. Prima di avviarsi al portone tentò ancora una volta di chiamare Silvia al cellulare ma partì la segreteria.

Poi il ricordo di Martina si fece più forte. Ripensò a tutte le volte che si erano baciati in quella piazza, alle corse sotto il portico per ripararsi dalla pioggia, alle fughe dai vigili urbani in due sul motorino, all'amore sul letto con le finestre aperte per le stelle.

Infine suonò il citofono.

Un ragazzo si affacciò da una finestra dell'ultimo piano.

«Chi c'è lì sotto?» urlò.

Luca uscì dal portico per farsi vedere.

«Sei tu Filippo?»

«Sì, vieni su?»

«D'accordo».

La stanza era come l'aveva lasciata Martina. A Luca sembrò di sentire nell'aria persino il suo profumo.

«Non voglio trattenerti molto» attaccò Filippo. «Credo che non sia facile per te stare in questa casa».

Luca non riuscì a rispondere. Accennò un sorriso, mentre sentiva gli occhi inumidirsi.

«Questa è la lettera» riprese, estraendo dal cassetto il foglio a quadretti «l'ho trovata proprio qui sotto; probabilmente era scivolata fuori dal cassetto».

Luca afferrò il foglio con mani tremanti «Luca, amore mio...» Non riuscì a trattenere le lacrime. Filippo si alzò dalla sedia: «Ti lascio solo. Se hai bisogno di me, sono nell'altra stanza».

Appoggiò la schiena alla spalliera del letto e iniziò a leggere. A ogni riga sentiva il cuore battere più forte. L'emozione era quasi insostenibile. Strinse la lettera al petto e si lasciò avvolgere dal dolore. Gli sembrò di smaterializzarsi. Quando ritornò in sé, Filippo era davanti a lui con un bicchiere d'acqua in mano.

«Terribile, vero?» chiese Filippo. «Quella lettera... Da quello che c'è scritto mi sembra di capire che Martina si fosse avvicinata a qualcosa di molto pericoloso».

«È una storia maledetta. Martina è una vittima innocente di gente che andrebbe fatta scomparire dalla faccia della terra. Di banditi travestiti da gente perbene».

«Poliziotti?»

«Sì, poliziotti! Criminali in divisa, uomini schifosi e senza morale! Ma la pagheranno: non avrò pace fino a quando non scoprirò la verità!»

«Spero di esserti stato utile» disse Filippo.

«Mi sei stato utilissimo. Ma ti prego di non parlare a nessuno della lettera».

«Stai tranquillo e tieni duro».

«Grazie di tutto. Anche da parte di... Martina».

Guardò un'ultima volta la stanza, si infilò la lettera nella tasca del giaccone e scese le scale. Appena fuori dal palazzo chiamò col cellulare il numero di Silvia. Sempre spento. Poi provò con Samantha ma ottenne lo stesso risultato.

35

«Quindi sei andato da Casadio senza avvertire nessuno».

«Sì, ma in quel momento non sapevo ancora dei suoi affari con Cinti e Petralia. Era stato quel giornalista di Forlì, Luca Rambaldi, a mettermi la pulce nell'orecchio».

Sacchi e Gerace stavano parlando da circa quaranta minuti. L'anziano poliziotto sembrava interessato e stupito per il racconto del suo collega.

«E la videocassetta era nell'ufficio di Casadio?» chiese Sacchi.

«Sì, evidentemente si sentiva molto sicuro. Di certo non si aspettava la mia visita» rispose Gerace.

«Ma si tratta di un omicidio in diretta?»

«Sembra proprio di sì. La qualità delle immagini non è ottima ma se tu vedessi il volto della ragazza dopo che è stata soffocata...»

«Come ha reagito Casadio quando gli hai sequestrato la cassetta?»

«Fino a quel momento aveva ostentato sicurezza e noncuranza, nonostante le foto pornografiche. Quando ho beccato il nastro ha cominciato ad agitarsi. E poi la sua conversazione in discoteca con Cinti e Petralia...»

«Tu non hai proprio nessun dubbio che fossero loro, vero?» chiese ancora una volta Sacchi.

«Non sarei qui a parlartene».

«È proprio una brutta storia Alvaro. Conosco Cinti da anni e mai avrei pensato che potesse essere un delinquente».

«Ma non ci sono solo loro!»

«In che senso?»

«Durante la conversazione Cinti, credo, ha parlato di un'altra persona che, secondo lui, avrebbe trovato una soluzione nei miei riguardi. Questo mi fa dedurre che ci sia qualcuno sopra di loro».

«Allora la cosa è ancora più complicata. Anche se abbiamo un vantaggio: sappiamo di loro! Dobbiamo cercare di seguire le loro mosse senza farci scoprire. Possono fare passi falsi».

«Però tutti e tre sanno della mia indagine...» ribatté Gerace.

«È vero, ma potrebbero considerarla un'iniziativa personale. Hai parlato della videocassetta con qualcuno in questura?»

«No, non ancora».

«Domani dirai a Cinti che sei andato a controllare l'ufficio di Casadio perché avevi ricevuto una telefonata anonima su un giro di minorenni. Casadio non ti è piaciuto e hai buttato per aria tutto l'ufficio. Alla fine, hai trovato quel film, oltre alle foto. In questo modo Cinti si dovrebbe convincere che si tratta di una tua iniziativa personale. Sarebbe costretto però ad avviare un'indagine e di conseguenza anche a elaborare un piano che protegga i suoi complici. Ed è a quel punto che noi dovremo riuscire a intercettarlo».

«Mi sembra una buona strategia» disse Gerace «ma se nel frattempo il loro capo decidesse di agire diversamente?»

«Non credo. La morte di un poliziotto, anche se accidentale, porta con sé un'inchiesta interna e un'attenzione particolare da parte dei giornali. Inoltre, se domani parlerai subito con Cinti, non ne avrà il tempo. Sarai tu ad anticipare le loro mosse».

«Penso che possa funzionare».

«Nessuno sospetta che tu sia venuto a parlarne con me, immagino» disse Sacchi.

«No, assolutamente».

«Bene. In questa fase è importante che pensino di poter risolvere il problema senza troppa fatica e che siano convinti di agire ancora coperti».

«Certo che è un bello schifo!» riprese Gerace. «Il capo della mobile e un sovrintendente di polizia che se la fanno con uno squallido pappone pornografo!»

«Eh, Alvaro, io sono più vecchio di te e purtroppo di queste cose ne ho viste e riviste. A volte rimanere al di qua dello steccato è molto difficile. Il salto è piccolo mentre spesso i soldi, dall'altra parte, sono tanti...» disse Sacchi.

«In questo caso non penso sia solo una questione di soldi» ribatté l'ispettore.

«E cosa sarebbe?»

«Non lo so. Casadio è un personaggio ambiguo. Potrebbe
avere a che fare con gli omicidi di quelle ballerine e dei viados. Erano tutti in qualche modo legati alla sua agenzia».

«Gli omicidi nelle discoteche?»

«E non solo. Penso anche a quella storia dello strano omicidio-suicidio dei due transessuali brasiliani a Riccione e Rimini».

«Io me ne sono occupato e me ne sto tuttora occupando» disse Sacchi «ma Casadio ha sempre avuto alibi di ferro».

«Appunto! Troppo blindato, troppo protetto. Lui sa sicuramente qualcosa anche se, probabilmente, non è l'assassino».

«È un sospetto che ho sempre avuto anch'io ma per i processi servono le prove...»

«È proprio per questo che sono andato nell'agenzia di Casadio. Per cercare una traccia».

«E l'hai trovata?»

«No, a parte la videocassetta e le foto. In compenso ho scoperto il suo legame con i miei colleghi».

«È una storia delicata e molto rischiosa. Non fare mosse azzardate e fammi sapere tutto quello che succede. Il mio cellulare è sempre acceso e se non sono in questura mi trovi a casa. Lo sai il numero, vero?»

«Sì, l'ho memorizzato anche nel telefonino» rispose Gerace mentre si apprestava a uscire dalla stanza, dopo aver salutato Sacchi con un abbraccio. «Adesso sono più sollevato. Grazie per l'aiuto».

«Ho grande fiducia in te, Alvaro. Fai come ti ho detto e vedrai che riusciremo a mandarli tutti in galera!» fece Sacchi accompagnando il giovane ispettore alla porta con un braccio appoggiato sulla sua spalla.

36

Luca era a casa. C'erano tre messaggi nuovi nella posta elettronica. Il primo era di Annamaria, la sua amica giornalista di Rimini.

da: *abonelli@edit.it*
oggetto: *autopsia*

Certo che sei un bello stronzo Luca! Da quando hai deciso di fare tutto da solo? Credevo fossimo amici... Comunque complimenti, bel colpo quello delle autopsie! Ho parlato con Cinti, il capo della mobile. Lui nega tutto e continua a sostenere che non ci sono collegamenti tra il delitto di Emma e quello del viado brasiliano. Secondo lui la notizia delle autopsie è inventata perché quella del viado non è stata ancora eseguita. Cosa mi dici in proposito? Io domani vado in questura verso le 11. Pensi di fare un salto anche tu? Fammi sapere... stronzetto!
Annamaria

La seconda e-mail proveniva dalla redazione della "Gazzetta".

da: *segret@gazforli.it*
oggetto: *festa*

Vederti o parlarti è come al solito impossibile. Spero che tu stia frequentando posti diversi dalle sale dell'obitorio... Il capo mi dice di chiamarti almeno dieci volte in un'ora. La prossima settimana ci sarà la festa di "produzione" con tutta la redazione, direttore ed editore compresi. Spero che questa volta tu ci venga. Io almeno ci terrei molto. Si terrà al Wonderland di Rimini. Cerca di farti forza e non scomparire! Un abbraccio.
Luana

Infine il terzo messaggio.

da: *silviacotti@star.it*
oggetto: *Carmen*

Ciao Luca, ho avuto il tuo indirizzo e-mail telefonando in redazione. Ti avevo lasciato un messaggio al telefonino ma tu non mi hai chiamata. Ho bisogno di vederti al più presto. Devo parlarti di Carmen. Non posso scriverti di che cosa si tratta. È una cosa seria. Domani alle 12 sarò a Riccione, all'Hotel des Etoiles, per organizzare una festa che si svolgerà in quell'albergo. Ce la fai a raggiungermi lì entro le 13?
Ci conto. A presto.
Silvia

Tentò per l'ennesima volta di telefonare a Silvia ma appena sentì partire la segreteria chiuse la comunicazione. Non voleva risponderle per e-mail perché avrebbe dovuto mandare il messaggio all'indirizzo dell'agenzia di Casadio.

37

Gerace entrò nella sua stanza e chiuse la porta. Si sedette alla scrivania ed estrasse dalla giacca un mazzo di chiavi. Stava per infilarne una nella serratura che bloccava l'apertura di tutti i cassetti quando improvvisamente l'ultimo cassetto in basso si aprì. Gerace controllò gli altri due. Aperti! La serratura era stata scassinata.

Cominciò a sollevare freneticamente cumuli di fogli.

«Merda! Merda! Mi hanno fottuto la videocassetta e le foto!» urlò, picchiando i pugni sulla scrivania «sono stato uno stronzo a lasciarle qui! Qualcuno le ha fatte sparire... Qualcuno avvertito da quel maiale di Casadio! Sono un vero idiota».

Parlare con Cinti ora non aveva più senso. La strategia consigliata da Sacchi era improponibile senza il video. Era stato Cinti a fare la prima mossa e ora comandava il gioco. Sicuramente stava aspettando la sua reazione. Che cosa poteva fare?

Prese in mano il telefono per chiamare Sacchi a Forlì e riferirgli del cambiamento di programma. Ma la linea poteva essere controllata.

Doveva tornare nell'ufficio di Casadio e metterlo alle strette. Farlo parlare! Costringerlo con le buone o con le cattive a confessare i suoi rapporti con la polizia. Possibilmente davanti a dei testimoni.

Si alzò di scatto, uscì dalla stanza e in un baleno giunse al piano terra. Fece due gradini con un salto e uscì quasi correndo dal portone della questura. Ma nella fretta non si accorse di due fatti importanti. Cinti lo aveva visto uscire di corsa. E, soprattutto, dal suo cassetto era sparita anche la sua 38 Smith & Wesson a canna corta.

38

La festa aveva uno scopo benefico: aiutare la popolazione del Bangladesh colpita da una spaventosa alluvione. Era stata organizzata con il supporto di numerosi sponsor, banche, giornali e il patrocinio dei comuni di Riccione, Rimini, Cervia e Cesenatico. La serata, registrata dalle telecamere di Telemontecarlo, si articolava in due momenti. Il primo, ufficiale, con la presentazione degli ospiti, tra i quali politici, cantanti, attori, scrittori e registi, che avrebbero dovuto fare da testimonial. Il secondo di puro intrattenimento con deejay, cubiste e vip. L'organizzazione di questa seconda fase era stata affidata all'agenzia Star. L'albergo era il più bello della Riviera, anche se un po' decadente. Ma per quell'occasione la proprietà aveva fatto le cose in grande mettendo a disposizione il ristorante, trasformato in un salone delle feste con palco, platea e spazio orchestra, oltre a un'altra vasta sala, al piano superiore, collegata al ristorante da un imponente scalone, che sarebbe diventata la discoteca.

Appoggiata al passamano della scala, Silvia stava spiegando allo scenografo che avrebbe dovuto montare una pedana circolare molto ampia collegata a una macchina in grado di farla vibrare più o meno intensamente a seconda della potenza della musica.

Luca si avvicinò: «Fai le cose in grande!»

«Oh! Luca, che piacere vederti! Sono proprio contenta che tu sia qui. Un minuto e sono da te» rispose Silvia.

Luca si allontanò di due passi e si accostò a una vetrata da cui si vedeva l'entrata nel cortile dell'hotel. Una vecchia Porsche coupé nera stava varcando il grande cancello in ferro battuto. A bordo una coppia da pubblicità di Vogue.

«Lui è un modello israeliano, lei è un'indossatrice finlandese. Sono entrambi gay ma fanno coppia fissa. Saranno una delle attrazioni della festa» disse Silvia avvicinandosi alle spalle di Luca.

«Mi sembra che tu te la stia cavando molto bene...»

«Sono a un passo dall'esaurimento! Devono ancora montare le luci e l'impianto acustico».

«Come mai sola?» chiese Luca.

«Bè, è un periodo un po' burrascoso per l'agenzia. Imelde, l'altra segretaria, non si può muovere perché il capo ha bisogno di mettere a posto gli uffici».

«Vuoi dire che vuole fare sparire certe cose?»

«Insomma, tu hai visto quante... quante... informazioni ci sono nello studio».

«Sì, ma perché nasconderle adesso?»

«Tira una brutta aria. Di recente abbiamo avuto visite...»

«La polizia?»

«Un poliziotto, sì. Uno con la mano pesante».

«Era ora!» esclamò Luca.

Silvia lo fissò e rimase in silenzio.

«Esseri come Casadio andrebbero eliminati fin dalla nascita!» riprese Luca cercando di studiare la reazione della ragazza, ma lei cambiò abilmente discorso.

«Ti trovo bene, hai l'aria un po' stanca ma le occhiaie ti donano» attaccò Silvia.

«Lo stress ti annebbia la vista! Ho passato una nottata terribile, ho la faccia accartocciata come un foglio di giornale» ribatté lui. «Tu in compenso sei bellissima. I codini da Pippi Calzelunghe sono molto sexy...»

«Ah, qui dentro si crepa dal caldo! Se potessi mi toglierei tutto...»

Quel tutto era in realtà già poco. Una canottiera rossa aderente lasciava scoperto l'ombelico abbronzato. Dai pantaloni larghi trasparivano delle mutandine nere super sgambate.

Lo sguardo di Luca indugiò sulla ragazza. Ma poi si riprese.

«Che cosa volevi dirmi riguardo a Carmen?»

«Ma fai sempre così?» chiese lei spiazzata da quell'improvviso cambio di umore.

«Silvia, sono proprio stanco. Questi ultimi giorni sono stati terribili».

«La morte di Valeria è stata per tutti straziante. Ma soprattutto Carmen ne è rimasta colpita. Il giorno dopo l'omicidio sono andata a casa sua. Era distrutta. Continuava a ripetere che avrebbe potuto salvare Valeria se solo si fosse fermata quando le era parso di sentire la sua voce nel parcheggio. Ho cercato di consolarla ma mi sono resa conto che la stavo innervosendo. Così me ne sono andata».

«E allora?» la incalzò Luca.

«La mattina seguente sono tornata a casa sua sperando che stesse meglio. L'ho trovata su tutte le furie per un articolo che tu avevi scritto sul giornale. Urlava che eri uno stronzo, che speculavi sulla morte di una sua amica, che tra l'altro era stata lei a farti conoscere, e che era anche colpa tua se l'avevano uccisa. Era delusa dal tuo comportamento».

A Luca cominciò a mancare il respiro.

«Mentre io ero lì ti telefonò al giornale. Ti ricordi?» Luca sospirò ma non rispose.

«Ti buttò il telefono in faccia e poi ti mandò al diavolo. Scusa se ti dico questo ma voglio farti capire in che stato d'animo si trovava».

«Non devo sforzarmi molto per capirlo».

«Me ne andai da casa sua raccomandandole di chiamarmi se avesse avuto bisogno di qualunque cosa. Dopo circa un'ora e mezzo, mi chiamò al cellulare. Aveva una voce strana. Sembrava, sembrava...»

«Che cosa?» fece Luca nervoso.

«Bè, era innaturale. Io la conosco abbastanza bene. Quella non era la voce di Carmen. Giuro di non averla mai sentita così. Tremava, era spaventata, la parole le si strozzavano in gola, ma...»

«Ma?»

«Ma si sforzava di fare finta di nulla, di essere il più normale possibile...»

«E che cosa ti ha detto?» fece Luca.

«Mi ha detto che non poteva più rimanere qui, che stava male e che sarebbe andata per un po' di tempo da un'amica. Aveva la nausea di Rimini. Mi ha chiesto di non cercarla, non voleva parlare con nessuno. Ha aggiunto solo di avvertire sua madre e anche te, Luca, e di dirvi di stare tranquilli. Ma prima di interrompere la conversazione mi ha detto un "ciao" terribile, angosciante, come se fosse un ultimo saluto. Mi sono fatta dare il tuo telefono dalla "Gazzetta" ma non sono mai riuscita a beccarti».

«Con chi hai parlato alla "Gazzetta"?» chiese Luca.

«Un uomo, con la voce gentile ma abbastanza rigido. Non ricordo il suo nome».

«Mhm... e la madre di Carmen quando l'hai avvertita?»

«Purtroppo soltanto ieri. Prima non ho avuto tempo».

«E come ha reagito?»

«Era distrutta, affranta. È una donna molto fragile ed è legatissima alla figlia».

«Veramente?»

«Sì. Mi ha pregato di aiutarla, di fare in modo che Carmen torni a casa. Io le ho spiegato che non sapevo dove fosse andata ma che avrei comunque fatto il possibile».

«E non hai parlato con nessun altro della sua fuga?» chiese Luca.

«No. A chi avrei dovuto dirlo?» rispose Silvia.

«Non so, ad esempio a Casadio. In fondo anche lei lavora per la Star...»

«Figurati se a Casadio può fregare qualcosa di Carmen!
Sai quanto ci mette a trovarne un'altra?»

«Ah, certo! A meno che...»

«A meno che cosa?» chiese Silvia perplessa.

«A meno che le tue non siano tutte balle! Che Casadio sia responsabile della sparizione di Carmen e che tu stia cercando di coprirlo! Così t'inventi questa storia della fuga per mettermi buono. Mi racconti la balla della madre e sei a posto. Ma hai proprio fatto male i tuoi conti perché io non ci credo! Carmen non se ne sarebbe mai andata in quel modo, non adesso. Tu e quella merda del tuo capo l'avete fatta sparire. Il perché non lo so, ma lo scoprirò. E spera che non le sia successo nulla di grave. Altrimenti non avrò pace fino a quando non te l'avrò fatta pagare. Vai dal tuo merdoso capo e digli che il vostro piano è andato storto. Fate tornare Carmen a casa o sarà peggio per voi!»

Silvia lo stava ascoltando con gli occhi sbarrati.

«Ma cosa stai dicendo? Io sono legata a Carmen, è una mia amica» replicò Silvia, la voce strozzata. «Ti ho detto la verità! Mi ha telefonato per dirmi che se ne andava e poi non l'ho più sentita. Come puoi pensare che io sia capace di farle del male... Io, io le sono... molto affezionata!»

«Come no! Eri affezionata anche a Martina. Così tanto che le hai mandato a casa qualcuno che l'ha fatta a pezzi».

«Ma tu sei impazzito! Non sai quello che dici. È inutile parlare con te. Io sono preoccupata solo per Carmen e continuerò a cercare di aiutarla. Non me ne frega un accidente se tu mi vomiti addosso accuse senza senso. Fai come se non ti avessi detto niente. Continua pure per la tua strada, non ti voglio più vedere!»

Silvia fece per andarsene. Luca la afferrò per un braccio. Stringendole con forza il polso, avvicinò la sua faccia a pochi centimetri da quella di lei.

«Se scopro che qualcuno ha fatto del male a Carmen, ti verrò a cercare, dovunque tu sia! E ti farò quello che è stato fatto a lei. La mia non sarà un'inchiesta giornalistica...»

Silvia fissò Luca negli occhi con rabbia. Con uno strattone liberò il braccio dalla presa, girò le spalle e se ne andò lanciandogli uno sguardo sprezzante. Lui in piedi la seguì con gli occhi.

Il trillo acuto del telefonino spezzò la tensione di quell'incontro.

«Pronto?»

«Signor Rambaldi?»

«Sì, chi parla?»

«È la "Gazzetta di Forlì", rimanga in linea per favore...» Luca attese insofferente poi sentì la voce di Donati.

«Buongiorno Luca, come va?»

«Ehm... bene, bene. C'è qualche problema, Ermete?
Perché mi chiami attraverso il centralino?»

«Luana si è presa la giornata e io ho mille cose da fare.
Non posso stare ore al telefono».

«Ah, certo. Avevi bisogno?»

«Dove sei?»

«Sto lavorando su quel caso! Capisci cosa voglio dire?»

«No! Non capisco, ma fa lo stesso. Ormai ci ho rinunciato. Un giorno mi porti un'esclusiva poi per due giorni non ti fai vivo. Volevo informarti che questa sera all'Hotel Des Etoiles di Riccione c'è una megafesta di beneficenza. Ci saranno personaggi famosi, politici e tutto il resto. Per la parte ufficiale ci manderò qualcun altro. Tu devi seguirmi l'after-party. È a inviti ristretti. Troverai una busta a tuo nome alla reception. Domani voglio una mezza pagina con foto. D'accordo?»

Luca stava per spiegargli di essere già al corrente ma il direttore non lo lasciò replicare.

«Ah, un'altra cosa. Questa non è una proposta. Sai cosa intendo dire! Sono stanco delle tue... interpretazioni dei fatti!»

Luca non replicò.

«Contaci, capo! Farò un ottimo servizio...»

«Domani! Mezza pagina in seconda, okay? E non fare cazzate!»

39

«Oh, mi scusi!» disse Gerace incrociando Annamaria sugli scalini dell'entrata della questura, dopo avere rischiato di travolgerla.

«Non si preoccupi, ispettore. Ma dove sta andando così di fretta? È successo qualcosa?»

«No, nulla. Non è una cosa di lavoro» fece Gerace, sforzandosi di sorridere. Annamaria lo guardò per nulla convinta della risposta ma fece finta di accettare la sua giustificazione: «Meno male! Ci vediamo più tardi allora...»

«Senz'altro, arrivederci!» disse lui riprendendo la sua marcia veloce.

Giunta alla guardiola, Annamaria chiese al piantone di essere annunciata: «Può avvertire il dottor Cinti della mobile che sono qui? Mi chiamo Annamaria Bonelli, sono una giornalista».

L'agente alla porta fece un paio di telefonate: «Secondo piano, il dottor Cinti l'aspetta».

Cinti era al telefono. Le fece segno di sedersi. Liquidò l'interlocutore telefonico con un "Ci sentiamo più tardi, adesso ho una persona", quindi sfoderò un largo sorriso e si rivolse alla cronista.

«Carissima! Come sta? Posso esserle utile?»

«Buongiorno» disse lei, mantenendo una certa distanza,

«ho appena incrociato l'ispettore Gerace mentre usciva dalla questura. Mi è sembrato piuttosto trafelato. È successo qualcosa?»

«No, oggi per fortuna è tutto tranquillo» rispose imbarazzato.
«Ma è uscito per un'operazione?» insistette lei.
«Sì, ma nulla di particolare. Interventi di routine».
«Strano, lui mi ha detto che non si trattava di lavoro» fece la cronista, accennando un sorrisetto ironico.
Cinti non riuscì più a nascondere l'irritazione.
«Senta, abbiamo molto da fare. Se ha da chiedermi qualcosa lo faccia, altrimenti...»
«Vorrei sapere se ci sono novità sull'omicidio Dos Santos».
«Nessuna».
«E l'autopsia? Dovrebbe essere già stata eseguita...»
«Non posso dirle nulla. La procura ha secretato gli atti».
«Ma è stata fatta, vero?»
«Come le ho detto...»
«Lei sa meglio di me che la "Gazzetta di Forlì" ha pubblicato il referto dell'esame autoptico sul cadavere del viado».
«Quella non era l'autopsia! La "Gazzetta" non aveva un bel niente. Ecco il referto del medico legale!» sbottò il poliziotto facendo volteggiare una cartella davanti al viso di Annamaria.
«Ah, ecco. Mi sembrava impossibile che quel cronista avesse potuto fregarvi».
«A noi interessa arrivare fino in fondo alle indagini e arrestare i colpevoli con prove schiaccianti a loro carico. Non dobbiamo vendere pezzi di carta».
«Immagino quindi che quell'autopsia smentisca il teorema di un'unica arma e della stessa mano per i due delitti».
La voce del poliziotto si increspò. Solo in quel momento Cinti capì di essere caduto in un tranello.
«Senta» disse abbassando il tono della voce e avvicinandosi alla giornalista «le dirò una cosa molto riservata. Ma lei deve garantirmi che non ne farà alcun uso, almeno fino a quando non la autorizzerò io. Riteniamo che le indagini sull'omicidio siano a una svolta».
Annamaria fu colta da un brivido. Alzò la mano destra, portandosi

la sinistra sul petto.

«Abbiamo buoni motivi per credere che il titolare dell'agenzia Star abbia un ruolo nell'omicidio» disse Cinti senza aggiungere altro.

La notizia non meravigliò Annamaria. I sospetti su Casadio c'erano sempre stati. Prove però nemmeno una.

«Si riferisce a Claudio Casadio?» chiese.

«Sì, proprio a lui» rispose perentorio Cinti.

«Avete delle prove o solo indizi?»

«Non le avrei fatto il nome se non avessimo avuto qualcosa in mano».

«E quale sarebbe il suo ruolo nel delitto?»

«Non mi faccia troppe domande. Stiamo cercando dei riscontri».

«Ma come è possibile che sia lui l'assassino? Perché uccidere le sue fonti di guadagno?»

«Non ho detto che è Casadio l'assassino» rispose Cinti.

«Ma è coinvolto nel delitto del viado».

«Vuole dire che è il mandante?»

«Non proprio, magari è un fiancheggiatore. Oppure un complice. Potrebbe avere aiutato il killer in qualche modo. Forse, chissà, potrebbe addirittura esservi stato costretto».

«Da chi?»

«Questo non lo sappiamo. Però non è escluso che ce lo possa dire lui».

«State per arrestarlo?»

«Le ripeto, attendiamo dei riscontri».

«È implicato solo nell'omicidio di Valeria?»

«Per il momento. Però...»

«Quindi l'autopsia ha escluso un collegamento con l'assassinio di Emma?»

«Non del tutto. L'arma potrebbe essere la stessa, ma le modalità sono diverse. Vedremo. Intanto è importante arrivare a Casadio».

«Quanto tempo ci vorrà?»

Il poliziotto sorrise: «Forse molto presto avrà notizie. Se siamo fortunati».

«Io terrò riservata la notizia ma lei deve mantenere il suo impegno» disse Annamaria alzandosi dalla sedia e porgendo la mano al poliziotto.

«Avrà la notizia in anteprima. Non si preoccupi!» la rassicurò Cinti stringendole la mano.

Non appena la ragazza uscì dalla stanza, Cinti compose un numero di cellulare. Dopo due squilli rispose una voce rauca e profonda.

«Pronto?»

«Tutto bene?»

«Okay capo, tutto secondo i piani».

40

Guardò l'orologio. Le 6,30 del pomeriggio. Erano già passate più di due ore da quando aveva suonato la prima volta il citofono dell'agenzia Star. Aveva provato anche a telefonare ma dopo due squilli partiva la segreteria. Gerace cominciava a essere impaziente. Il sole era già tramontato facendo sprofondare il vicolo nell'oscurità. Una debole luce filtrava dalle persiane di una finestra al secondo piano. Poteva essere una delle stanze della Star ma non ne era sicuro. Dopo aver fumato l'ennesima sigaretta decise di riprovare. Mentre cercava di schiacciare il filtro nel portacenere del cruscotto stracolmo di cicche, si chiese come mai nessuno dalla questura lo avesse cercato. In fondo se n'era andato da ore senza lasciare detto nulla. La cosa cominciava a insospettirlo. Come quella calma totale nel vicolo, nel palazzo e nell'agenzia. Per un attimo aveva avuto anche la sensazione di essere spiato. Un'ora prima, mentre era di fronte al portone, gli era parso di scorgere una figura massiccia qualche metro dietro di lui. Si era voltato di scatto ma quell'ombra era svanita.

Un'anziana signora, con in mano due pesanti borse della spesa, stava ora entrando nel portone.

Gerace scattò fuori dall'auto e la seguì all'interno.

L'antro del palazzo era buio e stretto. La signora si avviò lentamente verso una porta al pianterreno. Il poliziotto raggiunse le scale e iniziò a salire i gradini. Le luci funzionavano a singhiozzo. Ma il secondo piano, dove si affacciava l'agenzia, era completamente buio. Si avvicinò silenziosamente alla porta per cogliere eventuali rumori all'interno. Silenzio totale. Gerace fece un passo indietro e notò un sottile fascio di luce che filtrava dall'uscio.

Spinse piano la porta. Era aperta. La spalancò.

La luce proveniva dalla stanza di Casadio. Il corridoio e gli altri uffici erano immersi nel buio.

Il silenzio che dominava l'appartamento faceva presumere che non vi fosse nessuno ma Gerace iniziò a parlare a voce alta.

«Questura di Rimini, buonasera! Sono l'ispettore Gerace della squadra mobile. C'è qualcuno?»

Silenzio.

«Signor Casadio, sono Gerace della mobile...»

Avanzò verso l'ufficio di Casadio. Si sforzò di respirare con regolarità, nonostante l'agitazione. Si schiarì la voce.

«Se almeno avessi preso la mia pistola» pensò, mentre con la mano si tastava le tasche e la cinta dei pantaloni.

«Polizia di Rimini, c'è qualcuno qui?» Rimase fermo, in attesa, per qualche secondo. Aprì del tutto la porta della stanza di Casadio.

Lampi di luce provenivano dallo screen saver di un computer acceso su un tavolino di fianco alla scrivania. Nel monitor un enorme bruco giallo andava e veniva in un campo di foglie verdi.

Sul ripiano, un cumulo di fogli, cartelle e documenti. Molti cassetti erano aperti. Alcuni raccoglitori erano per terra. Tutto l'ufficio era stato messo a soqquadro.

Gerace fece scorrere lo sguardo per tutta la stanza. Sul pavimento, vicino alla scrivania, una macchia scura. Sembrava liquido. Si avvicinò. Sangue.

Poi lo vide riverso per terra, dietro alla scrivania. Casadio giaceva in una pozza di sangue, gli occhi sbarrati, la bocca aperta e un buco di cinque centimetri tra lo stomaco e il fegato. La carne era bruciacchiata. Il foro era stato provocato da un proiettile di grosso calibro, sparato da breve distanza. Le braccia erano aperte a croce. Le gambe parzialmente divaricate. L'assassino doveva avergli sparato mentre Casadio era in piedi di fronte a lui. Cadendo di schiena aveva spinto la poltrona con le ruote contro la parete alle sue spalle. L'omicidio aveva tutta l'aria di un'esecuzione. Non c'erano segni di colluttazione. La "perquisizione" era stata probabilmente fatta in un secondo tempo.

Superato lo shock iniziale, Gerace si spostò di lato. Ma si rese conto di essere finito con un piede nella pozza di sangue.

«Merda! Che idiota!» esclamò, liberando con uno scatto la scarpa dall'enorme chiazza rossa. Ma il sangue coagulato aveva già preso il calco delle sue suole. A quel punto non aveva più scelta. Doveva avvertire la questura. Prese un fazzoletto di carta dalla giacca e lo stese sul palmo per evitare di lasciare altre impronte mentre cercava il telefono. Quando fu a ridosso della scrivania notò un luccichio tra le rotelle della poltrona. Era l'ogiva della pallottola che aveva trapassato il corpo di Casadio. La raccolse con il fazzoletto. Era sporca di sangue e ammaccata da un lato. Probabilmente durante la sua corsa all'interno del corpo aveva incontrato una cartilagine o un osso. Sarebbe stato utile per stabilire la traiettoria e la distanza del colpo e quindi la modalità dell'omicidio.

«Un proiettile calibro 38!» disse a voce alta, osservando il reperto nel palmo della mano. Sempre con il fazzoletto lo rimise a terra nello stesso punto in cui l'aveva trovato.

Il telefono era appoggiato di fianco al computer. Il bruco giallo continuava la sua cavalcata tra le foglie. Nel prendere la cornetta, Gerace spostò lievemente il mouse, toccandolo con il kleenex. Il bruco si dissolse lasciando il posto a un documento Word. Era una sorta di rendiconto delle spese

sostenute dall'agenzia negli ultimi mesi. Cliccando sulla freccetta in basso della colonna di destra il poliziotto cominciò a scorrere le pagine. C'erano nomi di club, hotel, agenzie, giornalisti, manager. Tutti avevano una cifra di fianco. La lista era lunghissima. Avvicinò la faccia al monitor per vedere più da vicino il testo. I suoi piedi toccarono qualcosa. Si accovacciò e vide una pistola sotto il tavolo del computer. Era a tamburo, di metallo satinato grigio chiaro, con la canna corta e l'impugnatura sagomata, rivestita in gomma nera.

L'impulso fu irrefrenabile. Afferrò la pistola, la girò da un lato e, con il cuore in gola, osservò le iniziali sull'impugnatura: «A.G.».

Il respiro gli si bloccò in gola. In preda al panico si alzò in piedi, tenendo la sua pistola in mano. Senza un motivo guardò lo schermo del computer, su una pagina fitta di nomi e numeri. Il terzo dell'alto gli fece accapponare la pelle.

«Ispettore A. Gerace: 50 milioni di lire».

Girò la testa di scatto per guardare il cadavere di Casadio. Poi fissò il proiettile sotto la sedia e quindi la pistola. A quel punto capì.

«Polizia! Butta la pistola e non ti muovere!»

Nella stanza fecero irruzione due agenti con le pistole in mano mentre altri due lo tenevano sotto tiro dall'ingresso. Insieme a loro, il vicecapo della mobile, Federico Bellano, e il sovrintendente Guglielmo Petralia.

Gerace rimase immobile, in silenzio. Le mani lungo i fianchi, la pistola stretta nel pugno. Uno degli agenti lo avvicinò e gli disse con calma: «Coraggio, ispettore, mi dia la pistola». Gerace conosceva quel poliziotto. Era un giovane agente scelto della narcotici. Capì che era stato chiamato proprio perché non faceva parte del "giro". Gli porse l'arma aprendo lentamente la mano. L'agente accennò un «grazie!» imbarazzato. Poi lo prese sottobraccio: «Su, venga...» Uno dei poliziotti chiamò la centrale per avvertire dell'omicidio e chiedere l'intervento della scientifica e dei necrofori. Prima che lo portassero fuori dalla stanza, Bellano gli si avvicinò.

«Alvaro. Non capisco! L'hai ammazzato tu?»

Gerace lo fulminò con lo sguardo e passò oltre. Fermo sulla porta, il bisonte aveva un sorriso stampato sul volto. Gerace si bloccò a pochi centimetri dalla sua enorme faccia.

«Ti farò mangiare dai vermi e quando sarai diventato la loro merda andrò a farla ingoiare al tuo capo» disse.

«Rilassati Alvaro! In galera, se ti comporti bene, ti porterò delle videocassette per passare il tempo» rispose Petralia, scoppiando in una fragorosa risata.

Gerace lo fissò dritto negli occhi per alcuni secondi poi gli sputò in faccia. Quindi gli voltò le spalle e riprese a camminare verso l'uscita scortato dai due agenti.

Petralia si asciugò la saliva da uno zigomo e strofinò la mano bagnata sui pantaloni.

«Sei uno stronzo, Gerace!» urlò «ti farò spaccare il culo!»

Nel vicolo, una volante stava aspettando con le portiere aperte e il lampeggiante acceso. Si era già formata una folla di persone. Prima di uscire, l'agente della narcotici disse a Gerace: «Ispettore, non le ho messo le manette. Se non mi creerà problemi potremo entrare tutti in macchina, senza dare nell'occhio».

«Grazie» rispose Gerace «ma non preoccuparti per me. Non finirà in questo modo...»

Non appena Gerace varcò il portone, venne investito da una pioggia di flash. Chi aveva orchestrato la trappola si era anche preoccupato di fare avere la soffiata alla stampa. Un cronista di una televisione locale tentò di avvicinarlo.

«Ispettore, è vero che è stato ucciso il titolare dell'agenzia Star?» gli gridò, puntandogli il microfono.

Gerace, una gamba già dentro alla macchina, si voltò in direzione del cronista: «Se c'è stato un altro delitto, la responsabilità è della polizia».

«Intende dire che è un compito della polizia condurre le indagini o cosa?» replicò il cronista. Ma Gerace si infilò velocemente nell'abitacolo. La volante azionò la sirena e partì sgommando.

41

La notizia in poco tempo aveva fatto il giro della Riviera e si era abbattuta sulla festa dell'Etoiles con la forza di un ciclone. L'uccisione di Casadio aveva fatto saltare tutto il programma.

La più sconvolta era Silvia. Ad avvertirla era stata Imelde. Le aveva telefonato dalla questura, dove la stavano interrogando per ricostruire gli ultimi spostamenti e incontri del capo.

«Mi hanno chiesto anche di te» aveva detto Imelde.

«Vogliono sentirti al più presto. Io ho detto loro che sei all'Etoiles per la festa. Non è escluso che vengano lì». Silvia aveva chiesto se vi fossero sospetti sull'assassino.

«Non mi hanno detto niente» aveva risposto Imelde, «sembra però che qualcuno sia stato fermato. Non so di chi si tratta».

Silvia, costretta dalle pressioni della direzione dell'albergo e degli sponsor, aveva deciso che la festa si sarebbe svolta comunque.

«Siamo tutti distrutti per quello che è accaduto» aveva detto al personale «ma è troppo tardi per tirarsi indietro. Dobbiamo fare questa festa del cazzo e farla il meglio possibile. Imbottitevi di ogni tipo di droga ma, vi prego ragazzi, non lasciatemi nella merda! Questo sarà il nostro ultimo party. Quasi nessuno di noi, penso, rimpiangerà Casadio. Quindi per una volta facciamolo per noi stessi e per le nostre amiche che non ci sono più! Siamo dei professionisti. Dimostriamolo!»

Luca arrivò all'hotel qualche minuto prima dell'una. Aveva saputo dell'omicidio di Casadio grazie a una telefonata di Annamaria.

«Con chi hai parlato?» le aveva chiesto Luca.

«Con il capo della mobile, Cinti. È stato proprio lui ad avvertirmi. Poche ore prima ero stata in questura e Cinti mi aveva confidato che stavano per incastrare Casadio per l'omicidio del viado. Non è strano?»

«Strano? Direi ambiguo» aveva risposto Luca. «Come lo hanno ammazzato?»

«Un colpo di pistola allo stomaco».

«Niente coltello...»

«No. È un'altra mano. Un professionista...»

«Cinti ti ha detto se ci sono delle piste?»

«Stanno interrogando parecchie persone ma nessuna per ora appare ufficialmente sospettata».

Luca per più di un'ora aveva tentato di mettersi in contatto con Gerace, alla Questura di Rimini.

«In questo momento non posso passarle nessuno della mobile» aveva risposto l'agente al centralino.

Donati, nonostante le ripetute richieste di Luca, aveva affidato il pezzo sull'omicidio di Casadio a un altro cronista, dicendo che non avrebbe rinunciato all'articolo sulla festa all'Etoiles.

Così Luca, come da programma, era andato a Riccione.

Gli ospiti della festa si erano già trasferiti al secondo piano. Molti vip e politici se ne erano andati dopo la cena di gala nella sala al pianterreno, lasciando il posto a una folla variopinta, ansiosa di farsi inghiottire dall'atmosfera "trance" che Silvia e i suoi collaboratori avevano abilmente creato nell'improvvisata discoteca. La musica di sottofondo era di Fatboy Slim. Le cubiste, nei loro ridottissimi bikini, e con delle ali "da mosca" fissate sulle spalle, ballavano a piedi scalzi su cubi ricoperti di erba. Vi erano anche dei "cubisti", quasi completamente nudi, con uno straccio grigio in vita e maschere da portiere di hockey su ghiaccio in faccia.

Luca si fermò al bar e chiese una birra. Aveva intravisto Silvia vicino alla consolle dei deejay.

Una mano leggera si posò sulle sue spalle.

«Ti ricordi di me?»

Luca si girò e si trovò di fronte il conturbante sorriso di Veronica, in abito da sera. «Veronica! Sei splendida!» riuscì soltanto a mormorare, lo sguardo attratto dalla sua scollatura.

«Mi fa molto piacere vederti» riprese Veronica, baciandolo su entrambe le guance.

«Sei sola?» chiese Luca, alzando la voce per il volume assordante.

«Con un'amica. E tu?»

«Io sono qui per lavoro, come sempre. Non mi aspettavo certo di trovarti a una festa del genere. Pensavo avessi intenzione di chiudere con questa vita».

«E l'ho fatto. Sono qui come ospite. Ho accompagnato un'amica...»

«Ma lo sai che questa festa è stata organizzata dalla Star?» chiese Luca.

«Sì, sì, lo so. Ho appena salutato Silvia e gli altri».

«E Silvia non ti ha detto nulla?» fece Luca.

«Riguardo a cosa?» disse Veronica.

«A Casadio».

«No! Ci siamo appena salutate perché lei era molto presa.

Perché? Cos'ha combinato Casadio? Non l'ho visto».

Luca preferì soprassedere: «Nemmeno io l'ho visto e, sinceramente, non mi manca. Penso che abbia qualche problema con la polizia. Dopo l'ultimo delitto mi risulta che l'ufficio di Casadio sia stato rivoltato come un calzino».

«Non posso dire che mi dispiace» riprese Veronica «anzi, sono ben contenta di essermi tirata fuori da tutto...»

«Bè, allora in bocca al lupo!»

«Crepi! Ciao Veronica».

Mentre lei si allontanava, Luca cercò con lo sguardo Silvia, passando dalla pista alla consolle, dalle porte dei bagni allo scalone, ma non la vide. La festa era già entrata nel vivo.

42

Nessuno pareva accorgersi della sua presenza.

Si diresse nel punto più buio della sala, dalla parte opposta dei cubi vicino ai bordi della pista.

Tre ragazze stavano guardando la gente ballare. Avevano dei bicchieri in mano e di tanto in tanto ancheggiavano a ritmo della musica. Una di loro, che indossava una minigonna vertiginosa, era appoggiata a una colonna di marmo.

Le si avvicinò e si mise dietro di lei, fra un gruppo di giovani accalcati al limite della pedana.

Con le dita cominciò a sfiorarle la pelle nuda delle cosce. Il contatto si fece più intenso. Insinuò la mano proprio sotto i glutei. Sentì la pelle scaldarsi. La giovane non accennava nessuna reazione. Con il bicchiere in mano, guardava la pista colma di gente seguendo la musica con movimenti della testa. Il frastuono era assordante.

Le dita indugiarono su quelle curve, la pelle era calda e umida.

La ragazza ebbe un fremito improvviso e si girò nella sua direzione. Lo scambio di sguardi durò per qualche secondo.

Poi la giovane bisbigliò qualcosa all'amica e cominciarono a sghignazzare. Avrebbe potuto ucciderle entrambe, ricacciare loro in gola quelle stupide risate. E non ci avrebbe messo molto. Poteva farlo in qualsiasi momento. Con quel buio, quel rumore, quella confusione, tutto era più facile.

43

«Ma sei proprio tu? Samantha?»

Il viado sembrava un po' dimesso. Indossava un tubino di paillettes dorato e una parrucca biondo platino. Ma il suo viso era stanco e sbattuto, nonostante il trucco pesante.

I due si abbracciarono, poi Samantha allontanò da sé Luca con una spinta: «Spostati, finocchio!»

Luca ricambiò il sorriso: «Sei l'ultima persona che pensavo di incontrare qui!»

«Anch'io sono contenta, Luca. Immagino che tu non sia qui per la festa».

«Immagini bene, sto lavorando».

«Ci sono novità?»

«Novità! Direi che la situazione sta precipitando!»

«Mi vuoi spaventare?»

«No, voglio parlare chiaro. Hai saputo di Casadio?»

«Quella merda?»

«Quella ex merda! Lo hanno fatto fuori...»

«Cazzo!»

«Lo hanno trovato stecchito nel suo ufficio».

«Oh! Quando?»

«Questa sera».

«Come lo hanno ucciso?»
«Un colpo nello stomaco».
«Si sa chi è stato?»
«Forse...»
«Cosa significa forse?»
«Se hanno ammazzato Casadio vuol dire che certe cose sono saltate. Adesso bisogna pararsi il culo e stare molto, molto attenti. Casadio era un super-protetto. Poteva ricattare quasi tutta la questura. Dubito che non avesse calcolato il rischio...»
«Quindi se gli hanno chiuso la bocca... Era diventato scomodo o pericoloso. Insomma stava per...»
«Stava per parlare! E avrebbe messo nella merda un sacco di gente!»
Luca si portò la mano sulla fronte imperlata di sudore. La musica era martellante.
Si diressero verso un'altra sala, più tranquilla.
«Luca, io li conosco i poliziotti!» riprese Samantha.
«Sì, è probabile che dietro l'omicidio di Casadio ci siano loro» disse Luca. «Ma... chi incolperanno? Come faranno a coprire le loro tracce?»
«Come hanno sempre fatto».
«Ovvero?»
«Come per Lorena e Belinda. Basta mettere la pistola in mano a qualcuno, trovare un testimone e far saltare fuori un biglietto d'addio e il gioco è fatto!»
«Come fai a sapere tutte queste cose?»
«Di un po', tesoro, ma ti ricordi chi sono? Dove mi hai trovata?»
«Tu le conoscevi bene. Lorena, Belinda...»
«E Valeria! Erano mie amiche e sono tutte morte ammazzate! Le hanno fatte fuori. Prima l'una poi l'altra. Erano diventate delle mine vaganti. Come Casadio. La polizia...»
«La polizia trova il corpo, la polizia scopre subito il killer, la polizia fa trapelare la notizia, la polizia ...»
«...fa il gioco sporco! È questo che vuoi dire, Luca?»

«Non sarebbe la prima volta».

«Voilà, ci sei arrivato! Ragiona un attimo. Lorena, Belinda e Valeria sono state tutte uccise. Ma in modi completamente diversi. Lorena a colpi di pistola. Belinda con un volo giù dal grattacielo. Valeria massacrata a coltellate nel cesso di una discoteca. È chiaro che i tre delitti non sono collegati. I primi due sono parte di un piano prestabilito. Una messa in scena per far pensare a una storiaccia tra viados e nascondere il vero obiettivo: chiudere la bocca a dei potenziali testimoni. Il terzo, quello di Valeria, è l'opera di uno psicopatico, di una mente malata. Del serial killer. Ma Valeria era la prima che non credeva all'omicidio-suicidio di Lorena e Belinda e si stava agitando troppo».

«Così anche lei stava diventando pericolosa!»

«Esatto! Ma ecco la cosa strana. Un omicidio così brutale come quello di Valeria non può essere stato compiuto da qualche sbirro corrotto. È troppo spettacolare, troppo esposto. Richiama l'interesse dell'opinione pubblica, della stampa. La polizia non ama certe pressioni. Così se da un lato l'eliminazione di Valeria è stata un sollievo, dall'altro si è rivelata un problema ingestibile, poiché troppo simile ai delitti del serial killer. Con Dentice in galera, per tutti il caso era chiuso. Dopo due delitti come quelli di Emma e Valeria diventava però difficile negare che qualcuno avesse ripreso a sbudellare le cubiste».

«Faccio fatica a seguirti» la interruppe Luca.

«Cerca di concentrarti. Abbiamo una serie di omicidi compiuti con modalità praticamente identiche: sei cubiste e un viado. Tutti accoltellati, mutilati, squartati».

Luca impallidì. Stava pensando a Martina.

«Da una parte ci sono queste morti. Dall'altra tre delitti con altre firme. Quelli di Lorena, Belinda e Casadio. È chiaro che a uccidere questi ultimi tre non è stato il mostro. Ma è altrettanto chiaro che qualcosa unisce le due serie di omicidi. Da un certo punto di vista il maniaco ha fatto un favore, sicuramente non voluto, a quei banditi togliendo di mezzo un possibile problema, Valeria appunto. Dall'altro ha creato loro un nuovo problema, ovvero il ritorno del serial killer. Così il piano è saltato. Se diamo per scontato che la polizia ha un ruolo negli assassini dei viados e di Casadio, dobbiamo pensare che qualcuno che indossa la divisa blu sta coprendo il serial killer. E che le presunte vittime dei poliziotti sapevano o erano in qualche modo legate al pazzo omicida».

«Che a questo punto non sarebbe Dentice...» disse Luca.

«Non so cosa rispondere. Ci sono prove a suo carico, c'è stato un processo e una perizia psichiatrica. Ma è altrettanto vero che lui è in galera e qualcuno continua a uccidere le ballerine».

«Spirito di emulazione?»

«*¡Quien sabe!*»

«Senti Samantha» disse Luca, tirando un grosso sospiro, «tu prima hai detto che tutti i delitti delle cubiste sono opera dello stesso killer. Ma secondo me Martina non è stata uccisa da quello psicopatico».

«Cosa te lo fa pensare?» si incuriosì Samantha.

«Martina è l'unica ragazza a cui il killer non ha amputato le gambe. Tempo fa ho potuto parlare con Dentice nell'istituto psichiatrico...»

«Merda! Hai parlato con quel pazzo maniaco?» lo interruppe il viado.

«Sì. Dai suoi discorsi ho capito che non si ricordava di come era stata uccisa Martina. Non sapeva delle gambe...»

«Ma la sua testa era insieme a quelle delle altre ragazze. Nel suo garage...»

«Questo è vero. Infatti non me lo spiego. Però mi devi credere. Ho avuto subito la sensazione che l'omicidio di Martina fosse un caso a parte. Poi, in questi giorni, ho trovato una lettera...»

Samantha si accese una sigaretta. Il suo sguardo si fece più attento. Luca continuò: «L'aveva scritta Martina, il giorno prima di essere uccisa. Era spaventata. Aveva ascoltato involontariamente un dialogo tra Casadio e un'altra persona. Parlavano di Dentice e degli omicidi delle cubiste. La sera, tornando a Bologna, era stata fermata da alcuni poliziotti. Uno di loro era Petralia, della Questura di Rimini. Il giorno dopo fu ammazzata».

Samantha lo guardò negli occhi e respirò profondamente. C'era una luce diversa nel suo sguardo. Qualcosa di misterioso, di nascosto. Ma allo stesso tempo di trasparente.

«Petralia...» sussurrò il viado.

«Sai chi è?»

«Devo averlo visto qualche volta».

Luca ripensò alla frase pronunciata da Samantha poco prima. *¿Quien sabe?* Spagnolo e non portoghese. Un viado brasiliano non farebbe mai confusione fra le due lingue, glielo aveva detto Valeria. E poi Samantha era a conoscenza di moltissimi particolari: le dinamiche dei delitti, le varie strategie, le dichiarazioni della polizia, Petralia...

Luca si fece coraggio. Fissò Samantha dritto negli occhi.

«Chi sei tu veramente?»

Il viado sbuffò fuori il fumo e ricambiò lo sguardo. La sua voce e la sua espressione erano cambiate.

«Vuoi sapere il mio nome?» chiese.

«Voglio sapere chi sei» rispose Luca. Samantha scrollò la cenere.

«È contro le regole ma sento che posso dirtelo. E poi ci sei comunque arrivato. Mi chiamo Marcus Damiani. Sono un investigatore della squadra mobile di Bologna. Sezione omicidi. Lavoro sotto copertura. Sono infiltrato nell'ambiente dei viados di Rimini da circa sei mesi. Un travestito per motivi professionali».

«Ma, il tuo...» Luca, imbarazzato, non finì la frase.

«Ti riferisci al fatto che sono nero? Svegliati uomo bianco. Mio padre è italiano mentre mia madre è di un'isola dei Caraibi, Virgin Gorda».

«Scusami Marcus, io non volevo...»

«Per te resto Samantha, capito?»

«Ci puoi contare».

«Io e te possiamo lavorare insieme. Sei in gamba, hai grinta e coraggio. E in questa storia ce n'è assoluto bisogno. All'inizio dovevo solo scoprire cosa si nascondeva dietro al presunto omicidio-suicidio dei viados, poi la vicenda è diventata scottante. Sono venuto a sapere un sacco di cose, non ultima il lavoro sporco di certi poliziotti di Rimini».

«Quindi in Questura a Rimini nessuno sa chi sei?» chiese Luca.

«Nessuno, tranne una persona».

«Chi è, sempre se posso chiedertelo...» fece Luca.

«Puoi chiedermelo. È l'unico poliziotto di Rimini sulla cui onestà potrei mettere la mano sul fuoco. Fu lui a interessare la Questura di Bologna affinché facesse un'indagine parallela su quelle morti quando lo trasferirono in Riviera. Tu lo hai già conosciuto. Si chiama Alvaro Gerace».

Luca sentì girargli la testa.

«A Gerace» continuò Damiani «si rivolse Valeria dopo la morte di Lorena e Belinda. Non si conoscevano, fu il caso a farli incontrare. Il giorno in cui il viado si presentò in questura, lui era l'unico presente. Alvaro fiutò subito che c'era qualcosa di marcio. E che la puzza proveniva dagli uffici in cui lavorava. Perciò decise di chiamare Bologna».

«E il fascicolo?» si ricordò Luca. «L'ispettore Gerace mi ha detto che il fascicolo sulla morte di Lorena e Belinda, che avrebbe dovuto essere nell'archivio della Questura di Rimini, non si trova più».

«È vero. Me lo disse lui proprio il giorno in cui vi parlaste. Da mesi Alvaro aveva chiesto al suo capo di poterlo visionare ma Cinti aveva sempre trovato una scusa per non darglielo. Poi quella sera che tu andasti in questura, Gerace si decise a frugare nell'armadio del suo capo e scoprì che quelle carte erano sparite».

«Cinti e i suoi scagnozzi?»

«È possibile, ci stiamo lavorando. Certo, adesso sarà più difficile...»

«In che senso?» chiese Luca.

«Tu non lo sai ancora ma Gerace è stato arrestato con l'accusa di omicidio nei confronti di Claudio Casadio».

«Cristo!» Luca sbiancò e chiese una sigaretta al poliziotto.

«Sediamoci su quel divano che ti spiego».

«È pazzesco» disse Luca. «Cinti e i suoi gli hanno teso una trappola».

«Proprio così, in un colpo solo si sono liberati di un personaggio scomodo come Casadio e di un poliziotto ficcanaso come Alvaro. Certo, non si fanno scrupoli. Però non sospettano di me e questo è un punto a nostro vantaggio».

«E che fine farà Gerace?»

«Spero di poterlo aiutare. Ma per il momento non riesco a fare nulla. C'è il rischio che mi scoprano».

«Stai rischiando molto a dirmi queste cose...»

«Non sto rischiando nulla. Per fare questo lavoro ho imparato a capire le persone. Tu sembri una di quelle a cui si può raccontare ogni segreto».

«Che cosa farai adesso?» chiese Luca.

«Farò Samantha. Niente di più o di diverso».

«Ma questa sera perché sei qui?»

«Per vari motivi. C'è di mezzo la Star, e poi voglio capire il ruolo di certe persone. Ad esempio Silvia. Come si comporterà adesso che il suo capo non c'è più?»

«Non mi fido di lei» disse Luca.

«E fai bene. Era la donna di Casadio. Credo che abbia un ruolo importante in tutta la storia».

«Ti ricordi che mi lasciò un messaggio in cui disse di volermi parlare di Carmen? Bene. Questa mattina, finalmente, ci siamo incontrati. Mi ha raccontato che Carmen le aveva telefonato per dirle che aveva bisogno di andarsene per un po' via da Rimini. Ma non le aveva dato spiegazioni. Come se ci fosse stato qualcuno o qualcosa che la stesse spaventando...»

«Le credi?»

«Assolutamente no. Penso che abbia a che fare con la scomparsa di Carmen e che stia cercando di mandarmi fuori strada».

«Sono d'accordo. Stalle alle calcagna».

«*¡Claro que sí!* Ho già in mente di tornare alla carica con lei più tardi» riprese Luca.

«Ah, sai lo spagnolo?»

«Sì, e tu invece non sai il portoghese... *Quien sabe...*»

L'argomento gli fece tornare alla mente Valeria.

«Nell'ambiente dei viados nessuno sospetta qualcosa riguardo a te?» chiese Luca.

«Vuoi dire sulla mia... autenticità?»
«Esattamente».
«Bè, forse l'unica ad avere dubbi era Valeria. Penso sia andata in giro a chiedere informazioni su di me. Probabilmente ha fatto domande anche alla lavanderia della madre di Carmen».
«Ecco che cosa stava cercando Valeria quando andò nel negozio di Carmen...» pensò Luca.
Marcus alzò il pollice e aggiunse: «Bè, adesso siamo sulla stessa barca. Bisogna tenerla a galla!»
«Non mancherò!»
Luca e Marcus si diedero la mano. Il poliziotto si alzò dal divano, si sistemò la gonna e si avviò, sculettando, verso la pista da ballo.

44

«Alvaro, io ti capisco, Casadio era un pezzo di merda. Un avanzo di galera. Vedrai che i giudici capiranno. Sicuramente partiranno dal preterintenzionale».

Da più di cinque ore Gerace era seduto in una piccola stanza del reparto mobile della Questura di Rimini, insieme a quattro agenti.

Da quando aveva varcato la soglia della questura, Gerace non aveva più aperto bocca.

Cinti, il capo della mobile, era stato l'ultimo a entrare nella stanza, e recitava la parte del poliziotto comprensivo. Ma la sola frase che Gerace disse, fu: «È mio diritto avere un avvocato e siccome non intendo farmi rappresentare da quei venduti passacarte dei legali d'ufficio, da cui vi fate pagare perché li chiamiate, pretendo di essere messo in condizioni di fare alcune telefonate e convocare un mio avvocato di fiducia. Nel frattempo potete andare a farvi fottere».

«Alvaro, così non ci aiuti» riprese Cinti, con voce mielosa. «Tu sai che, se vuoi, prima di passare gli atti alla procura possiamo attendere che il magistrato di turno sia uno dei "nostri". Le cose possono mettersi bene per te. Quante volte a uno di noi sono saltati i nervi e ha finito per fare un gesto inconsulto! Elementi come Casadio andrebbero eliminati senza nemmeno pensarci. Eppure se un poliziotto fa fuori uno di questi topi di fogna, si scatenano tutti. Noi diventiamo i "giustizieri" dal grilletto facile e loro le vittime. Non importa se poco prima questi fossero delinquenti, stupratori, pedofili… Te lo ripeto con calma, Alvaro, raccontami cosa è successo alla Star. So benissimo che ti è partito un colpo accidentale, che non volevi uccidere Casadio. Tu sei un ragazzo in gamba, con la testa sulle spalle. Non mi devi convincere di nulla. Sei come un figlio, per me. Ora, se te la senti, faccio preparare a Favalli un bel verbale e tu lo firmi. D'accordo?»

45

L'infermiere entrò senza accendere la luce. Era in ritardo di quasi due ore rispetto alle disposizioni che il medico aveva lasciato. Dentice non avrebbe potuto certo lamentarsi e protestare con la capo sala o il medico di guardia. Ma era un paziente modello e non solo perché non poteva parlare. Ben diverso dai detenuti con i quali il personale del carcere-ospedale di Parma aveva a che fare tutti i giorni. Aggressivi, ipocondriaci, nevrotici. In più alcuni giungevano in ospedale in gravi condizioni fisiche.

Il paziente-detenuto della stanza 4-b, quella di fianco a Dentice, era arrivato due settimane prima con forti dolori all'intestino. 24 anni, fisico atletico, lineamenti da orientale, nonostante fosse nato in provincia di Perugia, era stato arrestato per traffico internazionale di droga e condannato a sei anni, dopo che, nel casale di sua proprietà, i carabinieri avevano rinvenuto un baule pieno di cocaina pura proveniente dalla Colombia. A fregarlo era stata una soffiata. Fabrizio Spartini sapeva chi era stato ma rispettava le regole. Parlare in quell'ambiente significava essere etichettato come infame. E firmare la propria condanna a morte. Spartini era un duro. Processi, condanne, carcere. Niente lo avrebbe indotto ad aprire la bocca. Era pronto a scontare la galera. Una volta uscito sarebbe andato a incassare la sua "ricompensa".

Ma non aveva calcolato un fatto. Per allentare le sue difese e costringerlo a parlare, i giudici decisero di rinchiuderlo nel carcere di Secondigliano, alle porte di Napoli, uno dei più terribili. Per mesi Spartini fu sottoposto a ogni genere di violenza e umiliazione. Il suo bel viso e il fisico asciutto e proporzionato furono la sua condanna. Durante la notte, con il tacito assenso dei secondini, i ras del suo braccio facevano irruzione nella sua cella e a turno lo violentavano, costringendolo anche a rapporti orali. Le violenze riprendevano di giorno al momento delle docce. Una volta Spartini reagì sferrando un calcio talmente forte tra le gambe di uno dei suoi aguzzini che questi dovette subire l'asportazione di un testicolo. Da allora le torture si fecero disumane. Per mesi venne costretto a fare la "fidanzata" di tutti i detenuti della sua sezione. Con la compiacenza degli agenti di custodia.

La notte prima del suo trasferimento all'ospedale di Parma, tre detenuti si infilarono nella cella di Spartini con un topo in mano. Lo immobilizzarono, lo denudarono, lo fecero inginocchiare e tra risate e sberleffi gli infilarono il topo, vivo, nell'ano. Gli aguzzini volevano vedere se le contrazioni dello sfintere avrebbero stritolato il piccolo animale. Ma Spartini, ormai distrutto psicologicamente e fisicamente, non reagì. Il suo corpo non oppose resistenza e il topo, di piccole dimensioni, penetrò nell'intestino, cominciando a mordere tutto ciò che trovava sulla sua strada. Spartini fu assalito da dolori lancinanti all'addome. Più si contorceva per resistere alla pena, più il topo si spaventava e gli azzannava le viscere. Le sue urla strazianti rimbombarono in tutto il penitenziario fino a quando il direttore ordinò il suo trasferimento in infermeria. Quando vi giunse, Spartini era ormai in coma. Dall'esame radiografico comparve una macchia nera all'altezza della parte superiore del retto ma nessuno fu in grado di identificare quell'ammasso scuro come un topo morto. Per ulteriori accertamenti fu mandato a Parma. Vi arrivò con poche speranze di sopravvivenza. I medici, convinti si trattasse di una forma tumorale, decisero di operarlo. L'intervento chirurgico rivelò qualcosa di sconvolgente. La carogna del topo, ormai in putrefazione, era stata colonizzata dai vermi. Ma l'animale, prima di morire, aveva sbranato buona parte delle pareti del retto dell'uomo, devastando membrane e tessuti. Il sangue si era coagulato all'interno. Molte delle piaghe avevano fatto infezione. Spartini rimase sotto i ferri per nove ore di seguito. Poi subì altri tre interventi per la ricostruzione dell'intestino. Alla fine la sua fibra resse e fu dichiarato fuori pericolo. Il caso venne abilmente messo a tacere dal direttore del carcere d'accordo con i medici dell'ospedale di Parma. In cambio, al detenuto venne concesso di scontare i rimanenti cinque anni di carcere nella struttura sanitaria dell'Emilia.

Dentice e Spartini si erano incontrati soltanto una volta nel corridoio dell'ospedale, sotto gli occhi attenti degli agenti. Il serial killer aveva ancora tutta la parte inferiore della faccia bendata. Il narcotrafficante si reggeva faticosamente sulle stampelle ed era fasciato dalle ginocchia allo stomaco; varie cannule di drenaggio partivano dalle pieghe delle bende. Era bastato un solo sguardo perché tra i due scoccasse quella scintilla di comprensione, reciproco rispetto e complicità che nel gergo carcerario si traduce in «fidati di me!»

«Eccomi, Dentice, sono venuto a portarti le pillole per dormire. Ma che cazzo è successo alla luce?» disse l'infermiere, avvicinandosi al letto del killer. La stanza era immersa nell'oscurità. Un bagliore proveniente dal corridoio andava a riflettersi nella struttura metallica della branda.

«Coraggio Dentice, devi prendere queste pillole. Lo so che non stai dormendo» fece l'infermiere, appoggiando sul comodino il bicchiere di plastica che conteneva le due pastiglie di Valium.

Il killer, in un angolo buio della stanza, in piedi, in silenzio, lo stava osservando. Era in quella posizione da due ore. Si era tolto la fasciatura al volto. Le guance erano giallastre per il disinfettante. Negli angoli della bocca, due ferite, quasi cicatrizzate. All'interno, un mozzicone di carne gonfio e insensibile.

L'infermiere cominciò a tastare le lenzuola. I suoi movimenti aumentarono di intensità. Ancora una ricognizione veloce del letto. Con il cuore in gola l'infermiere si mise a tastare il muro in cerca dell'interruttore del neon. Dentice fu velocissimo. Gli agguantò la gola e cominciò a stringere. L'infermiere cominciò a divincolarsi con le braccia e le gambe. Dentice aumentò la stretta sul collo ma la vittima sembrava resistere. Il suo dimenarsi forsennato avrebbe richiamato l'attenzione delle guardie nel corridoio. Dentice doveva agire in fretta. Appena sentì che le forze dell'uomo diminuivano, gli mise il braccio libero attorno al collo e iniziò a stringere. Diede uno strattone forte con l'avambraccio. I rantoli dell'uomo si fecero più flebili. Con l'altra mano gli afferrò la testa e iniziò a torcerla mantenendo rigida la presa nel collo. La testa dell'uomo si piegò in modo innaturale e poi... crack! L'osso del collo si spezzò con un rumore sordo. L'uomo gli venne meno tra le braccia. Dentice lo sorresse e lo adagiò sul letto, con la testa ciondolante. Il collo dell'infermiere era già pieno di lividi. Il viso cianotico. Dalla bocca usciva qualche goccia di sangue. Gli occhi sbarrati, ai limiti delle orbite.

Dentice lo spogliò e indossò i suoi abiti. Raccolse il copricapo da terra e si infilò la mascherina sul viso. Infilò il corpo senza vita dell'infermiere sotto le coperte facendo uscire soltanto la parte alta della nuca.

Erano passati pochi minuti. Nessuno all'esterno pareva essersi accorto di nulla. Si avvicinò alla porta d'uscita della camera e scrutò il corridoio. Uno dei due agenti che piantonavano il piano era in fondo, vicino ai bagni. Ma l'altro non c'era. Dentice diede un'ultima occhiata al letto dove giaceva il cadavere dell'infermiere, si portò la mascherina fino all'altezza degli occhi è uscì nel corridoio. Nei giorni precedenti aveva studiato nei minimi dettagli le caratteristiche dell'infermiere: il suo modo ciondolante di camminare, la mascherina sul viso. Con lo sguardo basso si incamminò lentamente verso gli ascensori. La strada era sgombra. Il poliziotto che aveva visto in fondo al corridoio era probabilmente andato in bagno. Ma non appena Dentice superò la camera 4-b, una voce da dietro lo gelò.

«Enea? Hai cambiato programma? Non vai da Spartini?» L'altro agente era dietro di lui, appoggiato al muro.

«Enea, mi hai sentito? Ti stai dimenticando di Spartini!» insisté il poliziotto.

Dentice si bloccò, dando sempre le spalle alla guardia. La porta d'ingresso della 4-b era alla sua destra. Il poliziotto lo stava raggiungendo. Con fare rassicurante, il killer alzò la mano destra con il palmo bene aperto e si girò verso l'agente, facendo in modo che la mano coprisse la visuale del volto. Poi fece un gesto al poliziotto come per ringraziarlo di avergli ricordato ciò che doveva fare ed entrò velocemente nella stanza. Spartini non stava dormendo. Appena Dentice entrò, l'uomo accese la luce sopra al letto. Nonostante la mascherina, Spartini riconobbe subito quegli occhi. I due si scambiarono uno sguardo. Un'occhiata che non aveva bisogno di parole.

Insospettito dallo strano atteggiamento dell'infermiere, il poliziotto lo aveva seguito fino alla soglia della camera. Dentice nel frattempo, accanto al letto del detenuto, fingeva di preparare le medicine per il paziente.

«Enea, c'è qualcosa che non va?» chiese l'agente, fermo vicino allo stipite della porta. Non sentendo alcuna risposta, il poliziotto cominciò ad avvicinarsi al letto. Dentice rimase immobile. Qualunque mossa avesse fatto, compresa quella di uccidere il poliziotto, non lo avrebbe salvato. L'altro agente sarebbe accorso e avrebbe dato l'allarme. E anche ammettendo che fosse riuscito a neutralizzare entrambi, le telecamere fisse nel corridoio avrebbero segnalato alla sala controllo l'assenza ingiustificata delle guardie e in pochi minuti sarebbe scattato l'allarme.

Ormai era spacciato. Il suo piano era fallito.

«Anche di notte rompete i coglioni» disse Spartini rivolto al poliziotto. «Dovete lasciarmi in pace» proseguì, alzando il tono della voce. Dentice fece finta di nulla.

«Stai calmo Spartini, non sto parlando con te» fece l'agente che ribadì: «Enea, sei sicuro che sia tutto a posto...»

Ma Spartini iniziò a urlare: «Basta, basta! Non ne posso più! Non potete continuare a perseguitarmi, io non ho fatto niente! Siete dei pezzi di merda! Ve la farò pagare, lo giuro...» Le grida di Spartini echeggiarono in tutto il reparto. Il poliziotto, colto di sorpresa, si bloccò nel centro della stanza. Dentice cominciò ad accarezzare la fronte di Spartini fingendo di calmarlo mentre questi sembrava in preda a un attacco isterico.

«Va bene, va bene, ma adesso calmati. Me ne vado subito!» disse l'agente e uscì dalla stanza.

Spartini continuò a smaniare. Dentice rimase vicino a lui, fissandolo negli occhi. Nel corridoio si era creato un po' di trambusto. L'altro poliziotto era accorso e stava ascoltando il racconto del collega. Erano entrambi a ridosso dell'uscio della stanza. Il killer doveva prendere tempo.

Avvicinò il suo viso a quello del detenuto e si abbassò la mascherina. Spartini smise di agitarsi e lo guardò. Vide le cicatrici sulla bocca e capì che non poteva parlare. Ma i suoi occhi gli stavano dicendo «grazie».

«Io non so chi tu sia, amico» sussurrò Spartini «ma ho capito che hai messo le ali. Ti auguro di volare fuori di qui e che tu possa schivare le pallottole. Il mio spirito ti accompagnerà, così qualcosa di me sarà fuori».

La mano di Dentice si appoggiò sulla spalla di Spartini. Era il suo modo di esprimere riconoscenza. Si coprì nuovamente il viso con la mascherina, spense la luce sopra il letto e si avviò verso la porta. Prima di uscire dalla stanza si accertò della presenza degli agenti. Sembravano tranquilli. Guardò di nuovo Spartini. Era sdraiato sul letto e lo stava osservando. Per una frazione di secondo un pensiero folle gli attraversò la mente: avrebbe dovuto uccidere anche lui. Chi gli assicurava che appena fosse uscito dalla stanza non avrebbe chiamato i poliziotti? Forse si poteva fidare. Per la prima volta nella sua vita. Spartini alzò un braccio. La mano aperta, le dita leggermente piegate. Il killer lo seguì con lo sguardo. Uscì dalla stanza.

Questa volta giocò d'anticipo. Si volse verso i due agenti e alzò la mano destra chiusa a pugno con il dito pollice alzato in segno di OK.

«Si è messo tranquillo quel pazzo?» gli chiese il poliziotto. Dentice ribadì il gesto e scosse la testa.

«Una bella fatica, vero Enea?» riprese l'altro poliziotto. Il killer voltò stancamente le spalle alle guardie e riprese il suo cammino ciondolante verso gli ascensori.

La cabina era al piano. Dentice schiacciò il pulsante e le porte si aprirono. Una volta dentro, si sentì più sollevato. Premette il tasto di terra. L'ascensore partì di scatto facendogli sobbalzare lo stomaco. Le porte si aprirono sulla fine di un corridoio. Di fronte a sé Dentice vide un enorme atrio diviso in due da un cancello di ferro. Un agente di custodia seduto a un tavolino presidiava la barriera. Oltre alle sbarre iniziava l'ospedale per i "civili". Come oltrepassare il cancello?

Un'infermiera di mezza età stava spingendo un pesante carrello.

«Come va, Ivonne?» fece il poliziotto aprendo il pesante cancello di ferro per far passare la donna.

«Sono stufa marcia, Ignazio! Tutte le notti a pulire il culo a questi scarti di galera! Mi spieghi per quale motivo ce li teniamo qui? Io li farei marcire dietro le sbarre e invece per ogni stronzata li portano in ospedale».

L'infermiera sospinse il carrello oltre al varco guidandolo con una mano. Una delle ruote urtò violentemente uno stipite del cancello e dal ripiano basso cadde un asciugamano. Una volta a terra il telo si srotolò. Era sporco di feci.

Come un fulmine Dentice uscì dall'ascensore e si precipitò a raccogliere l'asciugamano, mentre la donna stava oltrepassando il cancello. Poi si diresse verso di lei e le porse il telo.

«Oh, grazie! Sei molto gentile, appoggialo pure lì sotto!» disse l'infermiera.

L'agente di custodia seguì la scena con stupore. Avrebbe dovuto bloccare quell'infermiere spuntato dal nulla e chiedergli il tesserino di riconoscimento. Ma la sua gentilezza e la sua prontezza nell'accorrere in aiuto di Ivonne valsero di più del documento. Diede uno sguardo rapido al nome nella targhetta della casacca: «Enea, lei è della seconda sezione?» Il killer, intento a riporre l'asciugamano nel carrello, emise un mugolio di conferma, muovendo la testa. L'infermiera lo ringraziò ancora, spalancando un sorriso nel faccione rubicondo. Dentice si alzò e fece un gesto con una mano per contraccambiare la cortesia. Poi senza fretta si avviò verso il reparto degenti dell'ospedale civile.

Ma la donna lo chiamò: «Enea, posso offrirti una caffè?»

Dentice si fermò senza sapere cosa fare. Si girò. L'infermiera lo stava guardando, mentre il poliziotto era intento a richiudere il cancello.

«Va bene fra cinque minuti? Il tempo che mi libero di questo carico di essenze profumate...» riprese la donna senza attendere una risposta.

Per Dentice fu come un'iniezione di adrenalina. Risfoderò il pollice alzato e riprese il cammino.

Ormai il rumore della porta di ferro che si richiudeva era lontano. Giunto alla fine del reparto, Dentice si trovò nell'atrio dell'ingresso principale dell'ospedale. A quell'ora di notte era deserto ma fuori avrebbe potuto incontrare una volante. Da quando aveva ucciso l'infermiere erano passati circa venti minuti. E se Spartini avesse parlato?

Doveva uscire da lì.

Vide un passaggio di servizio. Una porta antincendio dava su un parcheggio. Controllò che non vi fossero allarmi o telecamere, aprì silenziosamente la porta e uscì. Vi erano ambulanze e auto di servizio della ASL. Al parcheggio si accedeva attraverso una rampa. La discese con passo svelto fino alla strada. Una monovolume sfrecciò velocemente di fronte a lui, poi più nulla. L'intero quartiere sembrava immerso in un sonno profondo.

Dentice si tolse berretto e mascherina e se li mise in tasca. Poi si girò a guardare le luci accese al secondo piano dell'ospedale.

Era di nuovo libero! Un ghignò gli si stampò sul volto. La pelle tirata gli fece sanguinare gli angoli della bocca.

46

Silvia, Veronica, Samantha, Gerace, Carmen. La mente di Luca, dopo ore trascorse all'Etoiles, tra birre e gin, era un videoclip di volti e parole. Non era certo questo il compito che gli aveva affidato il suo direttore quella sera, ma gli eventi avevano preso il sopravvento sulla sua volontà. Prima di cedere all'incoscienza, Luca aveva tentato varie volte di parlare con Silvia. L'aveva vista discutere con gli amministratori delle aziende sponsor della manifestazione, intrattenersi con i deejay e gli animatori, parlare animatamente al telefonino. Dopo il terzo gin tonic e l'ennesimo flashback di Martina, aveva alzato bandiera bianca, ritirandosi in un salottino stile impero nell'angolo meno illuminato della sala. Se ne stava lì, da solo, da oltre quaranta minuti. I suoi occhi fissavano la pista, ma nulla gli restava impresso nella memoria.

D'un tratto, una figura gli si parò di fronte. Rimase immobile dinanzi a lui, in piedi, senza parlare. Luca si rese vagamente conto di quella presenza per l'attenuarsi della luce. Anche volendo non avrebbe potuto distinguerne il volto poiché i pochi spot della sala erano alle spalle dell'individuo. Ma era chiaro che quel fantasma nero era lì, fermo, a osservarlo. Nonostante la svagatezza, Luca avvertì un brivido nella schiena. Poi un fremito si impadronì di lui. Cercò di galleggiare nel mare di sensazioni che stava provando ma più si sforzava di trovare un punto di riferimento a cui aggrapparsi, più si sentiva in debito di aria. Alla fine capì. Aveva paura. Non si trattava dell'alcol. Era a tu per tu con l'assassino. Ne era certo. Il killer di Martina, di Valeria e di tutte le altre era lì, davanti a lui. Forse Luca sarebbe stato ucciso con una coltellata nella gola. E con il frastuono della musica e il buio in quell'angolo della sala, nessuno se ne sarebbe accorto. Sarebbe morto dissanguato, senza nemmeno avere il tempo di capire chi fosse il boia che aveva deciso di riservargli la stessa fine della donna che aveva amato più di ogni altra. Il fantasma nero, il *killer delle ballerine*, l'incubo delle sue notti e dei suoi giorni era lì. Allungando una mano avrebbe potuto toccarlo. Gli sembrava addirittura di sentirne l'odore. Se solo fosse stato più in sé...

Luca chiuse gli occhi. Una serie di macchie di luce lo confondevano. Poi vide un volto...

Riaprì gli occhi con il fiato sospeso. Quella figura nera era scomparsa. La luce dei faretti nella pista aveva ripreso a trafiggergli le pupille. Si girò a destra e a sinistra come un fante che esce da una trincea. Le immagini persero più volte i contorni ma nessuna delle figure che attraversarono il suo sguardo poteva essere messa in relazione con quel fantasma. Luca richiuse gli occhi e li riaprì. Il suo cuore non smetteva di battere all'impazzata. Appoggiò la testa allo schienale del divano. Cercò di ripercorrere tutte le immagini che erano state trasmesse al suo cervello. Niente da fare. Quel volto si era dissolto nel nulla. Dai suoi occhi, dalla sua mente, dalla sua memoria. Aveva visto il killer o l'aveva solo immaginato? Era riuscito a distinguerlo nell'oscurità o era stata la sua mente a crearlo?

47

Pierre Lanzetti si alzò dal letto, andò a frugare nella tasca interna della giacca, appoggiata a una delle due poltrone del salottino rosa pallido, ed estrasse un'altra busta. Fece scivolare sul tavolo di cristallo una serpentina di polvere bianca, poi iniziò a creare delle strisce ordinate con la sua carta di credito. Ne fece quattro di lunghezza diversa. «Avrei voluto conoscerti prima. Sono certo che avrei trovato subito il sistema per convincerti» disse a Silvia. Prese una cannuccia d'argento dalla stessa tasca e la orientò in direzione della donna.

«Coraggio» le disse «lascia che il tuo corpo si esprima liberamente!»

Silvia si rotolò nel letto fino alla sponda dei piedi. Quindi si mise a sedere e scese, senza preoccuparsi di indossare qualcosa. Aveva soltanto il reggiseno, slacciato. L'abito, le scarpe, le calze e le mutande giacevano sparpagliati sulla moquette, non molto distanti dai pantaloni, dalla camicia e dalle calze dell'uomo. Lanzetti, 34 anni, milanese, fisico da atleta e portafoglio gonfio, era il titolare della E-Giant, uno dei colossi del mondo della telecomunicazione nella new economy. E lo sponsor principale della serata. Silvia, dopo la morte di Casadio, era decisa a far saltare gli impegni presi. Lanzetti aveva fatto di tutto per convincerla a non mandare tutto all'aria. Prima con le buone, poi minacciandola di citarla per danni, infine con l'unica strategia che con Silvia non avrebbe mai fallito: la cocaina! Una volta convinta, il passo successivo era stato trascinarla nella suite che aveva preso in affitto nell'albergo.

Dopo l'ennesima "sniffata", accompagnata dal terzo flute di champagne Krug, Silvia gli era saltata addosso, strappandogli camicia e pantaloni. Si era inginocchiata davanti a lui e, dopo avergli abbassato i boxer, aveva cominciato a leccarlo e succhiarlo. Quindi l'aveva trascinato sul grande letto matrimoniale al centro della stanza. Si erano amati selvaggiamente, per quasi un'ora di seguito, senza curarsi di trattenere urla e lamenti.

La musica della festa, al secondo piano, riempiva quel silenzio che si era creato tra loro dopo la battaglia nel letto.

Silvia si avvicinò al tavolino e si inginocchiò con la cannuccia tra le dita. Lanzetti la seguì con lo sguardo mentre lei in pochi secondi aspirò le tre strisce più corpose.

«Te ne ho lasciata una!» disse Silvia, alzando la testa e sfregandosi il dorso della mano sulle narici.

Seduto su una poltrona dietro di lei, Lanzetti le sorrise e aprì la mano per indicare l'ultimo residuo di polvere bianca sul tavolino: «Fatti anche quella, io sono già arrivato in vetta». Senza farsi pregare Silvia rigirò la testa in avanti e si piegò sull'ultima striscia di coca. L'uomo restò a guardarle il sedere che si contraeva mentre la donna inalava la polvere. Si stava di nuovo eccitando quando sentì il bip del suo cercapersone provenire dalla cintura dei pantaloni. Si chinò per raccoglierlo e controllò il display. Si alzò di scatto e raggiunse il telefono della scrivania. Compose il numero di un cellulare e si mise in attesa. Dopo nemmeno un secondo disse con voce calma e bassa: «Sì, ero impegnato ma adesso ho finito. Dammi cinque minuti e sono da te. D'accordo, arrivo subito!»

Lanzetti si rivestì, andò in bagno per risistemarsi il gel nei capelli e tornò nella stanza. Silvia era ancora seduta sul divano rosa, si era tolta anche il reggiseno e aveva l'aria soddisfatta.

«Puoi startene qui tutto il tempo che vuoi» le disse Lanzetti avviandosi verso la porta «io devo scendere. È arrivata una persona che devo incontrare».

«Non preoccuparti, me ne vado subito. Prima di uscire, vorrei soltanto farmi una doccia».

«Il bagno, il bar, la tivù, il telefono e tutto ciò di cui hai bisogno è a tua disposizione. Sei a casa tua...» Le indirizzò un bacio e uscì.

Silvia rimase ancora qualche minuto seduta sul divano a guardare la stanza vuota. Un alito di vento sopraggiunse dalla finestra, gonfiando debolmente le tende. L'orologio nello schermo del televisore indicava le quattro e quarantatré minuti. La musica al piano di sotto si era fatta meno assordante. Improvvisamente si ricordò della festa. Da oltre un'ora era sparita dalla circolazione. Che cosa stava succedendo là sotto? Si alzò dal divano, raccolse i vestiti e li appoggiò sul letto. Entrò nel bagno e si diresse verso la doccia. Poi vide il bidet e cambiò idea. Avrebbe risparmiato un po' di tempo. Si sedette sul bidet e aprì il miscelatore. Mentre si sciacquava ebbe l'impressione di sentire un rumore nella stanza. Abbassò di scatto la leva del rubinetto e rimase immobile con la mano destra e l'inguine pieni di schiuma. Girò la testa verso la porta del bagno. Era socchiusa ma non riusciva a vedere fuori. La luce nella stanza era accesa. Il rumore sembrava cessato. Forse si era sbagliata. Rigirò la testa verso la parete specchiata di fronte a lei. La sua immagine riflessa la terrorizzò. Aveva gli occhi sbarrati, il viso pallido, i muscoli del collo e delle spalle tesi. Le mani cominciarono a tremare. Riaprì il miscelatore e cominciò a gettarsi l'acqua addosso con foga. Gli schizzi le giunsero fino alla faccia. Afferrò un asciugamano e prese a sfregarsi le cosce, la pancia e il grembo. Poi passò al lavandino e si sciacquò il viso sperando di cancellare dagli occhi quell'espressione di terrore.

Questa volta il rumore fu inequivocabile. Dei passi sordi sul pavimento di moquette. Silvia non riuscì più a controllare il respiro. Tentò di deglutire. Incrociò le dita delle mani per bloccarne il tremore. Il diaframma continuava ad andar le su e giù. Lo stomaco era in preda ai crampi.

Di nuovo silenzio. Un silenzio glaciale. Silvia rimase in piedi, paralizzata, vicino alla porta del bagno. Riusciva a vedere soltanto una parte della stanza: il centro del letto, un'anta dell'armadio, un lembo del tappeto. Sembrava tutto in ordine. Le luci erano come le aveva lasciate. Fece correre lo sguardo nel bagno in cerca di una finestra ma trovò soltanto un piccolo lucernario in un angolo vicino al soffitto. Poi lo vide! Era appeso alla parete tra il gabinetto e il bidet. Un telefono fisso a tastiera.

Si lanciò verso la porta del bagno e la chiuse con entrambe le mani. Cercò inutilmente una chiave, una serratura, un chiavistello, qualcosa per bloccarla. Prese un mobiletto in legno, pieno di asciugamani, e lo piazzò davanti alla porta. Afferrò il telefono. Udì un suono continuo. Nonostante gli sforzi per concentrarsi, non riuscì a farsi venire in mente nessun numero. Schiacciò il nove.

Dopo due squilli, qualcuno rispose.

«Ricevimento. Posso essere utile?»

«Ehm... sì. È la suite 209, quella del dottor Lanzetti. Sono...»

«Il dottor Lanzetti non è qui. E non c'è nemmeno la chiave della sua camera!»

«Lo so. Io mi trovo nella camera del dottor Lanzetti.»

«Ma lei chi è?»

«Sono una sua collaboratrice. Ci siamo fermati qualche minuto nella sua suite per una questione di lavoro. Poi Pierre è dovuto uscire per incontrare una persona...»

«Qual è il problema?»

«Sono nel bagno e poco fa mi è parso di sentire dei rumori nella camera».

«Rumori? Che genere di rumori?»

«Come dei passi».

«È andata a controllare?»

«No, sono ancora in bagno. Se no perché le avrei telefonato?»

«Potrebbe essere la televisione, o qualcuno nel corridoio.

Le pareti non sono molto spesse...»

«La tivù è spenta. I passi sono molto vicini. E poi mi sono ricordata di avere lasciato la finestra aperta».

«Si calmi signora! Appena possibile manderò qualcuno di sopra a controllare».

«Appena possibile? Ma che cazzo sta dicendo! Deve venire subito. Potrebbe entrare in bagno da un momento all'altro!»

«Signora, sono quasi le cinque del mattino. Io sono solo».

«Oh, Gesù! Fuori da questa porta potrebbe esserci un pazzo maniaco che vuole sbudellarmi e lei mi viene a dire che sono le cinque e che è solo... ma si rende conto della situazione?»

«La prego di calmarsi, signora, non c'è nessun pericolo. Le entrate dell'albergo sono tutte controllate, nessuno...»

«Ma non dica stronzate! Al secondo piano c'è una festa con centinaia di persone. Chiunque potrebbe essere salito».

«D'accordo. Se questo la fa stare più tranquilla verrò io a controllare la stanza».

«Sì, ma subito!»

«Subito, non si preoccupi».

«Guardi che se fra cinque minuti non non sarà qui, chiamerò la polizia...»

«Le ho già detto di non preoccuparsi. Metto giù il telefono e vengo su. Va bene?»

«Io resterò in bagno. Faccia presto!»

Riattaccò il telefono e si sedette sul gabinetto. Si sentiva come una gazzella dentro una gabbia in attesa di un leone. Era nuda e spaventata. Tutta la cocaina che aveva sniffato ampliava le sue paure. Le mani però continuavano a tremarle e doveva tenere la bocca bene aperta se voleva controllare il respiro. Prese un accappatoio bianco con lo stemma dell'Etoiles e lo indossò.

Riafferrò la cornetta e fissò i numeri. Tirò un lungo respiro e riattaccò il telefono. Erano passati sì e no due minuti da quando aveva terminato la conversazione con il portiere di notte. Doveva concedergliene almeno un altro paio. Nessun oggetto nel bagno avrebbe potuto essere usato come arma da difesa.

Guardò nuovamente il telefono. Stava per riprendere in mano la cornetta quando la luce del bagno si spense.

Fece un urlo strozzato e iniziò a tastare la parete del muro in cerca del telefono. Le mani le tremavano e non riusciva a controllare i movimenti. Si alzò in piedi ma nell'oscurità inciampò nel bidet. La luce della stanza era ancora accesa. Attraverso la fessura tra porta e pavimento scorse una serie di ombre scure. Era proprio lì, fuori dal bagno... Con voce tremante, rotta dal pianto, prese a urlare: «Chi c'è lì fuori? Che cosa vuole?»

Le ombre si bloccarono proprio davanti alla porta.

Silvia riprese: «Ho chiamato la portineria! Stanno venendo qui...»

Nessuna risposta.

«Se ne vada... la p... prego...»

La porta del bagno iniziò lentamente ad aprirsi. Silvia avrebbe voluto gettarvisi contro e spingerla con forza, ma era paralizzata dal terrore. Il fascio di luce cominciò ad allargarsi. Il mobiletto che aveva sistemato contro la porta iniziò a strisciare sul pavimento. Silvia guardò lo specchio. C'era un silenzio irreale. Sentiva le lacrime infuocarle le guance. I battiti del cuore le facevano tremare i polsi.

Una sagoma in controluce comparve sulla soglia. Il volto nascosto nell'oscurità, le braccia lungo i fianchi. Si muoveva molto lentamente.

«Chi è? Che cosa vuole da me? Mi lasci stare!» urlò piangendo Silvia.

Un luccichio balenò all'altezza del fianco della figura. Silvia le si scaraventò contro. Non fece in tempo a raggiungerla. La lama la trafisse sotto la cassa toracica, raggiungendo il fegato. Silvia rimase senza fiato, piegata su se stessa. Il secondo colpo le fratturò lo sterno. La lama si infilò nei polmoni. Silvia si sentì soffocare da un fiume di sangue. Cadde a terra, cominciò a tossire. Sputava sangue. Il coltello le si infilò nell'orecchio e poi nel collo e ancora in un seno.

La vista cominciò ad annebbiarsi. Sentiva anche un fischio fortissimo nel cervello e a ogni respiro vomitava sangue. Le forze le stavano venendo meno. Non riusciva più a parlare.

Le coltellate si fermarono. La luce del bagno si accese. Silvia era accasciata sul pavimento. Una maschera di sangue

le copriva il viso, tagli profondi le solcavano il collo, il petto e un fianco. Rantolando spostò la testa per guardare verso l'alto. L'immagine era sbiadita ma la voce inconfondibile.

«Oh, povera Silvietta, guarda come sei conciata...»

«Allora sei tu...»

«Ssst, non parlare. Quanto sangue! Sei proprio messa male. Come farai adesso? E le tue cubiste? Come andranno avanti senza di te! Perché tu stai morendo, povera puttanella! Come tutte le altre. Perché non mi hai fermato? Tu lo potevi fare! Avresti potuto salvare anche te stessa e invece... guardati! Sembri una fontana. Il sangue ti sta velocemente abbandonando... il tuo sangue! Ma presto finirà... finirà tutto!»

«Ti prego...» ansimò Silvia.

«Prega per te, ne hai bisogno!» La afferrò per i capelli, le trascinò la testa fino al lavandino e poi la sbatté violentemente contro il bordo di ceramica. Silvia cadde a terra esanime, le cosce aperte e le gambe piegate all'indietro in modo innaturale. Le sferrò un calcio nella vagina. Poi si fermò a guardarla. Era già morta. Decise di piantarle il coltello nella gola. Un ultimo sussulto fece vibrare il corpo della ragazza. Dalla bocca uscì un sottile rivolo di sangue e saliva.

48

L'ascensore si fermò al terzo piano con un trillo. Le porte si aprirono e il portiere di notte uscì nel corridoio e si avviò verso la suite 209.

Bussò un paio di volte, annunciandosi a voce alta, ma non ottenne risposta. Aprì con un passe-partout chiedendo più volte permesso. Le luci erano accese ma l'appartamento sembrava deserto. Le finestre erano spalancate. La porta del bagno socchiusa. Bussò e la spinse. Ma qualcosa impediva che si aprisse completamente. «Sono il portiere di notte si ricorda? Ha chiamato circa dieci minuti fa» disse rimanendo vicino alla porta «mi scusi se... posso...» aggiunse, allungando la testa nella fessura.

Il corpo martoriato di Silvia giaceva sul pavimento del bagno. Il sangue aveva imbevuto le pedane bianche e l'accappatoio. Altre impronte disegnavano una macabra cartina sul lavandino.

49

«Ti conviene dartela a gambe il più presto possibile. Fra qualche minuto qui diventerà un inferno. Arriveranno decine di poliziotti e visto lo stato in cui sei...»

Luca guardò Samantha cercando di capire cosa gli stesse dicendo ma non riusciva a seguire le sue parole: «Ma come? Poliziotti? Li hai chiamati tu?»

«Non dire stronzate e guardami bene in faccia» riprese Samantha «te lo dirò una volta soltanto: hanno trovato Silvia uccisa nel bagno di una suite dell'hotel. È stata massacrata a coltellate. Il portiere di notte cinque minuti fa ha dato l'allarme e fra pochissimo arriverà la polizia. Conosco il loro modo di lavorare. Bloccheranno tutti per ore, facendo fiumi di domande. Nessuno potrà allontanarsi. Se non vuoi fare l'alba qui dentro alza le chiappe e vattene!»

Luca sobbalzò, si passò la mano fra i capelli: «Silvia?

Hanno ucciso Silvia? Hai detto proprio questo?»

«Sì, bello! Proprio così! Sbudellata, come tutte le altre. Questa sera tra gli invitati alla festa, insieme a noi, c'era anche il serial killer».

«Oh, merda! Allora io ho visto...»

«Che cacchio stai bofonchiando?»

«Niente, niente. Solo che prima, quando ero sul divano, mi è sembrato di vedere qualcuno che...» tentò di rispondere Luca, ma il poliziotto lo interruppe: «Ascolta: sei ubriaco e strafatto. Comunque vada, la polizia ti tratterrà per un controllo. Ogni cazzata che ti uscirà da quella fogna potrebbe incasinarti e, considerate le porcate che stanno facendo in questura a Rimini, come minimo rischieresti una serie di denunce. Se poi ti dovesse andare male potrebbero anche buttarti nella merda con l'omicidio. Quindi taglia la corda. Poi eventualmente ti rifai vivo più tardi, in forma ufficiale, chiedendo notizie sull'accaduto. Io nel frattempo cercherò di capire bene cosa è successo, okay?»

«Ma tu come hai fatto a sapere...»

«Me l'ha detto un uccellino nel bagno! Tempo scaduto, Luca! Ti accompagno fuori». Con un gesto deciso, Samantha prese sottobraccio Luca e lo accompagnò alla porta dell'hotel.

«Sbrigati! Muovi il culo!» gli urlò vedendolo barcollare sul marciapiede. Poi si girò dall'altra parte e vide una lunga fila di lampeggianti blu illuminare il cielo.

50

Quella mattina Sacchi non riusciva a credere alle sue orecchie. Prima, verso le 5,30, la telefonata di Cinti da Riccione, che lo aveva avvertito del brutale omicidio all'Hotel des Etoiles. Circa mezz'ora dopo, il direttore dell'ospedale giudiziario di Parma lo aveva informato della fuga di Dentice e dell'uccisione dell'infermiere. Il killer era riuscito a dileguarsi senza lasciare tracce.

Nel frattempo l'ispettore Gerace, prima di essere trasferito nel carcere militare di Forte Boccea, a Roma, aveva contattato l'avvocato Verther Alemanni, di Rimini, famoso per avere vinto numerose cause contro le forze dell'ordine e le varie istituzioni dello Stato. Il legale non aveva perso tempo e appena saputo dell'omicidio dell'assistente di Casadio, Silvia Cotti, aveva presentato istanza di scarcerazione al tribunale,

sostenendo un collegamento tra la morte del titolare dell'agenzia e quella della segretaria, il che avrebbe scagionato Gerace che, durante l'omicidio di Silvia, si trovava rinchiuso in una cella della Questura di Rimini. Inoltre il legale era riuscito a procurarsi in tempo record gli estratti conto e i libretti di risparmio del poliziotto, nell'intento di dimostrare che quei 50 milioni che comparivano nel computer di Casadio non erano stati incassati da Gerace. Riguardo alla pistola, Alemanni si era già adoperato per consentire all'ispettore di sottoporsi alla prova dello "stub". L'esperimento avrebbe chiarito che non era stato Gerace a sparare con quell'arma.

La situazione stava precipitando. In pochi giorni la Riviera era stata insanguinata da cinque omicidi, tutti collegati, nonostante i vari tentativi per sviare le indagini. E come se non bastasse, forse il più spietato serial killer che avesse mai seminato il terrore in Romagna, dopo i fratelli Savi, era nuovamente in circolazione dopo essere evaso da un ospedale psichiatrico uccidendo un infermiere. La frenesia degli eventi aveva così fatto passare in secondo piano la denuncia fatta alla questura di Rimini da una certa Ilsa Gemini, preoccupata per la scomparsa improvvisa della figlia Carmen.

«Chiama immediatamente Roma, l'Unità Analisi del Crimine Violento» disse Sacchi a un suo viceispettore.

«Voglio che qualcuno vada subito a Rimini per seguire il caso dell'omicidio di Silvia Cotti e poi vorrei un profilo psicologico del killer. Avverti la Criminalpol che c'è bisogno di rinforzi a Forlì, Rimini, Riccione, Cesenatico, Cervia e Milano Marittima, per battere tutti i locali notturni e le discoteche. Abbiamo bisogno di personale in borghese, esperto in pedinamenti. Sicuramente Dentice tenterà di mettersi in contatto con il killer e lo farà nei luoghi che conosce o nei quali crede di poter incontrare l'assassino. Spiega che adesso i maniaci da catturare sono due ed entrambi estremamente pericolosi. Quando hai finito» proseguì Sacchi «chiedi all'ufficio relazioni pubbliche di Roma l'autorizzazione per un comunicato stampa nel quale le questure di Forlì e Rimini invitano i frequentatori dei locali notturni a contattare immediatamente gli uffici di polizia nel caso notino qualcosa di sospetto all'interno delle sale o nei paraggi».

51

Luca si svegliò di soprassalto. Erano le tre e venti di notte. Da qualche minuto il suo telefono di casa stava suonando. Dopo la nottata all'Hotel des Etoiles, Luca non era nemmeno andato a dormire. Imbottendosi di caffè era riuscito a riprendersi dalla sbornia ed era corso in redazione buttando tutti giù dal letto con la notizia dell'omicidio di Silvia. Per tutto il giorno non aveva fatto altro che scrivere l'articolo sul serial killer, su Dentice, sui precedenti omicidi, sulle indagini. La "Gazzetta" aveva preparato un'edizione speciale. Era rimasto in redazione fino a dopo mezzanotte. Poi, stremato, era tornato a casa, per dormire.

Luca afferrò la cornetta.

«P… pronto». Silenzio.

«…Pronto! Ma chi è al telefono?» Silenzio.

«Chi cazzo sei?»

Una serie di sospiri giunse all'orecchio di Luca. Si mise a sedere sul letto e cercò di sembrare duro e determinato.

«Okay, pezzo di merda! Il tuo numero di telefono è comparso nel mio display. Dal momento che ti piace giocare a nascondino, lo passerò alla polizia, così vediamo se ti passa la voglia».

Sperava che il suo bluff scoraggiasse l'anonimo telefonista o lo facesse parlare. E invece silenzio e ancora sospiri.

«Vaffancu...» disse Luca deciso a buttare giù il telefono ma un piccolo rantolo lo interruppe. Dopo qualche secondo udì una voce: «... lei sta morendo...»

«Che cosa hai detto? Parla più forte, pezzo di merda! Ripeti quello che hai detto!» urlò Luca.

La voce si fece al contrario ancora più sottile, mentre aumentarono rantoli e sospiri.

«...Morirà, farà la fine delle altre...»

Chi stava parlando sembrava realmente in una sorta di trance.

«Chi sta morendo? Che cosa cazzo stai dicendo!»

«...La tua amichetta con gli occhi verdi... glieli staccherò e te li manderò... prima uno e poi l'altro...»

«Vai a farti fottere con le tue storie del c...» Non terminò l'imprecazione. Un urlo gli si conficcò nell'orecchio con la stessa violenza di un coltello.

«...La senti la tua amichetta com'è felice? Ci stiamo divertendo molto, sai... senti, cosa ne dici se le faccio un bel tatuaggio sulla pancia? Un disegno originale, fatto a mano... con una bella lama lunga... a lei piacerebbe molto, non trovi...»

«Ti ammazzo! Se le torci anche solo un capello ti ammazzo, te lo giuro!»

«...Oh! I capelli saranno l'ultima cosa che le toccherò...»

«Che cosa vuoi da me? Perché mi hai telefonato?» chiese Luca angosciato.

«...Che cosa voglio? Ucciderti! Ma tu sarai l'ultimo! Prima vedrai crepare chi ti sta vicino, le persone che ami, i tuoi amici... poi alla fine toccherà anche a te...»

«Ma perché, cosa ti ho fatto? Chi sei?»

«...Tu lo sai chi sono... mi hai visto... ricordi?»

«No! Non mi ricordo! Ero ubriaco!»

Il pensiero di Carmen nelle mani del killer lo frastornava e lo atterriva.

«Ti ho chiesto perché mi odi. Mi hai sentito?» ripeté Luca. Una serie di rantoli.

«Hai ucciso Silvia. Lei non era mia amica!» riprese il cronista.

«...Mhm...»

«Ma ci sei? Mi ascolti? Che cazzo stai facendo!»

«...Ci vediamo presto... molto presto...» fu la risposta. Luca tentò inutilmente di proseguire il dialogo.

«Aspetta! Se vuoi me, vieni a prendermi o dimmi dove sei e verrò io. Ma lascia andare Carmen. Lei non ha fatto niente. Io la conosco appena. Non ha nulla a che vedere con me e con la mia vita...»

Clic!

Luca rimase senza fiato. Le lacrime cominciarono a scendergli sulle guance. Dopo Martina anche Carmen sarebbe stata uccisa. Ma perché? Che cosa c'entrava lui con quel pazzo assassino? Sembrava in preda a un feroce desiderio di vendetta. Ma per che cosa?

Chiuse gli occhi. Tornò con la mente all'incontro della notte precedente nel salottino dell'albergo. Rivide quella figura nera, immobile e silenziosa davanti a lui. Un fantasma senza volto. L'immagine si era come dissolta dalla memoria. E in ogni modo Luca non riusciva a comprendere il motivo per il quale il killer fosse uscito così allo scoperto con lui.

Appoggiò la testa sul cuscino e fissò il buio. Pensò a Carmen. Le lacrime ripresero a bagnargli le guance.

52

Samantha si accese la terza sigaretta in pochi minuti. Il chiosco di bibite e gelati sul lungomare di Rimini dopo mezzanotte era frequentato da prostitute e transessuali. Ma alle 10,30 del mattino gli avventori erano famiglie e turisti. Anche fuori stagione. Difficile non dare nell'occhio per un travestito. Ma l'appuntamento ormai era fissato.

«Ciao Samantha, scusa il ritardo».

«Non ti preoccupare. Ho solo attirato l'attenzione di tutto il bar».

«Hai ragione, ma non conosco bene Rimini».

«Okay, veniamo al dunque. Hai qualcosa per me?»

«Sì, ce l'ho nella borsa. Ecco, guarda».

«Una chiave?» fece stupita Samantha.

«Sì, l'ho trovata per puro caso. Dopo che quelli della questura mi hanno interrogata sono andata in agenzia per recuperare alcuni floppy disk con una serie di indirizzi. Li voleva quell'ispettore... Come si chiama? Bellano, mi sembra...»

«E allora?»

«Ero stanchissima, così dopo aver recuperato i dischetti mi sono sdraiata qualche minuto sul divanetto nella stanza di Casadio. L'ufficio era tutto a soqquadro per la perquisizione della polizia. Alcune foto appese sulla parete dietro la scrivania del capo erano state staccate e buttate a terra. Quasi d'istinto mi sono alzata per andare a raccoglierle.

Una delle foto mi è scivolata di mano ed è volata su un ripiano della libreria. Quando ho cercato di riprenderla ho urtato due libri che sono caduti. Ho notato che dietro i libri c'era una piccola busta gialla. Era stata nascosta lì di proposito. L'ho aperta. Dentro c'era questa chiave. L'anello al quale è legata ha un'etichetta con il numero 25».

«Nient'altro?»

«No».

«Sei sicura che la polizia non ne sappia nulla?»

«Bè, adesso alla Star c'è un gran casino. Dopo la morte di Casadio e di Silvia l'andirivieni di poliziotti è stato continuo...»

«Ma questa chiave non l'hanno trovata».

«Penso proprio di no. Casadio la teneva nascosta».

«Ti risulta che avesse una casella postale?»

«Che io sappia no!»

«Una cassetta di sicurezza?»

«Non so risponderti. Era Silvia che gestiva la parte amministrativa ed economica».

«Ci sono casseforti o cassette blindate nell'ufficio?»

«Non mi sembra».

«Che tipo di chiave è?»

«Più piccola di quelle da porta».

«Me la fai vedere per favore?»

«Tieni, eccola!»

Samantha prese la chiave. Era di dimensioni ridotte ma non aveva nulla di particolare. Il numero sull'etichetta era scritto a mano su un cartoncino bianco anonimo.

«Sai di chi è questa scrittura?» chiese Samantha.

«Non di Silvia. La riconoscerei».

«Scusa se te lo chiedo. Hai parlato con qualcuno di questa chiave?»

«Stai scherzando? Appena l'ho trovata ti ho telefonato. Erano questi i nostri accordi, giusto? Qualunque cosa fossi riuscita a scoprire, ti avrei dovuto avvertire senza farne parola con nessuno. Così ho fatto...»

«E hai fatto bene. È meglio che la polizia per ora ignori l'esistenza di questa chiave. La terrò io, almeno fino a quando non riuscirò a scoprire che cosa apre».

«Samantha, io...»

«Dimmi, che cosa c'è?»

«Volevo chiederti... tu le eri molto amica, vero?»

«Ti riferisci a Valeria? Sì, eravamo molto legate».

«Pensi che a ucciderla sia stato lo stesso killer delle altre?»

«Ne sono quasi sicura. Ma ho promesso a me stessa di scoprire chi l'ha massacrata e andrò fino in fondo. Glielo devo».

«E Silvia? Pensi che anche lei sia stata ammazzata dal killer?»

«È probabile».

«Anch'io sono in pericolo?»

«Non credo. Comunque è meglio che tu stia attenta. Cerca di rimanere da sola il meno possibile».

«Ancora una cosa Samantha, scusa...»

«Dimmi pure».

«Io mi fido di te. Quando mi hai detto che eri un'amica d'infanzia di Valeria e facevi tutto questo per i suoi genitori

in Brasile, ci ho creduto. Per questo ho deciso di aiutarti».

«È la verità!»

«E allora perché lei un giorno mi disse di essere orfana?»

A Samantha mancò il respiro. Possibile che avesse fatto un errore così banale?

«Purtroppo per alcuni genitori è difficile capire le scelte dei figli. Valeria si vergognava di essere un transessuale e non lo ha mai rivelato né al padre né alla madre. Per essere sicura che non lo venissero mai a sapere, raccontava in giro di essere orfana. Ora che è morta è giusto però che loro sappiano della sua bontà».

«È vero! Era fantastica».

«E merita quello che stiamo facendo per lei. Grazie Imelde!» disse Samantha.

53

«La stazione ferroviaria! Potrebbe essere un armadietto del deposito bagagli della stazione ferroviaria di Rimini». Samantha pronunciò a voce alta la frase mentre era ancora seduta al tavolino del chiosco. Si alzò di scatto dalla sedia e sbattendo rumorosamente i tacchi altissimi sulla pedana di legno, si avviò a passo veloce verso la macchina, stringendo la borsetta rossa. Meditò se passare da casa per rientrare nei panni dell'investigatore Damiani prima di andare in stazione. Poi decise che in quella casba un viado brasiliano avrebbe dato meno nell'occhio di un poliziotto di colore.

Nell'atrio della stazione c'era parecchia gente, un cartello indicava la direzione per il deposito bagagli. C'erano trenta cassette in tre file da dieci. Molte erano chiuse a chiave; alcune erano aperte, la chiave infilata nella serratura. Samantha fissò subito l'attenzione sulla fila più in basso. Si fermò davanti a quella che, secondo i suoi calcoli, avrebbe dovuto essere la numero 25. Cercò un numero, un riferimento, un'etichetta. Niente di niente. La cassetta era spalancata. L'interno era vuoto. Samantha provò a inserire nella serratura la chiave che le aveva dato Imelde. Non riuscì nemmeno a infilarne la punta.

Un addetto al deposito la vide armeggiare nello sportello della cassetta e le si avvicinò alle spalle.

«Ehi, tesoro! Che cosa stai combinando con quella serratura?»

Samantha fece un salto e, senza riuscire a nascondere l'imbarazzo, rispose: «Ehm... niente... non riesco a far funzionare questa chiave...»

«Fammi un po' vedere?» replicò l'uomo tendendo la mano per ricevere la chiave.

«Mhmm, vediamo... Bè, ci credo che non riesci a farla funzionare! Questa chiave non c'entra niente con questo tipo di serratura. Si vede anche a occhio».

«Ah, davvero? Sai, io non me ne intendo di queste cose».

«Ehi bellezza, ma a chi credi di darla a bere! Se non sei esperta tu di chiavi e toppe...» e scoppiò in una risata sguaiata.

Samantha accennò un sorriso forzato: «Eh sì, sono proprio distratta. Devo aver preso la chiave sbagliata. Dammela per favore». Gli tese la mano ma l'uomo non gliela restituì e continuò a studiarla tenendola fra il pollice e l'indice. Samantha cominciava a innervosirsi.

«Non ne sono certo, ma penso di avere già visto questo tipo di etichetta...»

«Veramente? Guarda, mi faresti un gran regalo! Io non riesco più a ricordarmi a cosa serve quella maledetta chiave».

«Potrei sbagliarmi» continuò l'uomo del deposito «ma secondo me questa è la chiave di una cabina di uno dei bagni sul lungomare di Rimini. La scorsa estate ho fatto la stagione come bagnino di spiaggia e mi sembra che la cabine avessero delle chiavi con queste etichette».

Samantha sentì crescere l'eccitazione. «Ne sei sicuro?» lo incalzò.

«Se fossi in te andrei a farmi un giro in spiaggia. Ma come fai ad avere tu quella chiave?»

«Deve avermela data un cliente. O forse se l'è semplicemente dimenticata. Come ti ho detto, nemmeno io so a cosa corrisponde».

Finalmente il giovane restituì la chiave. Samantha tirò un sospiro di sollievo. Poi gli chiese: «Tu in che bagno hai lavorato?»

«Al numero 12, da Giulio».

«Da chi?»

«Giulio Duca. È il proprietario dello stabilimento. Un tipo forte, veramente. È sempre circondato da belle gnocche... Ha anche due discoteche, a San Mauro e a Cesenatico. D'estate il suo bagno è pieno di deejay, pierre e cubiste. Un vero sballo».

«Immagino» ammiccò Samantha infilando velocemente la chiave nella borsetta.

«Grazie per l'aiuto» aggiunse, dirigendosi nuovamente verso l'atrio della stazione «adesso almeno saprò a chi restituirla».

«Non c'è di che» rispose il giovane. «Bè, volendo, ora hai un altro posto dove... ricevere!» e giù ancora una risata sguaiata.

«Allora ti aspetto!» ribatté Samantha, stizzita.

54

«Mi ucciderai?» chiese Carmen.

«Oh, lo farò, lo farò. Puoi starne certa!»

«E allora perché non lo fai subito? Non ce la faccio più a stare chiusa qui dentro, incatenata come un cane».

«Non ti piace il ripostiglio della mia casa?»

«Perché mi hai rapita? Potevi uccidermi come e quando volevi».

«Ma non avrei avuto il piacere della tua compagnia!»

«Ti prenderanno. Non riuscirai a fregarli tutti! Prima o poi ti beccheranno. È solo un caso che non lo abbiano ancora fatto».

«Certo, certo! È un vero peccato che tu non possa goderti lo spettacolo».

«Pensi che nessuno sospetti di te?»

«Tu cosa ne dici?»

«Sei una persona malata, hai bisogno di cure. Lasciati aiutare...»

«Ma che commovente crocerossina! Mi vuoi aiutare? Donami il tuo sangue!»

«Perché hai telefonato a Luca? Cosa c'entra lui?»

«Il "tuo" Luca è l'ospite d'onore alla mia festa! Ma si deve sbrigare, le altre invitate se ne stanno andando tutte».

«Non è il "mio" Luca! Stai facendo un grosso errore!»

«Ma sentila! Non pensare di fottermi! Ho visto al Doppia Coppia come vi guardavate».

«Tu sei fuori di testa. Tra di noi non c'è nulla, proprio nulla».

«E tu sei un ammasso di budella che faranno la gioia dei vermi! Fottuta bugiarda!»

«Mi fai pena. La tua è un'esistenza inutile, sprecata. Non servi a nessuno, non interessi a nessuno. Potrai continuare la tua strage all'infinito ma rimarrai sempre uno scarto, qualcosa di cui disfarsi al più presto e senza rimpianti. Non esisti!»

«Sei furba, ma non riuscirai a costringermi a ucciderti prima del previsto. Puoi stare tranquilla che quando toccherà a te, ti farò pagare tutto quello che hai detto. Sarà un piacere strapparti il cuoio capelluto dalla testa, mozzarti quella lingua merdosa, piantarti il coltello negli occhi, fratturarti tutte le ossa a martellate e poi scuoiarti come una fottuta scrofa. Ti taglierò la testa! Ti staccherò le gambe! Morirai solo quando lo vorrò io...»

«Non esisti» ripeté Carmen tentando di nascondere il terrore che la stava facendo tremare «non sei niente...»

La porta del ripostiglio si richiuse violentemente facendola nuovamente sprofondare nel buio.

55

Finalmente il metronotte salì in macchina, mise in moto e si allontanò dal parcheggio del lungomare.

Samantha uscì dall'auto e attraversò il lungo viale che costeggia il mare. Una BMW Z3 sfrecciò alle sue spalle, costringendola ad allungare il passo. Una vigorosa suonata di clacson, accompagnata da urla e risa al suo indirizzo, mantenne una scia rumorosa per qualche secondo. Samantha non perse l'occasione per alzare il dito medio.

Il bagno era sotto il livello della strada. Per raggiungerlo era necessario scendere una scala. Un cancelletto in ferro, chiuso con un pesante lucchetto, impediva l'accesso alle cabine.

Infilato nella serratura Samantha notò il biglietto lasciato dal metronotte. Si guardò intorno e decise di aggirare l'ostacolo. Continuò il suo cammino e si ritrovò con i piedi nella sabbia. Una gigantesca duna artificiale impediva la vista del mare. Samantha riuscì comunque a sentirne il rumore e si fermò ad ascoltare l'infrangersi delle onde sulla riva. Arrivò senza difficoltà dinanzi all'ufficio del bagno 12. Sul muro vi era un pannello di sughero, utilizzato d'estate per appender vi le chiavi delle cabine. A ogni chiodo corrispondeva un numero, inciso su una monetina di latta azzurra. Al posto delle chiavi vi erano degli aloni più chiari. In tutti, tranne nello spazio per la cabina 25. Esaminò mentalmente la disposizione delle cabine e si convinse che avrebbe dovuto cercare la 25 nell'ala di destra. Fece due passi in quella direzione ma un rumore improvviso la fece sussultare. Si nascose dietro alla parete opposta all'entrata dello stabilimento. Sporse la testa lentamente e vide un ragazzo e una ragazza che scendevano la scala. Non avevano più di 17 anni ciascuno. Si tenevano per mano con atteggiamento complice. La coppia si fermò vicino al cancelletto.

«Saltiamo?» chiese lui.

«No, non mi va! Andiamo da un'altra parte» rispose la giovane.

Lui non mollò: «Dai, coraggio. Ci mettiamo un attimo. Entriamo, troviamo un posto riparato, ci sniffiamo un po' di popper e poi...»

«No, questa sera non voglio. E poi potrebbe arrivare qualcuno. Non mi sento tranquilla. C'è un'aria strana qui, questa notte» disse lei prendendo il ragazzo per mano.

Samantha trattenne il fiato sperando che il ragazzo cedesse.

«Okay, come vuoi! Come al solito facciamo a modo tuo» disse il giovane sconsolato, infilando la boccetta di popper nella tasca dei pantaloni.

I due risalirono la scala mano nella mano e scomparvero dalla visuale.

Samantha tirò un lungo sospiro di sollievo. Prima di uscire allo scoperto, controllò che tutto fosse tranquillo.

«Via libera!» sussurrò e si diresse verso una fila di cabine. La numero 25 le comparve davanti quasi inaspettatamente. Non aveva nulla di diverso dalle altre cabine. La porta in legno, dipinta di celeste pallido, era chiusa. La targhetta con il numero era nella parte alta della porta, al centro. Ruotò lentamente la chiave verso destra. La serratura non oppose resistenza. Un primo giro e poi *clack!*, la porta si aprì. Respirò profondamente un paio di volte. Dalla borsetta prese una minitorcia elettrica. Diede un'ultima occhiata alle spalle poi aprì la porta. Un raggio di luna illuminò la tela chiara di alcuni ombrelloni chiusi, appoggiati a una parete della cabina. Samantha entrò e richiuse la porta con il chiavistello interno. La cabina piombò nella quasi totale oscurità, a parte il piccolo tondo di luce della torcia che serpeggiava sul muro. Fece un piccolo passo indietro, ma con le spalle urtò qualcosa.

Sentì un dolore lancinante alla schiena. Come se qualcuno l'avesse colpita con un bastone. Seguì un frastuono di assi di legno. Samantha si appoggiò alla porta e tentò di recuperare il fiato e mantenere l'equilibrio. Orientò la torcia sul pavimento. Alcune pesanti sedie a sdraio gli erano cadute addosso, schiacciandole piedi e caviglie. Nello spazio angusto, Samantha riuscì a fatica a liberare le gambe. Spense la torcia e si accostò alla porta per cogliere eventuali rumori all'esterno. Ma tutto sembrava tranquillo. Con la pila, ricominciò la perlustrazione della cabina. C'erano altre sedie a sdraio, un rastrello, una vanga, alcune cime da barca a vela, una valigetta da pronto soccorso vuota, due camere d'aria da bicicletta lacerate e piene di toppe, un secchio di ferro ammaccato. Il tutto era coperto da una spessa coltre di polvere. Era chiaro che da tempo nessuno aveva messo piede in quella cabina. In un angolo dietro gli ombrelloni, un borsone sportivo. La polvere aveva creato uno strato uniforme grigio su tutta la superficie della borsa. Con la punta del piede diede alcuni piccoli colpi sotto i manici per capire cosa vi fosse dentro. Qualcosa di voluminoso e pesante: libri o documenti. Dopo aver indossato un paio di guanti di lattice, si accovacciò e aprì la cerniera lampo. Nel borsone c'erano decine di cartelle, documenti e schedari. Cominciò a estrarli lentamente, uno a uno, illuminandoli man mano con la torcia stretta fra i denti. Il cuore le batteva a mille per l'eccitazione. I primi fogli erano documenti contabili dell'agenzia Star, prove di frodi fiscali. «Dio, speriamo che non ci sia soltanto questa roba!» pensò Samantha appoggiando il primo blocco di fogli a terra. Subito dopo estrasse lo statuto della ditta Agua Viva, la boutique di abbigliamento di Riccione nella quale aveva lavorato anche Fabrizio Dentice. Una società a responsabilità limitata. Soci fondatori: Fabrizio Dentice, viale G. D'Annunzio, 13, Riccione. Carlos Caetano Da Silva, viale G. D'Annunzio, 13, Riccione. «È Lorena!» pensò Samantha «allora viveva con Dentice...» Sfogliò gli altri

documenti. Ordini di acquisto di capi di abbigliamento dal Brasile, inventari, bolle di accompagnamento, libri contabili del negozio. Nulla di interessante.

Ma un foglio attirò la sua attenzione: un documento della Questura di Rimini. Era una denuncia a carico di Fabrizio Dentice per sfruttamento della prostituzione. L'indagine era stata condotta da un ispettore della squadra mobile che per giorni si era appostato nella zona di via Varisco a Rimini, frequentata da viados, e aveva notato una persona che li accompagnava in auto. In seguito a controlli quella persona era stata identificata come Fabrizio Dentice. Samantha si fermò a pensare. Il nome di Dentice non era mai stato legato a un'indagine sulla prostituzione. Possibile che fosse stato tutto insabbiato? Ritornò con gli occhi sul documento e lesse la firma del poliziotto di Rimini che aveva svolto l'indagine: ispettore Terenzio Cinti, squadra mobile, sezione buoncostume.

«Ma chi era il capo della mobile in quel periodo?» si chiese. Dalla cartella scivolò una fotografia a colori. Ritraeva Dentice, Lorena, Belinda, Valeria e altri viados in posa davanti alla boutique. Tutti sorridenti.

«Ma che bel quadretto!» pensò Samantha tenendo la foto tra le mani «chissà chi l'ha scattata?» Nella foto successiva, al posto di Valeria c'era Casadio. Si tenevano tutti abbracciati davanti alla boutique. Ma mentre Dentice e Casadio apparivano fieri e sicuri di se stessi, nello sguardo dei viados si leggeva paura e tensione.

Quelle foto erano impressionanti: a parte Dentice, tutti gli altri protagonisti erano stati ammazzati! Mancava solo il personaggio principale: il killer!

Il raggio di luce della piccola torcia iniziò ad affievolirsi. Doveva fare più in fretta. Cominciò a frugare velocemente nella borsa. Estrasse altre decine di documenti contabili della Star, un paio di avvisi di garanzia a carico di Casadio per favoreggiamento dell'immigrazione clandestina e induzione alla prostituzione con relative archiviazioni dei procedimenti da parte del tribunale di Rimini dopo la conclusione delle indagini da parte della polizia. Le firme dei poliziotti erano sempre le stesse: Cinti-Bellano.

Finalmente trovò ciò che stava cercando: il fascicolo della Questura di Rimini sull'omicidio-suicidio di Lorena, ovvero Carlos Caetano Da

Silva, e Belinda, Julio Cesar De Oliveira. Samantha si sedette a terra e appoggiò il fascicolo sulle ginocchia. Il referto dell'autopsia sul corpo di Lorena confermava che era morta per una ferita da arma da fuoco. Un proiettile calibro 9 le aveva provocato lo sfondamento del cranio e una fatale emorragia cerebrale. Belinda era invece deceduta per una serie di fratture multiple alla scatola cranica e alla spina dorsale in seguito a una caduta da un'altezza di 80 metri. L'omicidio di Lorena era avvenuto nel parcheggio del Suspiria, una discoteca sulle colline di Riccione. Belinda si era suicidata gettandosi dal grattacielo di Rimini. L'arma del delitto non era stata ritrovata e nemmeno il bossolo. L'esame della polizia scientifica sull'ogiva rinvenuta nell'auto in cui giaceva il cadavere di Lorena aveva stabilito che si trattava di un proiettile Parabellum 9 x 19 mm., esploso da una pistola semiautomatica.

«Classici proiettili da forze dell'ordine» pensò Samantha. Unico testimone della tragedia, il cliente di Lorena. Si trovava nell'auto con il viado in una zona isolata del parcheggio quando Belinda li aveva sorpresi. Il nome del teste non figurava mai nel verbale. Prima dell'interrogatorio veniva spiegato che si era presentato spontaneamente agli uffici della Questura di Rimini per riferire dell'episodio ma, per motivi di riservatezza legati alla sua famiglia e alla sua professione, gli era stato consentito di mantenere l'anonimato. L'interrogatorio era conciso e sommario.

P.G. *(Polizia Giudiziaria)* «Signor... lei si trova negli uffici della squadra mobile di Rimini. Perché ha scelto di venire qui?»

T. *(Testimone)* «Vorrei riferire su un grave episodio avvenuto ieri sera».

P.G. «È venuto spontaneamente?»

T. «Sì».

P.G. «Prego, di cosa si tratta».

T. «Dell'omicidio di un transessuale. Ieri notte, verso le due e trenta, mi trovavo al parcheggio della discoteca Suspiria di Riccione. Ero in compagnia di un transessuale brasiliano che avevo conosciuto nella discoteca poco prima. Dopo aver bevuto qualcosa ci eravamo messi d'accordo per una prestazione. Siamo andati nella sua auto, una Audi 80 bianca. Era parcheggiata nell'angolo opposto all'entrata. Vicino non vi erano altre auto. Ho dato 50 mila lire al viado. Dopo circa dieci minuti, mentre stavamo consumando un rapporto orale, la portiera davanti si è spalancata all'improvviso. È comparso un transessuale armato di pistola. Sembrava fuori di sé. Ci ha guardato per qualche secondo e poi ha puntato la pistola verso il viado che era con me. Io ho aperto la portiera e sono fuggito, ma mentre uscivo dall'auto ho visto il transessuale che faceva fuoco verso il viado. Ho udito un colpo solo. Mi sono messo a correre più veloce che potevo e sono riuscito a raggiungere l'ingresso del parcheggio e a scappare. Non so cosa sia accaduto dopo».

P.G. «Aveva mai visto prima il viado con cui era in macchina?»

T. «No».

P.G. «E l'altro, quello che ha sparato?»

T. «Nemmeno».

P.G. «Sarebbe in grado di riconoscerlo?»

T. «Sì».

P.G. «Anche vedendo una sua foto?»

T. «Penso di sì».

"Che cazzo di interrogatorio è questo!" pensò Samantha. "Cosa diavolo significa "anche vedendo una sua foto"? È un travestito, potrebbe cambiare la sua immagine ogni volta".

Continuò a leggere il verbale.

P.G. «Si mette agli atti che al signor... viene mostrata una foto tessera di Julio Cesar De Oliveira».

P.G. «È lui?»

T. «Sì, è quello che ha sparato».

P.G. «Non c'è altro signor... Grazie per la sua disponibilità».

L'interrogatorio venne chiuso e, per gli stessi motivi di riservatezza, la persona in oggetto firmò solamente: *Testimone.*

L'altra firma era quella dell'ispettore Terenzio Cinti.

«E bravo Terenzio, ci siamo inventati il supertestimone oculare e il caso è risolto!» mormorò Samantha.

Scartando i vari documenti del fascicolo, tra cui altri verbali di indagine tra i transessuali di Rimini e Riccione che raccontavano della relazione fra i due viados, il poliziotto trovò anche la testimonianza del custode del grattacielo di Rimini. Riferiva di non aver sentito nulla e di essersi reso conto che qualcuno si era buttato soltanto dopo l'arrivo della polizia e delle ambulanze. Era stato lui a trovare il biglietto d'addio di Belinda sul pianerottolo del ventiduesimo piano.

E l'ultima lettera di Belinda fece la sua apparizione tra le carte. Due righe confuse, scritte a mano in uno pseudo-brasiliano. Samantha cercò di tradurle in italiano: "Noi due per sempre! Sei stata molto per me. Potevi essere tutto. Sei diventata troppo. Perdonami. Ti amo".

«Ma che fantasia!»

L'ultima carta del fascicolo era il pezzo forte. La ricostruzione dei fatti secondo la squadra mobile.

> «...Intorno alle 2,30 il transessuale brasiliano Julio Cesar De Oliveira, conosciuto come Belinda, si è introdotto nell'Audi 80 in uso al transessuale brasiliano Carlos Caetano Da Silva, meglio noto come Lorena, ferma nella zona sud del parcheggio della discoteca Suspiria di Riccione, e ha fatto fuoco sullo stesso con una pistola semiautomatica calibro 9, avendolo trovato in compagnia del signor... mentre i due consumavano un rapporto sessuale. Il De Oliveira ha esploso un colpo da breve distanza che ha raggiunto alla testa il Da Silva, provocandone la morte. L'arma del delitto e il bossolo non sono stati rinvenuti. Il De Oliveira ha fatto perdere le tracce. In seguito, verso le 4 dello stesso mattino, il corpo senza vita del De Oliveira è stato rinvenuto ai piedi del grattacielo di Rimini. Testimoni

residenti nelle vicinanze sostengono di avere udito un tonfo sordo durante la notte. Il viado presentava numerose fratture in varie parti del corpo. La prima ipotesi formulata dagli agenti accorsi sul posto è che il De Oliveira si fosse gettato da un piano alto del grattacielo. La tesi ha trovato conferma in un biglietto d'addio scritto dal De Oliveira e trovato dal custode dell'edificio nel pianerottolo del ventiduesimo piano. Alcune testimonianze raccolte nell'ambiente della prostituzione brasiliana del riminese descrivono il rapporto tra le due vittime da tempo deteriorato a causa di continue liti e dispetti.

Si ritiene che il movente dell'omicidio-suicidio sia da ricercare nella gelosia del De Oliveira nei confronti delle propensioni del Da Silva a tenere in piedi vari legami contemporaneamente. I due transessuali erano stati più volte fermati e segnalati per reati legati alla prostituzione. Entrambi erano in possesso di un permesso di soggiorno scaduto.

La Polizia di Stato di Rimini considera l'indagine conclusa».

Squadra mobile di Rimini
Il DIRIGENTE
Daniele Sacchi

Samantha strabuzzò gli occhi. Puntò la torcia su quella firma e la rilesse un paio di volte. Era proprio la firma di Sacchi, l'attuale vicequestore di Forlì, nonché motore di tutta l'indagine sul *killer delle ballerine*. In quel periodo dirigeva la mobile di Rimini e aveva alle sue dipendenze Cinti e Bellano. Era lui il direttore dell'orchestra. Era per sua volontà che tutte le indagini relative a Dentice venivano sempre archiviate.

Iniziò a sudare. Alcuni frammenti del puzzle cominciavano a combaciare. Lorena e Belinda erano state uccise e Sacchi, Cinti e Bellano si erano dati da fare per mettere in piedi la storia dell'omicidio-suicidio con finti testimoni,

biglietti falsi, prove inventate. Ma quale era il vero motivo? Che cosa sapevano Lorena e Belinda per essere uccise? E i tre poliziotti? Che ruolo avevano in tutta la storia?

Gerace gli aveva raccontato del suo incontro con Sacchi.

«Ma certo!» quasi si mise a urlare «è Sacchi che ha organizzato tutto! Ha capito che Alvaro stava scoprendo qualcosa sul conto di Casadio e ha fatto ammazzare quel fetente facendo in modo che la colpa ricadesse su Gerace. In questo modo si è liberato in un solo colpo di due possibili pericoli. Ma forse non sapeva che Casadio aveva conservato queste carte. Ecco che cosa cercava con tanta foga la polizia negli uffici dell'agenzia! È Sacchi la mente di tutta questa vicenda, ma perché cazzo...»

Non finì la frase che i suoi occhi misero a fuoco una foto nel fondo della borsa. La illuminò con la torcia. Le mani presero a tremarle. Cercò di riprendere il controllo del respiro. Insieme alla foto era allegato un foglio scritto a macchina con un'intestazione stampata. Si concentrò prima sull'immagine. Vi erano due persone sotto il portico di una strada. Una di queste era Sacchi. Samantha guardò attentamente la persona che era con lui. Ebbe l'impressione di avere già visto quel volto da qualche parte. Poi prese il documento. Lesse il nome. E capì.

56

I giorni che seguirono furono segnati da tensioni e polemiche in tutta la Riviera. Quasi tutte le prenotazioni per la stagione estiva vennero cancellate. Alcuni locali dovettero chiudere. Il settanta per cento del personale stagionale fu licenziato. La costa romagnola era ormai assediata da agenti di polizia. L'ente turismo si scagliò contro magistratura e forze dell'ordine, considerati responsabili morali di un disastro economico senza precedenti. Nonostante la blindatura dei più importanti centri della Riviera e dell'entroterra, da Forlì a Cesena, da Cervia a Riccione, le indagini di polizia, carabinieri e forze speciali anticrimine non portarono ad alcun risultato.

Il medico legale accertò che l'omicidio di Silvia Cotti era stato compiuto con le medesime modalità e con la stessa arma dei precedenti delitti. Ma, come al solito, sul luogo del massacro non venne rinvenuta nessuna impronta o traccia del killer. L'esame tossicologico sul cadavere rivelò un'abbondante quantità di cocaina. Pierre Lanzetti fu interrogato a lungo. Spiegò di aver avuto vari rapporti sessuali "protetti" con la vittima quella sera e ammise di aver fatto uso di cocaina insieme a lei. Ma fu altrettanto preciso nel ricostruire gli orari dei suoi movimenti, compreso quello della telefonata che lo aveva costretto a lasciare la suite prima che il delitto venisse compiuto. Il suo alibi era inattaccabile. Nel momento preciso in cui Silvia moriva sotto i colpi del suo assassino, Lanzetti si trovava al bancone del bar dell'hotel in compagnia dell'amministratore delegato di un noto calzaturificio, suo intimo amico, che aveva confermato. Ma anche il barista aveva dichiarato di averlo visto e così altre persone che si trovavano nello stesso bar.

Le ricerche di Fabrizio Dentice non sortirono alcun esito. Sembrava essersi dissolto nel nulla. I posti di blocco in tutte le principali arterie dell'Emilia Romagna raddoppiarono. Foto del killer furono distribuite in bar, supermercati, cinema, stazioni, caselli autostradali, fermate degli autobus, pensioni, dormitori e locali notturni. Ai centralini della polizia giungevano quotidianamente segnalazioni di presunti avvistamenti del killer, ma la maggior parte erano prive di fondamento.

L'ispettore Alvaro Gerace, sospeso dalla polizia, ottenne gli arresti domiciliari al termine dell'udienza preliminare. Il giudice di Rimini, in seguito alla poderosa arringa difensiva dell'avvocato Alemanni, avanzò seri dubbi sulle circostanze che avevano portato all'arresto del poliziotto per omicidio volontario ma si riservò sulla decisione di scarcerarlo fino a dopo l'esame della mole di documenti prodotti dal legale di Gerace.

La scomparsa di Carmen Gemini aveva finalmente suscitato l'interesse dei giornali, anche se non era stata messa in relazione con i delitti del serial killer. La madre, braccata per qualche giorno dai cronisti, rifiutò ogni genere di contatto con la stampa. Gli investigatori fecero visita anche al padre di Carmen, mettendogli sottosopra la casa di Coriano senza trovare nulla. I carabinieri organizzarono alcune battute nelle campagne del riminese e sulle colline, perquisendo casali e fienili anche con l'aiuto dei cani, ma le ricerche non portarono a nulla e furono sospese. Nessuna richiesta di riscatto giunse alla madre di Carmen. L'inchiesta fu messa da parte.

L'unico a interessarsene ancora, con angoscia crescente, era Luca. Era il solo a sapere che Carmen si trovava nelle mani del killer. Aveva tentato di parlarne con Sacchi ma alla Questura di Forlì gli avevano detto che era troppo impegnato nelle indagini sui recenti delitti per poterlo ricevere. Lo aveva aspettato per ore fuori dal portone della questura senza successo. Il telefonino di Sacchi, dopo gli ultimi eventi, era cambiato e nessuno pareva conoscere il nuovo numero.

Luca cominciò a cercare Samantha. Ma nell'ambiente dei viados non la vedevano da giorni. Non aveva il suo telefono e non avrebbe certo potuto chiedere di lei alla Questura di Rimini o Bologna. In tribunale aveva sentito dell'uscita dal carcere di Gerace e la notizia lo aveva sollevato. Tentò di mettersi in contatto anche con lui pur sapendo che si trovava agli arresti domiciliari, ma l'avvocato Alemanni gli spiegò che a Gerace non era consentito ricevere telefonate. Luca provò ugualmente ma trovò il telefono staccato. Cancellò l'idea di rivolgersi alla mobile di Rimini e fece l'ultimo disperato tentativo.

«Annamaria, sei tu?»

«Oh, ciao Luca, come stai?»

«Bene, credo. Scusami se ti chiamo a casa».

«Se mi chiami qui significa che hai bisogno. Che cosa ti succede?»

«Ecco, non so come... sì, insomma, volevo dirti... Hai presente Carmen Gemini, quella ragazza di Rimini che è scomparsa?»

«Intendi la figlia di quella pazza della lavanderia?»

«Sì, proprio lei».

«Allora?»

«Sono sicuro che... è stata rapita dal *killer delle ballerine*».

«Ma cosa dici, sei fuori?»

«Anna, ti prego, devi credermi. Ce l'ha lui, l'ha rapita e la tiene nascosta da qualche parte, ammesso che sia ancora viva».

«Ma come fai a dire una cosa del genere?»

«Mi ha telefonato».

«Oh Gesù. Chi ti ha telefonato?»

«Il killer. Mi ha detto che l'avrebbe uccisa e alla fine sarebbe toccato anche a me. Ho sentito Carmen che urlava...»

Annamaria era rimasta muta.

Luca riprese: «Ho bisogno di aiuto, non so a chi rivolgermi».

«Spiegami tutto dall'inizio e con calma» disse Annamaria. Luca le raccontò di come aveva conosciuto Carmen, dell'incontro con Valeria, della tragica notte al Doppia Coppia, dell'incursione nell'agenzia di Casadio, delle bugie di Silvia e del suo affetto profondo per quella ragazza. Non disse nulla di Samantha e della sua indagine in incognito ma in compenso parlò del terrificante incontro che aveva avuto nel garage e della successiva visita notturna a casa sua, oltre a tutti i sospetti maturati nei confronti del capo della mobile di Rimini, Terenzio Cinti. Accennò anche al fatto che Martina potesse essere stata uccisa poiché aveva scoperto qualcosa, senza però riferirle della lettera trovata nella mansarda a Bologna.

Annamaria ci mise qualche istante a comprendere l'incredibile racconto di Luca. Fece un lungo sospiro: «È una cosa terribile. Mi dispiace molto per Carmen... e per te! Non ti deve essere stato facile parlarmene. Come posso aiutarti?»

«Ho cercato di mettermi in contatto con la polizia di Forlì ma Sacchi è irraggiungibile. Alla mobile di Rimini, per ovvie ragioni non mi sono rivolto. Gerace, che è l'unico di cui mi fidavo, come sai è agli arresti domiciliari».

«Hai provato con il tuo direttore?»

«Donati? Non posso certo raccontargli quello che ho detto a te e lui senza riscontri certi non mi fa scrivere una riga su questa vicenda. Penso che abbia avuto grossi problemi con il Ministero degli Interni».

«E ritieni che io...»

«Sì, Anna. Tu sei l'unica che può farlo. Il tuo giornale ha piena fiducia in te. Sono certo che potresti trovare il modo giusto per scrivere che Carmen è stata sequestrata dal killer e mantenere segreta la tua fonte».

«E a cosa servirebbe?»

«Se non altro la polizia sarebbe costretta a riaprire il caso».

«Ma come posso dire che Carmen è nelle mani del killer se non parlo della telefonata che hai ricevuto? Sai che casino! La madre, la polizia, gli altri colleghi...»

«Lo so, è vero».

«E poi sei proprio convinto che la polizia di Rimini sarebbe disposta a riaprire il caso senza avere nessuna prova del rapimento?»

«Hai ragione Anna, sono un idiota. Speravo che se tu avessi scritto...».

«Aspetta, Luca. Forse c'è qualcosa che posso fare. Conosco un investigatore alla Questura di Bologna. È uno di cui mi fido, è un amico. Potrei parlargliene senza rivelare la tua identità. Se ti va posso contattarlo».

«D'accordo, se ti fidi di lui, chiamalo pure. Poi fammi sapere».

«Stai tranquillo, Luca, ti telefonerò immediatamente».

«Grazie Anna, sei un'amica».

«Grazie a te per avermi messa al corrente dei tuoi segreti.

Fatti coraggio. Vedrai che riusciremo a trovare Carmen».

«Lo spero proprio».

«Ciao Luca».

«Ciao Anna... Ah! Senti...»

«Sì?»

«Ci sarai alla festa del Wonderland? È anche la festa della "Gazzetta"».

«Quando?»

«Domani sera».

«Tu ci andrai?»

«Non lo so. Non ne avevo molta voglia. Ma se tu venissi...»

«Ti farebbe piacere?»

«Enormemente. Non mi va proprio di andarci da solo».

«D'accordo».

«Grazie Anna, ti mando un invito».

57

La luce era accesa. Dalla finestra, nonostante le tende pesanti, si poteva scorgere buona parte del salone. Era una villetta a un piano, appena fuori dal centro abitato. L'edificio era modesto ma ben tenuto e piuttosto accogliente. Un piccolo giardino, che ospitava un melograno e un albero di prugne, circondava la casa, recintato da una ringhiera grigia arrugginita. La casa si trovava in fondo a una strada stretta e isolata ma ricca di verde. Grossi platani si slanciavano ai lati della strada. Le villette, abbastanza distanti fra loro, garantivano privacy e tranquillità agli abitanti. Rari i contatti tra i vicini.

Fabrizio Dentice era arrivato a piedi. Da due ore passeggiava all'esterno della villetta cercando di non farsi notare. L'ora tarda, l'oscurità e la bassa temperatura erano suoi buoni alleati. Nelle altre case le luci erano quasi tutte spente e le tapparelle abbassate. Per sua fortuna nessuno dei vicini aveva un cane in giardino.

Era ormai al suo sesto giorno di latitanza. La notte in cui era scappato dall'ospedale di Parma aveva girovagato, vestito da infermiere, nelle campagne del Reggiano, dormendo qualche ora in un casale abbandonato. All'alba era stato svegliato da tre albanesi clandestini che cercavano un rifugio. All'inizio fra di loro c'era stata un po' di diffidenza, poi si erano resi conto di avere più o meno le stesse esigenze: un tetto per dormire, qualche soldo in tasca e un nascondiglio dalla polizia.

Di giorno in giorno la gang si arricchiva di armi e soldi, fino a portare al casale alcune giovani prostitute slave. Il quarto giorno Dentice si era deciso ad abbandonare la compagnia. Era uscito con due albanesi diretti a Bologna per "affari". Lo avevano lasciato vicino al grattacielo di San Vitale, consegnandogli, senza entusiasmo, due pacchetti di sigarette e 300 mila lire. Dentice aveva trascorso quasi tutta la giornata in un parco. Dopo il tramonto si era unito a un gruppo di clochard e ubriaconi. Con loro aveva trovato posto in un dormitorio alle porte del centro cittadino dove aveva passato la notte. Il giorno seguente era andato alla stazione, riuscendo a mimetizzarsi tra la folla dei viaggiatori. Sbirciando tra le pagine di un giornale che un giovane stava leggendo nella sala d'aspetto di seconda classe, aveva letto una notizia interessante: "...sgominata una gang di albanesi dediti alle rapine, allo spaccio di droga e allo sfruttamento della prostituzione, nelle campagne del Reggiano".

Dentice aveva comprato un biglietto ai distributori automatici. Poi era salito su un convoglio locale diretto ad Ancona. Era giunto a Forlì nel primo pomeriggio. Aveva atteso il tramonto, quindi si era incamminato verso la casa.

Ora, finalmente, era lì.

Un'ombra attraversò la stanza illuminata. La tenda ne confuse i contorni ma Dentice non ebbe alcun dubbio. Infilò una mano in tasca e toccò la gelida canna di una pistola calibro 12. L'ultimo regalo che gli albanesi gli avevano fatto, lasciando l'arma incustodita nel bauletto dell'auto. La figura ricomparve. Si fermò proprio davanti alla vetrata scostando la tenda per guardare fuori. Nascosto dalle tenebre il killer poté vedere il suo volto, le sue mani, i suoi capelli, i suoi occhi. Sembrava che stesse cantando, o forse semplicemente parlando. Il suo corpo si muoveva in modo strano, come se seguisse le note di una musica. Ma dalla casa non proveniva alcun suono. Una serie di fremiti lo fece barcollare. Si era mutilato, aveva ucciso, era scappato, si era nascosto soltanto per arrivare lì. Sentiva la musica che non c'era, percepiva le vibrazioni del delirio, vedeva la morte. Era ormai tempo di chiudere il conto. Non si sarebbe sottratto a quel destino. Non lo aveva mai fatto. Vi sarebbe andato incontro a qualunque prezzo. Bastava attendere il momento giusto.

La tenda si richiuse. La luce si spense. In lontananza si sentivano solo i gatti miagolare.

58

Le luci di Rimini risplendevano in tutta la vallata. Una galassia di piccoli pianeti luminosi che si offrivano al mare. Era una notte limpida. La prima così nitida dall'inizio dell'anno. Dalla grande vetrata del Wonderland, una perla incastonata su un colle che dominava la città, quella sera si potevano addirittura vedere il faro del porto e le luci dei pescherecci a due miglia dalla costa. Il mare era calmo, nonostante lo scirocco. Tutto sembrava fatto per rendere quella notte indimenticabile.

I titolari della discoteca, due fratelli bolognesi, avevano organizzato la serata rivolgendosi a persone estranee al giro locale. Deejay, cubiste, animatori, ballerine e pierre erano stati ingaggiati da due diverse agenzie di Milano. Anche il personale del bar, i ragazzi della security e le guardarobiere non erano del luogo. Ma gli ospiti erano sempre gli stessi. C'era la redazione della "Gazzetta di Forlì" al completo, vari assessori dei comuni di Rimini e Riccione, politici, imprenditori, personaggi dello spettacolo e giornalisti. Nutrita anche la rappresentanza delle forze dell'ordine, dal questore ai comandanti di carabinieri e guardia di finanza. E in particolare, il vicequestore di Forlì, Daniele Sacchi, il dirigente della mobile di Rimini, Terenzio Cinti, il vice Bellano e il sovrintendente Petralia. Oltre al variegato popolo della notte.

Nonostante gli sforzi degli animatori, l'atmosfera era densa di tensione e preoccupazione. Nessuno sembrava avere voglia di divertirsi e, vista la massiccia presenza di uniformi in sala, la circolazione degli stupefacenti era nulla.

Luca arrivò al Wonderland intorno all'una di pessimo umore. Tutti i suoi colleghi erano già nel locale. Per primo incontrò il suo direttore, Ermete Donati. Stava parlando con il sindaco di Rimini e il comandante della guardia di finanza, vicino al banco del bar, nella sala più grande. Luca lo salutò e passò oltre. Cominciò a osservare la gente nella sala, sperando di vedere Annamaria. Sentì qualcuno sfiorargli una spalla. Si girò: era Luana, la segretaria della "Gazzetta".

«Sono proprio contenta che tu sia venuto! Stavo cominciando a temere che non ti saresti fatto vivo» disse spalancando gli occhi chiari e accogliendolo con un largo sorriso. Luca la osservò, notando quanto si era curata per quella festa. Aveva i capelli di un nero corvino tagliati di fresco con un'acconciatura corta e alla moda, una maglietta verde di seta senza maniche e pantaloni bianchi, larghi in fondo. Indossava anche uno spolverino lucido nero. Era decisamente attraente. Luca non poté fare a meno di ricordare quel breve periodo, prima che venisse uccisa Martina, in cui si erano sentiti attratti l'uno dall'altra. Ma questo feeling clandestino non era mai andato oltre a qualche bacio nell'ascensore della redazione o nel parcheggio.

«Luana, sei bellissima! Quasi quasi...»

«Luca, smettila! Sai che io poi ci credo».

«Non sto scherzando, vuoi venire via con me?»

«Dai, lascia perdere! Piuttosto, come ti vanno le cose? È un po' che non ti fai vedere».

«Vuoi la verità?»

«Saresti capace di raccontarmi una balla?»

«Sto attraversando un periodo di merda. Venire a lavorare mi dà il voltastomaco, i miei fantasmi non mi lasciano vivere, i miei amici fanno a gara per sparire dalla circolazione e la mia depressione sta toccando livelli storici. Per il resto, vivo!»

«Mi dispiace. Tu sai che se posso fare qualche cosa per te».

«Bè, intanto puoi farmi compagnia per un drink. Sto aspettando una collega che ancora non vedo».

«D'accordo, offri tu?»

«No! Offre la casa!» Luca tirò fuori dalla tasca due *freedrink* e insieme si avviarono al bar.

Il piano superiore del Wonderland era riservato agli ospiti d'onore. Un enorme buttafuori in giacca e cravatta, la testa rasata e il cavo di un auricolare che gli spuntava dalla camicia, respingeva tutti coloro che tentavano di imboccare la scala che portava al privé. Unici ammessi i personaggi pubblici, i politici e tutti gli invitati alla festa della "Gazzetta".

Luca vi arrivò sottobraccio a Luana, un bicchiere di gin tonic in mano. Il direttore del giornale, Donati, era in piedi con una bottiglia di Veuve Cliquot, insieme a Emidio Golinelli, l'editore. Intorno, i redattori, gli impiegati e gli amici, tutti pronti a brindare. Sui tavolini i camerieri avevano portato vassoi pieni di frutta fresca. La sala era poco affollata. La piccola pista da ballo ospitava soltanto l'esibizione vagamente malinconica di due cubiste che davano l'anima per apparire sexy e scatenate e richiamare l'attenzione dei pochi spettatori. Il deejay abbassò il volume della musica e Donati, accompagnato dagli applausi, fece saltare il tappo dello champagne.

«Cari ragazzi» attaccò Donati «sono felice di essere qui a festeggiare con voi anche quest'anno. Il nostro giornale sta crescendo e il merito è soprattutto vostro. Il dottor Golinelli mi ha appena comunicato che le vendite in tutta la Romagna sono aumentate quasi del 40 per cento rispetto allo scorso anno e questo trend sembra destinato ad aumentare. Alcuni grossi gruppi editoriali nazionali si stanno interessando a noi e pare che cominciamo a fare gola anche a diversi imprenditori. Non è il caso di montarci la testa ma se continuiamo così, non mancheranno le soddisfazioni per tutti. So che è stato un anno duro. In particolare per qualcuno di voi. Spesso gli eventi ci hanno costretti a turni massacranti, rinunce e mal di fegato. La nostra zona è stata aggredita da un'ondata di violenza imprevista e imprevedibile. Ci siamo trovati a dover raccontare fatti di sangue che ci hanno scioccati, atterriti e a volte disgustati. Ma non abbiamo mai chiuso gli occhi e girato la testa anche quando era difficile trattenere le lacrime. Il nostro comportamento è stato esemplare, professionale. Forse qualcuno potrà accusarci di cinismo, di freddezza spietata. Non è così e ognuno di noi lo sa bene. Abbiamo fatto i giornalisti e di questo dobbiamo andare orgogliosi. Siamo liberi e vi prometto che mi impegnerò con tutte le mie forze affinché possiamo rimanere tali. Prima del brindisi» proseguì il direttore «voglio ringrazia re un collega a cui quest'anno devo molto. Pur essendo stato colpito da una terribile tragedia non ha mai mollato. Ha dato tutto se stesso per il lavoro e per il giornale esponendosi personalmente e mettendosi in gioco. In questi mesi la sua grande passione e la sua immensa dignità hanno fatto crescere tutto il nostro giornale. Io spero che tu possa trovare presto la verità che cerchi e la pace dentro di te! Grazie Luca!»

Un fragoroso applauso si alzò dalla piccola platea. Luca, con un groppo in gola, non riuscì a dire quasi nulla. Farfugliò un «grazie», mentre Donati lo abbracciava, imitato dall'editore.

«Posso ancora salutarti o sei diventato troppo importante?» Luca si girò e si trovò di fronte Annamaria. Fu felice di vederla e la salutò affettuosamente, baciandola su entrambe le guance.

«Grazie al cielo sei tu. Non dirmi che hai assistito a quello stucchevole finale di soap opera messo in scena dal mio capo?»

«Eccome! Non ho perso nemmeno una parola. Ero proprio lì, vicino al bar».

«Oh, mio Dio! Hai sentito che stronzate?»

«Bè, comunque è stato gentile».

«Lasciamo perdere, ho ben altri pensieri in testa».

«Notizie di Carmen?»

«No».

«Altre telefonate o visite notturne?»

«Niente».

«Hai parlato con Sacchi? Mi sembra di averlo visto, giù nella sala grande».

«Purtroppo è sempre insieme a Cinti e agli altri. Devo beccarlo quando è da solo. E tu, Anna, hai sentito qualcuno a Bologna?»

«Sissignore. Ho telefonato a quel mio amico e gli ho spiegato la faccenda di Carmen. Lui è stato molto disponibile. Mi ha chiesto una serie di informazioni e...»

«Cosa gli hai detto?»

«Non ho fatto il tuo nome. Però gli ho spiegato che il killer si era fatto vivo con il fidanzato, dicendo che avrebbe ucciso la ragazza che aveva rapito. Gli ho anche dato tutti i riferimenti logistici».

«E lui cosa ha detto?»

«Bè, ti sembrerà strano ma...»

«Cosa?»

«Loro hanno già una persona in Romagna che sta lavorando sul caso: probabilmente gli affideranno anche le ricerche di Carmen».

Luca capì che si trattava di Samantha.

«Sul serio! E chi è?» chiese con espressione meravigliata.

«Uno che lavora in incognito. Mi ha assicurato che si tratta di un ottimo investigatore».

«Di Rimini o di Bologna?»

«Di Bologna ma, ti giuro, non so altro!»

«Speriamo che sia in gamba. Ti ringrazio Anna, sapevo che avrei potuto contare su di te».

«Dopo quello che mi hai raccontato...»

«Per carità, non ti verrà in mente di scriverlo!»

«Devo mandarti a cagare adesso o dopo? Non sono come certi tuoi colleghi...»

«Scusa, come non detto».

«Guarda, ti perdono solo per lo stato in cui sei».

«Sono messo così male?»

«Sembri un santino di San Luigi, tutto spiegazzato!» Luca sorrise e prese sottobraccio la collega. Insieme scesero le scale e tornarono nella sala grande.

59

Sembrava un altro locale. La musica techno rimbalzava tra colonne e pareti, luci stroboscopiche scagliavano squarci bianchi sulla pedana. All'interno era stato ricostruito un ponteggio edile. Le cubiste indossavano tute da operai, la cerniera slacciata fino all'ombelico, profondi tagli all'altezza del sedere, delle ginocchia e delle spalle, e maschere antigas sul viso.

«Non hai proprio una bella cera, ragazzo mio!» Il vicequestore Sacchi trovò Luca, appoggiato a una colonna, intento a osservare le "operaie" con lo sguardo turbato.

«Ah, finalmente! L'ho cercata varie volte in questi giorni ma non sono mai riuscito a trovarla».

«In questo periodo siamo un po' presi, come puoi immaginare».

«Non faccio fatica a crederlo. Come vanno le indagini sui delitti?»

«Vanno. Ma ci sono parecchi problemi...»

«Di che genere?»

«Bè, di coordinamento delle indagini, ad esempio. Sai, le solite diatribe tra polizia, carabinieri, procure. E poi Roma fa pressioni. Al ministero sembrano impazziti, pretendono che il caso venga risolto in tempi rapidi».

«C'è qualche speranza?»

«Stiamo facendo il possibile, non escludiamo nessuna...»

«Okay, ho capito. Mi tolga un dubbio. Che cosa c'entra l'ispettore Gerace in tutta questa storia? Pensa veramente che abbia a che fare con i delitti?»

«Alvaro è un bravo ragazzo. Quello che è successo ci ha lasciati tutti senza parole. Nessuno di noi avrebbe immaginato che potesse essere coinvolto con quel delinquente. Mi hanno detto che alla Questura di Rimini i suoi colleghi non riescono ancora a crederci».

Luca sentì crescere dentro di sé una strana sensazione. Per la prima volta le parole di Sacchi gli creavano fastidio e gli insinuavano parecchi dubbi.

«Il capo della mobile di Rimini» proseguì Sacchi «mi ha telefonato. Era molto dispiaciuto per Gerace, mi ha chiesto di fare il possibile per aiutarlo a uscire da questa brutta storia. Ma non è facile...»

"Possibile che Sacchi si fidi di Cinti?" pensò Luca. "E se invece anche lui..."

«Lei conosce personalmente Gerace?» chiese al poliziotto.

«L'ho visto qualche volta, ma non abbiamo mai avuto modo di parlare. So che è un bravo ispettore e anche una persona onesta. Sono anch'io sorpreso. Spero che sia tutto un equivoco».

"Già, un equivoco!" ripeté mentalmente Luca. Peccato che Samantha gli avesse rivelato che Gerace era stato a parlare con Sacchi prima dell'omicidio di Casadio.

«Una cosa è certa. Lui con l'omicidio di Silvia Cotti non c'entra nulla. Era in galera...» riprese il cronista.

«Certo, certo!»

«Quindi, se quello di Silvia è un altro delitto del serial killer, le accuse nei confronti di Gerace si indeboliscono, giusto?»

«Ma non credo che qualcuno lo voglia considerare il killer, come dite voi, delle ballerine!»

«E perché avrebbe ucciso Casadio?»

«Nell'agenzia sono stati trovati documenti che proverebbero che Casadio pagava delle mazzette a Gerace. L'ipotesi è che quello stronzo ricattasse Alvaro».

«Ma lei pensa che sia così? Non è più probabile che quei documenti siano stati messi lì di proposito, per creare delle false prove».

«Se è così lo scopriremo presto. Non permetteremo che un nostro ragazzo venga messo alla gogna».

Luca rabbrividì per come Sacchi aveva pronunciato quella frase. Si sforzò di sembrare freddo.

«Sapeva che Gerace aveva intenzione di denunciare Casadio?»

«Cosa intendi dire?» ribatté Sacchi.

«Era stato nella sua agenzia qualche giorno prima che quel pezzo di merda venisse ucciso e aveva trovato materiale compromettente».

«Tu come fai a saperlo?»

«Segreti del mestiere. Non mi dica che lei non ne era al corrente!»

«E che genere di materiale sarebbe stato trovato?»

«Foto, dischetti, cassette, immagini pornografiche di minori... Roba che gli avrebbe garantito la galera per un bel po' di anni».

Sacchi lo stava a sentire in apparenza con scarso interesse, ma Luca avvertiva la tensione del poliziotto.

«E poi» proseguì «Gerace aveva trovato anche uno snuff-movie girato dalle nostre parti. Lei lo ha visto?»

La prima trappola era scattata. Ma Sacchi ne uscì abilmente: «È un'indagine che sta conducendo la mobile di Rimini, dovresti chiedere lì. Io non mi occupo di questo caso».

«Quindi non sa nemmeno cosa c'era in quel fascicolo?»

Il siluro era stato sganciato.

«Di quale fascicolo stai parlando?» fece Sacchi con voce calma. Ma le sue folte sopracciglia si muovevano a scatti.

«Di quello che Gerace ha trovato nell'agenzia di Casadio» rispose Luca fingendosi meravigliato.

Il vicequestore esitò qualche secondo prima di rispondere: «Ah, quello! Sì, Cinti mi ha riferito, ma non ho ancora avuto tempo per approfondire».

"Centro! Colpito l'obiettivo!" pensò Luca "la preda ha abboccato".

«Ma è vero che c'erano dei verbali scottanti sulla morte di due viados avvenuta qualche tempo fa a Rimini e Riccione?» chiese.

Sacchi era in evidente imbarazzo. La rabbia stava facendogli perdere la calma. I lampi dei faretti si riflettevano sulla sua fronte lucida per il sudore. Il movimento delle sopracciglia stava diventando incontrollabile. Più volte il poliziotto si passò la mano sul viso per nascondere quel tic. Sbuffò: «Mi chiedi troppo. Non sono in grado di risponderti».

Luca proseguì nel bluff: «Forse in quelle carte c'erano rivelazioni compromettenti E non solo per Casadio!»

Il poliziotto si accese una sigaretta, espirò una nuvoletta di fumo denso e la guardò dissolversi nell'aria. Qualcosa era andato storto.

«Tu hai visto quelle carte?» chiese Sacchi con aria severa.

«No! Non personalmente».

«È stato Gerace a parlartene o qualcun altro?»

«Io non posso tradire le...»

«Ragazzo, non è il momento di dire stronzate! Sono cose gravi e soprattutto pericolose! Ci sono già stati troppi morti!» A Luca si spezzò il respiro in gola. Gli occhi di Sacchi erano iniettati di sangue. La sua voce era tagliente come una lama.

«Bè, sì, con l'ispettore abbiamo parlato....» fece Luca.

«E ti ha descritto nei dettagli il contenuto di quel fascicolo?»

«Ma io non so nulla di più di quello che le ho già riferito. Perché mi sta facendo questo interrogatorio?»

Sacchi si rese conto di essersi lasciato prendere dalla foga e corresse il tiro: «Sono stato un po' brusco. Da giorni sono sotto pressione, come ti dicevo. Stanno succedendo troppe cose contemporaneamente: Gerace, Casadio, Silvia Cotti, Dentice».

«Già, certo. Ci sono tracce di lui da qualche parte?»

«Nessuna per il momento. Puoi immaginare lo stress di questi giorni...»

«Senza dubbio. Anzi, mi dispiace di averle rotto le scatole con le mie domande».

«Hai fatto benissimo a parlarmi. A espormi tutti i tuoi dubbi. Non esitare a chiedermi qualunque cosa ti venga in mente. Sai che, se posso, ti aiuterò. Ora però scusami ma devo andare».

Luca strinse la mano al poliziotto e si avviò verso i bagni. Sacchi rimase a guardarlo mentre si allontanava. Con il palmo delle mani si fece schioccare le falangi delle dita.

«Hai fatto benissimo, Luca! Già, benissimo» sussurrò.

60

L'acqua fredda gli sferzò il viso facendogli fare uno scatto indietro. Passò nuovamente le mani sotto il rubinetto e si bagnò i polsi, il collo e le tempie. Appoggiò le mani al lavandino e avvicinò la faccia allo specchio. «Merda, merda, merda!» disse fissando la sua immagine riflessa mentre tentava di ritrovare un ritmo regolare nel respiro. Da una parte Luca era raggiante di essere riuscito a scoprire il coinvolgimento di Sacchi nella morte di Casadio, nell'arresto di Gerace e forse anche in qualche cosa di più grave. Ma dall'altra tutte le sue certezze erano andate distrutte. Anche colui che riteneva un punto di riferimento, un appiglio nella corrente del fiume che lo stava trascinando, era in realtà un pericolo, un gorgo dentro il quale aveva rischiato di finire, forse più infido di tanti altri.

Si sciacquò le mani, le passò ancora bagnate sui capelli e chiuse il rubinetto. Una volta in sala, vide una scena che lo fece sobbalzare. In un angolo buio e appartato, c'era il vicecapo della mobile, Bellano, seduto su un tavolino. Di fronte a lui, sul bracciolo di una poltrona, una ragazza. I due erano molto vicini. Parlavano lentamente e sorridevano. Bellano aveva più l'aria di uno yuppie in cerca di avventura che di un poliziotto: i capelli neri pettinati all'indietro con il gel, abbronzatissimo e tutto vestito di nero. La ragazza aveva il viso coperto dai lunghi capelli rossi. Luca la fissò trattenendo il respiro fino a quando lei si scostò un lunga ciocca di capelli dal volto. Allora la riconobbe: Veronica.

Quasi avessero capito di essere osservati, Bellano e Veronica interruppero il loro colloquio. Il poliziotto si alzò in piedi e la baciò sulla guancia. Veronica sorrise e ricambiò senza entusiasmo il bacio. Quindi attese che il poliziotto si allontanasse di qualche metro e si alzò. Fece due passi in direzione dell'uscita e quasi andò a sbattere contro Luca che le si parò davanti bloccandole il cammino.

«Oh, Luca, sei tu! Mi hai spaventato. Ma da dove sbuchi?» disse Veronica portandosi una mano sul petto.

Luca la guardò con aria severa: «Ho per caso interrotto qualcosa?»

Veronica non riuscì a cancellare l'espressione di paura dal viso. Si passò la mano fra i capelli, sbatté le palpebre: «No, perché? Avevo intenzione di andarmene. Non sapevo che tu fossi qui. Non ti ho visto per tutta la serata ...»

«Forse perché eri troppo impegnata a parlare con i poliziotti».

«Cosa significa quello sguardo, Luca. Di cosa mi stai accusando?»

«Vedi tu. Prima mi racconti che hai intenzione di chiudere con discoteche, mondo della notte eccetera, poi ti ritrovo regolarmente a tutte le feste della Riviera. Mi dici di non avere nulla a che fare con certa gente. E dove ti scopro? In un tête-à-tête con il vicecapo della mobile di Rimini. Forse mi devi qualche spiegazione».

«Non c'è proprio niente da spiegare! Sono stata invitata a questa festa da un'agenzia di Milano per la quale ho fatto alcuni lavori da fotomodella. Non vedo perché non avrei dovuto accettare: si tratta di una società seria e molto ambita. Quanto al poliziotto, l'ho conosciuto tempo fa, quando Emma... sì, a causa di quella storia orribile. Fu molto carino con me, cercò di starmi vicino e non mi assillò di domande come fa di solito la polizia».

«Già, molto carino, un angelo! E del tutto disinteressato...»

«Senti, ma che cos'è questo interrogatorio? Per quale motivo dovrei rendere conto a te delle persone con cui parlo. Chi sei tu?»

«Una persona che aveva riposto fiducia in te e che non vorrebbe essersi sbagliata... ancora una volta!»

«Se ti fidi di me, smettila di mettermi in croce. Stai andando a caccia di fantasmi».

«Cosa voleva da te Bellano?»

«Semplicemente sapere come stavo, se mi fossi ripresa e quali fossero i miei progetti futuri... nel lavoro, chiaramente!»

«Oh, certo! E nient'altro?»

«No! Niente di più. Soddisfatto?»

«Che strano...»

«Che cosa c'è di tanto strano?»

«Questa serie di coincidenze. Emma viene uccisa in discoteca e chi c'è quella notte con lei? Tu. Addirittura scopri il suo cadavere. Poi tocca a Silvia essere massacrata e chi c'è a quella festa? Ancora tu. Mi domando se tu fossi anche al Doppia Coppia quando ammazzarono Valeria...»

Veronica si irrigidì e lanciò a Luca uno sguardo carico di rabbia e disprezzo.

«Vuoi insinuare che sono io il killer? Sei proprio uno stronzo. Emma era la mia più grande amica, tu non hai nemmeno il diritto di pronunciarne il nome. Quanto a Silvia, quella sera sono andata via molto prima che venisse uccisa. Puoi controllare se non ti fidi. E al Doppia Coppia, non c'ero! A differenza di te...»

«Okay, d'accordo, forse sono stato un po' ingiusto» borbottò Luca, ma Veronica a quel punto non era più disposta a firmare la pace.

«Un po' ingiusto? Sei un vero figlio di puttana! Non venirmi più a fare la scena del ragazzo triste e comprensivo. Tu e le tue conclusioni del cavolo!»

«Scusami Veronica, non volevo offenderti. È che quando ti ho visto con Bellano...»

«E allora? Pensi che ci vada a letto? Oppure che sto cercando di salvarmi il culo? Caro Luca, sei un po' gretto per fare il giornalista investigativo. Dovresti guardare un po' oltre il tuo naso».

«Cosa vuoi dire?»

«Che il mondo non si divide in buoni e cattivi. E che certe volte ci si può anche sbagliare nel giudicare le persone».

«Ti ho chiesto scusa».

«Sì, certo, dopo avermi dato della bugiarda, della troia e dell'assassina».

Luca fece un lungo sospiro, abbassò lo sguardo poi ritirò su la testa e disse: «Penso sia meglio che ti saluti, Veronica. Mi dispiace averti accusato di certe cose».

«Va bene, non parliamone più. Siamo tutti sotto stress in questo periodo».

Luca rimase in silenzio, gli occhi fissi al pavimento.

«Senti, io volevo chiederti... Ci sono notizie di Carmen?» chiese lei.

«Purtroppo nessuna, anzi... Pare sia scomparsa nel nulla...»

«Mi dispiace! Dev'essere dura da un giorno all'altro non sapere più nulla di una persona a cui sei legato».

Luca fece cenno di sì con la testa.

«In questi giorni ci ho pensato spesso» continuò Veronica, «ho cercato di ricordare tutte le situazioni in cui siamo state insieme e mi è venuto in mente un particolare. Forse non ha alcuna importanza però mi è rimasto impresso...»

«Che cosa?» chiese Luca.

«Una delle ultime volte che Carmen e io abbiamo lavorato insieme in una discoteca, con noi c'era una ragazza, una cubista. Spesso capitava che ci trovassimo a lavorare nello stesso locale, la medesima sera, senza nemmeno conoscerci, nonostante facessimo parte della stessa agenzia. Sai, alla Star il ricambio era continuo. Ma quella ragazza l'avevo già vista. Ne sono sicura. Era accaduto tempo prima in altre discoteche della Riviera. Mi ricordo che indossava sempre una maschera. Non che la cosa, di per sé, fosse strana, ma lei aveva la maschera anche quando la scenografia non la richiedeva. Una sorta di licenza personale nel suo look. Maschere diverse ogni volta: da carnevale, da regina egiziana, da nobile veneziana. Mi colpì il suo modo di ballare. Era aggressiva, una belva pronta a scattare, puntava la gente che si agitava sotto di lei, pareva volesse sfidarla. Aveva un corpo molto bello, sinuoso, elegante, ma sembrava facesse di tutto per apparire lontana e... pericolosa».

«Pericolosa?»

«Sì. La cosa paradossale è che proprio per questo aveva grande successo. I ragazzi si accalcavano sempre sotto il suo cubo».

«E non sei mai riuscita a scoprire la sua identità?»

«No, sembra impossibile, vero? Nei camerini non l'ho mai incontrata e nemmeno alla Star. Sono sicura che Silvia sapesse chi fosse e certamente anche Casadio».

«Ti hanno mai detto nulla a riguardo?»

«Ad essere sincera non ricordo di avere mai chiesto loro qualcos...»

«E questa ragazza l'hai più vista?»

«Non ne sono certa ma penso di averla notata anche all'Hell, la notte che uccisero Emma. Noi quella sera non dovevamo lavorare e siamo rimaste quasi tutto il tempo nel privé. Le cubiste e gli animatori erano tutti della Star».

«Ti ricordi se la cubista con la maschera fosse stata ingaggiata dalla Star prima di te? Voglio dire, quando tu hai cominciato a lavorare nelle discoteche lei c'era già?»

«Questo non te lo so dire. Ti posso comunque assicurare che c'era un periodo in cui la trovavo spesso nei locali, sempre con la sua maschera e la sua danza feroce. Una sera al Princess, ad esempio, indossava una maschera rituale di una tribù africana molto bella. Chissà come se l'era procurata...»

«Hai detto al Princess?»

«Sì, quella discoteca sulle colline di Riccione».

«So benissimo dov'è. Ti ricordi anche il giorno in cui hai visto questa ragazza?»

«Mah, non so...»

«Ti ricordi se c'era una ragazza che si chiamava Caterina Solinas o Katy? Era anche lei della Star».

«No, mi dispiace. Come ti ho detto erano tante...»

«E un'altra che si chiamava Martina Ferretti?»

«È passato troppo tempo».

«Senti Veronica, la prima volta che ci siamo visti tu hai detto che avevi l'impressione di avermi già incontrato».

«Sì, ma probabilmente mi stavo sb...»

«Potrebbe essere stato al Princess, quella sera in cui c'era anche la cubista mascherata?»

«È possibile...»

«Katy è stata uccisa dal killer una notte al Princess. Martina una settimana dopo. Anche lei era al Princess quella notte. Era la mia ragazza!»

«Oh Gesù!»

«Dobbiamo a tutti i costi scoprire l'identità della cubista mascherata».

«Ma come facciamo? Gli unici che probabilmente la conoscevano sono morti!»

«Ci sarà sicuramente qualcun altro che potrà identificarla. Sei stata grande, Veronica! Hai avuto una splendida intuizione!»

«Però potrebbe anche non c'entrare nulla. Chi può dire che quella ragazza abbia qualche cosa a che fare con i delitti? Non sappiamo nemmeno chi è!»

«Certo, ma prima di lasciar perdere questa possibilità, cerchiamo di rintracciarla».

«Okay Luca, terrò gli occhi ben aperti».

«Bene. A proposito, Veronica, hai visto le cubiste di questo locale?»

«Sì, prima, nella sala... Oddio, ma sono tutte mascherate!»

«Esatto! Io cercherò di parlare con il manager dell'agenzia di spettacolo che le ha scritturate per capire chi sono. Tu, nel frattempo, non abbassare la guardia. Se vai a casa fatti accompagnare da qualcuno che conosci bene e di cui ti fidi e non restare mai da sola né all'interno della discoteca né nei bagni, nei camerini o nel parcheggio. D'accordo?»

«D'accordo, farò come dici. Anche tu però stai attento, ti prego...»

«Te lo prometto. Grazie Veronica e scusami ancora per prima».

Veronica sorrise e abbracciò Luca stringendolo forte e baciandolo delicatamente su una guancia.

«Sei scusato!» gli disse piano in un orecchio.

61

Le sei cubiste avevano finito lo spettacolo. Luca si piazzò nel corridoio su cui si aprivano le porte dei camerini. Aveva dovuto insistere non poco con il coreografo americano per avere l'autorizzazione a incontrare le ballerine.

Uscirono tutte e sei quasi contemporaneamente. Tre erano di pelle nera, fisici scultorei e viso da amazzoni. Un'altra era orientale. Le rimanenti erano due brune, ma molto diverse. Una con i lineamenti molto marcati, mentre l'altra aveva un viso delicato e forme mozzafiato. Luca scartò le tre nere e l'orientale, poiché straniere. Si armò di coraggio e fermò le ultime due.

«Scusate ragazze, posso rubarvi un secondo?» disse Luca.

A rispondere, con l'aria seccata, fu la pin-up. L'altra si fermò accanto all'amica.

«Chi è lei, scusi?»

«Per carità, diamoci del tu. Sono un cronista di un giornale locale».

«Un giornalista?» la ragazza diede segni di insofferenza.

«Sì, ma non voglio farvi perdere tempo. Volevo soltanto sapere qualcosa di voi. Mi hanno detto che lavorate per un'agenzia di Milano».

«Esatto».

«E siete mai venute a fare qualche spettacolo da queste parti?»

«Chi se lo ricorda, ne facciamo tanti! Per noi un posto vale l'altro».

«Conoscete la Star?»

«La cosa?»

«La Star. È un'agenzia di Rimini».

«Mai sentita».

«Nessuna di voi ha origini o parenti da queste parti?»

«Senta, io sono calabrese ma vivo a Brescia da quando avevo tre anni. Lei» disse, indicando la cubista che le era accanto «è di Torino. Le altre ragazze sono tutte straniere, a parte un'altra che viene da Milano».

Luca capì che stava perdendo tempo. Quelle ragazze non avevano nulla a che fare con la "cubista mascherata". Entrambe non sembravano interessate a lui. Luca fece loro un'ultima domanda: «Chi ha deciso il vostro look di questa sera? Intendo le maschere antigas».

La ragazza calabrese lo fissò stupita e, sospirando, rispose: «Il coreografo! Sono costumi di scena!»

«Certo, certo, capisco...»

«Possiamo andare ora?» fece la ragazza con un sorriso beffardo.

«Naturalmente!» rispose Luca, irritato dal loro atteggiamento. Poi aggiunse, in tono ironico: «Arrivederci e ancora grazie».

Le due ragazze scossero la testa e si allontanarono sbattendo rumorosamente i tacchi sul pavimento.

62

«Chi è? C'è qualcuno lì?» Veronica si fermò di scatto, guardando il cespuglio. Le era parso di avvertire un rumore. Come dei passi nella ghiaia. E un fruscio tra i rami. «Ma potrebbe essere il vento» tentò di convincersi. Dopo aver salutato Luca, Veronica si era guardata intorno per cercare qualcuno che l'accompagnasse alla macchina. Aveva provato con un amico che era però troppo ubriaco per prenderla sul serio e aveva finito per considerare la sua richiesta d'aiuto come un'avance. Per non correre rischi Veronica aveva deciso di rinunciare alla compagnia. In fondo la macchina non era molto lontana dall'entrata. Una volta giunta nel parcheggio, si era invece resa conto di aver sistemato l'auto dietro una lunga siepe alta, in una zona poco distante dall'ingresso del locale, ma buia e isolata.

Fece due profondi respiri, si portò la mano sul petto e deglutì. Leggere raffiche di vento facevano danzare i rami degli alberi. Un sibilo quasi impercettibile risuonava tra le fronde. Poi, di colpo, di nuovo silenzio. E in lontananza l'eco della musica.

Veronica girò la testa a destra e a sinistra. Poi indietro.

Nessuno.

Il rumore sembrava essere sparito. Avanzò lentamente verso la macchina. Estrasse dalla borsa le chiavi e le strinse nel pugno.

Ancora quel rumore. Proveniva da quell'angolo buio.

No! Non poteva andare avanti. Sarebbe finita nelle sue mani. Il killer la stava aspettando. Non avrebbe avuto scampo. Era già successo a Emma.

Il terrore la immobilizzò. Respirava a fatica.

Aprì la bocca, emise un verso strozzato e finalmente riuscì a muoversi. Indietreggiò di qualche passo, girò lentamente le spalle alla siepe e iniziò a camminare verso l'entrata della discoteca. Prima con passi piccoli, insicuri, poi sempre più ampi e veloci. Sentì qualcuno alle sue spalle, ma non ebbe il coraggio di voltarsi. Aumentò l'andatura, cominciò a correre. Il cuore le stava scoppiando.

I passi si fecero più vicini, erano a pochi metri da lei. Una mano le afferrò una spalla. Veronica lanciò un urlo disperato. La mano serrò la presa costringendola a fermarsi. Lei si accasciò in preda ai singhiozzi.

«No! No! No!» supplicò, quasi inginocchiata, tenendo la testa bassa stretta fra le mani.

«Veronica!»

«No! Ti prego, no!»

«Veronica, calmati! Va tutto bene!»

La ragazza sollevò lentamente la testa e si girò. Bellano la fissava preoccupato tenendole una mano sulla spalla.

«È passata?» chiese lui.

La ragazza si rimise faticosamente in piedi mentre il poliziotto l'aiutò a sorreggersi.

«Allora, va tutto bene?»

«Sì...penso di sì...»

«Vuoi che chiami aiuto? Hai bisogno di qualcosa?»

«No... grazie...»

«Ti porto qualcosa da bere o te la senti di camminare?»

«No... sto bene... mi basta prendere un po' d'aria».

«Stai tremando come una foglia. Andiamo dentro».

«No! Voglio andare a casa...»

«Mi spiace ma non penso che tu sia in grado di guidare.

Non posso lasciarti andare via in questo stato».

«Ti ho detto che sto bene! Lasciami andare... ti prego».

«Potrai andare appena ti sarai ripresa».

«Ma io...»

«Niente ma, adesso siediti e raccontami».

Veronica e Bellano si sedettero sui gradini vicino all'ingresso del Wonderland. Il poliziotto le prese una mano fra le sue e sentì che era fredda come il ghiaccio.

«Sei ancora terrorizzata! Ma cos'è successo? Ti ho vista correre come una pazza nel parcheggio...»

Lei non riuscì a trattenere le lacrime. Si sfregò gli occhi con le mani e si soffiò il naso in un fazzoletto di carta che lui fu pronto a offrirle.

«Te la senti di parlare?» riprese lui.

Veronica respirò profondamente un paio di volte poi mormorò con la voce ancora incrinata dal pianto: «Ero nel parcheggio. Stavo andando a prendere la macchina quando ho sentito un rumore di passi vicino alla siepe. Ma non c'era nessuno. Poi quel rumore è tornato, sempre più vicino a me».

«Hai visto qualcuno?»

«Era buio, avevo paura...»

«Quindi non sei riuscita a vedere chi era...»

«Sono scappata, ho cominciato a correre via, più forte che potevo».

«E hai fatto benissimo!»

«Ho pensato che fosse il killer che mi stava aspettando nascosto dietro la siepe. Mi sono fatta prendere dal panico... mi dispiace!»

«Non dirlo neppure! Hai fatto la cosa giusta».

«Mi sono comportata da stupida...»

«La cosa importante è che tu sia qui ora e che stia bene...» Veronica riuscì finalmente a ritrovare un respiro regolare.

Si tirò indietro i capelli e guardò Bellano abbozzando un sorriso. Poi un pensiero le balenò nella mente e un brivido le salì lungo la schiena.

«Ma tu... dov'eri? Come hai fatto a raggiungermi?» chiese al poliziotto ritraendo di scatto la mano.

Bellano notò il brusco gesto e aggrottò la fronte: «Ero anch'io nel parcheggio. Stavo per salire in auto quando ti ho vista scappare e urlare. Con una corsa ti ho raggiunto».

«Ma dov'è parcheggiata la tua auto?»
«Qualche metro oltre la siepe, forse vicino alla tua».
«E non hai notato nessuno vicino all'angolo della siepe?»
«No, era tutto buio e deserto».
«Nemmeno un rumore?»
«Oddio, no. Non credo».
Veronica rimase in silenzio. La paura stava ritornando.
Bellano percepì la tensione: «Spero di non essere stato io a spaventarti! Non riuscivo a trovare le chiavi della macchina, così ho indugiato un po' vicino alla portiera».
Veronica si portò una mano sulla fronte: «Quando mi hai raggiunta ero già vicina a questa entrata, vero?»
«Bè, sì, io...»
«Ed era arrivata anche altra gente!»
«Sì, un gruppetto di ragazzi».
«Ma prima, quando ero là vicino alla siepe non c'erano. Giusto?»
«No, non mi sembra. Ma perché...»
Veronica non lo lasciò finire e disse con voce affannata: «Sì, penso proprio che tu abbia ragione. Ho fatto bene a correre via!»
Bellano la fissò e tacque.
Lei si alzò: «Grazie. Adesso sto meglio, vorrei andare a casa». Ma le sue mani stavano ancora tremando.
«Ti accompagno io!» fece il poliziotto.
«No, no. Posso farcela da sola!» ribatté lei perentoriamente. «Solo una cosa...»
«Dimmi» fece lui.
«Potresti andare a prendermi la macchina? Non mi va di tornare là».
Bellano la guardò pensieroso. Esitò poi le fece un sorriso: «Ma certo! Dammi le chiavi. Te la porto subito».
Dopo pochi minuti Veronica era in macchina diretta verso casa. Le mani le tremavano ancora. Avrebbe voluto chiamare Luca per raccontargli del suo incontro con Bellano. Avrebbe voluto metterlo in guardia. Lui era ancora là.

63

Ancora quella strana sensazione. Per tutta la serata Luca aveva avuto l'impressione di essere osservato, studiato, pedinato, mentre parlava con Annamaria, quando aveva incontrato Veronica e anche durante la conversazione con le cubiste. La festa del Wonderland era ormai agli sgoccioli e Luca aveva deciso di andarsene. Le parole di Sacchi continuavano a rimbombargli nel cervello: «Ci sono già stati troppi morti!» Quali erano i morti di cui il poliziotto si sentiva responsabile? E perché Sacchi? Ebbe un tuffo al cuore quando pensò che anche Carmen sarebbe potuta rientrare tra quelli. Salì verso il privé. Da diverse ore aveva perso di vista i colleghi della redazione. Nel privé c'erano soltanto un ragazzo e una ragazza, avvinghiati su un divano, un disc-jockey di colore intento a sistemare la consolle e una barista prosperosa che riponeva le bibite nei frigoriferi. Luca puntò verso la donna.

«Sì?» fece lei senza alzare lo sguardo non appena Luca si avvicinò al bancone.

«Mi scusi, vorrei...»

«Stiamo per chiudere. Devi andare sotto» lo interruppe.

Ma Luca non si scoraggiò: «Vorrei chiederle se ha visto qualcuno della "Gazzetta di Forlì"».

«E chi sarebbero?»

«Quelli che hanno festeggiato questa sera».

«Guarda» disse lei bruscamente «non ne so nulla. Comunque vedi quella porta?» e indicò un'entrata rivestita di specchi in un angolo della sala, dietro alla consolle del deejay.

«È l'ufficio del capo. Prova a vedere se sono lì, anche se penso che siano già andati via tutti».

«Grazie!» rispose Luca e si avviò verso la porta. Era aperta. La stanza era immersa nell'oscurità. Riuscì a scorgere solo alcune spie rosse accese. Tastò le pareti alla ricerca di un interruttore ma invano. Ritornò sui suoi passi. La sala del locale si era svuotata completamente. Nessuna traccia del deejay e dei due ragazzi. La barista se ne stava andando. La raggiunse quasi correndo. Lei si spaventò.

«Ma che cazzo fai! Mi hai fatto fare un salto! Da dove sbuchi?»

«No... niente... ho provato a entrare nell'ufficio. La porta... è aperta...»

«Oh, Gesù! Ma chi mi doveva capitare a quest'ora!» imprecò. «Chi cavolo stai cercando?»

«Te l'ho detto... sto cercando...»

«A me non frega un cazzo di quello che stai combinando. Quella porta doveva essere chiusa. Io non ne voglio proprio sapere niente. Okay?»

«Sì, ma la luce...»

«Si accende con un telecomando che è dentro all'ufficio. Cercalo! Io ti saluto e ricordati... io e te non ci siamo mai visti!»

La barista scomparve dalla sala. Dappertutto penombra e silenzio. Dal piano di sotto risuonavano ancora i toni cupi della musica.

64

Nell'oscurità finì addosso a una sedia che era davanti alla scrivania. Per non perdere l'equilibrio buttò le braccia avanti e colpì una lampada che si rovesciò rumorosamente sul tavolo di vetro. «Merda!» imprecò Luca. Rovistando sulla scrivania trovò un oggetto che poteva essere un telecomando. Schiacciò un pulsante. Una musica squarciò il silenzio della stanza. Sulla televisione comparve un video di MTV. Luca si affrettò ad abbassare il volume. Ora la stanza era parzialmente illuminata dai raggi blu dello schermo. Nel centro, un grande tavolo di vetro; il computer, un divano di pelle nera, e, alle spalle della scrivania, una porta. La aprì. Era una sorta di bagno-spogliatoio. Luca fece un passo all'interno e trovò un interruttore a muro. I faretti di uno specchio si illuminarono. Si guardò, passò la mano tra i capelli per sistemarsi il ciuffo e sgranò gli occhi arrossati.

La porta dell'ufficio si chiuse con forza. Luca si precipitò fuori dal bagno col cuore in gola.

«Bene, bene! Guarda chi c'è!» Daniele Sacchi era in piedi, davanti alla porta chiusa. Accanto a lui, come due angeli custodi, il capo della mobile di Rimini, Cinti, e il sovrintendente Petralia. Sacchi aveva uno sguardo severo, deciso, rabbioso, ben diverso da quello che Luca aveva conosciuto. Cinti guardava il cronista con finta aria di commiserazione mentre Petralia sembrava impaziente di passare all'azione.

Luca era impietrito. L'unica via di fuga era la porta dell'ufficio, ma davanti c'erano i tre. Nel privé non c'era più nessuno. Anche se si fosse messo a urlare le probabilità che qualcuno lo sentisse dalla sala grande al pianoterra erano nulle. Il telefono sopra la scrivania era troppo distante. Il suo cellulare era nel tascone laterale dei pantaloni. E poi, chi avrebbe potuto chiamare? Petralia lo sollevò dal dubbio e con un ghigno divertito gli chiese: «Posso avere il tuo cellulare?» Luca lo guardò terrorizzato, poi si girò verso Sacchi. Il vicequestore fece segno di "sì" con la testa quasi per incoraggiarlo. Luca prese il telefonino e lo allungò a Petralia. Questi estrasse dalla tasca un fazzoletto di cotone, con cui afferrò il cellulare. Quindi con un angolo del fazzoletto schiacciò il pulsante *off.* Avvolse l'apparecchio nel rettangolo di stoffa e se lo mise in tasca.

«Ascolta, Luca» disse Sacchi con un tono di voce spaventosamente calmo e distaccato «ho bisogno del tuo parere da esperto. Devo scrivere un resoconto di cronaca nera. Senti se può andare così.

Il killer ha fatto un'altra vittima. Si chiama Luca Rambaldi, un giornalista di cronaca nera di un quotidiano locale. L'omicidio è avvenuto ancora una volta in una discoteca, al Wonderland di Rimini. Gli inquirenti hanno rinvenuto il corpo di Rambaldi nell'ufficio di uno dei titolari del locale. Il giornalista da tempo si stava occupando dei delitti del cosiddetto killer delle ballerine. Martina Ferretti, la quinta vittima del mostro, era stata la sua fidanzata. Da allora Rambaldi aveva iniziato una sorta di indagine privata sul killer pubblicando una serie di articoli in cui venivano svelati inquietanti retroscena. Non è escluso che il giovane cronista si fosse avvicinato troppo alla verità e che stesse per smascherare l'assassino, ma, purtroppo, il killer lo ha preceduto. Pare non esserci dubbio che si tratti della stessa mano. Luca Rambaldi è stato ucciso con numerose coltellate alla gola e al corpo. L'arma del delitto, anche questa volta, non è stata rinvenuta...

Allora Luca? Come ti sembra? Pensi che qualche giornale lo pubblicherebbe?» concluse Sacchi, alzando le sopracciglia in senso interrogativo.

Luca era senza fiato. Fissò Sacchi con sguardo atterrito. Il poliziotto girò la testa verso Petralia che aveva indossato un paio di guanti in lattice e stava sgranchendosi le dita. Poi infilò una mano sotto il giaccone e tirò fuori un lungo coltello con un'impugnatura nera. Sul volto aveva ancora quel ghigno satanico.

Luca stava combattendo con tutte le forze per non crollare. Era giunto a un passo dalla verità. Non poteva morire senza conoscerla.

«Vedi quel coltello, Luca» riprese Sacchi «ha già ucciso
la tua Martina e ora porrà fine anche alla tua esistenza. Non sei contento? Uniti nella vita e nella morte...»

Il volto del poliziotto era una maschera. La mascella tesa, i denti stretti, gli occhi allampanati. Petralia era fermo al suo fianco, il coltello stretto in pugno. Pronto ad avventarsi sulla preda a un segnale del suo capo. Cinti non aveva ancora aperto bocca. Guardava Luca con lo sguardo da funerale.

«Mi dispiace, ragazzo» proseguì Sacchi «ma mi hai costretto tu a farlo. Proprio come Martina. Se l'è voluta...»

«Oh, sapessi come piangeva! E quanto sangue in quel suo bel décolleté» sogghignò Petralia mentre agitava il coltello.

Luca avrebbe voluto lanciarsi a testa bassa contro Petralia, stampargli per sempre in faccia quel suo ghigno merdoso. Ma così sarebbe morto.

«Ma... perché?» riuscì solo a mormorare.

«Perché cosa? Perché devo farti uccidere? O perché ho fatto uccidere Martina?» chiese Sacchi.

Petralia si spazientì: «Dai capo, andiamo! Lo faccio fuori e poi leviamo le tende».

«Stai calmo bisonte, ancora un momento. In fondo una spiegazione la dobbiamo a questo ragazzo. Così porterà a termine la sua missione, vero Luca? Martina era una brava ragazza» iniziò a raccontare Sacchi «molto attenta e scrupolosa. Era amica di tutti, non si negava a chiunque avesse bisogno di lei. Ma il suo problema era di non saper distinguere tra le varie amicizie. Così prese a frequentare un viado di nome Valeria. So che anche tu l'hai conosciuto».

Luca rimase in silenzio. Ogni parola faceva aumentare la sua angoscia.

«Un gran ficcanaso» riprese il poliziotto «uno di quelli che non si accontentano di prenderlo nel culo ma vogliono occuparsi anche dei fatti altrui. Così Valeria iniziò a fare domande in giro, a rompere le palle alla gente, a creare un sacco di problemi. Non voleva rassegnarsi alla morte delle sue due amiche Lorena e Belinda. Pensa che andò anche a confidarsi con Bellano...» Petralia scoppiò in una risata. Cinti mosse appena il labbro superiore.

«E sai che cosa gli disse? Che non credeva che quello di Lorena e Belinda fosse un omicidio-suicidio, che aveva le prove che erano state uccise. Bella scoperta! Ma il mio caro amico Terenzio» Sacchi mise una mano sulla spalla del collega «mi rivelò tutto». Cinti abbassò lo sguardo.

«Perché non fu un omicidio-suicidio. Questo lo sai anche tu, vero Luca? Valeria stava diventando un problema. Un giorno Casadio la sentì confidarsi con Martina. Le disse che Lorena e Belinda erano state uccise e che la polizia ne era responsabile. Martina promise di aiutarla. Valeria le raccontò che dietro a quelle morti si nascondeva la verità sul killer che ammazzava le ballerine».

Il viso di Luca si contrasse. Sacchi se ne rese conto: «Oh, hai ragione Luca. Non ti ho detto perché li ho fatti uccidere. Bè, Valeria aveva ragione. Sapevano entrambi chi era l'assassino delle cubiste. Lorena si faceva sbattere da Dentice e contemporaneamente se la faceva con Belinda. Lavoravano tutti in quella specie di bordello di Riccione, la boutique Agua Viva. C'era di mezzo anche Casadio. Era diventato amico di Dentice. Reclutava le ragazze e i viados per mandarli sui marciapiedi. Fu il nostro Cinti a scoprire tutto. Allora era alla buoncostume. Venne da me e mi spiegò i loro traffici. Io in quel periodo dirigevo la squadra mobile di Rimini. Vedi, Dentice è un pazzo, un necrofilo, un visionario. Gli piace squartare i cadaveri. Se può se li scopa. È stato lui a fare a pezzi i corpi di quelle ragazze e a sparpagliarli per tutta la Romagna. Sapevo che si teneva dei "ricordini". Così, quando ho fatto giungere ai carabinieri una segnalazione affinché controllassero un uomo che viaggiava su una Saab nera, ero certo che i nostri cuginetti avrebbero trovato tutti quei resti a casa sua! In questo modo fu più facile incastrarlo. Ma non è lui il killer».

Il cuore di Luca cominciò a battere all'impazzata.

Sacchi continuò: «Il nome del serial killer, quello vero, non te lo posso dire...»

Un impeto di rabbia assalì Luca che serrò i pugni e digrignò i denti. Petralia lo squadrò e gli si parò davanti ma Sacchi lo fermò. Il cronista, ansimando, si mise quasi a urlare: «Sei un lurido figlio di puttana! Stai per ammazzarmi, di cosa hai paura?»

Sacchi per la prima volta apparve insicuro. Luca continuò: «Siete dei criminali! Non solo siete arrivati a uccidere per difendere un mostro. Ma avete addirittura paura di pronunciare il suo nome a un uomo già morto».

Cinti guardò Sacchi. Il vicequestore abbassò la testa. Petralia, gonfio di stizza, cominciò a scalpitare come un toro imbizzarrito. Luca non distolse gli occhi dai tre. Il diaframma gli saliva e scendeva a ritmo forsennato.

«Non posso» attaccò Sacchi con voce bassissima «devi accontentarti di quello che ti sto dicendo...»

Luca cominciò a tremare, gli occhi pieni di lacrime.

La voce del poliziotto riprese vigore. «Il killer ci ha fatto un favore a togliere di mezzo Valeria, altrimenti avremmo dovuto farlo noi, come per Martina. Ti ricordi quando ci vedemmo all'obitorio per riconoscere il corpo di Katy? Già allora, secondo me, Martina sospettava qualcosa. Il giorno prima di morire ascoltò per caso un dialogo tra Terenzio e Casadio negli uffici della Star. Parlavano di Dentice e dei delitti del killer. Casadio la vide dalla finestra mentre se ne andava e capì che aveva sentito i loro discorsi. Non so quanto fosse riuscita a capire ma non potevo permettermi di rischiare. Quando Casadio mi telefonò, decisi di affidare il problema a Petralia. Silvia, su ordine di Casadio, telefonò a Martina e con la scusa di un lavoro si fece dire dove fosse. Petralia andò a Bologna».

Mentre Sacchi parlava Luca rivedeva le parole che Martina aveva scritto in quella lettera rimasta per mesi abbandonata nel suo appartamento. Sapeva come si sarebbe
concluso il racconto del poliziotto e avrebbe voluto fermarlo. Ma non aveva più la forza di reagire. Si asciugò il viso e ascoltò le parole di Sacchi come un imputato che attende la sentenza del giudice.

«Martina era sola in casa quella notte. Guglielmo attese fino alle tre della notte, quando tutte le luci si spensero. Poi...»

«Capo, lascia che racconti io questa bella storia» si inserì Petralia guardando Luca negli occhi.

«Salii fino all'attico» attaccò Petralia «nessuno mi sentì. Aprii la porta senza difficoltà e come un gatto mi infilai nella sua stanza. La tua bella dormiva come un angioletto. Mi fermai qualche minuto a guardarla prima di farle il lavoretto. Lo sai che quella birichina dormiva completamente nuda? Gran bel bocconcino! Un vero peccato dover rovinare un telaio così».

Luca serrò i denti. Avrebbe voluto azzannargli la gola e strappargli la lingua a morsi.

Petralia proseguì divertito il suo racconto, soddisfatto nel vedere aumentare la rabbia di Luca. «Le misi una mano sulla bocca e contemporaneamente le puntai il coltello alla gola. Povera ragazza! Si svegliò terrorizzata. Pensava che la volessi violentare! Certo che se avessi avuto un po' di tempo in più...» Il poliziotto tirò fuori la lingua e se la passò sulle labbra. Quindi riprese: «Cominciò a sgambettare e a mugolare come una gatta in calore. Poi quella mignottella mi graffiò un orecchio e mi piantò i denti nella mano. Mi fece incazzare talmente che le spinsi il coltello nella gola più a fondo che potei, quasi fino a raggiungere il materasso. Per tirarlo fuori dovetti usare entrambe le mani. Il sangue le sgorgò dal collo come l'acqua da una fontana. Mi inzuppò tutto il vestito, quella troietta! Ma almeno smise per sempre di rompere...»

Sacchi vide che il volto di Luca stava perdendo colore. Il suo sguardo si faceva via via più vacuo. «Basta così. Mi sembra che ti sia già divertito abbastanza!»

Il bisonte non osò contraddire il suo capo.

«Quello di Martina doveva figurare come il quinto omicidio del serial killer» disse Sacchi «cercammo quindi di ricreare le stesse modalità degli altri delitti. Purtroppo Petralia, invece di seguire alla lettera gli ordini che gli vennero dati, decapitò Martina ma sotterrò il corpo nella cava di Ravenna con tutti e quattro gli arti».

«Ma, capo, io...» intervenne Petralia.

«Stai zitto adesso!» lo ammonì Sacchi. «Facemmo trovare la testa di Martina a Dentice la notte stessa» continuò «gliela lasciammo in un sacco davanti alla porta della sua villa a Villamarina. Sapevamo che quel maniaco avrebbe apprezzato il regalo. Per una volta, non avrebbe dovuto nemmeno fare il lavoro sporco. Ma poi quel coglione si tradì!»

Luca tirò su la testa e guardò Sacchi. Non aveva più alcuna sensazione. Rabbia, nausea, tremore, ansia. Di colpo erano sparite. Si sentiva svuotato, inerme. Il poliziotto continuò: «Fu quando tu andasti a parlare con Dentice a Castiglione delle Stiviere. Quell'idiota ti disse di avere fatto a pezzi tutte le cubiste, di averle decapitate e mutilate. Non poteva certo ricordarsi chi fossero, dal momento che non era stato lui a ucciderle. Però tu intuisti che non era in grado di ricordarsi di Martina, di descrivere come l'aveva ammazzata. A quel punto capii che se tu avessi incontrato ancora Dentice, il rischio sarebbe divenuto troppo alto. D'altro canto, nonostante avessi chiesto al direttore dell'ospedale, Pastore, di metterti il più possibile il bastone fra le ruote, non potevo impedire al giudice di rilasciarti l'autorizzazione per i colloqui con il detenuto. Così cambiai strategia».

Luca rivisse il suo incontro con Dentice e quello con Sacchi, fuori dall'ospedale, la notte successiva all'omicidio di Emma.

«Il giorno stesso della nostra chiacchierata a Castiglione tornai da Dentice e lo convinsi a... tapparsi la bocca. Oh! Ti chiederai come ho fatto! Bè, ho usato un argomento molto

convincente. Gli ho fatto capire che se non avesse smesso di parlare, qualcuno, a cui lui tiene più della sua vita, sarebbe morto. Ma non mi sarebbe bastata una promessa. Avrei voluto una prova della sua volontà. Qualche ora dopo Dentice si strappò la lingua. Una gran bella trovata! In un primo tempo pensai che avesse addirittura tentato di suicidarsi. Poi, però, quando andai all'ospedale di Parma, dove era stato operato, capii, vedendo la sua faccia dopo l'intervento, che sarebbe vissuto. Muto come un pesce, certo, ma vivo e vegeto».

Cinti guardò nervosamente l'orologio. Mentre Sacchi parlava gli era sembrato di aver sentito un rumore fuori dall'ufficio. Si stava innervosendo. Quel dialogo stava diventando più lungo di quanto avesse voluto.

Al contrario, il vicequestore non appariva preoccupato.

«Neutralizzato Dentice, il problema sei diventato tu, caro Luca» proseguì Sacchi «e quella tua amichetta, Carmen. Tanto più che lei frequentava quel viado, Valeria! Quanto avreste impiegato per scoprire la verità? Conosco la tua testardaggine».

Il pensiero di Carmen risvegliò la rabbia di Luca. «Dove l'avete nascosta, bastardi! Che cosa le avete fatto!» urlò ai tre poliziotti.

«Oh, ti sbagli di grosso!» rispose Sacchi «noi non abbiamo fatto proprio niente alla tua amichetta! Non che non avessimo intenzione di renderla inoffensiva, ma qualcuno ci ha preceduti. E poi noi dovevamo risolvere un'altra grana più urgente. Casadio aveva paura. Stava perdendo la testa. Dopo che Gerace aveva sequestrato del materiale nella sua agenzia, quell'imbecille si era fatto prendere dall'ansia. Noi tentammo di rassicurarlo, dicendogli che l'avremmo coperto anche in quell'occasione e che non avrebbe avuto motivo di preoccuparsi. In realtà capimmo subito che Casadio era diventato una mina vagante. Un uomo spaventato è un uomo pericoloso. Tra l'altro lui sapeva troppo...»

«Così avete fatto fuori anche lui!» disse Luca.

«Fu Gerace a darcene l'occasione. Molto ingenuamente venne da me, a Forlì, per raccontarmi ciò che aveva scoperto. È un bravo poliziotto, Alvaro. Purtroppo per lui non ha saputo vedere l'intero scenario». Sacchi guardò Cinti. «Mi resi conto che Gerace stava per scoprire l'intera storia. Dovevo bloccarlo ma non potevo ucciderlo. Un poliziotto morto è sempre un casino. Per Casadio invece era la soluzione giusta. Incastrare Alvaro per la morte di quello stronzo fu fin troppo facile. Petralia gli sottrasse la pistola dal cassetto, oltre, chiaramente, a far sparire tutto il materiale che, alla lunga, avrebbe potuto ricondurre a me. Quindi andò da Casadio e lo uccise con quell'arma, creò false prove contro Gerace e abbandonò la pistola sul luogo del delitto. Conoscendo Alvaro sapevo che, non appena si fosse accorto della scomparsa del video, si sarebbe precipitato da Casadio. Ma in ogni caso Petralia sarebbe stato comunque pronto a recuperare la pistola e a farla saltar fuori al momento giusto».

Sacchi parlava ormai senza freni. Fino a che punto sarebbe arrivato?

«Ciò che il bisonte non riuscì a trovare né tra le carte sequestrate da Gerace, né nell'ufficio di Casadio» continuò il vicequestore «fu quel maledettissimo fascicolo sulla morte di Lorena e Belinda. C'è la mia firma in quei documenti, capisci? Oddio, non è che rappresenti un atto di accusa nei miei confronti, però sarebbe stato meglio non finisse in mani sbagliate. Invece, è successo proprio così. Anzi, quella merda di Casadio non solo riuscì a convincere qualcuno alla Questura di Rimini a consegnargli il fascicolo» lo sguardo di Sacchi fulminò Cinti «ma non perse l'occasione di farmi sapere di essere in possesso di altre carte che avrebbero potuto mettermi in grave difficoltà. Sosteneva che non le avrebbe mai utilizzate. Rappresentavano, diceva, soltanto una polizza per la sua vita, povero stronzo! Il fatto è che quei documenti non sono ancora venuti fuori. Ce li hai per caso tu, Luca? Non è che Gerace ti ha dato qualcosa?»

Luca rimase in silenzio, con il dubbio se rispondere o meno. Se avesse bluffato, dicendo di avere il fascicolo, avrebbe potuto, se non altro, ritardare la sua morte.

«Adesso, amico mio» riprese Sacchi «hai due possibilità: o ci dici immediatamente dove cazzo sono quelle carte e Guglielmo rimette via il coltello, oppure fai l'eroe e il bisonte si divertirà a vedere quanto ci mette a farti schizzare fuori le budella».

«Oh, per favore, fai l'eroe!» grugnì Petralia agitando il grosso coltello.

«Ma se vi do quei documenti, chi mi assicura che...»

«È la tua unica chance, caro Luca. Nessuno ti assicura niente!» disse Sacchi.

«È un bluff!» urlò Petralia sempre più impaziente, «facciamolo fuori questo stronzo bugiardo!»

«No, aspettate! Io...» balbettò Luca cercando complicità nello sguardo di Cinti, il più debole dei tre. Il capo della mobile abbassò lo sguardo. Sacchi scosse la testa e si rivolse a Petralia: «Penso che tu abbia ragione, Guglielmo, il ragazzo sta bluffando... peccato!»

Era il segnale. Petralia si avventò come una furia verso Luca che riuscì a scansarsi. La lama del coltello gli trafisse però l'avambraccio. Luca sentì un dolore lancinante, poi un'ondata di fuoco propagarsi per tutto il braccio fino a fargli perdere la sensibilità nella mano e nelle dita. Con la forza della disperazione si portò il braccio al petto e fece un salto all'indietro. Giusto in tempo per schivare una seconda coltellata di Petralia. La lama si infranse nel tavolo di cristallo. Per tentare di sottrarsi ai colpi, Luca era caduto a terra, vicino alla parete. Tentò di rialzarsi ma gli vennero meno le forze.

«Sei morto! Sei morto!» si mise a urlare il bisonte alzando il coltello sopra il corpo di Luca.

«Butta giù quel coltello o ti faccio esplodere la testa come un palloncino! E voi restate immobili e gettate per terra le armi!» Gerace era in piedi, a gambe larghe, vicino alla porta d'ingresso. Impugnava un grosso revolver con entrambe le mani, lo sguardo teso, gli occhi infuocati.

«Luca, allontanati e vai verso la porta del bagno» urlò Gerace. «Voi sdraiatevi a terra!»

Sacchi non si mosse, Cinti rimase immobile mentre Petralia abbassò la testa e, ringhiando, serrò il coltello fra le mani.

Gerace se ne accorse e armò il cane della pistola, puntandola verso il bisonte all'altezza della testa.

«Stai calmo, Alvaro» disse Sacchi «cerchiamo di ragionare! Vedrai che troveremo una soluzione per tutto».

«A terra! Ho detto a terra!» gridò Gerace volteggiando la pistola.

Fu una frazione di secondo. Petralia approfittò dell'attimo in cui Gerace spostò la canna del revolver dalla sua traiettoria e si gettò verso di lui urlando, con il coltello puntato.

Uno sparò rimbombò nella stanza. Nel petto di Petralia esplose un cratere. Il sangue schizzò nel pavimento e sul tavolo. Il bisonte cadde pesantemente a terra.

Un altro sparo. Luca, steso in un angolo, ormai allo stremo delle forze, vide Sacchi con una pistola in mano ancora puntata verso il fondo della stanza. Vicino alla porta d'ingresso, il corpo dell'ispettore Alvaro Gerace. La sua camicia e la giacca erano sporche di sangue. Cinti era in piedi fra i due, lo sguardo sconvolto e terrorizzato. Sacchi puntò la pistola verso di lui ed esplose un colpo. Un grosso buco comparve sulla fronte del capo della mobile e la parte posteriore della testa si aprì. Dopo aver sparato al collega, Sacchi si girò nella direzione di Luca. L'angolo era avvolto dall'oscurità. Il poliziotto fece fuoco quasi alla cieca. Una serie di proiettili rimbalzarono tra la parete e il pavimento ma non raggiunsero Luca che rimase impietrito, con gli occhi chiusi, trattenendo il respiro. Sacchi si avvicinò con la pistola in pugno. Puntò l'arma, mise il dito sul grilletto, premette. La pistola si inceppò. In lontananza cominciavano a sentirsi delle voci.

Con un gesto di stizza Sacchi infilò la pistola sotto la giacca, raggiunse velocemente la porta, scavalcò il corpo di Gerace e scomparve.

Luca restò a terra. La ferita nel braccio gli pulsava, fitte di dolore gli attraversavano tutto il corpo. Era sporco di sangue dalla testa ai piedi, aveva la nausea ed era in preda al terrore. Ma era vivo! Vicino a lui sentiva l'odore di sangue misto a polvere da sparo e avvertiva il calore dei cadaveri di Petralia e Cinti. Si mise a sedere, tenendosi il braccio ferito sulla pancia. Avvertì un debole respiro dall'altra parte della stanza, poi un rantolo, infine una voce.

«Luc… Luca… se… sei fe… sei fer… ito?»

Il cuore di Luca cominciò a battere forte.

«Ispettore Gerace, ispettore Gerace! Grazie a Dio sei vivo! Come ti senti?» urlò.

«Pen… so che me… la c… caverò, mi ha col… pito sot… to una… spalla… e tu…» disse ansimando Gerace.

Urlando per il dolore, Luca appoggiò le braccia e terra e si alzò in piedi. Barcollando, scavalcò i corpi dei poliziotti e raggiunse Gerace vicino alla porta d'ingresso, si inginocchiò e lo aiutò a mettersi seduto. Mentre lo reggeva vide il buco provocato dal proiettile sparato da Sacchi nel petto dell'uomo.

«È una brutta ferita» fece Luca. «Hai perso molto sangue, dobbiamo subito chiamare aiuto».

Gerace si sforzò di sorridere ma una smorfia di dolore gli contrasse il volto. Poi raccontò a Luca di essere arrivato alla discoteca tre ore prima, violando gli arresti domiciliari, dopo che Samantha era riuscita a dirgli, tramite l'avvocato, di aver trovato il fascicolo su Lorena e Belinda, firmato da Sacchi. Dopo aver saputo che il vicequestore e gli altri erano andati alla festa del Wonderland, aveva deciso di raggiungerli. Era deciso a metterli con le spalle al muro, a qualunque prezzo! A un certo punto aveva visto Luca entrare in quella stanza e poco dopo aveva visto i tre poliziotti fare altrettanto. Incuriosito si era messo ad ascoltare dietro alla porta.

«Ha sentito proprio tutto?» chiese Luca.

«Sì, tutto. M... mi... dispiace di non... essere entrato... prima che ti ferissero...»

«Senza di te sarei morto e nessuno avrebbe saputo la verità».

«Già... ma qu... quello stronzo... è scappato!»

«Lo prenderanno! Ormai è un uomo finito. Ma chissà per quale motivo ha fatto tutto questo».

Gerace non riuscì più a dire nulla. Svenne.

65

Ricercato per omicidio volontario, associazione a delinquere e favoreggiamento. Daniele Sacchi, ex vicequestore di Forlì, compariva in testa alla lista dei latitanti nel fascicolo che la procura di Bologna aveva aperto dopo la sparatoria al Wonderland. L'indagine era passata alla squadra mobile di Bologna dopo il coinvolgimento delle questure di Forlì e Rimini nell'inchiesta sul *killer delle ballerine.*

Nella stessa lista vi erano Fabrizio Dentice, evaso dal carcere-ospedale di Parma, e l'ignoto serial killer, ricercato per omicidio volontario plurimo e vilipendio di cadavere.

Bellano era stato arrestato in quanto sospettato di complicità con Sacchi, Cinti e Petralia. L'ex vicecapo della mobile di Rimini non aveva aperto bocca avvalendosi della facoltà di non rispondere.

Il tribunale della libertà, su parere favorevole del pubblico ministero, aveva rimosso ogni misura detentiva a carico dell'ispettore Alvaro Gerace e, dopo le dichiarazioni dello stesso ispettore e di Luca, il giudice per le indagini preliminari aveva chiesto il proscioglimento del poliziotto dall'accusa di omicidio.

Gerace e Luca erano stati ricoverati all'ospedale di Rimini. All'ispettore fu dato un mese di prognosi mentre Luca venne dimesso, per sua esplicita richiesta, dopo cinque giorni. I medici prescrissero comunque al giornalista tre settimane di assoluto riposo.

Le ricerche di Carmen vennero estese con largo impiego di forze dell'ordine, squadre antisequestro e unità cinofile. Ma gli sforzi non diedero nessun esito. Nulle risultarono anche le ricerche di Fabrizio Dentice. Dopo che la foto di Sacchi venne diffusa da giornali e televisioni a livello nazionale, alla Questura di Bologna giunsero centinaia di segnalazioni di avvistamenti. La più concreta fu quella di un benzinaio di Tarvisio che sosteneva di aver fatto rifornimento a un uomo molto somigliante al poliziotto ricercato. Lo avrebbe visto dirigersi verso il confine con l'Austria a bordo di un'auto bianca di media cilindrata.

Uscito dall'ospedale, Luca tentò inutilmente di mettersi in contatto con Samantha. Tornò alla sala giochi di Rimini, Lost in Space, ma la compagnia di viados si era disgregata e molti transessuali, dopo gli ultimi eventi, avevano cambiato città. Dalla notte di sangue al Wonderland era ormai passata una settimana. Sette giorni di calma assoluta, irreale. Troppi perché tutto questo fosse normale.

66

«Buongiorno, sono l'ispettore Damiani della squadra mobile di Bologna. Dovrei controllare alcuni dati della vostra anagrafe». Smessi i panni di Samantha, l'investigatore si trovava nell'ufficio del comune di Forlì. In precedenza era già stato in quelli di Bologna e Rimini. Dopo aver rinvenuto i documenti nella cabina dello stabilimento balneare di Rimini, si era messo alla caccia della vera identità della persona ritratta nella foto insieme a Sacchi. Pensava di conoscere quel volto. Intuiva che potesse trattarsi del killer. Ora però doveva ricostruire il suo passato.

Il poliziotto pronunciò un nome, chiedendo a un'impiegata di controllarne i dati.

«Mi dispiace, ma nel nostro comune non risulta nessun residente con queste generalità».

«Provi con quest'altro» disse Damiani porgendole un foglietto bianco con un nome scritto a penna.

L'impiegata richiamò il nominativo nel computer e in pochi secondi ebbe la risposta.

«Ecco qua, ci siamo! Vuole una stampata con tutti i dati?»

«Sì, grazie».

Damiani controllò il documento e accennò un sorriso. Era proprio come pensava.

«Chiedo scusa» riprese il poliziotto «è possibile avere anche una foto?»

«Un attimo che controllo se ha fatto richiesta per la carta d'identità o per il passaporto».

La ragazza digitò velocemente alcuni comandi alla tastiera del terminale.

«Ah, bene! All'inizio dell'anno ha chiesto una nuova carta d'identità perché aveva smarrito quella precedente. Ecco la foto. È meglio se viene di qua dal bancone per controllarla direttamente sul monitor».

Damiani aggirò il banco e si piegò sul tavolo vicino allo schermo. La ragazza rimase al suo fianco, incuriosita. Il poliziotto guardò attentamente l'immagine. Poi estrasse da una cartella una fotografia e la mise a confronto. Dopo qualche minuto ne tirò fuori un'altra. Era quella in cui compariva anche Sacchi. La confrontò con le altre due.

«Incredibile...» mormorò. Poi, a voce più alta: «Mi scusi signorina...»

«Mi dica!»

«Guardi attentamente la foto nel monitor del computer. Poi guardi quest'altra foto. Infine osservi bene quest'ultima. Mi riferisco alla persona più giovane delle due».

La ragazza studiò per qualche minuto le tre immagini poi girò lo sguardo verso il poliziotto.

«Nota un somiglianza tra queste tre persone?»

«Bè, sembrano foto scattate in tre periodi diversi».

«Esatto! E poi?»

«Due sono più recenti, mentre quella dove c'è anche l'uomo sembra molto più vecchia».

«Bravissima. Le guardi ancora...»

«Quella del computer sembra fatta apposta per risultare diversa dalla precedente. Il taglio di capelli è cambiato, anche il modo di vestire. È un look molto meno appariscente».

«Lei è un'investigatrice nata. Che cosa ne deduce?»

«Che è... cioè, potrebbe essere la stessa persona...»

«Bingo! Ha fatto centro! O, per lo meno, questo è ciò che penso anch'io».

«Sì, ma i nomi sono diversi. Come è possibile?» disse perplessa la giovane.

«Stia attenta. L'anomalia c'è solo per l'ultimo cambio d'identità. La prima modifica, quella che riguarda la persona ritratta nella foto insieme a un uomo, è disposta da un'ordinanza del giudice. Guardi qua ...» Damiani mostrò all'impiegata un atto del tribunale dei minori di Bologna.

«Pertanto foto e generalità della persona che compare nella seconda foto» riprese il poliziotto «sono autentiche, o meglio, legali. Il problema è la terza. Quella che le è uscita nel computer. Non mi risulta che vi siano disposizioni ufficiali per un nuovo cambio d'identità, quindi è chiaro che si tratta di un falso – il che è facilmente spiegabile visto il coinvolgimento della polizia, pensò – e poi guardi» proseguì «il cambio di dati avviene sempre in corrispondenza di uno spostamento di residenza. La prima foto è stata scattata a Bologna. Riconosce i portici? La seconda me l'hanno data all'anagrafe di Rimini, la terza è qui a Forlì».

«Che storia!» esclamò l'impiegata «chissà che cosa significa tutto questo...»

«Purtroppo non posso dirglielo, ma spero che ben presto lei lo venga a sapere ugualmente. Magari guardando la televisione...»

«Davvero interessante. Mi piacerebbe tanto fare il suo lavoro!» disse la ragazza.

«Sarebbe sprecata, glielo assicuro. È troppo intelligente e... onesta!» Damiani si congedò, ringraziando la ragazza per la collaborazione. Doveva agire subito e avvertire quelle persone che, senza saperlo, si trovavano a tu per tu con il probabile killer. Primo fra tutti Luca Rambaldi.

67

Il telefono riprese a squillare. Dieci, dodici, quindici squilli consecutivi, persi tra i muri della casa di Luca. Andava avanti così da almeno due ore con intervalli di pochi minuti. Accanto al telefono di casa c'era il telefono cellulare. Spento.

«Dove cazzo sei finito, Luca! Rispondi per carità...» imprecò Damiani dopo l'ennesimo tentativo. Di Luca non vi erano tracce. L'aveva cercato dappertutto. Decise di cambiare strategia.

«Buonasera, la Questura di Bologna, dica...»

«Ciao, sono Damiani della mobile, mi passi il capo?» disse il poliziotto riconoscendo la voce dell'agente che era al centralino.

Dopo pochi secondi la comunicazione giunse al dirigente della squadra mobile: «Marcus, come stai, è un po' che non ti fai sentire, dove sei finito?»

«Poi le spiegherò capo, ma adesso c'è una cosa molto urgente da fare».

«Sono tutto orecchi!»

«Bisogna subito diramare un ordine di ricerca per Luca Rambaldi, giornalista della "Gazzetta di Forlì". Ho ragione di ritenere che sia in grave pericolo!»

«Hai detto Rambaldi?»

«Sì, Rambaldi Luca. Non è detto che si trovi a Forlì, potrebbe essere anche a Rimini, Riccione, Misano... Avverta le sale operative e i comandi dei carabinieri dei vari centri della Romagna. Nel frattempo io continuerò a cercarlo qui a Forlì».

«È per la storia del serial killer?»

«Esatto, capo, bisogna fare in fretta. Ogni minuto potrebbe essere fatale!»

«Stai tranquillo, faccio subito partire l'ordine».

«C'è un'altra cosa...»

«Sì?»

«Penso di sapere chi è il killer».

«Cazzo, Marcus, sei sicuro?»

«Il mio istinto mi dice di sì. È una persona estremamente pericolosa. Bisogna immediatamente fermarla, ma occorre fare molta attenzione».

«Puoi starne certo! Dammi subito nome e indirizzo che li trasmetto alla centrale operativa!»

68

Luca era uscito di casa con il cuore gonfio di angoscia. Verso le 11 aveva ricevuto una telefonata drammatica. Era giunta dopo giorni di silenzio. Non gli ci era voluto molto per capire che si trattava della stessa persona che lo aveva chiamato quella notte, minacciando di uccidere Carmen.

La voce, interrotta da sospiri e rantoli, era stata quasi un lamento.

«Ciao Luca, il tuo incubo non finirà mai... È un bene che quei poliziotti non ti abbiano ucciso, così potrò farlo io...»

«Dov'è Carmen? Sta bene? Fammi parlare con lei!»

«...Oh! La tua adorata adesso non può parlare... poverina... è molto impegnata a tentare di... sopravvivere!» Una risata agghiacciante: «...la vuoi vedere? Vieni, ti aspetto... però non so se farai in tempo a trovarla viva!»

«Dimmi dove sei, verrò subito!» aveva detto Luca, urlando nella cornetta del telefono.

«Come sei ansioso! Non è così facile. Se vuoi venire devi essere da solo e disarmato, non avvertire nessuno e non portare il telefono cellulare. Bada bene, se chiamerai la polizia o ti farai seguire, la tua puttana morirà e farà una fine atroce...»

«D'accordo, come vuoi, dimmi dove sei!» La voce aveva poi descritto il luogo dell'incontro e quale percorso Luca avrebbe dovuto fare per raggiungerlo. Prima di chiudere aveva aggiunto: «...Stai per tornare insieme alla tua Martina, sei contento? Ma come farai con Carmen? Non pensi che si potrebbe ingelosire...»

Faceva un freddo pungente, da brividi. Una nebbia densa sembrava avvolgere ogni cosa. Le strade di Rimini erano malinconiche e deserte. Un silenzio ovattato rendeva l'atmosfera spettrale. Soltanto il mare sembrava volersi ribellare a quella notte di oscuri presagi e scagliava con forza le sue onde verso gli scogli. L'eco lontana di urla strazianti rimbalzava nella nebbia che circondava l'auto di Luca. Ma quelle grida erano solo nella sua testa.

Il bar Canali, di fianco alla stazione ferroviaria, era stata la prima tappa. Seguendo le istruzioni, Luca vi era entrato dopo aver parcheggiato la Passat di fronte alla vetrina. Si era diretto alla toilette e aveva scostato dal muro lo specchio appeso alla parete. Sul retro, attaccato con del nastro adesivo, aveva trovato il primo biglietto. "Piazzale Tripoli, cabina lato mare, telefono a monete". Uscendo dal bar Luca aveva tenuto il foglietto ben visibile in una mano. Sapeva di essere osservato dal killer.

Il secondo era un biglietto arrotolato nella fessura della restituzione monete di un telefono di una cabina: "Vecchio capanno sul molo".

Luca conosceva bene quel posto. Una baracca in legno in bilico tra la darsena e il mare, sostenuta da tronchi piantati nell'acqua. Un tempo veniva usata per pescare. Ogni sera, con delle carrucole ancorate sulla terrazza del capanno, i pescatori calavano le reti in mare. L'alba del giorno dopo, le recuperavano colme di pesci. Qualche anno prima il comune aveva autorizzato l'apertura di un locale notturno a meno di dieci metri di distanza dal capanno. Così era finita l'attività di pesca. Il capanno venne abbandonato fino a diventare una specie di palafitta con le pareti scrostate e le carrucole arrugginite. Era disabitato da sempre ma i proprietari non si erano mai decisi a venderlo.

Quella sera il capanno era immerso in una nebbia fitta. Per

raggiungerlo bisognava percorrere alcune centinaia di metri lungo il molo.

Luca lasciò la macchina in una piazzola all'imboccatura del porto e si avviò verso il capanno, camminando lentamente. A metà del percorso gli schizzi gelati di un'onda più alta degli scogli gli frustarono la testa e le spalle. Quell'improvvisa doccia gli arrestò il respiro. Da quel momento non riuscì a smettere di tremare.

Il capanno comparve dal nulla. Una nuvola di nebbia, sospinta dal vento, lo fece apparire come all'apertura di un palcoscenico. Un'altra onda poderosa scavalcò il parapetto e si infranse sulla strada, disegnando stelle d'acqua sull'asfalto. Luca sobbalzò e si passò la mano fra i capelli. Il capanno era più grande di quanto si ricordasse. Su due lati vi erano grandi vetrate con due file di finestre. Il legno esterno conservava ancora qualche traccia di colore azzurro. Un rudimentale terrazzo, composto da un parapetto di assi di legno, circondava la casa. Alcune catene di una carrucola cigolavano per il vento. La marea saliva: presto il mare avrebbe nascosto i pali fissati sul fondo. La porta d'ingresso era in cima a tre scalini. Fuori e dentro la casa regnava il buio.

Luca, immobile davanti all'ingresso, sentì una specie di lamento. Proveniva dal retro del capanno. Avvicinò la testa alla parete. Non sentì più nulla.

Decise di entrare.

69

«Al mio via sfondiamo la porta!» sussurrò l'ispettore Damiani. Una squadra speciale della polizia si trovava nel giardino della villa a un piano. La strada con i platani era stata chiusa al traffico. Intorno alla casa, a distanza di sicurezza, una decina di tiratori scelti teneva nel mirino le finestre e le possibili vie di fuga. Alcuni esperti di radiofrequenze, nascosti in un pulmino, monitoravano le sintonie delle onde dei telefoni cellulari nel raggio di cinque chilometri. Anche le linee fisse erano state messe sotto controllo. A causa della nebbia e dell'oscurità, quasi tutti i poliziotti indossavano occhiali a infrarossi. Un piccolo plotone di agenti era pronto a sparare candelotti lacrimogeni.

«Via!» gridò Damiani e in un lampo la porta d'ingresso crollò a terra. Cinque poliziotti con passamontagna, tuta e mitragliatori alla mano fecero irruzione nella villa. Altri agenti invasero il giardino e salirono sul tetto. La casa venne illuminata a giorno con cellule fotoelettriche.

«Qui niente!» urlò uno dei poliziotti. «Negativo anche in cucina!» gli fece eco un altro agente. «Sala, camera e bagno sono stati controllati. Nessun esito, ispettore!» disse un terzo. Damiani avvicinò la radio alla bocca: «Cosa mi dite della cantina? Cambio...» Dopo qualche secondo la ricetrasmittente gracchiò: «Negativo ispettore. Però è meglio che venga a dare un'occhiata». Damiani si precipitò lungo le scale e raggiunse la cantina. Era una stanza di pochi metri con un abbaino nell'angolo alto di una parete. Sui muri, impronte di muffa e gomitoli di ragnatele. Un filo elettrico, con una lampadina, scendeva dal soffitto. Appoggiata a una parete, una branda con un cuscino senza federa e una coperta di lana macchiata da gocce di sangue. Sul cuscino, lunghi capelli neri. Vicino al letto un catino di plastica con tracce di feci e urina. Sul pavimento resti di vomito. Quella era stata la prigione di qualcuno. Purtroppo erano arrivati tardi.

«Chiamate la scientifica e non toccate nulla!» ordinò l'ispettore. Quindi risalì in fretta le scale e tornò nell'appartamento. Nelle altre stanze non era stato trovato niente di sospetto.

70

Il pavimento di legno scricchiolò sotto i piedi. Luca si fermò, cercando di abituare gli occhi all'oscurità. Riuscì a scorgere i contorni del locale e una porta su un'altra stanza, affacciata sul mare. Le vetrate filtravano bagliori di luce bianca che illuminavano le pareti. Il capanno era vuoto e senza energia elettrica. Il respiro di Luca formava delle nuvolette per il freddo e l'umidità.

Fece due passi verso il centro della stanza: «Eccomi! Sono qui. Vieni fuori!» Non ebbe risposta. Raggiunse la parete opposta a quella dell'ingresso. Ripeté: «Dove sei? Io sono qui, fatti vedere». Luca varcò la soglia. La stanza era simile alla precedente. Legni scrostati, muffa, umidità. Un lampo squarciò il buio, facendolo sussultare. Una sferzata d'acqua fece ballare il pavimento sotto i suoi piedi. Il livello del mare era cresciuto paurosamente. Con il cuore in gola Luca si avviò verso l'uscita. Un altro lampo, molto più vicino del primo, illuminò il capanno. Luca alzò di scatto la testa. Un urlo strozzato gli uscì dalla gola. In piedi, nel centro della stanza, c'era una figura vestita di nero, immobile e con una maschera scura sul volto. Era una maschera teatrale con il viso deforme e un ghigno agghiacciante stampato sulla bocca. In una mano stringeva un grosso coltello. Lo stava aspettando. Luca fece un salto all'indietro e cominciò a guardarsi intorno cercando un modo per fuggire. Si appiattì contro la parete e scivolò il più lontano possibile.

Poi si fermò a prendere fiato e guardò fuori dalla finestra. Le onde del mare sembravano voler entrare nel capanno.

La figura cominciò a parlare. Una voce inquietante, profonda, calma, quasi assente. Una voce di donna. «Sei arrivato fino a qui. Perché vuoi scappare adesso?»

«No, no… non voglio scappare… voglio...» balbettò Luca.

«Cosa?»

«Voglio sapere dov'è Carmen. Devi dirmelo! Erano i patti».

«Oh, ti sbagli Luca! Non abbiamo fatto nessun patto. Tu sei qui perché lo voglio io. Non puoi fare niente per Carmen. In questo momento lei sta molto peggio di te…»

Luca strinse i pugni per controllare il tremito. La sua mente gli rimandò un'immagine.

«Ma tu chi sei? Io ti conosco…»

La donna si portò una mano sulla maschera, poi la fece ricadere lungo il fianco.

«Non è ancora il momento» rispose.

«Io ti ho già visto» insisté Luca. «Eri tu quella notte alla festa dell'Etoiles… Allora non avevi la maschera!»

«Erano i tuoi occhi a non voler vedere. Quella notte e tutte le altre volte…»

«Che cosa significa, chi cazzo sei? Cosa vuoi da me?» La donna iniziò ad avanzare verso di lui.

«Stai ferma, non ti avvicinare!» gridò Luca. In quell'angolo del capanno il buio era quasi totale. Luca poté vedere soltanto un profilo scuro e lo scintillio della lama. Si sentiva inerme.

La donna e Luca rimasero in piedi, faccia a faccia, in totale silenzio. Il mare scagliava le onde con violenza contro il capanno. Luca smise di tremare.

Poi capì. Non lo avrebbe mai colpito. Non ne sarebbe stata capace in quelle condizioni.

«Perché?» Fu la sola parola che Luca riuscì a pronunciare. Lei esitò: «Vuoi saperlo? Vuoi capire che cosa significa avere la morte dentro da quando sei una bambina? Vuoi conoscere il terrore di una stanza buia?»

La voce era cambiata.

«Io ti posso capire...» azzardò Luca. Primo errore.

La mano della donna strinse con forza il coltello. La sua mandibola si irrigidì.

«Che cazzo vuoi capire, tu! Non sai nemmeno di cosa io stia parlando...» La voce di lei era di nuovo diabolica.

«Se mi dai fiducia, ti posso aiutare» tentò di riparare Luca. Secondo errore.

«Non dire cazzate! Non ci provare con me!» La rabbia della donna stava crescendo. Cominciò ad ansimare e a sbuffare. Luca tentò di cambiare strategia.

«Sbagli di grosso! A me non frega proprio un cazzo delle tue storie! Se vuoi uccidermi, fallo subito, altrimenti togliti dalle palle per sempre!»

L'atteggiamento della donna non mutò. Ormai la miccia era stata innescata.

«Non ti sforzare a mostrare il tuo finto coraggio. Sono i tuoi ultimi minuti».

«Dimmi solo una cosa» chiese Luca. «Hai ucciso Carmen?»

«Forse è gia morta. O forse no. Dipende da te».

Un rumore improvviso all'esterno della porta distolse l'attenzione della donna. Luca si rese conto che non avrebbe avuto un'altra possibilità. Sferrò un calcio con tutta la forza tra le gambe di lei, che urlò di dolore e si piegò in avanti continuando a stringere il coltello. Un altro calcio partì verso il volto, ma fallì il bersaglio. Luca perse l'equilibrio. La donna si avventò su di lui e lo gettò a terra, tentando di colpirlo con il coltello. Luca le afferrò il braccio e la bloccò. Lei gli diede una ginocchiata nei testicoli costringendolo a mollare la presa. Poi alzò il coltello e vibrò un colpo verso il suo viso. Luca riuscì a spostare la testa ed evitare la lama, che si conficcò nel legno del pavimento, quindi la colpì violentemente con un pugno nella gola. La donna cominciò a tossire e a sputare sangue. Luca la spinse via ma lei aveva già ripreso le forze. Con un gesto fulmineo gli piantò il coltello in una coscia ed estrasse la lama. Poi sferrò un'altra coltellata, trafiggendogli, questa volta, anche il dorso della mano. Luca piegò indietro la testa e gridò. Lei lo colpì ancora, prima a una spalla poi al petto. Luca cadde a terra di schiena. Sentiva il calore del sangue sul suo corpo e un'infinita debolezza.

Tentò di colpirla con un calcio ma le sue gambe erano ormai troppo deboli. Vide alzarsi la lama. Chiuse gli occhi.

Bang. Un colpo d'arma da fuoco. Luca riaprì gli occhi. Fabrizio Dentice era in piedi, vicino alla porta aperta, con una pistola in mano. Nell'aria si diffondeva l'odore di zolfo della polvere bruciata. La donna, in preda al furore, raccolse il coltello e si avventò verso l'uomo. Lui sparò di nuovo colpendola a un ginocchio. La donna stramazzò a terra e cominciò a rantolare. Dentice si avvicinò, si inginocchiò e appoggiò la canna della pistola sulla fronte della donna.

«Metti subito giù quella pistola e allontanati da tua sorella!» Sacchi era sulla porta. Tra le mani, una grossa pistola a tamburo.

«Non farmi ripetere le cose due volte, Fabrizio! Ti ho detto di allontanarti da tua sorella e di gettare la pistola» ripeté Sacchi.

Dentice non si mosse. Non voltò nemmeno la testa e continuò a tenere la pistola appoggiata sulla fronte della donna. Lei era stesa a terra, impotente. Il sangue le copriva un braccio e parte di una gamba. Respirava a fatica. Nessuno pareva preoccuparsi della presenza di Luca.

«Ti ho detto...» Sacchi non riuscì a finire la frase. Una forte detonazione fece vibrare le pareti del capanno. Un fiotto di sangue zampillò dalla fronte della donna. Dentice rimase in ginocchio a fissarla, con la pistola tra le mani.

«Nooo!!!» urlò Sacchi, scagliandosi verso Dentice. Sparò uno, due, tre colpi. L'uomo si accasciò sopra il corpo senza vita della sorella. Il poliziotto, in lacrime, si avvicinò ai due cadaveri, appoggiò la pistola a terra e scostò il corpo di Dentice. Si inginocchiò e prese tra le mani la testa della donna. La maschera, sporca di sangue, le copriva il viso. Le lacrime di Sacchi si mescolarono con il sangue della donna. Cominciò ad accarezzarle i capelli, singhiozzando: «Bambina mia, bambina mia...» Sdraiato a terra, ferito, Luca guardava attonito tutta la scena.

«Figlia mia, scusami... oddio... che cosa ti hanno fatto!» continuò Sacchi, stringendo al petto la testa della donna. Poi afferrò con delicatezza la maschera e la scostò dal volto. Le passò una mano sul viso e le chiuse gli occhi.

Combattendo il dolore lancinante al petto, Luca alzò la testa, si sforzò di mettere a fuoco l'immagine. Poi riconobbe il volto della ragazza.

Era Luana, la segretaria della "Gazzetta". La sua amica e confidente. A Luana aveva raccontato le sue paure, la sua angoscia, la sua solitudine. Lei lo aveva aiutato, gli era stata vicino, lo aveva spronato nel suo lavoro. Il killer della ballerine, il feroce assassino delle discoteche. Solo in quel momento Luca si rese conto di che cosa avesse di tanto familiare quella donna che pochi minuti prima lo aveva aggredito. Riuscì a capire anche ciò che era accaduto quella sera alla festa dell'Etoiles. Quel fantasma nero era Luana. Forse lei avrebbe voluto essere fermata. Forse stava chiedendo aiuto, ma lui, terrorizzato da una verità impossibile da gestire, l'aveva rimossa dalla sua mente.

Luana, la ragazza più gentile e altruista che lui avesse conosciuto. Una donna gravemente malata che, per un motivo ignoto, Sacchi chiamava figlia.

Per Luca la scoperta fu come un'altra coltellata. Lasciò cadere la testa a terra e chiuse gli occhi. Le forze lo abbandonavano. Gli apparvero una serie di volti: Martina, Katy, Emma, Veronica, Sacchi, Valeria, Samantha, ancora Luana. Infine Carmen, lo sguardo terrorizzato, che urlava, piangeva e chiedeva aiuto. Riaprì gli occhi con il cuore che batteva all'impazzata, tossì sangue dalla bocca e si trascinò su un fianco. Sacchi era ancora lì, in ginocchio, con la testa di Luana fra le braccia. Le parlava, dicendo frasi senza senso.

«C... Carmen... dob... dobbiamo s... salvar... la!» Luca parlava con un filo di voce. «A... Aiut... ami ...»

Sacchi girò lentamente la testa verso di lui quasi si fosse accorto solo in quel momento della sua presenza.

«T... Ti p... prego...»

Il poliziotto si tolse la giacca, la mise a terra e vi appoggiò sopra, delicatamente, la testa di Luana. Quindi prese la pistola e controllò quanti proiettili fossero rimasti nel tamburo. Si alzò in piedi e si avvicinò a Luca, tenendo l'arma stretta nel pugno. Giunto vicino a lui si accovacciò in modo che Luca potesse vederlo in faccia.

«Stai morendo. Vuoi che ti uccida?»

Luca ebbe solo la forza di muovere le palpebre. Il poliziotto alzò la pistola e la avvicinò alla testa di Luca.

«Ormai nulla ha più senso» continuò Sacchi «Eleonora è morta».

Il dito del poliziotto fece una leggera pressione sul grilletto. Il cane del revolver si alzò. Luca non chiuse gli occhi e non abbassò lo sguardo. Sacchi allentò la presa sull'arma. Si sedette a terra e si mise a osservare il mare fuori dalla finestra.

«Lei ti amava!» disse a Luca senza guardarlo. «Tu sei l'unico uomo che lei abbia mai amato» riprese «il solo che avrebbe potuto farle dimenticare il suo passato. Ma prima tu eri innamorato di Martina e poi, quando la tua fidanzata morì, la illudesti. Le facesti credere che fra voi due sarebbe potuto nascere un rapporto profondo, sincero. Invece la abbandonasti senza una spiegazione. Proprio come ha fatto suo fratello. Per questo ti ha odiato, ha cercato di farti del male, voleva vederti soffrire. Eppure ti amava ancora. Eleonora non ha colpe. Quando il tribunale dei minori di Bologna me la affidò era una ragazzina malata, terrorizzata. Dissero che sua madre si era suicidata tagliandosi la gola con le forbici, ma in realtà è stata lei a ucciderla. Nessuno ha mai saputo la verità su quello che accadde in quella famiglia. Io sì. La madre era una pazza psicopatica. Fu lei la causa della loro distruzione, non il marito, come dissero gli psichiatri al momento dell'arresto di Dentice. E come io stesso ho fatto loro pensare per sviare le indagini e coprire Eleonora. Quell'uomo era un debole, un ubriacone, un rozzo, ma non avrebbe mai fatto male ai suoi figli. Lei invece sì. Era ossessionata dal sesso. Quando Fabrizio aveva 14 anni cominciò ad abusare di lui. Lo costringeva a soddisfare tutte le sue voglie. Lo umiliava, lo violentava. Di notte entrava nella sua camera e lo obbligava ad avere rapporti con lei. Se Fabrizio tentava di resistere, lo picchiava selvaggiamente. Il padre, spesso troppo ubriaco per accorgersi di ciò che accadeva, non ebbe mai la forza di fermare sua moglie. Usciva spesso di casa lasciando i figli in balia dei deliri di lei. Fabrizio visse per anni nel terrore, nei soprusi. Quando Eleonora compì dieci anni, la pazzia della madre toccò il culmine. Organizzò una festa di compleanno promettendo che avrebbe invitato tutti gli amichetti di scuola della bambina. In realtà non chiamò nessuno. Preparò la torta, le bibite, i festoni e disse ai figli di raggiungerla nella sala. Chiuse a chiave la porta, spense la luce e accese alcune candele. Fabrizio ed Eleonora erano spaventati, volevano uscire dalla stanza. Ma lei cominciò a picchiarli. Poi accese lo stereo a tutto volume e iniziò a ballare, obbligando i ragazzi a fare lo stesso. Ballarono per oltre un'ora. Quella pazza si eccitava con la musica e la danza. Cominciò a baciare il figlio, a toccarlo, a farsi toccare. Eleonora li guardava terrorizzata. A un certo punto la donna si avvicinò alla bambina e cominciò a coinvolgerla in quel gioco. Non lo aveva mai fatto prima. Eleonora tentò di sottrarsi, ma fu picchiata a sangue. Continuava a piangere e a urlare. Finché la madre chiamò il fratello e gli disse di... di...»

Sacchi non riuscì a proseguire. La gola gli si chiuse. Si portò una mano sulla fronte e deglutì a fatica: «Quella notte Eleonora consumò tutte le lacrime che Dio le aveva dato. Non odiava suo fratello per quello che le aveva fatto, anzi, da quel giorno si sentì legata a lui per tutta la vita. Fabrizio si chiuse in se stesso, diventò assente, apatico. Eleonora invece si attaccò morbosamente al fratello. Lo fece diventare parte di sé, divenne a sua volta sadica e violenta. Fino al giorno in cui uccise la madre. La polizia trovò i ragazzi accanto al corpo.

Vi erano rimasti per sei giorni. Il cadavere era ormai decomposto ma nessuno disse che era stato orrendamente mutilato. Fu Fabrizio. Da allora non poté più farne a meno...»

Le parole di Sacchi giungevano alle orecchie di Luca sempre più lontane. Non era più in grado di tenere aperti gli occhi. Aveva perso la sensibilità nelle gambe.

«Dopo quella tragedia» ricominciò «Fabrizio ed Eleonora vennero separati. Io e mia moglie ci prendemmo cura di Eleonora. Per quasi cinque anni tutto andò bene. Vivevamo a Bologna. Eravamo una famiglia felice. In certi periodi Eleonora era depressa, taciturna, inavvicinabile, ma l'affetto di mia moglie riuscì ad avere la meglio sulla sua malattia. Purtroppo durò poco. Mia moglie morì ed Eleonora ripiombò nella sua pazzia. Cominciò a cercare disperatamente il fratello fino a quando, una notte, scappò da casa. Riuscii a scoprire che era andata in Romagna e aveva trovato Fabrizio. Così chiesi di essere trasferito alla Questura di Rimini per tenere il più possibile la situazione sotto controllo. Diventai capo della squadra mobile. Le feci avere un'altra identità e nuovi documenti. Suo fratello, dopo essere uscito da un istituto di igiene mentale, si era messo in affari con un delinquente di mezza tacca, titolare di un'agenzia di spettacolo: Casadio. Questo stronzo in realtà gestiva un giro di prostitute e travestiti, alcuni dei quali si facevano scopare anche da Dentice. Quando Eleonora e Fabrizio si ritrovarono, la scintilla si riaccese. In preda a deliri di gelosia per il fratello, si fece scritturare da Casadio nell'agenzia e iniziò a uccidere le cubiste. Dopo ogni omicidio avvertiva il fratello. Lui si liberava dei corpi delle ragazze squartandoli, come aveva fatto con la madre. Alla terza vittima Casadio cominciò a sospettare qualcosa di Eleonora e ne parlò con Cinti, suo amico e collega di traffici. Cinti allora era il mio vice. Mi comunicò i suoi sospetti. Capii che Eleonora era in pericolo. Non potevo permettere che la verità venisse fuori. Rintracciai mia figlia: andai a casa sua per tentare di riportarla con me.

Ma la follia aveva già preso il sopravvento. Finse quasi di non conoscermi. Mi scaraventò fuori di casa urlando che non ero suo padre. Ero disperato. Non sapevo più cosa fare. Poi convinsi Cinti e i suoi uomini, Bellano e Petralia, a fare un patto. Avrebbero trascurato le indagini sui delitti delle cubiste, in cambio di soldi e aiuti per la loro carriera. Quanto a Casadio avrebbe potuto continuare le sue attività illegali senza timore di venire arrestato. La cosa funzionò per un po' di tempo. Poi purtroppo si misero di mezzo quei viados, Lorena e Belinda. Fiutarono qualcosa a causa dello strano atteggiamento di Dentice con Eleonora. Non sapevano che fosse sua sorella ma avevano scoperto l'identità della ragazza che ballava sui cubi con la maschera.

Dopo i primi tre omicidi, Lorena rivelò a Bellano che le notti in cui erano state massacrate le cubiste, Dentice aveva ricevuto delle strane telefonate ed era uscito di corsa da casa. Bellano mi riferì tutto. A quel punto non avrei potuto fare altro che eliminare i due viados, Lorena e Belinda. Affidai il compito a Petralia. Ma questo te l'ho già raccontato. I problemi comunque non erano finiti. Una sera, mentre ballava in discoteca, sempre con la maschera, Eleonora ti vide. Gli ricordavi il fratello. Diventasti la sua ossessione. E iniziò a odiare Martina che era un ostacolo per il "vostro" amore. Voleva ucciderla, come aveva fatto con la madre, ma prima desiderava che soffrisse. Così ammazzò Kathy, sapendo quanto fosse amica di Martina. Quello che successe a Martina lo sai. Non ho avuto scelta!»

Luca non riusciva nemmeno a piangere. Immobile, ascoltava le parole di Sacchi.

«La morte di Martina riuscì a placare per un po' di tempo la rabbia di Eleonora. Fu allora che decise di cambiare nuovamente identità. Diventò Luana e si fece assumere come segretaria alla "Gazzetta di Forlì". Era una ragazza molto intelligente, non le fu difficile ottenere quel posto. Ma la cosa più importante era che finalmente poteva starti vicino. Io mi resi conto che mia figlia era diventata Luana quando un giorno tu mi parlasti di lei. Un padre sa riconoscere la sua bambina anche attraverso le parole degli altri. Purtroppo per te fu solo un'amica. La situazione precipitò quando tu decidesti di andare a Castiglione delle Stiviere per parlare con Fabrizio Dentice, suo fratello. Lei ricominciò a uccidere. Prima Emma, che aveva conosciuto quando frequentava le discoteche, poi Valeria, il viado; infine Silvia, la segretaria della Star. Se quella sera, al Wonderland, non fosse intervenuto Bellano, avrebbe fatto fuori anche un'altra ragazza. L'aveva seguita nel parcheggio. Presumo che abbia tentato di uccidere anche te ma forse considerava quello come l'ultimo atto del suo progetto. L'incubo era ricominciato, per tutti. Andai a parlarne con Dentice a Castiglione. Lui rimase sconvolto, cominciò a tremare, a urlare. Era imbottito di psicofarmaci. Gli dissi di non rivelare nulla altrimenti per Eleonora sarebbe stata la fine. Quando seppi che si era strappato la lingua pensai che con quel gesto si fosse rassegnato, chiudendosi per sempre nel suo silenzio. Mi sbagliavo. Dentice ha sofferto tutta la vita per ciò che fu costretto a fare alla sorella. Si sentiva responsabile del sangue versato da Eleonora. Aveva deciso di fermarla, di... liberarla. Non scappò dall'ospedale per ritrovare la libertà. Fuggì per venire qui, da lei. Avrei dovuto sospettare che prima o poi quell'uomo avrebbe cercato di chiudere i conti con il suo passato. Per questo lo feci arrestare dopo i cinque delitti. Purtroppo non è bastato. Se non l'avessi ucciso io si sarebbe suicidato».

Luca tossì faticosamente e cercò di sputare il sangue che aveva in bocca. Poi cominciò a rantolare.

Sacchi era completamente immerso nella sua confessione: «Vuoi sapere di Carmen, immagino. Non ne so niente, te lo giuro. So soltanto che è stata rapita da Eleonora. Silvia quella mattina era con lei. Lasciò la casa di Carmen un attimo prima che arrivasse Eleonora. Era ancora in macchina quando la vide entrare e uscire, un secondo dopo, tenendo Carmen per un braccio. Nell'altra aveva un coltello. La fece salire sulla macchina e se ne andarono. Silvia raccontò tutto a Casadio. Lui, dopo essersi consultato con Cinti, le impose di dire che la sua amica era fuggita poiché terrorizzata da qualcosa che non aveva voluto rivelarle. Non so dove sia Carmen adesso. A casa di Eleonora non c'è. È da giorni che tengo d'occhio mia figlia. Questa mattina, mi sono introdotto nella sua villetta di nascosto. Lei era già uscita. Sono sceso in cantina e ho visto il letto e le catene con le quali teneva legata Carmen, ma lei non c'era. Probabilmente se ne era già liberata. Sono uscito e mi sono nascosto. Eleonora è tornata a casa da sola! Ho atteso fino a quando è nuovamente uscita e l'ho seguita. Ho visto che si è appostata vicino alla stazione. Sei comparso tu. Sei entrato e uscito da un bar con un foglietto in mano. Quindi sei andato in quella cabina di piazzale Tripoli. Lei ti ha seguito. Mi sono tenuto a giusta distanza e sono arrivato qui.

Purtroppo non mi sono accorto di Dentice. L'ho visto sbucare dalla nebbia e infilarsi nel capanno. Sono arrivato troppo tardi ...»

Il mare si era improvvisamente calmato. Il rumore delle onde si era fatto più regolare. Anche la nebbia sembrava aver allentato la sua morsa.

Luca non dava più segni di vita. Era sdraiato sul pavimento con gli occhi chiusi, il palmo delle mani rivolto verso l'alto. Il sangue aveva smesso di scorrere dalle ferite.

Sacchi gli si avvicinò e lo fissò. Poi si girò verso il corpo di Eleonora. Spostò lo sguardo sul cadavere di Dentice. Aveva la faccia schiacciata sul pavimento. All'interno della bocca si intravedeva il mozzicone di lingua appoggiato ai denti. Sacchi provò una grande pietà per lui. Si alzò in piedi e andò vicino alla vetrata. Cercò con lo sguardo l'orizzonte sul mare ma la nebbia gli negò anche quell'ultima possibilità. Fu come un segnale di morte: per lui non ci sarebbe stato più un futuro. Il suo orizzonte era scomparso.

Strinse la pistola. Se la infilò in bocca e sparò.

EPILOGO

«Dottore, oggi può ricevere visite?»

«Non credo sia una buona idea. Lo abbiamo trasferito soltanto questa mattina dal reparto rianimazione. È un miracolo che sia ancora vivo con tutto il sangue che ha perso».

«Ma ce la farà?»

«Questo dipende dalla sua voglia di vivere. Comunque non mi sembra che abbia intenzione di mollare!»

«Possiamo vederlo? Soltanto un minuto... la prego»

«Ma...»

«Non lo affaticheremo, non gli daremo fastidio».

«Bè, forse vedervi gli farà bene. Dopo quello che ha passato! Ma, mi raccomando, non fatelo parlare! Cinque minuti di orologio, non un secondo di più, siamo d'accordo?»

«Grazie dottore, grazie mille!»

L'ispettore Damiani e Carmen entrarono senza far rumore nella stanza numero 11 del reparto di medicina interna dell'ospedale di Rimini. Luca giaceva sul letto, pallidissimo, gli occhi cerchiati di viola, i capelli scomposti e la barba lunga. Gli avevano appena staccato il respiratore dalla bocca. Aveva il petto, un braccio e la gamba fasciati. Sul dorso di una mano era infilato l'ago di una fleboclisi. Sotto le coperte spuntava il sacchetto del drenaggio ricolmo di sangue. Stentava a tenere gli occhi aperti.

Carmen non riuscì a trattenere le lacrime.

«Su, su, coraggio» le disse Damiani. «Luca ha bisogno di vedere che stai bene e che sei felice!»

Carmen si asciugò il viso e si avvicinò al letto, insieme al poliziotto. Luca aprì gli occhi e se li trovò davanti. Un movimento quasi impercettibile contrasse la sua bocca mentre le dita della mano si sollevarono di qualche millimetro.

«Guarda, Carmen, ti sta salutando!» sussurrò Marcus. La ragazza, con le lacrime agli occhi, accarezzò la mano di Luca.

«Siamo venuti solo per farti vedere che Carmen è viva e sta bene» disse l'ispettore Damiani. «Luana l'aveva ferita a una gamba con un coltello, l'aveva imbavagliata e poi l'aveva legata a uno dei pali di legno che reggono il capanno. Per fortuna l'alta marea si è ritirata e non l'ha sommersa. Un miracolo. Quando l'abbiamo trovata, Carmen era svenuta, semicongelata, aveva perso molto sangue ma era ancora viva. Come te. Se fossimo arrivati un minuto più tardi non ci sarebbe stato più nulla da fare. Prima di scoprire quel capanno avevamo fatto irruzione nella villetta di Luana, a Forlì. Un agente ha scoperto un paio di foto di quella specie di palafitta nel molo di Rimini sulle quali Luana aveva scritto a mano il tuo numero di telefono. Abbiamo fatto controllare il traffico telefonico di casa sua e abbiamo scoperto che l'ultima telefonata era stata fatta proprio a te. Durante la perquisizione, abbiamo rinvenuto altre prove. In un libro di poesie, c'era, ad esempio, il numero di telefono del Doppia Coppia, il locale in cui è stata uccisa Valeria. Prima è stato annotato il numero, poi il nome della discoteca. Come se l'indicazione fosse stata acquisita dalle informazioni abbonati. Dentro un armadio abbiamo trovato una serie di maschere di scena. Valeria probabilmente aveva capito che Luana era l'assassina. Ma anche Casadio aveva scoperto che lei sapeva. Quella sera al Doppia Coppia Valeria aveva deciso di rivelare il suo segreto a te e a Carmen. Purtroppo non ce l'ha fatta.

Bè, visto che il dottore si è raccomandato di non affaticarti, non voglio disobbedirgli. Quando te la sentirai faremo due chiacchiere su quello che ti ha detto Sacchi prima di suicidarsi. Immagino che tu sappia che Luana era la sorella di Dentice e che era stata data in affidamento al poliziotto dopo la morte dei genitori. Ho trovato una foto di lei da ragazzina insieme a Sacchi, scattata anni fa sotto i portici di Bologna. Comunque di questo parleremo con calma, quando ne avrai voglia. Ringraziando il cielo questa storia è finita e tu sei vivo. Adesso ti lascio con Carmen. Non vedeva l'ora di stare vicino a te».

L'ispettore Damiani uscì dalla stanza mentre Carmen si sedette a fianco del letto, prese la mano di Luca fra le sue e gli sorrise. Poi sussurrò: «Ricordi cosa mi hai detto una sera? "Quando cominci a trascorrere troppi giorni da sopravvissuto vuol dire che ti stai abituando alla negazione. Alla morte. A quel punto puoi scegliere". Ogni giorno, ogni notte, ogni ora che ho passato in quella cantina, incatenata come un animale, ho pensato a te, alle tue parole... e ho scelto di vivere! Perché anche se non ti avessi più visto, ci sarebbe stato sempre qualcosa per cui sarebbe valsa la pena andare avanti. E se anche fosse stato solo un ricordo, sarebbe stato mio. Mio e di nessun altro! Era dentro di me. Tu eri dentro di me!»

Luca mosse debolmente la testa. I suoi occhi si riempirono di lacrime. Carmen lo accarezzò, asciugandogli delicatamente il viso. Poi gli prese una mano, se la portò sulla bocca e gli baciò le dita, sfiorandole.

Il mare spandeva il suo odore nell'aria, accogliendo i riflessi che quella notte di primavera aveva deciso di regalargli. Le onde si frangevano piano sulla riva. Sulla collina il vento propagava verso la pianura un'armonia leggera.

Tutte le discoteche e i locali notturni erano pronti per la grande festa di inaugurazione.

Rimini si preparava a vivere un'altra estate.

RINGRAZIAMENTI

Grazie a Franca, Beatrice e Tommaso ai quali ho sottratto, senza chiederlo, quindici mesi del tempo che avrei dovuto dedicare loro.

Grazie ad Anna Tonelli, severa e ineguagliabile maestra. Grazie a Riccardo Gallini, prezioso esperto e consulente logistico.

In ricordo di Loris Fabbrini che si è portato via un po' di Rimini.

NOTA DELL'AUTORE

Il killer delle ballerine è il mio primo romanzo. Lo scrissi quasi di getto, tra il 1999 e il 2000, senza avere una minima idea se fosse pubblicabile e se mai qualche editore avrebbe avuto voglia di farlo. In quel periodo ero già un divoratore famelico di libri gialli, thriller e noir ma non mi ero mai cimentato nella scrittura.

Con mia grande sorpresa non impiegai molto tempo a trovare un editore e nel giugno del 2001 il romanzo fece la sua comparsa nelle librerie, regalandomi quel tipo di emozioni capaci di rimanerti dentro.

Oggi che sono passati vent'anni e che "il killer" torna nelle librerie, con un nuovo editore ed una veste tutta nuova, sento il bisogno di condividere alcune mie riflessioni.

Il modo in cui è scritto ha tutti i limiti e i condizionamenti dettati dall'inesperienza di un autore alla prima opera, in più è sin troppo evidente la sovrapposizione con la mia professione di giornalista, sia nello stile, sia nella costruzione della trama.

Dopo averne riacquisito i diritti, e prima di decidere di ripubblicarlo, ho pensato a lungo se rimetterci o meno le mani. Poi ho scelto di non toccarlo, anche a costo di rinunciare a sicuri miglioramenti.

Il motivo è semplice. Oggi va molto nei romanzi, nei film e nelle serie televisive, raccontare storie che fanno parte del nostro passato più recente, come gli anni '70, '80 e '90.

Il killer delle ballerine è un romanzo scritto negli anni '90 che descrive quell'era con la semplicità, la spontaneità e la credibilità di chi l'ha vissuta profondamente.

In Romagna quello era il periodo delle folle oceaniche nelle discoteche, delle cubiste, dei vocalist, degli after-hour, dello sballo come stile di vita, degli eccessi, dei travestimenti, delle stragi del sabato sera, del boom dell'ectsasy, della nascita dei grandi deejay, della techno music, della moda delle auto station-wagon e dei car-stereo ad alta fedeltà.

E per me, cronista di provincia in una terra che ha conosciuto le stragi terroristiche e i delitti di stato, era anche il periodo dell'inchiesta su San Patrignano, della banda della Uno Bianca, dei processi del 2 agosto e di Ustica, delle indagini sulle infiltrazioni mafiose, sui traffici di droga ed esseri umani dalla ex-Jugoslavia.

Non esistevano gli smartphone, le tv intelligenti, i social network e le piattaforme streaming. Internet si riduceva ai motori di ricerca e alle e-mail e per accedervi occorreva tanta pazienza, una linea telefonica e il leggendario modem 56k con la sua interminabile serie di fischi e suoni striduli.

Anche il linguaggio, scritto e parlato, era diverso, nella forma e nei significati. Un esempio su tutti. Nel romanzo, per indicare personaggi transgender o travestiti, utilizzo per decine di volte il termine "viados". Oggi è un'espressione che può risultare oltraggiosa e irrispettosa, tanto che, assieme all'editore, abbiamo riflettuto a lungo sull'eventualità di mantenerla. Poi abbiamo deciso di non cambiarla poiché era quello il modo in cui negli anni '90, nella zona del riminese, venivano chiamati i transessuali di origine brasiliana, dediti alla prostituzione. E non c'era nulla di offensivo o politicamente scorretto, allora, in quella definizione con la quale gli stessi soggetti coinvolti si identificavano.

Quando Gianni La Corte ha preso i diritti del "killer" e ha deciso di riportarlo nelle librerie, gli ho proposto una sfida nuova, non ancora sperimentata in ambito romanzesco: pubblicare due thriller, il primo e il "sequel" in uno stesso volume. Come una serie tv ma con tutto il fascino e l'accuratezza dell'opera scritta.

L'ultimo ballo, che potrete leggere dopo questa nota, è il seguito de *Il killer delle ballerine,* vent'anni dopo. Un thriller ambientato negli stessi luoghi e con gli stessi protagonisti, sopravvissuti a quell'agghiacciante vicenda accaduta all'alba del 2000. Sono cambiati i gusti, gli stili di vita, le professioni e la musica. Ma quando a Rimini ricominciano i delitti, subito riaffiorano paure mai superate e incubi che sembravano appartenere al passato.

Ringrazio Gianni La Corte, editore giovane, coraggioso e lungimirante e la mia agente, Benedetta Centovalli, per il loro impagabile impegno.

E un grazie di cuore anche ad Enrico Maria La Manna, regista talentuoso e visionario, che ha diretto le mie percezioni nella stesura del nuovo romanzo.

Un'ultima annotazione, prima di lasciarvi alla lettura. Poche settimane prima dell'uscita del "killer" nell'estate del 2001, venne a mancare Loris Fabbrini, una vera istituzione tra i fotografi di cronaca a Rimini, con il quale avevo condiviso lunghe notti in appostamenti, inseguimenti, ricerca delle notizie e inchieste giornalistiche. Così ho voluto regalare a Loris un ruolo in questo nuovo romanzo e ho inserito un personaggio che non solo porta il suo nome ma è lui, con vent'anni di più, meravigliosamente burbero, instancabile e insostituibile come tale è rimasto nel cuore di chi lo ha conosciuto. "L'ultimo ballo" è anche il suo.

Stefano Tura

STEFANO TURA

L'ULTIMO BALLO

LA CORTE

*"Sarà di giorno o forse di notte
preparatevi a danzare e pregate
che quando lo zampognaro suona
la danza macabra
possiate danzare verso il cielo"*

The Shaking Of The Sheets (Faran Flad)

RIMINI,
20 ANNI DOPO

1

«Sei sicuro che siano loro?»

«Sì, quello più alto, con i capelli rasati, è il più violento. È lui che mi ha colpito per primo e mi ha trascinato dietro le cabine. L'altro, quello con gli occhi chiari e il tatuaggio sul collo, è il suo compare. Mi ha tenuto fermo mentre il pelato mi riempiva di botte e abusava di me. Poi mi ha preso i soldi e il cellulare».

«È lui che ti ha filmato?»

«Credo di sì ma non ne sono sicuro. Avevo la faccia schiacciata contro il terreno e un ginocchio piantato sulla schiena».

«E le due ragazze?»

«Non c'erano quella sera».

«Bene, andiamo. Mi raccomando, stai vicino a me e non prendere iniziative».

«Io non so se riesco...»

«Non ti preoccupare. Andrà tutto bene, so quello che faccio».

Marcus Damiani quella notte era tornato a essere Samantha, un transessuale brasiliano, sulla cinquantina, che si prostituiva sul lungomare di Rimini tra il Grand Hotel e Piazzale Kennedy. Era il travestimento che aveva usato per le sue indagini sotto copertura, nel caso noto come "i delitti del *killer delle ballerine*", una drammatica vicenda che aveva insanguinato la riviera romagnola nell'estate di vent'anni prima quando, per settimane, uno spietato serial-killer aveva seminato morte e terrore, uccidendo e massacrando ballerine e performer di discoteche e night-club. Una storia maledetta che aveva lasciato profonde ferite nella società di quel tempo e nella quale erano coinvolti anche gestori di locali da ballo, titolari di agenzie di spettacolo e poliziotti corrotti.

Rispetto all'estate del 2000, Damiani aveva 15 chili in più, pochi capelli rimasti sulla testa e un'evidente menomazione agli arti inferiori che lo costringeva a indossare scarpe speciali con tacchi di misure diverse per compensare la differenza di lunghezza delle gambe.

Ma i cambiamenti più profondi e radicali erano interiori. Da oltre dieci anni Marcus aveva lasciato la polizia e aveva aperto un'agenzia di investigazioni private che aveva chiamato "Secret Rainbow". Inoltre, se all'inizio si travestiva per esigenze di lavoro, col passare del tempo, ogni sua certezza, riguardo all'identità di genere, era svanita. Il rifiuto degli schemi sociali che classificano uomini e donne in base al sesso e all'orientamento sessuale era divenuto per Marcus una condizione irrinunciabile. Si riteneva a tutti gli effetti un transgender e si relazionava agli altri senza modelli e pregiudizi, rigettando la dicotomia tra maschi e femmine. Il suo stile di vita ne aveva risentito in modo totale. Si vestiva con abiti senza forma, scuri e lunghi fino alle caviglie. Si rasava tutti i giorni cranio e viso e tendeva a truccarsi gli occhi e smaltarsi di nero le unghie delle dita delle mani. Curava il suo fisico con lunghe sedute di yoga ed era divenuto vegetariano. Evitava legami sentimentali duraturi e il suo orientamento sessuale poteva definirsi fluido.

In compenso sul lavoro era ostinato e risoluto. Accettava casi di ogni tipo ma col tempo si era specializzato in indagini su abusi a carico di donne, minori, stranieri irregolari, persone senza fissa dimora e tutti coloro che si identificavano nella sigla LGBT. Collaborava spesso con associazioni che si occupavano dei diritti delle minoranze. Ma non sempre il suo modo di risolvere i casi rientrava nei canoni deontologici. La vetrina del suo studio era all'angolo tra Vicolo Levizzani e Via Garibaldi, a pochi passi dall'Arco di Augusto, nel centro di Rimini.

Era lì che, sette giorni prima, si era presentato Ascanio Rodomonti, un ragazzo di 22 anni, biondo, esile ed estremamente pallido, nato a Lecce ma trasferitosi a Rimini per motivi di studio. Il giovane, ancora spaventato e tremante, aveva raccontato a Damiani di come, al termine di una serata trascorsa in un bar sulla spiaggia di Rimini, assieme al suo compagno, fosse stato aggredito da due italiani, di circa trent'anni, che lo avevano picchiato, filmato, derubato e violentato dopo averlo spinto tra le cabine dello stabilimento balneare. Ascanio aveva spiegato a Marcus di essersi immediatamente rivolto alla questura per sporgere denuncia ma di come, nonostante i segni evidenti della violenza subita sul corpo, la polizia si fosse sostanzialmente disinteressata della vicenda, sostenendo che la mancanza di testimoni e di telecamere nel luogo dell'aggressione, rendesse quasi impossibile procedere ad un'indagine e aprire un fascicolo. A demoralizzarlo erano state, inoltre, le allusioni, le risatine e gli scambi di occhiate tra gli agenti, nel prendere a verbale la denuncia sulle violenze subite.

«E il tuo compagno ha visto qualcosa?» gli aveva domandato Damiani.

«Purtroppo no» era stata la riposta di Ascanio. «Lo avevo appena salutato. Ora non si da pace per essersene andato, lasciandomi da solo in balia di quei teppisti. Ma non è certo colpa sua, non poteva immaginare che sarebbe finita così».

«Mi dispiace molto per quello che hai dovuto subire e ancora di più per il modo in cui ti hanno trattato in questura» aveva commentato Marcus «purtroppo non mi meraviglia affatto. Credi che potresti riconoscere i tuoi aggressori se li vedessi?»

«Sì, assolutamente. Rivedo le loro facce e i loro ghigni disgustosi ogni notte».

«Questo è un punto a nostro vantaggio. So come farti avere giustizia e fargliela pagare ma devi essere coraggioso. Pensi di farcela?»

«Credo di sì» aveva detto Ascanio, cercando di controllare il tremore delle mani.

«Bene, ecco che cosa ho in mente» erano state le parole dell'investigatore.

Sistemandosi la parrucca bionda di capelli lisci e cercando di non zoppicare, Samantha si allontanò dal bancone del bar del Bagno Arcobaleno e fece segno ad Ascanio di camminare al suo fianco.

Era una fresca nottata di inizio giugno e molti locali della riviera romagnola avevano anticipato l'apertura, approfittando del clima favorevole e della voglia della gente di mettersi alle spalle mesi di fatiche e godersi la stagione estiva. A mezzanotte e quaranta, con oltre mezzora di ritardo sui tempi previsti dalle disposizioni del comune, il deejay aveva terminato la sua session e il bar dello stabilimento si era velocemente svuotato.

Il gruppetto di giovani, tra i quali Ascanio aveva riconosciuto i suoi aggressori, era fermo in un angolo seminascosto tra l'area giochi per i bambini e l'inizio della fila delle cabine. Una zona poco illuminata e fuori dall'obbiettivo delle telecamere a circuito chiuso, sistemate all'esterno del corpo principale della palazzina. I quattro, due ragazzi sui trent'anni e due ragazze di non più di 22, ridevano e parlavano a voce alta, passandosi spinelli e una bottiglia di vodka.

Samantha puntò verso di loro, prendendo per mano Ascanio in modo da lasciarlo nel lato più lontano rispetto ai ragazzi. Quindi appoggiò l'altra mano sopra la borsetta di pelle nera che le pendeva dalla spalla. La reazione che si aspettava non tardò ad arrivare.

«Oddio che schifo!» attaccò il ragazzo pelato, non appena Marcus e Ascanio passarono loro davanti: «Guarda quello! Sembra Mrs Doubtfire in versione culorotto di merda! Ma dove l'hanno pescato!»

Risate sguaiate e volgari accompagnarono la battuta ma non era che l'inizio.

«Ehi, vecchio frocio, ce la fai a farmi un pompino senza che la dentiera mi rimanga attaccata al cazzo?» aggiunse il ragazzo con i tatuaggi sul collo, compiacendosi per la trovata e dando il cinque al suo compare. Anche le ragazze sembravano divertirsi sebbene mostrassero qualche segno di disagio.

Samantha non batté ciglio e continuò a camminare con Ascanio al suo fianco, pur rallentando leggermente l'andatura. Sentiva la mano del giovane sudare e tremare nella sua.

Il tipo rasato si avvicinò ad Ascanio e cominciò a fissarlo.

«Aspetta un attimo» disse parandosi di fronte a lui «ma tu sei quel finocchietto dell'altra volta! Cosa ci fai ancora qui? Non ti è bastata la lezione? Hai portato tua zia per fare una bella ammucchiata?»

Ascanio si bloccò con lo sguardo terrorizzato mentre i due bulli esplosero in un'altra risata.

«Ne vuole ancora, ne vuole ancora!» urlò divertito il ragazzo con i tatuaggi mentre le due giovani cominciavano a sentirsi fuori posto.

«Fateci passare» intervenne Samantha, guardando fisso negli occhi i due teppisti.

«Wow! Che paura!» commentò il pelato «senti che voce da maschione, sono terrorizzato!»

«Attento Kunta Kinte che ti si rompono le calze!» aggiunse il tatuato «e poi non dire che non ti avevamo avvertito». Entrambi cominciarono ad avvicinarsi con fare minaccioso all'investigatore e ad Ascanio.

«Basta, lasciateli stare!» disse una delle ragazze, visibilmente scossa.

«Andiamocene, vi prego» aggiunse l'altra giovane, anch'essa turbata.

«Ecco brave, toglietevi dai coglioni che qui abbiamo da fare!» rispose il tipo con i capelli rasati, continuando a fissare Samantha. Da una tasca dei jeans tirò fuori un coltello a serramanico e lo fece volteggiare nell'aria. Le ragazze fecero un urlo e scapparono verso la strada. Ascanio rimase senza fiato, mentre il giovane con il collo tatuato prese a spintonarlo verso le cabine.

Damiani si girò verso di lui e, con la coda dell'occhio, vide la lama del coltello sollevarsi sopra la sua testa. In un lampo, prima che il giovane potesse completare il gesto, estrasse dalla borsa una pistola semiautomatica Browning da 9 millimetri e gliela appoggiò alla gola, spingendo con forza. Con l'altra mano gli afferrò il polso e lo contorse fino a fargli mollare la presa sul coltello. Quindi gli assestò una ginocchiata violentissima nell'inguine, facendolo crollare sulle ginocchia.

Il ragazzo iniziò a tossire e rantolare e l'investigatore lo colpì al volto con il calcio della pistola, fratturandogli il naso. Prima che potesse reagire, gli afferrò un orecchio e vi infilò la canna.

«Ehi tu! Dove cazzo credi di andare!» urlò l'uomo, vedendo che l'altro ragazzo stava cercando di scappare. «Muovi ancora un passo e faccio uscire un proiettile dall'altro orecchio del tuo fidanzato!»

Il tipo con i tatuaggi si bloccò, pietrificato e con lo sguardo terrorizzato.

«Ma guarda che fenomeni!» attaccò Damiani. «Ve la state facendo sotto? Non mi dite che avete paura di Mrs. Doubtfire? Tutti e due, qui in ginocchio, avanti!» ordinò, tenendo i teppisti sotto tiro.

Li fece chinare entrambi, quindi chiese ad Ascanio di raggiungerlo.

«Sono loro quei super-uomini che una settimana fa ti hanno aggredito?»

«Sì, sono loro» rispose il ragazzo, cercando di controllare il respiro.

«Perfetto, allora sai cosa devi fare».

Ascanio annuì debolmente con la testa e prese lo smartphone da una delle tasche anteriori dei pantaloni. Quindi puntò la telecamera verso i due e azionò il tasto di registrazione.

«E adesso vai con lo show!» esclamò l'investigatore, facendo scattare il carrello della pistola. «Ora ognuno di voi è pregato di guardare in camera e riferire nome, cognome, luogo e data di nascita e indirizzo di residenza. Muovetevi!»

«Vaffanculo, frocio!» rispose sprezzante il giovane con il collo tatuato, fissando l'obiettivo.

«Ma dai, veramente?» disse Samantha, sistemandosi la parrucca bionda e sfoderando un sorriso a trentadue denti «mi vuoi fare questo regalo? Non ci speravo proprio, sai? Grazie mille, caro, dico sul serio».

L'uomo si avvicinò al ragazzo e gli infilò la canna della pistola in bocca. Quindi iniziò il conto alla rovescia, con il dito sul grilletto. «Cinque, quattro, tre...»

Il suo compare si girò dall'altra parte mentre Ascanio chiuse gli occhi, mantenendo però il telefono stretto tra le mani.

«...due, uno...»

Allo zero, l'uomo partì con un montante micidiale sotto al mento del giovane. La mandibola sbatté con forza contro la canna della pistola, mandando in frantumi tre incisivi dell'arcata inferiore. Il ragazzo urlò con tutto il fiato che aveva, buttando indietro la testa.

«Hai ripreso tutto?» chiese Samantha, senza scomporsi.

Ascanio non ebbe la forza di rispondere.

«Bene, ricominciamo» continuò il detective «qualche altra obiezione?»

Questa volta nessuno fiatò. Con i volti lordi di sangue e continuando a sputare grumi di saliva, i due giovani declinarono a turno le loro generalità.

«Ottimo, bravi! Adesso passiamo alle dichiarazioni spontanee. Coraggio, raccontate al nostro pubblico le vostre gesta leggendarie. Fate finta di essere con quelle teste di cazzo dei vostri amici. Inizia tu, Kojak!» ordinò al tipo rasato. «Dicci che cosa avete fatto la settimana scorsa».

Nei minuti successivi, i due giovani descrissero nei dettagli l'aggressione, gli abusi e la rapina compiuti ai danni di Ascanio che, nel frattempo, filmò e registrò tutte le loro parole.

«Abbiamo quasi finito ragazzi, siete stati grandi. Vedo un futuro luminoso per voi, siete degli influencer nati!» li schernì Samantha «manca però l'ultimo atto. Adesso ognuno di voi guarda dritto in camera e chiede scusa, ok? Dovete dire: sono una testa di cazzo, razzista e omofobo, e mi scuso per quello che ho fatto. D'accordo?»

Ascanio avvicinò l'obiettivo delle telecamere del cellulare ai due giovani ma nessuno aprì bocca.

«Uff..» sbottò Damiani «eppure è così semplice... dai, su, un po' di verve, ragazzi! Dov'è finito quello spirito vivace e brioso che avevate? Cos'è tutta questa serietà improvvisa! Volete che vi faccia sorridere a favore di camera? Avete presente il Joker? Ascanio passami il coltello, per favore...»

«No, la prego...» iniziò a supplicare il giovane con il naso rotto.

«Non pregarmi, parla!»

«Ch-chiedo... scu-scusa...» iniziò a balbettare, imitato dopo qualche secondo dall'altro ragazzo.

Improvvisamente il buio che avvolgeva la spiaggia venne squarciato dai fasci luminosi delle torce elettriche.

«Polizia! Butta la pistola e alza le mani!» urlò una voce alle spalle di Samantha. Con estrema calma l'investigatore eseguì gli ordini. Appoggiò l'arma sulla sabbia, alzò entrambe le braccia e disse: «Ce ne avete messo di tempo! Sono l'investigatore privato Marcus Damiani, della Secret Rainbow. I miei documenti sono nella borsa. Vi consegno questi due stronzi. Sono picchiatori, stupratori e ladri. Nel telefonino troverete la loro piena confessione, oltre alle generalità complete. La denuncia è stata depositata in questura da oltre una settimana. Non importa che mi diciate grazie».

2

Era giorno di mercato a Rimini. Decine di bancarelle di ambulanti gremivano Piazza Tre Martiri, nel centro storico della città, costringendo passanti e acquirenti a incanalarsi nel lento flusso di gente nei percorsi obbligati della piazza, tra il vociare stonato di venditori per lo più extracomunitari, in perenne lotta con la lingua italiana. Il sole del mattino picchiava sulle tende chiare degli stand, preparandosi a infuocare strade e palazzi nelle ore di punta.

Marcus Damiani aveva appena alzato la serranda dell'agenzia quando ricevette una telefonata al cellulare da un numero fisso di Rimini.

«Chi è?» chiese perentoriamente, senza attendere che l'interlocutore proferisse parola.

«Buongiorno, posso parlare con il signor Marcus Damiani?» disse una voce giovane e maschile.

«Ripeto la domanda» insisté l'investigatore privato «chi parla?»

«Mi chiamo Attilio D'Acquino, sono un collaboratore della "Gazzetta di Forlì", lavoro per le pagine di Rimini».

«E?»

«Bè... ecco, la chiamo per sapere dell'arresto di due giovani italiani ieri notte durante un blitz in uno stabilimento sul lungomare».

«Un blitz? Allora rivolgiti alla questura, io sono un privato».

«Sì, certo, questo lo so, non volevo dire che... cioè... in realtà ho già parlato con loro e mi hanno riferito che la segnalazione sarebbe partita da lei, nel senso, che li avrebbe avvert...»

«Senti, Attilio... giusto?»

«Sì, sì, Attilio D'Acquino della Gazz ...»

«Ok, d'accordo, come ti pare, non perdiamo tempo che avrei parecchie cose da fare oggi. Con chi hai parlato della questura?»

«Mi sono rivolto all'addetto stampa, come faccio ogni mattina per avere un resoconto delle attività della polizia».

«L'addetto che? Adesso anche la Questura di Rimini ha un portavoce?»

«Sì. È quello che tiene i rapporti con la stampa».

«Fammi capire, tu scrivi per le pagine di cronaca locale e non hai un contatto diretto con un dirigente di polizia, un commissario, un sovrintendente o anche uno straccio di agente?»

«Parliamo quotidianamente con il dottor Lentucci dell'ufficio stampa a cui, se necessario, dobbiamo inoltrare eventuali richieste per interviste con il questore o il capo della mobile. Mandiamo una email con le domande e poi...»

«Basta, fermati, per favore. Mi stai già deprimendo. Dimmi una cosa, Attilio, da quanto tempo fai questo mestiere?»

«Ho finito due anni fa la scuola di giornalismo e ho passato l'esame da professionista. Ma collaboravo con la "Gazzetta" anche prima dell'esame di stato, per cui sono circa tre anni. Non sono però assunto con contratto giornalistico, al momento ho una collaborazione a tempo determinato e mi pagano un fisso a pezzo. Il direttore mi ha comunque promesso che ...»

«Okay, okay, non importa che mi racconti tutta la triste storia del povero cronista sfruttato. Voglio però darti un consiglio. Muovi il culo dalla scrivania, non fare che le tue fonti siano Google, Wikipedia o Twitter, contatta direttamente i testimoni, vai a rompere le palle ogni giorno a poliziotti e carabinieri, fatti conoscere, cerca di crearti una rete di persone di cui ti fidi, conquista a tua volta la loro fiducia, recati personalmente sui luoghi dei crimini, guarda con i tuoi occhi che cosa è successo, consuma le scarpe e la benzina quando segui un'inchiesta e manda a cagare gli uffici stampa. Capisci cosa sto dicendo?»

«Sì, certamente, però le assicuro che in rete spesso si trovano delle informazioni che...»

«Che qualcuno ha già scritto o riferito» lo interruppe Marcus «e di cui non sei quasi mai in grado di accertare la veridicità. E poi, scusa, qual è il senso di fare un copia-incolla di una cosa già pubblicata? È questo il nuovo modo di fare il giornalista?»

«Lei ha ragione ma il mio caporedattore...»

«Attilio, ascoltami» lo bloccò nuovamente il detective «io non sono nessuno e non ho alcun diritto di farti le predica. Scusa se ho superato il limite. Vedi, vent'anni fa ho conosciuto un cronista della "Gazzetta di Forlì". Abbiamo lavorato fianco a fianco per un'inchiesta molto delicata, quando io facevo ancora parte della Polizia di Stato. Lui aveva più o meno la tua età, era alle prime armi ma aveva dentro una grande rabbia e una voglia inesauribile di arrivare alla verità. Certo per lui vi erano anche motivazioni personali che ora non ti sto a dire, ma ti assicuro che era animato da uno spirito e da un senso del dovere inarrestabili. Virtù rare, che non ho più trovato in nessuno dei tuoi colleghi. Ecco, io credo che un bravo cronista, per definirsi tale, debba avere la sua mentalità e il suo coraggio».

«Se posso chiederle» disse timidamente Attilio «come finì quell'inchiesta?»

«Drammaticamente bene. I criminali furono uccisi o arrestati e il caso si risolse. Ma il prezzo fu alto per tutti, compreso il cronista della "Gazzetta" che rischiò di morire».

«Di quale vicenda si tratta?» domandò il giornalista.

«Risale alle fine degli anni '90. Riguardava una serie di delitti perpetrati da un serial-killer nelle discoteche dell'epoca, ribattezzato dai giornali "Il *killer delle ballerine*", poiché le sue vittime erano principalmente le cubiste che si esibivano nei locali notturni della riviera romagnola. Poi si scoprì che l'assassino era una persona sofferente di una grave malattia mentale, conseguente agli abusi subiti da parte della madre, una psicopatica che amava in modo patologico ballare».

«Chi era il giornalista?»

«Il suo nome è Luca Rambaldi. Non so che fine abbia fatto, dopo quella vicenda ci siamo persi di vista. Lo conosci?»

«No, ma farò una ricerca su internet».

3

Quella mattina la gamba destra non gli dava pace. Stilettate intermittenti gli trafiggevano il ginocchio e la caviglia pulsava come se fosse stata disarticolata. Anche per questo Marcus aveva deciso di indossare quelle orribili scarpe ortopediche che detestava, le uniche che gli davano un po' di conforto, nascondendole sotto un paio di pantaloni di cotone rosso scuro, molto ampli e lunghi. Dello stesso colore era anche il camicione con collo alla coreana e bottoncini bianchi che aveva sopra. Era struccato e perfettamente rasato ma aveva ancora lo smalto nero nelle unghie delle mani. La telefonata con il giovane cronista della "Gazzetta" era appena terminata quando, alzando lo sguardo verso l'esterno della vetrina, Damiani vide un uomo intento a scrutare all'interno dell'agenzia. Si alzò e gli andò incontro.

«Buongiorno Rino!» lo affrontò, aprendo di scatto la porta. «Stai cercando qualcuno?»

Severino "Rino" Battisti era il capo della squadra mobile di Rimini. Un uomo di 48 anni, di media statura e con il fisico tipico di chi mangia poco e fuma molto. Capelli radi, tendenti al grigio, occhi scuri, incassati in un viso scavato dalle rughe e folti baffi neri che lo facevano somigliare al tipico poliziotto anni settanta dei film gialli italiani di serie B. Non era il tipo che cercava guai o rogne ma nemmeno quello che si voltava dall'altra parte di fronte alle illegalità. Sapeva riconoscere le persone oneste e capaci, raramente però prendeva una posizione netta. Veniva considerato un buon poliziotto e un perfetto mediatore. L'uomo giusto a cui affidare la squadra mobile dopo il terremoto che per anni aveva scosso la Questura di Rimini, uscita con le ossa rotte dopo le tragiche vicende della banda della Uno Bianca e del *killer delle ballerine*. Marcus aveva stima di lui come ex collega ma non condivideva la sua tendenza eccessiva alla diplomazia.

«Ciao Marcus, come stai?» chiese il poliziotto, accennando un sorriso di circostanza.

«La gamba mi fa dannare e ho dormito malissimo. Per il resto tutto bene. Ma non credo tu sia qui per accertarti sul mio stato di salute» rispose Damiani, spazzando via ogni preambolo.

«Mi dispiace per la tua gamba, in effetti ho deciso di incontrarti di persona perché ho bisogno di chiarire con te alcune cose».

«D'accordo, andiamo dentro. Vuoi un caffè? Lo ordino qui al bar all'angolo, lo fanno buonissimo».

«Sarebbe il terzo e sono solo le dieci. Grazie lo stesso».

«Come preferisci. Spara, dunque, cosa ti tormenta?» domandò Marcus, facendo accomodare Battisti nella sedia di fronte alla scrivania e sedendosi a sua volta dalla parte opposta del tavolo.

«Credo tu possa immaginare il motivo della mia visita, Marcus, mi riferisco a ciò che è successo ieri notte al bagno Arcobaleno. Ho letto il rapporto degli agenti che sono intervenuti e ho anche parlato con loro di persona».

«Ottimo!» disse Damiani, sollevando entrambe le mani «quindi sai tutto. Due rifiuti umani, picchiatori, stupratori e ladri, sono stati arrestati. La loro vittima li ha riconosciuti come gli aggressori e gli stessi criminali hanno confessato. Meglio di così...»

«Non prendermi in giro, Marcus, per favore, non è la prima volta che prendi questo tipo di iniziative da giustiziere, o vendicatore. Fino ad ora sono sempre riuscito a convincere il procuratore ma adesso questa storia deve finire. E lo dico anche nel tuo interesse. Rischi veramente di farti sospendere o ritirare la licenza».

«Mi commuove vedere che ti preoccupi per me ma vedi, Rino, io sto facendo esattamente quello che tu e i tuoi uomini, coscientemente, non fate. A ogni occasione, quando c'è da farsi belli, in tivù o sui giornali, voi ripetete come un mantra che la polizia è al servizio di tutti i cittadini, senza distinzione, invitate le vittime di violenza e di abusi a denunciare gli aggressori, garantite protezione e impegno. Poi però nei fatti questo non accade. Quel ragazzo, Ascanio Rodomonti, dopo essere stato picchiato, violentato e derubato da quei due teppisti, ha sporto denuncia, come tutti i cittadini corretti. Ma in questura gli hanno detto che non c'erano elementi per aprire un'indagine, lo hanno deriso e lo hanno fatto sentire inadeguato e colpevole. Per questo si è rivolto a me. Io non ho avuto pregiudizi nei suoi confronti come non li ho per nessuno che cerca la mia collaborazione. Sono d'accordo con te, i miei metodi forse non sono da manuale ma sono anni che ho lasciato la polizia ed è stata la scelta più giusta della mia vita. Se perderò la licenza me ne farò una ragione. Ma non volterò mai le spalle a chi mi chiede aiuto, solo perché la sua pelle non ha il mio stesso colore, ha gusti sessuali differenti dai miei, si veste o si comporta diversamente dalla maggioranza della gente».

«Questo ti fa onore, Marcus, ma quei due ragazzi che hai fatto arrestare, sostengono che tu li abbia minacciati di morte, oltre ad averli percossi con estrema violenza. Quanto alle confessioni che avrebbero reso in quel video, dichiarano che sarebbero state loro estorte mentre puntavi una pistola alla loro testa. Al processo la difesa farà leva su questo e se il giudice accoglierà la loro tesi, tutto sarò stato inutile».

«Sì, ci ho pensato. Ho riflettuto sul fatto che, nonostante i segni evidenti delle violenze subite da Ascanio, denunciate tempestivamente e inutilmente alla polizia, e il riconoscimento certo e inconfutabile dei due stupratori da parte della vittima, ci sarebbe potuto essere qualche giudice, bacchettone e moralista, pronto a scagionare quelle fecce. Per questo mi sono organizzato».

Sotto lo sguardo incuriosito del capo della mobile, l'investigatore accese il laptop che aveva sulla scrivania, cercò un video che aveva archiviato sul desktop, lo lanciò a schermo intero e girò il computer in modo che Battisti potesse vederlo. Il filmato mostrava per intero l'approccio tra Ascanio, Marcus e i due ragazzi e non solo la parte filmata con il telefonino della vittima. Si vedevano e si sentivano chiaramente gli insulti e le minacce dei due teppisti, comprese le sequenze in cui il tipo con i tatuaggi confermava di avere riconosciuto Ascanio come colui che avevano aggredito giorni prima, gli promettevano una seconda dose e tentavano di spingerlo verso le cabine. In più il video mostrava il tipo pelato che estraeva un coltello e cercava di colpire l'investigatore.

«Se hai bisogno di altri testimoni, fai cercare le due ragazze» aggiunse Damiani «erano lì anche loro, come hai potuto constatare».

Battisti si accarezzò i baffi, poi si passò la mano sul retro del collo.

«Posso avere questo filmato?» chiese, visibilmente a disagio.

«L'ho appena mandato alla tua mail» rispose Marcus, finendo di digitare sul suo smartphone.

«Bene» disse il poliziotto alzandosi e avviandosi verso la porta. «Ora devo andare e... grazie» aggiunse, con un sorriso tirato.

«L'ho già detto ieri sera ai tuoi uomini» commentò Marcus, accompagnandolo all'uscita «non mi interessano i ringraziamenti, cerco solo di fare la cosa giusta, io».

4

Non appena Battisti uscì dall'agenzia, uno dei due cellulari di Marcus, quello che teneva solo in ufficio, emise un fischio sottile.

«Ancora!» esclamò il detective a voce alta, valutando per qualche secondo se ignorare il telefono, acceso e vibrante, sulla scrivania. Lo guardò fino a quando la luce dello schermo si spense, facendo giusto in tempo a notare la piccola busta gialla comparsa su di esso.

Decise di uscire a fumarsi una sigaretta e dimenticarsi, almeno momentaneamente, del cellulare, ma mentre apriva il cassetto per prendere il pacchetto e l'accendino, le sue dita, come quelle di un robot fuori controllo, afferrarono lo smartphone e selezionarono la casella di posta.

La mail proveniva dall'associazione "Aperta" di Rimini, una cooperativa di sostegno legale e sociale, molto ben collegata a livello politico, che in alcune occasioni aveva chiesto aiuto a Damiani per la ricerca di prove e testimonianze in cause giudiziarie nelle quali i loro assistiti figuravano come parti lese. Fedele ai suoi principi, Marcus non si era tirato indietro ed era sempre riuscito a svolgere con successo le missioni che gli erano state assegnate. Ciò nonostante, sebbene "Aperta" gli avesse fatto capire di essere disponibile a offrirgli un contributo più costante con l'organizzazione, l'investigatore aveva sempre rifiutato, non nascondendo una certa avversione verso quell'associazione, così a suo agio negli ambienti del potere e sempre pronta a farsi paladina del politicamente corretto.

La mail era un invito a una festa-evento alla discoteca Classic di Rimini che si sarebbe svolta due giorni dopo per celebrare i dieci anni di "Aperta". La serata, recitava la lettera, era stata organizzata assieme a diverse associazioni LGBT e umanitarie, con la collaborazione di un importante studio legale riminese, attivo nella sfera dei diritti umani, e con il patrocinio del comune e dell'assessorato regionale delle pari opportunità. Il programma, oltre ai discorsi di rito, prevedeva musica, show ed esibizioni dal vivo con deejay e performer.

Un rito già visto e collaudato, a cui Damiani era quanto mai intenzionato a tenersi alla larga ma la scelta del locale fece scattare in lui qualcosa. Il Classic era un posto storico della provincia di Rimini, aperto nel 1987 e divenuto, circa dieci anni dopo, il primo a lanciare la moda degli *after hour*, prolungando la musica dalla notte alla tarda mattinata. Ora era anche un circolo Arci che si proponeva come un club *gay-friendly* ma verso la fine degli anni '90 veniva considerato uno dei luoghi più alternativi e trasgressivi della riviera romagnola, meta di artisti e intellettuali.

In quel periodo si chiamava Doppia Coppia e ancora prima il suo nome era Castro, come il famoso quartiere gay di San Francisco.

Ma per Marcus era soprattutto la discoteca nella quale, vent'anni prima, il *killer delle ballerine*, aveva massacrato a coltellate, Valeria, un transessuale brasiliano che aveva scoperto la sua identità. Un omicidio brutale che aveva lasciato una profonda ferita nell'animo dell'allora investigatore della polizia, Damiani, presente quella sera al Doppia Coppia in incognito. Da quel giorno non vi aveva più messo piede.

5

«Attilio, ci sei ?»

«Ma... chi parla?»

«Lo spirito santo! Sveglia figliolo! Sono Loris!»

«Chi, Loris Fabbrini, il fotorepo...»

«No, sono Loris Capa, il fratello più furbo di Robert! Ma certo! Non ti sei ancora memorizzato il mio cellulare?»

«Sì, cioè, io ho il numero fisso della "RiminiPress" e non quello...»

«Okay, okay! Non perdiamo altro tempo. Corri quassù a Covignano, dove c'era il Wonderland, la vecchia discoteca, quella chiusa dal 2011, hai presente?»

«Sì, certo. È stata venduta all'asta e dovrebbero farci un hotel a cinque...»

«Piantala con queste cagate! Alza il culo dalla scrivania e muoviti, dai!»

«Ma veramente adesso stavo scrivendo per il sito riguardo a quella iniziativa...»

«Ascoltami bene, Attilio. Di fronte a me in questo momento c'è il cadavere straziato di un ragazzo che avrà sì e no vent'anni. Gli hanno tranciato la gola a coltellate e gli hanno aperto la pancia come a un dentice. La polizia è appena arrivata ma non c'è ancora nessuno dei colleghi. Se ti sbrighi li freghi tutti. *Lo entiendes*?»

Indeciso se venire meno ai suoi sedentari impegni redazionali, Attilio D'Acquino non riuscì a replicare.

«Ehi, giovane!» lo incalzò spazientito Loris «non sei stato tu a dirmi che avresti voluto cambiare il tuo modo di lavorare e diventare un vero cronista di strada? Me lo sono sognato o mi hai chiesto di avvertirti subito per ogni fatto grave? Cosa c'è, ti sei già pentito? Oppure un ragazzo fatto a pezzi non è abbastanza importante per i tuoi notiziari online?»

«No, no, anzi, grazie per avermi...»

«Basta, basta! Mi stai facendo perdere un sacco di tempo! Fai come ti pare, io ti ho avvertito. Adesso ho da fare!»

Loris Fabbrini, 62 anni compiuti da poco, un corpo smilzo e curvo, dita nodose e viso scavato sotto una testa di folti capelli, bianchi e perennemente sporchi, non era uno che amava troppo le chiacchiere. Le sue foto parlavano per lui. Riminese da generazioni, solcava quelle strade da quando aveva vent'anni. Conosceva ogni angolo della città e almeno l'ottantacinque per cento delle persone che vi abitavano. Freelance per scelta e per natura, aveva fotografato ogni genere di evento o personaggio: politici, sportivi, assassini, poliziotti, principi, cantanti, registi, prostitute e bagnini. Quando a Rimini succedeva qualcosa, il primo ad arrivare era Loris. Merito del suo istinto innato e dei suoi infiniti contatti. E anche della sua radio, sintonizzata sulle frequenze della sala operativa della polizia, che teneva all'orecchio giorno e notte. Circostanza che alla Questura di Rimini fingevano di non sapere. A Loris, e solo a lui, era concesso tutto. Del resto il fotografo non si era mai permesso nient'altro che il lavoro. Non aveva una famiglia e viveva in un piccolo e modesto appartamento in affitto vicino all'ex tribunale. Un luogo ideale da cui schizzare fuori velocemente, in sella al suo sgangherato scooter, per raggiungere a tempo record ogni luogo in cui vi era un incidente stradale, una rissa, un omicidio, una retata, un'esplosione o un terremoto. Lavorava in proprio e pretendeva la firma su ogni suo scatto pubblicato. Anche sulle famigerate testine dei ricercati. Tuttavia, da qualche anno, vista la crisi irreversibile dell'editoria e dei giornali, aveva accettato la proposta di due colleghi, di cui si fidava completamente, di entrare a fare parte di un'agenzia fotografica, la "RiminiPress", per non disperdere le poche risorse e avere più opportunità di lavoro. Ma le foto di Loris rimanevano sempre, e solo, *le foto di Loris*, unica vera e insostituibile testimonianza della vita di Rimini.

D'Acquino giunse al Wonderland poco prima del tramonto, proprio nel momento in cui un agente di polizia stava trascinando Loris a forza fuori dal perimetro della scena del crimine, mentre continuava a bestemmiare e a sparare scatti a raffica.

Il cadavere del giovane giaceva accanto a un cespuglio, nella collina che diradava dietro all'edificio in disuso della vecchia discoteca. Un luogo nascosto e difficile da raggiungere e per questo divenuto meta di incontri clandestini e prestazioni sessuali a pagamento. Tutti a Rimini lo sapevano ma, a parte le crociate moraliste che regolarmente nascevano nei periodi di campagna elettorale, nessuno aveva realmente interesse a ripulire quell'area. In fondo il mercato del sesso e della droga a Rimini non si sarebbe mai potuto bloccare e un posto valeva l'altro, l'importante è che fosse fuori dalla vista di turisti e famiglie, soprattutto durante la stagione estiva. Ma ora quel brutale delitto avrebbe cambiato le cose.

«Loris, Loris!» urlò il giovane cronista, sventolando una mano, attento a non oltrepassare il cordone di sicurezza.

«Ma la smetti di starnazzare come un'oca!» rispose Loris, fulminandolo. «Vuoi farti sentire fino a Santarcangelo! Ce ne hai messo di tempo per deciderti! Fortuna che i tuoi colleghi sono ancora più rincoglioniti di te!»

«Sono venuto appena possibile, non ho nemmeno avvisato il caporedattore».

«E chi se ne frega di quel cacacazzo! Lui e il giornalismo sono mondi opposti. Un giorno ti spiegherò come si fa questo mestiere ma adesso non perdiamo tempo. Hai da scrivere?»

«Sì, ho qui il tablet».

«Il che? Ma non hai uno straccio di taccuino come tutti i cristiani?»

«Vado più veloce così, sono abituato, non preoccuparti» disse Attilio, estraendo il pad dallo zaino che aveva appoggiato a terra».

«Mah, contento tu. Dai scrivi. Il corpo è stato trovato grazie a una telefonata anonima giunta alla buoncostume».

«Ti riferisci alla sezione reati legato allo sfruttamento e al traffico di esseri umani e...» tentò di puntualizzare il cronista.

«*Ma sa fet a posta?* Senti, scrivi e non mi interrompere, d'accordo? La chiamata è stata presa dall'agente scelto Luigi Mariani, il primo ad arrivare qui assieme alla sua dirigente, l'ispettrice Domizia Sartori, capo della buoncostume. L'allarme è scattato via radio, attraverso la sala operativa circa tre quarti d'ora fa. Poi è giunta anche una pattuglia di supporto. Okay fino ad ora?»

«Sì, sì» rispose Attilio, facendo volare le dita sulla tastiera del tablet.

«La vittima è un ragazzo bianco sui vent'anni. Come ti dicevo al telefono, gli hanno tranciato la gola a coltellate e poi hanno infierito su petto e addome, squarciandolo dall'alto verso il basso. Lo hanno anche denudato e gli hanno tagliato di netto un testicolo. Guarda io ne ho visti di cadaveri messi male, ma questo è sicuramente sul podio!»

D'Acquino deglutì a fatica e alzò timidamente lo sguardo verso la zona in cui giaceva il corpo della vittima, già coperto con un telo.

«Non aveva documenti e quindi non è ancora stato identificato» riprese Loris «fra breve arriverà la scientifica per i rilievi. La Sartori non ha voluto aprire bocca ma tutti sanno che, da quando il Wonderland è diventato un edificio in rovina, qui ci vengono a scopare. Puttane, travestiti, gigolò, coppie clandestine, amanti, ce n'è per tutti i gusti. Si tratta solo di capire se quel povero ragazzo era un cliente o un professionista. Ma se vuoi dare retta a un vecchio fotografo di strada, scommetto che il morto era il venditore e l'assassino il cliente».

«Da cosa lo deduci?»

«Dai buchi delle pere di eroina che ha all'interno del gomito. Sono viola come il fegato che gli hanno strappato dalle viscere! Di più al momento non riesco a sapere ma mi sembra di averti già dato parecchio materiale, non credi? Adesso tocca a te, io scarico le foto e mando tutto in agenzia».

«Oh, certo! Grazie» bofonchiò il giovane giornalista, contraendo la mandibola e sforzandosi di trascrivere in un modo per lui accettabile le informazioni ricevute da Loris.

«Pensi sia possibile parlare con l'ispettrice Sartori?» chiese.

«Se vuoi provarci, accomodati pure, ma non ti dirà niente, stanne pur certo».

Andò anche peggio. Attilio non superò nemmeno il primo ostacolo. L'agente che controllava il cordone di sicurezza, lo stesso che poco prima aveva allontanato a fatica Loris, non si degnò nemmeno di dare un'occhiata al tesserino da giornalista che D'Acquino gli porse, chiedendogli educatamente di potere parlare con l'ispettrice Sartori.

«Non potete stare qui!» si limitò a intimargli, facendogli capire che non avrebbe esitato un secondo a usare la forza se avesse insistito con le sue assurde richieste.

Imbarazzato e frustrato, Attilio cercò di assumere un atteggiamento professionale, sebbene non avesse una minima idea su come avrebbe dovuto comportarsi in casi come quello. Iniziò quindi a camminare all'esterno del nastro della polizia, seguendone il perimetro. Così facendo si allontanò di parecchi metri dal luogo del ritrovamento del cadavere e giunse a quello che ai tempi d'oro del Wonderland era l'ingresso riservato ai vip. Una piccola strada tra i pini che conduceva a un parcheggio esclusivo su cui si affacciava la porta del privé. Ora era una specie di distesa di terra, foglie e rifiuti con abbondanza di siringhe, salviette e preservativi. Dopo essersi sincerato di essere fuori dalla visuale degli agenti, il cronista estrasse il cellulare e iniziò a scattare diverse foto, tutte verticali, buone per Instagram. Poi di colpo si bloccò. Nel punto in cui la stradina iniziava a salire in direzione del parcheggio, notò che la terra era smossa di fresco. Puntò il cellulare, allargò l'immagine e scoprì la traccia di uno pneumatico. Era di un'auto di medie dimensioni. La fotografò più volte, cambiando inquadratura, quindi fece un paio di scatti più larghi per collocarla nel contesto del parco di Covignano. E fu allora che lo vide. Un luccichio debole che spuntava dal terreno a poca distanza dall'impronta della ruota. Attilio si piegò sulle gambe e avvicinò la testa, mettendo a fuoco la punta di un oggetto nero e semi-sotterrato. Osservandolo con attenzione, vide qualcosa che somigliava a un vetro frantumato. Si guardò intorno un paio di volte con il cuore in gola, quindi, una volta sicuro che nessuno lo stesse notando, cominciò a smuovere il terriccio con un piede. Dal campo spuntò un cellulare di ultima generazione. Aveva lo schermo distrutto, ma per il resto il telefono sembrava in buono stato. Il cronista rimase a fissare per diversi secondi quell'apparecchio, poi, con le pulsazioni a mille, lo capovolse, usando un piede. Alla fine si fece coraggio, prese un fazzolettino di carta dallo zaino e lo raccolse, sentendosi come un sicario che stava facendo sparire la prova di un delitto appena commesso. Lo avvolse per bene, stando attento a non toccarlo, e lo infilò velocemente nello zaino, allontanandosi a passo svelto da quel luogo.

Con il fiato grosso per l'emozione, tornò nel punto in cui aveva lasciato Loris per comunicargli l'esito della sua perlustrazione ma il suo breve momento d'orgoglio svanì in un attimo. Il fotografo se n'era già andato, senza degnarsi di avvertirlo. In più, con l'arrivo della polizia scientifica, l'area interdetta era stata ulteriormente estesa e ogni possibile approccio agli ufficiali impegnati sulla scena del crimine era divenuto proibitivo. Ma non era stato un viaggio a vuoto. La sua prima uscita in strada aveva prodotto un risultato eclatante.

6

«La polizia se ne frega, capisce? *Stiamo ancora nella fase iniziale delle indagini,* mi hanno detto, *le faremo sapere.* La verità è che non gliene frega niente di mio fratello! A chi importa se un tossico brasiliano che si prostituisce viene fatto a pezzi come un cane in una specie di discarica? So come ragiona la polizia. Uno di meno, pensano. In fondo se l'è cercata. Ma non è così glielo assicuro. Danny aveva problemi di droga e faceva sesso a pagamento per comprarsi le dosi. Ma era sempre molto attento e selezionava scrupolosamente i suoi clienti, sia gli uomini, sia le donne. Non si sarebbe mai fatto trascinare in quel letamaio di Covignano. È caduto in una trappola, mi creda ispettore».

«Mi chiami Marcus, la prego. Non sono più un poliziotto».

Di fronte alla scrivania di Damiani, straziata dal dolore, Alexia Olivares, una donna sui 38 anni, con un tailleur verde scuro, una camicetta bianca, i capelli biondi e lisci e il trucco che le colava dagli occhi, cercava faticosamente di spiegare al detective chi fosse e il motivo per cui si era rivolta a lui.

«Io e mio fratello siamo arrivati a Rimini sei anni fa. Abbiamo lasciato Curitiba quando Danny ne aveva 12. Non eravamo profughi o clandestini. Ci siamo trasferiti in Italia dopo che i nostri genitori sono morti, entrambi, in un incidente stradale. Ho venduto la casa e con i soldi dell'eredità abbiamo riorganizzato la nostra vita. Io ho studiato economia e commercio e mi sono laureata all'università di Bologna mentre mio fratello, dopo il diploma di maturità al liceo artistico, ha smesso completamente di studiare. Il suo sogno era disegnare abiti da sposa e da cerimonia. Purtroppo ogni suo progetto se l'è portato via prima la cocaina, poi l'eroina. Oltre a una serie infinita di amicizie sbagliate. Con il trasferimento a Rimini le cose, se possibile, sono addirittura peggiorate. Danny aveva allargato il suo giro di spacciatori e ha iniziato a frequentare quelle maledette chat di incontri per sesso a pagamento. Non quelle, per così dire, legali, tipo Tinder o Grindr ma siti più oscuri e malfamati. Andava con tutti, uomini e donne di ogni età. Non aveva preferenze o preclusioni. Lo faceva solo per soldi. Ad essere sincera non ho mai capito quale fossero le sue inclinazioni sessuali. Credo molto semplicemente che nemmeno lui le conoscesse e che neppure fosse interessato ad averne una.»

La donna fece un lungo sospiro e poi continuò. «Sa quante volte ho provato a fargli capire che si trattava di un gioco pericoloso e che non ne valeva la pena. Io sono manager di un'agenzia internazionale nel settore dell'ospitalità che gestisce hotel e case vacanze per stranieri. Ho un ottimo stipendio e mi sono offerta più volte di aiutarlo, anche pagandogli degli specialisti per liberarsi della sua dipendenza. Ma Danny non ha mai voluto saperne. Drogarsi e vendersi era il suo modo di sentirsi vivo e stare al centro dell'attenzione. E poi era talmente bello che non aveva certamente problemi a trovare i clienti».

Alexia iniziò a singhiozzare e Marcus le passò un paio di fazzoletti di carta.

«Qual è il nome completo di suo fratello?»

«Si chiama Daniele Olivares ma per tutti è Danny, cioè era...»

«Cosa le hanno detto in questura?»

«Ho parlato con una donna. L'ispettrice che dirige la sezione dei reati legati alla prostituzione. È lei che segue il caso di Danny. Si chiama Domizia Sartori. Una donna insopportabile che si dà un sacco di arie. Mi ha ripetuto fino allo sfinimento di non preoccuparmi, che faranno tutto il possibile per scoprire e arrestare chi ha ucciso mio fratello. Che utilizzeranno tutte le risorse a loro disposizione per andare a fondo nelle indagini. Parole, frasi fatte, slogan ripetuti migliaia di volte. Io so che non faranno nulla, nella mente di quella poliziotta il caso è già archiviato come irrisolto. Un bel timbro e via, chiuso in un armadio a prendere polvere».

«Non sia così pessimista, Alexia, l'omicidio di Danny è su tutti i giornali. La polizia non può permettersi di trascurare le indagini».

«Oh certo, in pubblico fingeranno di essere al lavoro 24 ore su 24 su questa inchiesta, faranno qualche finto accertamento qua e là, interrogheranno un paio di tossici o extracomunitari e poi, appena la notizia scomparirà dai giornali, se ne laveranno completamente le mani».

«È possibile, non lo nego. Però io aspetterei qualche giorno prima di accusare la polizia di inefficienza».

«Non faranno niente, le ripeto! È una sensazione che ho avuto sin dal primo momento in cui ho parlato con quell'ispettrice».

«Mi stia a sentire, Alexia. Non è facile per una donna lavorare in un ambiente maschilista come quello della polizia. Soprattutto se ricopre un ruolo di responsabilità. Ogni giorno deve dimostrare di essere credibile e professionale e avere la forza di dare ordini a poliziotti per la maggior parte uomini, suoi sottoposti, che probabilmente la considerano solo una raccomandata incapace se non qualcosa di peggiore. Diamole una chance, evitiamo, almeno noi, di farci condizionare dai pregiudizi».

La donna si asciugò gli occhi, fece un lungo sospiro, e poi rivelò:

«È stata la Sartori a dirmi di rivolgermi a lei, detective. Mi ha detto che così sarei stata più tranquilla ma io credo che sia solo una scusa per giustificare la loro negligenza e noncuranza».

«Le ha fatto proprio il mio nome ?»

«È lei Marcus Damiani, titolare dell'agenzia investigativa privata Secret Rainbow?»

«Sì, sono io ma non conosco personalmente l'ispettrice Sartori».

«Bè, allora ? Cosa intende fare? Accetta il caso?»

«Sì, sì, certo, Alexia, non si preoccupi. Chiederò subito un incontro con la Sartori. Ma prima mi dica una cosa. Suo fratello chattava con il computer o con il cellulare?»

«Solo con il telefono, stava attaccato a quell'arnese giorno e notte. Non ha mai avuto, o voluto, un pc».

«Quindi lo aveva con sé anche quando è stato ucciso?»

«È molto probabile».

«In quel telefono potrebbe esserci qualche riferimento al suo ultimo appuntamento, secondo lei?»

«Sì, sempre che lo abbia organizzato attraverso una di quelle chat».

«Le risulta che la polizia lo abbia rinvenuto assieme al corpo di Danny?»

«Non ne ho idea, adesso risulta spento. Lo chieda a quella donna».

7

Prostituzione e criminalità diffusa extracomunitaria. La squallida e triste insegna in laminato plastico sovrastava la porta a vetri di un lungo corridoio al secondo piano della Questura di Rimini, negli uffici della squadra mobile.

«Molto meglio quando si chiamava semplicemente buoncostume» pensò Damiani, varcando la soglia della sezione.

La morte violenta di Danny e le suppliche strazianti della sorella Alexia lo avevano turbato. Non che non fosse abituato ad avere a che fare con crimini efferati e famigliari distrutti dal dolore. E non lo turbava e nemmeno il fatto che la vittima fosse della sua stessa nazionalità.

Era il luogo del delitto che gli aveva instillato una strana e persistente sensazione di disagio e di pericolo, senza per altro consentirgli ancora di mettere a fuoco la vera gravità dell'episodio. Marcus ricordava bene cos'era il Wonderland negli anni '90, la discoteca più trendy della provincia di Rimini, un luogo di culto per la gente della notte.

Fino a quando divenne il teatro di uno dei fatti più gravi e incresciosi degli ultimi decenni, ancora una volta legato al caso del *killer delle ballerine.* Negli uffici del Wonderland l'allora vicequestore di Forlì, Daniele Sacchi, l'allora capo della mobile di Rimini, Terenzio Cinti, l'ispettore Alvaro Gerace e il sovrintendente Guglielmo Petralia, furono coinvolti in uno scontro a fuoco, assieme al giornalista della "Gazzetta di Forlì", Luca Rambaldi. Quest'ultimo e Gerace rimasero feriti, mentre Cinti e Petralia persero la vita. Sacchi, anche lui ferito in modo non grave, riuscì a fuggire. A parte Gerace, e ovviamente Rambaldi, tutti e tre i poliziotti avevano avuto un ruolo nel tentativo di coprire ed insabbiare i crimini attribuiti al *killer delle ballerine.* E tra essi Sacchi risultò essere il principale artefice e organizzatore di questo giro di corruzione e violenza. Qualche giorno dopo la sparatoria, il vicequestore di Forlì si suicidò, sparandosi un colpo alla testa con la sua pistola d'ordinanza.

La vicenda creò una profonda ferita nella società riminese dell'epoca e ancora di più nell'ambiente della polizia emiliano-romagnola di cui Marcus Damiani, era, allora, parte integrante, avendo, tra l'altro, contribuito attivamente alle indagini. Dopo quella drammatica serie di fatti, le discoteche del riminese iniziarono un lento e inarrestabile declino. E il Wonderland fu tra le prime a collassare.

Dopo anni Marcus non si era ancora liberato di quel fastidio che lo invadeva ogni volta che entrava dentro un ufficio di polizia. Non a caso, per l'occasione, aveva deciso di indossare una sgargiante gonna nera, lunga fino ai piedi, una maglia dello stesso colore, aderente, con lo scollo profondo a V e un cardigan largo, sempre nero, senza bottoni che gli arrivava fino a sotto il sedere. Sul volto aveva un paio di occhiali da sole avvolgenti e un rossetto scuro come lo smalto delle sue unghie. Il sovrintendente Luigi Mariani gli venne incontro dalla parte opposta del corridoio, sfoggiando un sorriso meccanico che non riuscì comunque a nascondere l'imbarazzo che provava per il modo in cui era vestito Damiani.

Mariani era un uomo atletico, sui 35 anni, con i capelli biondi e una barba castana, tenuta rasata a una lunghezza costante di 5 millimetri. Indossava abiti firmati ed era molto attento alla sua immagine.

«Da questa parte signor Damiani!» esordì il poliziotto, bloccandosi all'inizio del corridoio. «Sono il sovrintendente Luigi Mariani, la dottoressa Sartori la sta aspettando».

Marcus notò immediatamente come l'agente si stesse tenendo a distanza e ancora di più il fatto che lo avesse chiamato signore.

I due non si diedero la mano e non si scambiarono una parola di più.

Mariani condusse il detective nell'ultima stanza a sinistra del corridoio, bussò e si limitò a un freddo «Prego!» facendo segno a Damiani di entrare nella stanza. Quindi si allontanò , chiudendosi la porta alle spalle.

L'accoglienza di Domizia Sartori fu esattamente l'opposto.

«Benvenuto Marcus!» disse, scattando in piedi dalla scrivania e porgendogli la mano con un largo sorriso.

«Grazie dottoressa» rispose Damiani, con tono decisamente meno entusiasta.

«Non ci conosciamo personalmente ma direi che potremmo darci del tu, che ne dice?» attaccò la donna, dopo aver fatto accomodare l'investigatore privato in una sedia davanti al suo tavolo.

«Per me va bene!» replicò Damiani, con un sorriso sornione.

«Mi sfugge qualcosa?» chiese la poliziotta.

«No, niente. Solo che è la prima volta che incontro qualcuno della polizia che non mi proferisce la solita ambigua frase... *in fondo siamo colleghi...*»

«E la cosa le dispiace?»

«Al contrario. Non sono più un poliziotto da anni».

«Come vede ho fatto i compiti a casa».

«Direi che li ha anche imparati bene».

L'ispettrice sorrise, senza aprire la bocca, e appoggiò la schiena alla sedia mentre Marcus si concentrò sul suo volto. Se l'aspettava molto più vecchia e invece avrà avuto sì e no trent'anni. Non era molto alta ma aveva un corpo aggraziato e tonico, modellato da un costante ed equilibrato esercizio fisico. Il suo pezzo forte erano gli occhi, di un azzurro tendente al blu e i capelli corvini, tagliati corti. Una donna nel complesso molto attraente, pensò Damiani, di quelle da far girare la testa ai colleghi sebbene la sua impressione fosse che a lei, degli uomini, interessasse poco.

«C'è qualcos'altro che ti sorprende?» domandò Domizia, quasi leggendogli nel pensiero.

«No, scusi, anzi, scusa, mi sono distratto» rispose Marcus «grazie ancora per avermi ricevuto».

«In realtà sono io che ti devo ringraziare, anzi che mi devo scusare con te» precisò la poliziotta «visto che ti ho mandato la sorella di quel ragazzo ucciso senza nemmeno farti prima una telefonata. Spero che non ti abbia troppo afflitto».

«No, assolutamente, è una donna disperata che ha bisogno di aiuto. Hai fatto bene a consigliarle di rivolgersi a me, le ho promesso che mi occuperò del caso ma vorrei subito chiarire che non ho intenzione di intralciare il tuo lavoro e creare problemi all'indagine della polizia. Per questo ho chiesto di incontrarti».

«Se uniamo le forze, credo che potremmo scoprire chi ha massacrato quel povero ragazzo» confermò Domizia «come sai la polizia può fare molto ma non tutto e le risorse sono quello che sono. Alexia mi ha fatto una gran pena. È convinta che il fatto di essere straniera e che il fratello fosse, per giunta, anche tossicodipendente, oltre a prostituirsi, ci porti a pensare che non vale la pena indagare a fondo. Ha un'opinione molto negativa delle forze dell'ordine».

«Si sbaglia?»

«In questo caso sì. Io sono determinata ad andare fino in fondo a questa storia e spero tu possa darmi una mano».

«Cosa dice Battisti?» domandò Marcus.

«Cosa vuoi che dica? È uno che non si espone, un carrierista. Mi ha lasciato tutta la libertà ma anche la responsabilità del caso. Così se toppo sono cavoli miei».

«Tipico. Che idea ti se fatta della vicenda, fino a ora?»

«Apparentemente sembra il delitto di un soggetto compulsivo, affetto da stress post-traumatico di tipo sessuale. Motivo per cui, oltre all'eccessiva violenza nel perpetrare l'omicidio, ha infierito sui genitali della sua vittima. Da bambino potrebbe essere stato violentato o abusato da un adulto».

«Wow! Non sapevo fossi anche una profiler!» commentò Marcus, sottolineando il suo stupore.

«Non lo sono, infatti» precisò Domizia, compiaciuta «sono fresca di un corso online che il ministero propone a tutti i suoi dipendenti. E poi lo studio dei disturbi psicologici in materia criminale mi ha sempre affascinato».

«Dovresti seguire le tue aspirazioni e farti trasferire alla sezione omicidi».

«Per farmi trattare come una maestrina insolente da quei vecchi tromboni che dividono il mondo tra buoni e cattivi, uomini duri e resto del mondo e tra puttane e magnaccia? No, grazie. Per il momento me ne sto qui all'immigrazione dove, per lo meno, sono io a decidere come impostare le indagini».

«Sono d'accordo, tra l'altro la carriera non si fa certamente in questa fogna. Avrai sicuramente modo di mettere a frutto il tuo talento altrove» confermò Marcus, sempre più ben disposto verso la poliziotta.

«Ti ringrazio Damiani».

«Consentimi però un dubbio» riprese l'investigatore privato «a mio avviso la componente compulsiva del killer è fuori discussione, come anche che abbia sofferto di un PTSD, lo stress psicologico successivo a un forte trauma, un elemento molto ricorrente. Secondo me però il killer è anche un soggetto border-line, affetto da rabbia patologica. Soffre di una sete di violenza persistente e insaziabile ma riesce a nasconderla dietro un apparente aspetto di normalità, dalla quale sfugge ogni qual volta compie i suoi atti, abbandonandosi a una ferocia incontrollabile. È di certo un soggetto dissociato con disturbi dell'identità».

«Adesso sono io che ti faccio i complimenti, Marcus! Una vera lezione di psicologia criminale!»

«Prima di diventare uno sbirro volevo fare lo psichiatra e ho studiato psicologia forense e criminologia all'Università di San Paolo» spiegò Marcus «ma in Brasile, ai miei tempi, studiare era un privilegio per le classi ricche, non per una famiglia di otto figli come la mia, con genitori senza un lavoro fisso. Ho frequentato solo due anni e poi mi sono arruolato nella *Policia Federal* dello stato di *Sao Paulo*».

«E come sei arrivato in Italia?»

«Grazie al mio cognome, e alla mia incontenibile voglia di cambiare vita. Facendo leva sulle mie origini italiane, ho fatto domanda al consolato di San Paolo per avere la cittadinanza. Una volta ottenuta, mi sono rivolto all'Interpol per chiedere un trasferimento in Italia. Non è stato facile e ci sono voluti parecchi anni ma alla fine mi hanno assegnato alla Polizia di Stato. La mia prima sede è stata Roma, nel reparto antidroga. Poi Bologna, anticrimine e squadra mobile. Con mansioni di indagini sotto copertura».

«Determinazione e costanza non ti mancano, vedo. In pochi sarebbero disposti a perseguire i propri obiettivi come hai fatto tu» commentò Domizia.

«Lo pensavo anch'io. Poi ho capito che stavo cercando qualcosa che non esisteva. Mi sono fatto un viaggio che era solo nella mia testa. Fare i conti con la realtà è stato drammatico».

«A cosa ti riferisci?»

«Tu eri ancora una bambina, probabilmente non ricordi. Alla fine degli anni '90, la polizia di questa regione è stata al centro di ripetuti scandali ed episodi a dir poco immorali. Avrai senz'altro sentito parlare della banda della Fiat Uno bianca, un gruppo di poliziotti assassini che per oltre dieci anni ha compiuto rapine, omicidi e attentati tra l'Emilia, la Romagna e le Marche, uccidendo 25 persone e ferendone centinaia. E tutto ciò mentre, nella vita normale, continuavano a indossare la loro sporca divisa».

«Sì, conosco i fatti, una vicenda sconvolgente» disse la Sartori.

«E poi c'è quell'altra storia, del serial killer delle cubiste delle discoteche. Un turpe caso di violenza famigliare, abusi sessuali e soprusi verificatosi a Rimini vent'anni fa, nel quale furono coinvolti funzionari corrotti di polizia del commissariato locale e della mobile di Forlì. Lavorai all'inchiesta sotto copertura e ti assicuro che scoprire la verità fu straziante per uno come me che credeva nei principi e nei valori di un mestiere che consideravo una missione».

«È per questo che hai deciso di lasciare la polizia?»

«Non solo» precisò Damiani, senza aggiungere altro.

«Posso chiederti se c'entra qualcosa il tuo modo di...» disse Domizia, abbassando il tono della voce.

«Il mio modo di essere? La mia identità sessuale?» la incalzò Marcus «Sì, c'entra eccome. La polizia è un ambiente omofobo, razzista, intollerante e maschilista. Fino a quando usavo i miei travestimenti per svolgere le indagini sotto copertura andava tutto bene. L'importante era che ci fosse un motivo accettabile per cui indossare abiti femminili e truccarmi. Naturalmente, dopo, dovevo tornare uomo a tutti gli effetti, mettermi la divisa, fare le battutine xenofobe e settarie, offendere finocchi, neri e prostitute. La situazione è precipitata quando travestirmi è divenuta un'esigenza personale. Ho subito atti di bullismo, angherie, prevaricazioni e vessazioni, fisiche e psicologiche».

«Hai fatto denuncia?»

«Più di una volta. Gli unici risultati che ho ottenuto sono stati un paio di provvedimenti disciplinari a carico dei miei aguzzini, ridotti dopo poche settimane, continui trasferimenti di ufficio e un aumento dei maltrattamenti e delle sopraffazioni. Da checca e culattone ero divenuto un negro, frocio e infame che tradisce i colleghi».

«Che schifo. Capisco che tu abbia deciso di lasciare la polizia».

«Non è stato solo per quello» sottolineò Damiani «hanno anche tentato di uccidermi».

«Stai scherzando, vero?»

«Purtroppo no. È accaduto una sera di aprile, a fine turno, mentre uscivo dalla Questura di Bologna. Un'auto pirata mi ha investito a tutta velocità in piazza Roosvelt, a pochi metri dagli uffici della polizia. Ho riportato fratture in tutto il corpo, di cui una gravissima e multipla alla gamba destra, oltre a un trauma alla testa con emorragia interna. Sono rimasto in coma 28 giorni e ho subito sette interventi chirurgici per evitare l'amputazione della gamba e tentare di ricostruirla. I medici sono riusciti a salvarla ma è rimasta più corta».

«Terribile. Hanno arrestato il pirata?»

«Tu che dici? Le indagini le ha fatte la polizia».

«Pensi sul serio che siano stati i tuoi colleghi?»

«Ne sono certo. Forse non volevano ammazzarmi ma sicuramente darmi una lezione e possibilmente togliermi di mezzo. E ci sono riusciti. Uscito dall'ospedale ho scritto la lettera di congedo».

Domizia rimase in silenzio, cercando di trovare le parole adatte per esprimere la propria vicinanza a Damiani e scusarsi a nome del corpo a cui apparteneva. Ma lui la tolse subito dall'imbarazzo.

«Tranquilla Sartori, è acqua passata, non ti affliggere. Ora sono un essere umano felice e risolto, orgoglioso delle proprie scelte e pronto a lottare a fianco dei non allineati. Lasciare la polizia è stata la decisione più giusta che abbia fatto da quando sono nato. E adesso non intendo fare più sconti».

«Bene, mi fa molto piacere per te» disse Domizia, sollevata «spero solo che tu non mi consideri una nemica».

«L'unico nemico, al momento, è quello psicopatico che ha massacrato quel povero ragazzo a Covignano. E noi facciamo parte della stessa squadra».

«Assolutamente sì. Sono al tuo fianco al cento per cento».

«Bene, allora devo chiederti subito una cosa» fece il detective privato. «Posso avere copia dei tabulati dei contatti telefonici e dello scambio di dati dello smartphone di Danny?»

«Non li abbiamo ancora ricevuti. Ho già inoltrato la richiesta a diversi provider, ma ci vorranno giorni prima che possano fornirci le informazioni».

«Perché?» chiese stupito il detective.

«Purtroppo non abbiamo rinvenuto il cellulare del ragazzo. Al giorno d'oggi tutti comunicano con le chat e utilizzano le app anche per telefonare e Danny non era un'eccezione. Ma senza lo smartphone il recupero dei dati è un'operazione piuttosto ardua».

«La sorella del giovane mi ha detto che non si separava mai dal suo telefono» puntualizzò Damiani.

«Sì, lo ha detto anche a me. Ma addosso non ce l'aveva e le ricerche nell'area di ritrovamento del cadavere non hanno dato esito».

«Credi che l'abbia preso il suo assassino?»

«L'ho pensato subito. È molto probabile che Danny abbia dato appuntamento al suo assassino attraverso una chat d'incontri e che quindi il telefono contenga traccia di quel dialogo. Escludo che il killer abbia usato la sua vera identità. In ogni caso deve aver preferito far sparire ogni traccia».

«E la app? Hai idea di quale possa avere usato?»

«La sorella non ha saputo indicarmela. Mi ha solo riferito di come il fratello preferisse utilizzare chat poco conosciute e molto, per così dire... trasgressive e oscure. Ho già fatto richiesta alla polizia postale. Pare però ve ne siano decine che aprono e chiudono nel giro di poche settimane».

«Farò una ricerca tra i miei contatti. Se verrò a capo di qualcosa te lo farò sapere».

«Mi sembra un'ottima decisione. Grazie Marcus, naturalmente io farò lo stesso».

8

Sette minuti. Era il tempo necessario per percorrere a piedi, con un'andatura normale, il tragitto tra la Questura di Rimini e l'agenzia investigativa Secret Rainbow. Ma il passo di Damiani, condizionato dalla menomazione agli arti, era più lento dell'ordinario. Così, dopo sei minuti, il detective si trovava ancora a metà strada, all'angolo tra via Verdi e via D'Azeglio. L'incontro con l'ispettrice Sartori era andato meglio di quanto si aspettasse. Al di là dell'intesa che si era creata fra loro, Marcus aveva percepito qualcosa di famigliare in quella donna, nella quale aveva rivisto la propria sofferenza e il proprio disagio nel fare parte di un ambiente intollerante e fazioso. Questo non significava che avrebbero condiviso ogni momento dell'indagine e avrebbero lavorato come una squadra, tuttavia, per una volta, grazie a Domizia, Marcus si ritrovò a non considerare la polizia come un contendente, o peggio, un avversario.

Il suo feeling positivo si interruppe però di colpo.

Non appena raggiunta via Soardi, provenendo da Piazza Malatesta, un brivido percorse la sua schiena. Il detective ebbe la netta impressione che qualcuno lo stesse spiando. Si bloccò improvvisamente e, altrettanto velocemente, girò la testa indietro e poi verso destra, in direzione della ringhiera che delimitava il parco della chiesa di S. Agostino. Tutto appariva tranquillo. Procedette qualche metro e ripeté l'operazione, ottenendo lo stesso risultato. Eppure il suo cuore aveva aumentato i battiti e poi continuava ad avvertire un formicolio costante che scendeva dalla spalle alle braccia. Estrasse il cellulare e scattò una serie di foto a 360 gradi, nel caso il suo occhio avesse perso qualcosa, ripromettendosi di esaminarle con calma una volta giunto in agenzia. Quindi si rimise in cammino, aumentando l'andatura e in quattro minuti giunse al suo ufficio. La porta era regolarmente sprangata e il vicolo era, come sempre, poco affollato. Sollevò la serranda, inserì la chiave nella serratura, entrò nell'agenzia e richiuse rapidamente l'uscio, continuando a provare una sensazione di urgenza e inquietudine. La stessa che gli impedì di accorgersi di quell'ombra scura, alle sue spalle, che spuntava appena dal portone di un palazzo dall'altra parte del vicolo e che si rifletteva nell'ampia vetrina del suo studio.

9

Si guardò allo specchio e, per l'ennesima volta, rivide Samantha. Quella sera al Classic la sua alter ego sarebbe tornata protagonista. Per l'occasione Marcus decise di indossare una tuta intera, morbida e glitterata, con sfumature tra il nero e l'argento, scollo incrociato con nodo all'altezza del petto, maniche svasate e pantaloni a campana a coprire interamente gli stivaletti neri, allacciati, con tacco differenziato. Si infilò una parrucca bionda, si truccò pesantemente gli occhi di un blu elettrico e stese sulle labbra un gloss colorato sul rosso scuro.

Arrivò alla discoteca in taxi, poco prima di mezzanotte, e non appena varcò la soglia del Classic, si sentì subito a suo agio, in quell'ambiente senza pregiudizi e regole.

Sebbene fosse ancora relativamente presto per una festa in un locale notturno, l'enorme sala su più livelli, al cui centro sorgeva la pista da ballo, era già super affollata. Ciò nonostante, la musica, tenuta a un livello di decibel accettabile, consentiva agli ospiti di intrattenersi e conversare e anche lo spazio vitale risultava, fino a quel momento, adeguato. L'atmosfera appariva complessivamente leggera ed elettrizzante. Non era una festa rigorosamente LGBT e non prevedeva un dress-code ma il numero di ospiti che indossavano un travestimento era nettamente superiore a quello delle persone in abiti classici. Le note predominanti erano quelle dei brani sexy-chic degli anni '90 e sui cubi che svettavano a ridosso del mixer e in cinque diversi angoli della pista, piroettavano, a ritmo di musica, performers dal sesso indecifrabile, con indosso i costumi delle star dell'epoca, quali David Bowie, Elton John, Freddy Mercury, Boy George, Renato Zero, Ivan Cattaneo, Alberto Camerini e Tim Curry, lo *sweet transvestite* di Rocky Horror Picture Show.

All'entrata vi era lo stand dell'associazione "Aperta" con materiale informativo e un POS che consentiva di effettuare pagamenti elettronici per la raccolta fondi.

Samantha salutò cordialmente la direttrice della charity, ringraziandola per l'invito, e puntò verso lo sfavillante cocktail bar, illuminato da una cascata di luci colorate sui toni dell'arcobaleno. Almeno per quella sera, si era ripromessa di lasciare da parte le indagini e godersi la festa ma non appena giunse al bancone, il suo sguardo cominciò a passare al setaccio i presenti, concentrandosi in particolare su coloro senza costume. La prima persona conosciuta che intravide fu l'ispettrice Sartori e il suo assistente, Mariani. Erano in borghese e tentavano, non riuscendoci, di assumere un atteggiamento rilassato e gioioso. Anche un occhio meno esperto di quello di Samantha sarebbe stato in grado di capire che si trattava di due poliziotti. I due continuavano a guardarsi intorno alla ricerca di qualcosa, o qualcuno, che risultasse quanto meno ambiguo se non decisamente sospetto.

Come Mariani si allontanò di qualche metro, Samantha raggiunse la poliziotta.

«Notato qualcuno di interessante?» esordì, approcciandola alle spalle.

Domizia ebbe un sussulto e si girò di scatto, cercando inutilmente di nascondere la sorpresa nel vedere il travestimento del detective privato.

«Ti piace il mio vestito o sei sorpresa di vedermi?» la schernì Samantha, passandosi l'indice all'angolo della bocca.

«No... cioè, sì... ma... stai benissimo, veramente! Quella tuta ti dona particolarmente...»

«Sei una bugiarda, ma ti perdono. Ti presento Samantha, la mia investigatrice sotto copertura» disse, allungandole la mano.

«È un onore. Me ne avevi parlato ma non avrei certo immaginato...»

«Che fosse così impudente, eccessiva, intemperante?»

«No, no, anzi... la trovo una copertura perfetta».

«Vent'anni fa in effetti lo era, oggi Samantha è una persona reale, che fa parte di me, non è più un mascheramento».

«Sì, capisco» disse Domizia in evidente imbarazzo, evitando ulteriori commenti.

«Cosa vi porta qui?» domandò Samantha, liberandola dall'impaccio.

«Niente di specifico. Considerando la risonanza e la natura dell'evento, ho pensato che sarebbe stato utile venire a dare un'occhiata da vicino ai presenti».

«C'è qualcuno in particolare nel vostro radar? Avete già un sospetto per l'omicidio di Danny?»

«Purtroppo no, stiamo ancora cercando di capire chi siano le ultime persone che il ragazzo ha conosciuto in chat e che avrebbe incontrato prima di venire ucciso. Ma questo tipo di appuntamenti si svolge solitamente in luoghi privati, lontano da possibili testimoni. Senza i dati del telefono della vittima possiamo fare ben poco».

«Credi che l'assassino frequenti ambienti gay o LGBT ?»

«Non scarto nessuna ipotesi. È il motivo per cui siamo qui».

«Io conosco parecchia gente di questo entourage. Se ti serve posso darti una mano e introdurti nel circolo».

«Grazie Marcus».

«Samantha».

«Sì, scusa, grazie Samantha, magari più avanti nel corso della serata. Adesso mi guardo un po' intorno».

«Come vuoi ma toglietevi quell'aria da sbirro di dosso o nessuno vi si avvicinerà. E la prossima volta che decidete di partecipare a questo tipo di serate, avvertimi così vi potrò dare qualche consiglio sul look» disse Samantha, dandole un bacio sulla guancia e allontanandosi ancheggiando.

Questa volta fu lei a essere colta di sorpresa, mentre tornava verso il bar.

«Samantha? Ma sei proprio tu?» disse una voce alle sue spalle.

Sì voltò e si trovo di fronte una donna sui quarant'anni, molto attraente, con una chioma di capelli neri e lucidi, occhi verdi, sguardo intenso e una linea perfetta, esaltata da un vestito nero da sera, lungo e senza maniche.

«Non ci posso credere!» esclamò Samantha, portandosi la mano sulla bocca «Sei proprio tu, C...»

«Si, amica mia, sono proprio io, Carmen, Carmen Gemini».

Si abbracciarono con trasporto e rimasero diversi minuti l'una tra le braccia dell'altra, con gli occhi velati di commozione.

«Basta, basta, ci ho messo ore a truccarmi...» fece quindi Samantha, staccandosi da quella stretta e passandosi il dorso dell'indice sotto gli occhi.

«Sono così felice di vederti!» attaccò Carmen, stringendosi le mani al petto. «Sono quasi vent'anni che ci siamo perse di vista».

«Tu sei ancora più bella di allora!» disse Samantha «sei diventata una donna affascinante».

«Se è per questo anche tu non sei cambiata, ti trovo in gran forma».

«Grazie per la bugia. Non hai mai saputo mentire. Ho quasi venti chili in più e sono fisicamente menomata. Però rispetto a inizio millennio mi sento molto più risolta, almeno psicologicamente».

«Io ti vedo benissimo, sul serio. Sei luminosa, raggiante. Hai un'aria che trasmette vitalità, positività».

«E tu sei un angelo incredibilmente gentile che non riesce a dire le bugie. Vieni, sediamoci in un posto meno rumoroso».

«Ho un'idea, andiamo nel privé. ti faccio strada» suggerì Carmen.

Dopo avere faticosamente superato una folla di persone in abiti succinti, fetish, burlesque e in stile drag-queen, giunsero a un'area sopraelevata, circoscritta da un cordone di velluto rosso, sulla balconata che si affacciava sopra la pista. Non appena videro la donna, due culturisti a petto nudo, con colletto bianco e papillon, che controllavano l'accesso a quella zona, scattarono sull'attenti e staccarono la corda rossa per permettere a Carmen e Samantha di passare. Le due presero posto su un divanetto bianco di pelle e ordinarono due Hendrick's con Fever Tree Mediterranean, Premium Indian con una montagna di ghiaccio e una scorza di lime.

«Vedo che sei di casa qui» commentò Samantha.

«Sì, sono la direttrice artistica di questo locale. Sto cercando di farlo tornare ai bei tempi del Classic di vent'anni fa».

«Ottima idea. Mi sembra che tu sia sulla buona strada».

«Stasera è una serata speciale. Bisogna vedere come va nei giorni normali. Ma sono fiduciosa, nonostante i tempi d'oro delle discoteche di Rimini siano ormai tramontati, sono convinta che un locale che punta sull'originalità e sulla qualità possa trovare la sua nicchia. O almeno lo spero».

«Sei sempre stata avanti rispetto ai tempi. A vent'anni, quando ti ho conosciuta, mentre le tue coetanee scimmiottavano le veline o le ragazzine di *Bevery Hills 90210*, tu frequentavi locali alternativi e giravi con quelli, come noi, che allora qui chiamavano viados».

«E poliziotti sotto copertura...» sottolineò Carmen, sorridendo.

«Bè sì, almeno allora era così» confermò Samantha, condividendo il sorriso.

«Non sei più in polizia?»

«No, ho lasciato il corpo, la divisa... e l'anima. Adesso lavoro in privato e ho la mia agenzia investigativa».

«Spero non sia stato troppo traumatico» rimarcò Carmen.

«Abbastanza. È una storia lunga e complessa. Avremo sicuramente modo di parlarne».

«Ci conto, adesso che ti ho ritrovato non ho alcuna intenzione di lasciar passare altri vent'anni» disse Carmen, appoggiando affettuosamente una mano sulla spalla di Samantha.

«E tua mamma?» chiese timidamente quest'ultima.

«Se n'è andata, circa 5 anni fa. Una brutta malattia».

«Mi spiace».

«È la vita, che ci vuoi fare. Comunque ho tenuto la sua lavanderia di viale Ceccarini, a Riccione e la gestisco in collaborazione con un'associazione che si occupa del recupero di ragazzi tossicodipendenti. Niente a che vedere con San Patrignano. Lavorano su percorsi terapeutici che prevedono il lavoro e il reinserimento nella società. Io metto a disposizione la lavanderia per insegnare ai giovani un mestiere. Li assumo e li pago. E devo dire che il progetto funziona. Tra l'altro stasera sono presenti anche molti di loro qui al Classic».

«Cavolo, sei diventata proprio una donna speciale!» commentò Samantha. «Non che avessi dei dubbi».

«Non esagerare. La mia vita sentimentale, in compenso, è un vero disastro. Ho avuto un solo compagno. Un primo violino dell'Orchestra Filarmonica di Torino. Un artista di grande talento ma incapace di dedicarsi a qualcosa che non fosse la musica. L'ho conosciuto durante una sua tournée a Bologna. Abbiamo vissuto assieme per 13 anni a Torino. Poi è finita e sono tornata a Rimini con il cuore spezzato e una montagna di rimpianti».

«Avete dei figli?»

«No» rispose Carmen, abbassando lo sguardo e Samantha capì che era meglio cambiare argomento.

«A proposito di uomini, hai più visto o sentito Luca Rambaldi?» chiese.

«Come, non hai saputo?» domandò a sua volta Carmen.

«Ma, veramente...»

«Ha rischiato seriamente di morire» spiegò la donna «è successo circa sette anni fa. Stava facendo un'inchiesta sulla scomparsa di una bambina inglese a Cesenatico, assieme al suo amico di sempre, l'ispettore di polizia Alvaro Gerace...»

«Il mitico Alvaro?» non riuscì a trattenersi Samantha, scusandosi poi per averla interrotta.

«Sì, sì, proprio lui. Adesso non sto a raccontarti tutta la storia. Ti dico solo che lo hanno estratto all'ultimo momento da un'auto in fiamme. È stato settimane in coma e mesi all'ospedale. Alla fine, dopo averlo sottoposto a decine di interventi, sono riusciti a salvargli la vita. Non sono sicura però che sia stato un bene. Ha riportato ustioni gravi al volto e sul settanta per cento del corpo. Pare che il fuoco lo abbia completamente sfigurato. Da quel momento si è ritirato a vita privata e ha chiuso con tutti, anche con Gerace».

«Dio santo! Che tragedia, mi dispiace moltissimo per Luca. Credevo che tu e lui poteste avere un futuro assieme e invece...»

«Ci abbiamo provato. Dopo la fine agghiacciante della vicenda del *killer delle ballerine*, ci siamo frequentati per circa sei mesi. Io ero sinceramente innamorata di lui però Luca non provava gli stessi sentimenti nei miei confronti. Mi voleva bene e mi rispettava ma non è mai riuscito a elaborare il lutto per la morte violenta di Martina, la sua ex ragazza. Per un po' di tempo siamo rimasti amici, sforzandoci di restare in contatto. Poi, come sempre accade, ci siamo persi di vista».

«Lo so, è difficile quando ci sono di mezzo dei traumi come quello. Povero Luca, che vita dolorosa. Sai dove sia adesso?»

«Vive in solitudine nelle colline del riminese, vicino a Saludecio. Con i soldi dell'assicurazione del giornale, e del risarcimento stabilito dal tribunale, ha comprato una casa grande, con diversi ettari di terreno, circondata da poderi e boschi. Credo si sia messo a scrivere anche se non mi risulta abbia mai pubblicato un libro».

«Vi sentite ancora?»

«No, più volte mi sono ripromessa di chiamarlo ma non me la sono mai sentita».

«È comprensibile. E probabilmente anche per lui è difficile fare i conti col passato».

«Dai, ora però basta con i ricordi malinconici. Pensiamo alla festa di questa sera!» fece Carmen, abbozzando un sorriso.

«Concordo al cento per cento!» replicò Samantha. «Hai qualcuno da presentarmi?»

«Gli uomini e le donne più belli di Rimini!» disse con enfasi Carmen, alzandosi dal divanetto. Poi si bloccò, scrutò Samantha con aria improvvisamente guardinga e chiese «ma non sarai mica qui in missione?»

10

Se ne stava seduto in una poltroncina di pelle, vicino all'ingresso della discoteca, tra il guardaroba e il corridoio che portava ai bagni. Con il suo zaino tra i piedi, il tablet in mano e l'aria frastornata, Attilio D'Acquino continuava a osservare l'andirivieni di persone, ammirando i loro travestimenti come se si trovasse in un grande teatro interattivo. Sebbene avesse letto decine di articoli sui tempi d'oro della vita notturna riminese, era la prima volta che il giovane cronista metteva piede in una discoteca della zona ma tutto avrebbe immaginato tranne di assistere a uno spettacolo così fulgido e trasgressivo. Non aveva un piano preciso e nemmeno un obiettivo prefissato. Era lì solo per guardare e, possibilmente, capire le radici di un mondo a lui totalmente sconosciuto. Al quale, verosimilmente, apparteneva, quel povero ragazzo massacrato a Covignano. Il suo cellulare era ancora dentro lo zaino, avvolto in un fazzoletto di carta. Attilio lo teneva lì dentro, come un trofeo, in attesa di decidere se, e con chi, condividere la scoperta. Lo schock del ritrovamento di quello che pareva essere il telefono della vittima, era stato per il cronista talmente forte che non aveva ancora avuto il coraggio di toccarlo e provare ad accenderlo.

Assorto nei suoi pensieri, il suo sguardo cadde inconsapevolmente su una donna che stava uscendo dai bagni. Bionda, trucco pesante, una tuta intera con i lustrini e un'andatura incerta. Rimase a fissarla fino a quando lei gli si parò davanti e solo allora Attilio si rese conto che si trattava di un travestimento.

«Zainetto, tablet, abbigliamento da discount, trainers di bassa lega, aria da chierichetto. Cosa ci fai qui, figliolo? Non mi sembra propriamente il tuo ambiente. E soprattutto, perché mi stai osservando in modo così insistente? Capisco di essere per te una specie di alieno però, credimi, non è molto rispettoso» disse Samantha, con le mani sui fianchi, guardando D'Acquino dall'alto in basso.

«Ha ragione signora... m-mi spiace. Non la stavo guardando... anzi, cioè, m-mi sono incanta...»

«Aspetta un attimo!» lo interruppe Samantha «Ma io la tua voce la conosco! Ma sì, certo, ci siamo sentiti al telefono! Sei quel giornalista da scrivania della "Gazzetta di Forlì", il *social lover*! Cos'è successo? C'è stato un blackout elettrico in redazione?»

Attilio sentì il suo volto andare in fiamme e fu felice di trovarsi in un luogo poco illuminato. Non era sicuro di conoscere la persona che gli stava di fronte e non sapeva come comportarsi.

«Sono l'investigatore privato Marcus Damiani dell'agenzia Secret Rainbow. Questa sera però sono Samantha. È un piacere incontrarti di persona» disse, intuendo il disagio del giovane e porgendogli la mano.

Attilio balzò in piedi come se si trovasse di fronte a un generale e nel farlo fece cadere a terra il tablet. Con movimenti scomposti si abbassò per recuperarlo, rischiando di ribaltare la poltroncina su cui era seduto.

«Fermo, per carità! Ci penso io» fece Samantha, raccogliendo l' i-Pad e restituendoglielo. «Fai un bel respiro e rilassati. Quando sei pronto seguimi al bar. Sono proprio curiosa di conoscere il motivo della tua presenza qui stasera».

Cinque minuti dopo Samantha e Attilio erano seduti su due sgabelli al bancone. Lei ordinò un altro gin tonic, lui solo una tonica.

«Allora» attaccò Samantha «tu al Classic. C'è qualcosa che mi vuoi spiegare?»

«Ecco, io... sì, insomma, so-sono qui per lavoro» balbettò il cronista.

«Uhm… interessante! E di quale lavoro si tratta?» lo incalzò Samantha.

«Sto svolgendo un'inchiesta. Sì, anzi, in realtà la mia è una ricognizione, un sopralluogo, cioè, sto…»

«D'accordo, d'accordo, basta così! Mi stai facendo venire l'orticaria. Ripartiamo daccapo, nel vecchio stile, domanda e risposta. Cosa ci fai qui stasera?»

Attilio deglutì un sorso di acqua tonica, inspirò aria con la bocca e disse, tutto d'un fiato: «Sto svolgendo un'inchiesta giornalistica su un omicidio avvenuto di recente a Rimini. Ho ritenuto di potere trarre elementi utili alla mia indagine, venendo qui di persona».

«Wow, sono colpito!» esclamò Samantha «hai seguito il mio consiglio e hai scollato il culo dalla sedia! Bravo ragazzo! Sei sulla strada giusta per diventare un vero cronista. Posso chiederti di quale omicidio si tratta?»

«Sì, certo. L'uccisione di un ventenne di origine brasiliana nel parco dell'ex discoteca Wonderland, a Covignano. La vittima si chiama Daniele Olivares. Hanno rinvenuto il suo corpo straziato all'esterno dell'edificio».

«Che combinazione! Sto anch'io seguendo il caso per conto della famiglia. Ma non mi dire che sei stato anche sulla scena del crimine?»

«Confermo» rispose Attilio con fare orgoglioso. «Sono arrivato poco dopo il ritrovamento del cadavere, unico giornalista a raggiungere la zona prima che diventasse off-limits».

«Non ho parole. E come hai fatto ad essere così tempestivo?» domandò Samantha.

«Ecco, veramente…»

«Non preoccuparti. Se non vuoi svelare la tua fonte non c'è alcun problema. L' importante è che sia affidabile, cosa che mi sembra evidente, visto il risultato».

Ma il giovane cronista si sentiva pronto a condividere tutto con Samantha.

«È un fotografo riminese freelance di grande esperienza che collabora con la "Gazzetta". Si chiama Loris Fabb…»

«Il vecchio Loris?» lo interruppe nuovamente Samantha «È ancora in pista? Grande! Ottima scelta. Lui è un vero fenomeno. Hai fatto strabene ad affidarti a lui. Nonostante l'età è ancora il numero uno su piazza, non c'è nulla che gli possa sfuggire di ciò che avviene da queste parti. Pensa che anche Luca Rambaldi si affidava completamente a Loris».

«Mi ha avvertito e sono corso su a Covignano» riprese Attilio «è stata un'esperienza molto interessante».

«Lo immagino ma non considerarla solo un'esperienza, trasformala in una routine. È questo il modo giusto per diventare un giornalista investigativo. Raccontami allora, chi e che cosa hai visto una volta arrivato all'ex Wonderland?»

«Il cadavere era coperto con un telo. C'era una pattuglia con due agenti in divisa a protezione dell'area e altri due poliziotti in borghese vicino al luogo del rinvenimento. Presumo che fossero della squadra mobile. Quando sono arrivato la zona era già recintata. Ma Loris aveva già fatto tutte le foto».

«Non dubito. Hai parlato con qualcuno?»

«Purtroppo no, non mi hanno fatto avvicinare».

«Però li hai visti, giusto?»

«Da lontano, si».

«Ricordi chi fossero?»

«Una donna e un uomo. Avevano entrambi i guanti di lattice, la mascherina e i sovra-scarpe. Lei ha parlato tutto il tempo al cellulare mentre lui è stato sempre in disparte. Poi sono arrivati i tecnici della polizia scientifica con le tute bianche e la zona recintata è stata ulteriormente allargata. Da quel momento non sono più riuscito a vedere nulla».

«Hai detto una donna e un uomo, entrambi della mobile. Per caso sei riuscito a capire chi fossero?»

«Bè, ho fatto una ricerca sul sito della Questura di Rimini. Lei dovrebbe essere l'ispettrice Domizia Sartori, dirigente della sezione prostituzione e criminalità diffusa extracomunitaria. Il suo assistente è il sovrintendente Luigi Mariani, del medesimo reparto».

«Ottimo lavoro, ragazzo. E per caso hai intenzione di contattare la Sartori per farle qualche domanda?»

«Ho già fatto richiesta all'ufficio stampa» rispose D'Acquino meccanicamente, pentendosi subito di quell'affermazione.

«Non ti preoccupare, avrai tempo per imparare» scherzò Samantha «in ogni caso hai fatto già un grosso salto. Complimenti!»

«Grazie signor Damiani».

«Signor chi? Vedi dei signori qui? Chi ti ho detto che sono questa sera? Te lo sei già scordato?»

«No, no... mi scusi... signora Saman...»

«Lasciamo perdere. Un passo alla volta» sospirò Samantha «ora concentriamoci sull'indagine. Come pensi di muoverti?»

«Non saprei, non ho un piano preciso. Sono venuto qui perché vorrei capire qualcosa di più dell'ambiente...»

Attilio si bloccò, turbato e timoroso di dire qualcosa di offensivo.

«Dell'ambiente gay? LGBT? Transgender? Non avere paura di dire le cose come stanno. Credi che l'assassino di Daniele possa avere a che fare con questi gruppi? È una supposizione logica e razionale. Perché credi che io sia qui stasera? Lo sai che ci sono anche l'ispettrice Sartori e il suo assistente? Come vedi tutti abbiamo avuto la stessa idea».

«Davvero? Non l'avevo notata».

«Certo, se stai tutta la sera su quella poltroncina è difficile che tu possa incontrarla. In ogni caso non credo che stasera sia l'occasione giusta per tentare un approccio».

«Sì, ha ragione, grazie, magari dopo faccio un giro per la sala».

«Ottima idea! Osserva, ascolta e memorizza. Sono sicuro che ne ricaverai qualche spunto interessante. In ogni caso sono felice di averti incontrato qui» concluse Samantha, alzandosi dallo sgabello e lasciando intendere al cronista come la loro conversazione fosse terminata.

Ma lui questa volta rimase seduto.

«Che c'è? Ti vedo dubbioso» fece Samantha.

«In effetti c'è una cosa che non le ho detto...»

«Coraggio allora, spara!»

«A poca distanza dalla scena del crimine, in un'area del terreno al di fuori del cordone della polizia ho trovato qualcosa che potrebbe essere importante» attaccò Attilio.

Samantha annuì con la testa, sentendo montare l'interesse.

«È un telefono cellulare, credo sia un android» proseguì quasi sottovoce il cronista.

«Cazzo! Il telefono!» non riuscì a trattenersi Samantha.

«Sì, era quasi completamente sotterrato. Spuntava solo un angolo. L'ho fotografato, eccolo» continuò Attilio, mostrandole un'immagine scattata con il suo smartphone.

«Ha lo schermo rotto» commentò Samantha.

«Sì, ma il resto dovrebbe essere intatto».

«E dov'è questo telefono adesso?» chiese lei.

Il giovane cronista esitò per qualche secondo, quindi decise che poteva fidarsi.

«Ce l'ho qui nello zaino. L'ho raccolto con un fazzolettino di carta e l'ho portato via. Ho sbagliato, lo so, avrei dovuto consegnarlo subito alla polizia ma quando sono tornato sul luogo dell'omicidio avevano chiuso tutto e non c'era modo di raggiungere gli inquirenti della mobile. Mi spiace, spero di non avere compromesso le indagini. Sono pronto ad assumermi le mie responsabilità».

«Sì, hai sbagliato Attilio, la polizia deve sapere di quel telefono. Se non altro per escluderlo dalle indagini. Però non ti biasimo, anzi. Ti sei comportato come un vero cronista di razza. La tua è una scoperta eccezionale. Poi tieni presente che il confine tra ciò che è giusto e ciò che auspicabile è molto labile in questi casi».

«Grazie ma mi sento ancora un po' disorientato».

«Tranquillo, È tutto sotto controllo. Che cosa pensi di fare con quel telefono?»

«No so... pensavo... potrei darlo a lei, se è d'accordo».

Samantha sentì una scarica di eccitazione attraversargli tutto il corpo.

«Facciamo così. Lo prendo in consegna io e prima di darlo alla polizia lo esaminerò a fondo. Naturalmente mi impegno a rivelarti in anticipo qualunque novità possa emergere dalla verifica di questo cellulare. Affare fatto?»

«Sì, okay. Ma cosa dirà alla polizia riguardo a come ne è venuto in possesso?»

«Il tuo nome non verrà fuori per nessuna ragione. Hai la mia parola. Posso permettermi di non rivelare le mie risorse agli inquirenti. Fa parte del mio lavoro».

Ottenuta l'assicurazione, Attilio prese lo zaino, lo aprì, estrasse il cellulare, ancora avvolto nella carta, e lo consegnò a Samantha, facendo attenzione a non toccarlo. Lei lo prese e lo infilò velocemente nella borsetta di strass che aveva a tracolla.

«Ottimo lavoro Attilio, continua così!» disse Samantha stringendo la mano al giovane cronista, dopo che si furono scambiati i numeri di telefono.

I due si salutarono mentre il deejay annunciò il momento clou della serata, un'esibizione dal vivo, con tutti gli artisti, sulle note di *Who Wants To Live Forever* dei Queen.

11

«No, io non vedo più la realtà...» continuava a canticchiare Olimpia davanti allo specchio del suo camerino, mentre si struccava gli occhi e le labbra, rimuovendo eyeliner e rossetto scuro. Il suo era stato l'ultimo show dello spettacolo organizzato per la festa dell'associazione "Aperta" al Classic. La risposta del pubblico, caldo e appassionato, era andata oltre le sue aspettative.

Vestita da uomo come la cantante Anna Oxa, sulla pista della discoteca riminese, Olimpia Berti, una ventenne di San Mauro Pascoli, commessa di un supermercato di Miramare e, a tempo perso, ballerina e performer in locali notturni, aveva interpretato a suo modo il brano *Un'emozione da poco*, del 1978, scritto da Ivano Fossati e cantato dalla Oxa al Festival di Sanremo di quell'anno. Un'esibizione che allora fece scalpore a causa del look dell'artista italo-albanese, creato per lei da Ivan Cattaneo e considerato il primo esempio pubblico di gender fluid.

Olimpia era stanca ma felice, sebbene mancassero ormai solo tre ore all'implacabile sveglia del mattino, fissata alle 7 di ogni giorno. Il lavoro alla Coop era stancante e ripetitivo ma almeno rappresentava un impiego sicuro e ben pagato. Al contrario le lunghe serate sui cubi e nelle piste delle discoteche, a sculettare e dimenarsi tra gli sguardi voraci di centinaia di giovani e meno giovani, le fruttavano solo una manciata di euro, privandola di preziose ore di sonno. Però la facevano sentire viva, desiderata e al centro dell'attenzione. Emozioni che la sua famiglia non era più in grado di regalarle.

Quella sera, poi, il gettone era stato più che decoroso. Cento euro, più il taxi per tornare a casa e tre consumazioni gratuite al bar.

Il suo camerino era in realtà un angolo non riscaldato, ricavato nel magazzino sotterraneo della discoteca, solitamente utilizzato come deposito per scenografie, luci e strumenti tecnici.

Addosso a una parete gli organizzatori avevano piazzato quattro postazioni con altrettanti specchi, muniti di lampadine a potenza variabile, tavolini bianchi rettangolari e sedie. Ogni spazio era diviso da tende nere e scure, sostenute da telai mobili, che garantivano la riservatezza.

Essendo l'ultima a esibirsi, e di conseguenza a usare il camerino, Olimpia era rimasta sola in quel sotterraneo. Lei però non se n'era resa conto, motivo per cui le parve assolutamente normale quel rumore di passi strisciati sul pavimento, che avvertì distintamente dietro la tenda alle sue spalle.

«Arrivo, ancora un minuto e ho fatto!» disse la ragazza a voce alta, passandosi sulle guance un batuffolo di cotone imbevuto di latte detergente.

Contemporaneamente controllò l'ora sul cellulare che aveva appoggiato sul tavolo. Le 4 e 05.

Si rese conto che nel giro di poco più di tre ore avrebbe dovuto timbrare il cartellino e provò una sensazione infinita di stanchezza. Scacciò il pensiero ricominciando a canticchiare.

«*C'è una ragione che cresce in me... e una paura che nasce...*»

Ancora quei passi strisciati.

Questa volta Olimpia ebbe un sussulto.

«Chi c'è?» domandò, guardando la tenda dietro di lei attraverso lo specchio. Il timbro spaventato della sua voce le procurò i brividi.

«C'è qualcuno? Siete voi ragazzi?»

Nessuno rispose.

Olimpia iniziò a tremare ma cercò di convincersi che fosse a causa dell'umidità che saturava quel seminterrato.

«Aspettatemi per favore, ho finito!» ripeté, alzandosi di scatto dalla sedia e iniziando freneticamente a ficcare nel beauty cosmetici e trucchi. La foga le giocò un brutto scherzo e l'astuccio le scivolò di mano, cadendo dal tavolo e spargendo sul pavimento tutti i prodotti.

«Cazzo, cazzo!» imprecò Olimpia, piegandosi per raccoglierli. Le gambe le tremavano e la paura le impediva di respirare.

«Smettila, stai calma! Non c'è nessun motivo per agitarsi in questo modo» si rimproverò, chiudendo per qualche istante gli occhi.

Inspirò profondamente dal naso e buttò fuori l'aria con la bocca. Esattamente come faceva prima di ogni esibizione in pista.

Quando sentì che stava riacquistando il controllo alzò le palpebre e fu esattamente in quel momento che la vide. Una figura scura, in piedi, alle sue spalle. Si rifletteva sullo specchio ma era troppo vicina perché Olimpia potesse scorgerne il volto. Mentre la cosa che vide distintamente fu la lama scintillante del lungo coltello che stringeva nella mano guantata.

Non fece in tempo nemmeno a gridare. Il primo colpo le trafisse la schiena, conficcandosi sotto le scapole e sfondandole un polmone.

Olimpia spalancò la bocca e buttò indietro la testa mentre un secondo colpo la raggiunse a un fianco, lacerandole tessuti e carne.

Sentì le gambe cedere di schianto. Cadde a terra, sbattendo la nuca, con la bocca colma di sangue. Prese a tossire e a sputare fino a quando una coltellata potente le trapassò il petto. Poi un'altra si conficcò nello stomaco, una nel fegato e una serie nel basso ventre. Nei suoi occhi scese un velo scuro. Il suo cervello smise di mandare messaggi. Olimpia ormai non provava più alcun dolore. Così quando la lama le squarciò la carotide, tranciandole di netto le arterie del collo, il suo corpo non ebbe la minima reazione.

12

Niente da fare. La traccia disegnata sui nove puntini, in grado di sbloccare il cellulare e renderlo operativo, avrebbe potuto formare infinite combinazioni. Marcus ne aveva già provate una decina e l'unico risultato che aveva ottenuto era stato il blocco temporaneo di tutte le funzioni del telefono. Lo schermo rotto, tra l'altro, complicava ancora di più l'operazione.

Damiani controllò l'orario, realizzando di avere già perso un'ora, nel tentativo di indovinare la combinazione. Erano da poco passate le 4 del mattino e il detective non era ancora completamente uscito dai panni di Samantha. Rientrato a casa, aveva svestito la tuta, si era liberato della parrucca, si era tolto le scarpe e aveva indossato dei guanti di lattice ma sul viso continuava ad avere i segni pesanti del trucco.

Quel telefono, trovato dal giovane cronista, avrebbe potuto contenere l'identità dell'assassino di Danny. Ma una banale password grafica gli stava impedendo di scoprirlo. Marcus cercò di farsi venire in mente qualcuno a cui avrebbe potuto chiedere aiuto per craccare quel codice di sicurezza. Gli unici che conosceva erano esperti informatici che collaboravano con la polizia e di cui non avrebbe potuto fidarsi.

Dopo avere riprovato, inutilmente, per l'ennesima volta, a indovinare la linea sui puntini, decise di rinunciare.

Scaraventò il telefono sul tavolo della cucina e si accasciò, appoggiando la testa sul piano. Le gambe gli facevano male, aveva un cerchio alla testa ed era stanco e deluso. La voglia di struccarsi e farsi una doccia prima di andare a letto era lontana anni luce. Non riusciva a liberarsi dal pensiero di quel povero ragazzo fatto a pezzi nel parco di Covignano.

Così si alzò, prese il suo telefono e compose un numero.

Una voce assonnata rispose dopo sei squilli.

«Ma chi è? Che succede?»

«Alexia sono Marcus, Marcus Damiani dell'agenzia investigativa Secret Rainbow di Rimini, ricorda? Mi scusi per l'orario indecente».

«Ma che ore sono? Cosa sta succedendo?»

«Sono le 4 e 30 del mattino e non c'è alcun allarme, stia tranquilla».

«Le 4 e 30? Cristo, com'è presto! Perché mi chiama a quest'ora se non è successo niente?»

«È una faccenda un po' complicata che riguarda Danny. Ho bisogno del suo aiuto. Se mi dà qualche minuto le spiego tutto».

«Bè, ormai mi ha svegliata e di sicuro non riuscirei più a riaddormentarmi...»

«Mi scusi, ha ragione, è da criminali svegliare le persone in questo modo. Le assicuro che non l'avrei fatto se non fosse stato veramente necessario».

«D'accordo, d'accordo. Spero che ne valga la pena. Mi dica».

«Credo di avere trovato il cellulare di Danny».

«Dice sul serio? Non lo aveva la polizia?»

«A quanto pare no. Sul luogo del delitto non lo hanno rinvenuto».

«E lei come ha fatto a recuperarlo?»

«Diciamo che ho le mie risorse».

«E adesso cosa intende fare, lo consegnerà alla polizia?»

«Sì, non posso fare altrimenti, è un reato occultare delle potenziali prove. Quando apriranno gli uffici della mobile lo recapiterò alla dottoressa Sartori. Questo significa che ho poco più di 4 ore per esaminarlo. Ecco il motivo della mia chiamata».

«E io come posso aiutarla?»

«Innanzitutto confermandomi che si tratta veramente del telefono di Danny. Ricorda il modello?»

«Non ne capisco molto. Dovrebbe essere un Samsung, come il mio, di colore blu».

«Bene, coincide con l'apparecchio che ho qui. Ha lo schermo rotto e la funzionalità potrebbe essere compromessa».

«È acceso?»

«Sì, ma c'è una password d'accesso».

«Vuole che provi a chiamare col mio cellulare?»

«Non credo faccia molta differenza. Non è una questione di comunicazione telefonica, quanto di accesso ai dati. Senza la password non posso sbloccarlo e di conseguenza non ho modo di entrare nelle app, nelle chat e nella mail».

«E non conosce nessuno che sia in grado di farlo?»

«Sì, ma non abbastanza da potermi fidare. Lavorano tutti per la Polizia di Stato».

«Io non so la password, mi spiace».

«In realtà non è un codice e nemmeno una parola. È un disegno che unisce dei punti su un quadrante di nove. Mi segue?»

«Sì, ho presente. Funziona così anche nel mio».

«Ricorda quale potrebbe essere il disegno per sbloccare il cellulare di suo fratello?»

Alexia rifletté per qualche istante.

«No... non lo so, mi dispiace» disse poi in tono rassegnato.

«Aspetti un attimo. Provi a rivivere la scena. Danny è con lei, ha il telefono in mano, lo accende. A quel punto compare il quadrante con i puntini e Danny disegna la traccia che consente di sbloccarlo. Lei è lì e vede tutto. Il suo cervello memorizza il gesto. Pensa di potercela fare?»

«Mi dia un minuto per favore».

«Tutto il tempo che vuole. Chiuda gli occhi e si concentri».

Passarono diversi secondi.

«Provi una L rovesciata» suggerì Alexia.

«... fatto, non funziona» confermò Marcus.

«Disegnando la gamba più lunga a destra?»
«... niente da fare».
«Con quanti punti ha scritto la L?»
«Sei»
«Riprovi con 5. Due sopra orizzontali e tre sotto verticali nell'ultima fila a destra».
«... no, non è questo».
«Merda, non riesco proprio a ricordare...»
«Solitamente si usano nomi o date di nascita ma in questo caso, potrebbe essere una lettera o un simbolo. Ce n'è uno che potrebbe avere uno speciale significato per Danny?»
«N-non saprei... lui non amava identificarsi in uno stereotipo con un logo, un marchio, però... aspetti, aspetti... sì, forse ci sono! Il simbolo della pace, che tra l'altro si ricollega alla bandiera arcobaleno. Provi a digitarlo» disse Alexia con enfasi.
«Parliamo della Y rovesciata con trattino al centro della V ?»
«Esattamente, quello! Senza il circolo. Ricordo che Danny lo disegnava ovunque».
«Ci provo» annunciò Marcus.
Dieci secondi.
«Evviva, funziona! Il telefono si è sbloccato. È stata grande Alexia!»
«È merito di Danny» precisò la donna, quasi commossa «mi ha trasmesso il suo pensiero».
«Grazie mille, non voglio trattenerla oltre, mi metto subito al lavoro».
«Grazie a lei e mi scusi se ho risposto in modo brusco. Andrò a fare una doccia e poi mi preparo un caffè doppio. Mi chiami se trova altre cose che non capisce o se ha bisogno di aiuto nell'identificare le persone con cui Danny era in contatto. E, mi raccomando, mi tenga informata su tutto».
«Ci conti, nel caso farò degli screenshot e glieli manderò via mail o messaggio. A presto».

Danny era un ragazzo molto attivo sul web. I suoi profili social traboccavano di amici virtuali. Nei siti e nelle chat di messaggeria si contavano centinaia di conversazioni. Elenchi e rubriche pullulavano di nomi. Fare una verifica su tutti avrebbe richiesto giorni. Marcus decise così di concentrarsi sulle app per appuntamenti. Oltre a quelle più note, come Tinder, Grindr e Bumble, Danny ne aveva scaricate altre, meno conosciute e più selettive. Una in particolare attirò l'attenzione del detective. Il suo nome era "Fume" e il simbolo erano le due sillabe separate da un trattino, *Fu-Me.* Marcus lanciò una ricerca in rete per saperne di più, senza però trovare alcun riferimento. In effetti, pensò, la sorella gli aveva spiegato di come Danny frequentasse anche il darkweb per scovare questi siti d'incontri più estremi. E se, come aveva ipotizzato, Fu-Me stava per *Fuck Me*, di certo quella era una chat d'incontri che non si poneva limiti.

La lanciò ed entrò nell'account di Danny Olivares. La foto del profilo lo ritraeva frontalmente, sorridente, a torso nudo e a mezzo busto con una freccia rossa disegnata sulla pancia che partiva dallo sterno e indicava il basso ventre. La frase di accompagnamento recitava «senso unico alternato». La registrazione alla app era recente e, stando alla cronologia, Danny era entrato in contatto solo con un soggetto che usava lo pseudonimo *Sexy Beast* e, come foto del profilo, aveva il fumetto di un lupo mannaro con la lingua fuori e gli occhi gialli. «Ti sbranerò» era il suo slogan. Nessuna informazione riguardo a età, sesso, preferenze e gusti. A quanto sembrava era stata la *bestia* a tentare il primo approccio.

SB «Mi piace la foto del tuo profilo»

DO «Cosa ti piace in particolare?»

SB «Quella freccia rossa. La immagino, dritta e implacabile, mentre penetra e supera ogni ostacolo»

DO «Non è a senso unico, però»

SB «Nemmeno io»

DO «Ed è molto selettiva»

SB «Come piace a me»
DO «Non so niente di te»
SB «Immagina un predatore insaziabile, pronto a tutto»
DO «Preferisco quelli ricchi... di immaginazione e fantasia»
SB «Mi leggi nel pensiero»
DO «Quando?»
SB «Ti riscrivo domani»

Un incontro sessuale a pagamento. Era ciò che Marcus aveva supposto leggendo la chat. Danny, come gli aveva confermato la sorella, usava questi siti per concordare prestazioni a pagamento. Ma evidentemente non si poneva molti problemi nel selezionare i potenziali clienti.

La chat del giorno seguente era ancora più scarna.

SB «Il lupo esce dal bosco ed è pronto a divorarti»
DO «Alla fine del bosco c'è un faro. Quando il sole scende, la sua luce accompagna le povere bestie perdute»
SB «Al tramonto, quindi?»
DO «L'ora della Fiesta»

Marcus si concentrò su quel breve dialogo cibernetico, cercando di interpretarlo. Stando a ciò che si poteva dedurre, Danny aveva dato appuntamento a colui che, con ogni probabilità, era il suo assassino, quella sera stessa, al tramonto, quindi dopo le 21, nella zona del faro di Rimini, di fronte alla darsena. Aveva fatto riferimento alla Fiesta, che, presumibilmente, era l'auto con la quale sarebbe andato all'appuntamento.

Quella era la seconda e ultima conversazione tra i due su Fu-Me. Il giorno seguente il cadavere martoriato di Danny era stato rivenuto nel parco dell'ex discoteca Wonderland, distante sei chilometri dal faro.

Due erano gli spunti di indagine che si potevano trarre dalla chat.

Il primo riguardava l'auto di Danny. Che fine aveva fatto? Era ancora parcheggiata nei pressi del faro? In quel caso significava che l'assassino avrebbe usato la sua macchina per caricare la vittima e condurla fino a Covignano. Un'informazione tutto sommato facile da verificare.

L'altro elemento, fondamentale per l'inchiesta, era l'identità della Sexy Beast. Di certo il killer aveva usato tutte le precauzioni per rendere il suo profilo completamente anonimo. Solo un esperto informatico della polizia postale avrebbe potuto avere una chance di decifrare l'account, sempre che il dark web non avesse reso l'accesso insormontabile.

In ogni caso, considerò Marcus, era giunto il momento di consegnare a Domizia Sartori il cellulare e aggiornarla sui progressi.

13

«Loris, ti disturbo? Sono Attilio».

«Ah ciao, ehm, scusa, non ho fatto in tempo ad avvertirti stavolta. Sono uscito di corsa e ho cercato di arrivare il prima possibile. Hai fatto comunque bene a chiamarmi. Qui è un vero casino. Non è il caso che tu venga ora, non fanno più passare nessuno...»

Attilio D'Acquino rimase interdetto.

«Non capisco, io ti chiamavo per...»

«Ho fatto ciò che potevo» proseguì il fotografo «un paio di scatti buoni in ogni caso ci sono. Ho i necrofori che portano via il corpo, coperto da un telo tutto sporco di sangue e la porta della discoteca con i sigilli. Le ho solo io. Le mando fra pochissimo...»

«Ah, sì... grazie» bofonchiò il cronista, mentre si affrettò ad accendere il suo tablet. La notizia dell'ultima ora, ancora senza particolari, né immagini, era già sui siti dei notiziari locali. *"Omicidio in discoteca a Rimini. Uccisa a coltellate una giovane ballerina del Classic. Il corpo ritrovato nel sotterraneo. Il locale aveva ospitato la festa dell'associazione "Aperta". La vittima non è ancora stata identificata"*. Attilio trasalì, cercando di ricordare a che ora fosse uscito dal Classic.

«Si sa qualcosa di più sulla vittima?» domandò D'Acquino, faticando a mantenere regolare il respiro.

«Una ragazza sui vent'anni. Ingaggiata a gettone per lo spettacolo.

Pare fosse di San Mauro. Faceva la ballerina nei locali notturni. Il killer l'ha uccisa nel camerino dopo lo show, massacrandola con un grosso coltello. Era stata l'ultima ad esibirsi. Il suo corpo è stato ritrovato stamane nei sotterranei da un facchino che doveva scaricare del materiale elettrico. Il suo nome è Olimpia Berti ma non scriverlo ancora. Devono prima avvertire la famiglia».

«No, no , certo...» assicurò Attilio, ripensando alla serata al Classic e a tutti gli artisti che aveva visto prendere parte allo spettacolo «Chi è intervenuto, polizia o carabinieri?» chiese.

«La mobile di Rimini» precisò Loris «ho visto il dirigente, il dottor Battisti. Poi ci sono altre due autopattuglie e gli uomini della scientifica. Hanno portato via il cadavere ma hanno chiuso tutto e stanno facendo i rilievi. Credo che massimo fra cinque minuti anch'io dovrò levare le tende».

«Certo, mi rendo conto. Allora grazie e...»

«Scusami ancora Attilio se non ti ho avvertito. È successo tutto all'improvviso».

«No, no, figurati, poi quando hai tempo vorrei chiederti una cosa».

«Non ho mai tempo, dai, dimmi!»

«Certo, sì... ecco, posso mandarti una foto che ho fatto l'altro giorno a Covignano dove... sì, insomma, sulla scena del delitto di quel ragazzo...»

«Di cosa si tratta?»

«Sembra la traccia di un copertone sul terreno. L'ho scoperta fuori dalla zona cordonata e l'ho fotografata con il cellulare».

«L'impronta si vede chiaramente?»

«Sì, abbastanza direi. Ovviamente non è una foto professionale ma...»

«L'hai già mostrata a qualcuno?»

Attilio pensò che, oltre al ritrovamento del telefonino, avrebbe potuto riferire anche questo particolare a Damiani. Se non l'aveva fatto era, probabilmente, poiché aveva preferito prima accertarsi che si trattasse di un elemento di qualche importanza.

«A nessuno» confermò «vorrei prima capire se, attraverso la foto, sia possibile risalire al modello di pneumatico e alla marca».

«Okay. Mandamela, ma allegala alla mail così la foto mantiene la qualità e le dimensioni originali. La mostrerò a un gommista, a Rimini, che è una vera enciclopedia vivente per ciò che riguarda ruote, copertoni e pneumatici. Sono sicuro che ci potrà essere d'aiuto».

«Benissimo, grazie Loris. Te la sto già inviando».

14

La notizia dell'omicidio al Classic aveva velocemente fatto il giro dei notiziari on-line, dei social e dei blog ed era finita nei canali televisivi all-news a livello nazionale. Nel sito di un inserto locale di un quotidiano nazionale era stato anche pubblicato il nome della ragazza uccisa. La strada che portava al Classic era stata chiusa al traffico per evitare l'accesso a giornalisti, fotografi e telecamere. Ai famigliari di Olimpia Berti la polizia aveva consigliato di chiudersi in casa e non parlare con la stampa. Attorno alla casa in cui abitavano si erano già radunati cronisti e telecamere. L'associazione "Aperta" aveva diffuso un comunicato in cui esprimeva l'immenso dolore per l'uccisione della giovane e partecipava commossa alla sofferenza di genitori e parenti. Il via-vai di sirene e macchine della polizia tra la questura e il luogo del delitto era ininterrotto.

Marcus Damiani aveva appreso la notizia dell'omicidio al Classic, grazie a una notifica sul suo cellulare, poco prima di uscire di casa per recarsi dall'ispettrice Sartori con la quale, un'ora prima, aveva concordato un appuntamento. La chiamò per sincerarsi che fosse ancora disponibile a incontrarlo.

Lei gli fece capire come non fosse il momento migliore per vedersi e tentò di rimandare il loro meeting. Ma l'investigatore insisté, spiegandole di avere nuovi elementi per l'indagine sull'omicidio di Covignano. Solo dopo averle svelato di essere in possesso del cellulare della vittima, la Sartori accettò però di vederlo, a condizione che il loro incontro avvenisse fuori dalla questura. Si accordarono per un bar-gelateria fuori dalle mura Malatestiane, di fronte a Castel Sismondo.

«Scusami Marcus per il ritardo ma, come puoi immaginare, in questura da questa mattina, regna il caos generale!» disse Domizia, sedendosi a un tavolino ad angolo all'interno del bar dove Damiani la stava aspettando.

«Caffè?» chiese l'investigatore, dopo una veloce stretta di mano.

«Sì, grazie, anche se ho già ampiamente superato il bonus della giornata».

Il detective fece un segno alla ragazza dietro il bancone e ordinò un espresso e un bicchiere d'acqua frizzante.

«Com'è la situazione?» chiese quindi Marcus.

«Direi grave, per usare un eufemismo. Due omicidi a distanza di poche ore, nessuna ipotesi investigativa, zero testimoni, assenza totale di indizi, personale insufficiente, insomma... il solito casino!»

«Procedete con indagini separate o avete creato un pool?»

«Il capo, Battisti, non vuole nemmeno sentire pronunciare quella parola. Ha subito evocato a sé l'inchiesta relativa all'omicidio al Classic e mi ha escluso dalle indagini, lasciandomi però il caso del Wonderland. Intende tenere separati i due episodi e non vuole, al momento, incrociare i dati».

«Sul serio? Non mi sembra una mossa molto furba. Fino a quando non ci saranno elementi che possano escludere un legame fra i due omicidi sarebbe più opportuno agire sullo stesso piano».

«Sono d'accordo con te e l'ho fatto presente a Battisti. Gli ho anche chiesto con insistenza di essere coinvolta nelle indagini del delitto del Classic ma lui non ha voluto sentire ragioni. E sai perché?»

«Posso immaginarlo. Lo spauracchio di tutti i responsabili delle forze dell'ordine, magistrati, prefetti e questori. Nonché argomento preferito da giornali, riviste e programmi televisivi spazzatura: il serial killer!»

«Esatto. Pensa che stamattina, durante la riunione d'emergenza convocata dal boss, un ispettore della omicidi ha osato pronunciare quella parola e Battisti per poco non lo ha cacciato dalla stanza!»

«Ci sono passato anch'io quando ero un effettivo. Inutile cercare di buttare giù il muro della paura e della reticenza. È solo una questione di tempo. Se, effettivamente, si tratta di un assassino seriale, non si fermerà. E quando la stampa monterà il caso, né Battisti né il capo della polizia in persona, potranno permettersi di ignorare la realtà. Peccato per tutto il tempo che si sarà perduto. Un vantaggio per il killer».

«Tu, quindi, sei convinto che ci sia la stessa mano dietro ai due delitti?» domandò Domizia.

«Non ho ancora abbastanza elementi per affermarlo. Inoltre le vittime appartengono a due ambienti piuttosto diversi. Il ragazzo ucciso a Covignano faceva uso pesante di droga e si prostituiva mentre, da quel poco che ho letto, la ragazza ammazzata al Classic era una giovane proveniente da una famiglia normale, con un lavoro stabile e la passione per il ballo. Ciò che però mi colpisce è il modus operandi del, o degli, assassini, decisamente simile e sempre con un'arma da taglio. L'altro elemento ricorrente è il luogo del delitto. In entrambi i casi è una discoteca, sia essa chiusa o in attività».

Domizia annuì, girò il cucchiaino nella tazzina per esaminare i fondi di caffè e fece un lungo sospiro.

«Stai pensando anche tu a quello che penso io?» disse poi, girando lo sguardo verso il detective e sollevando le sopracciglia.

«Il *killer delle ballerine*?» rispose Marcus, stringendo le labbra.

«Sì, o per lo meno, qualcuno che si ispira a quella vicenda».

«Dopo vent'anni? Tutto è possibile, certo, ma non riesco a comprenderne il significato o stabilire un nesso. Quella storia è morta e sepolta e tutti i suoi protagonisti, nel bene o nel male, sono usciti di scena. Chi può avere interesse a riportarla alla luce?»

«Bè, non è facile entrare nella mente di uno psicopatico, questo lo sai bene. Potrebbe essere un emulatore, o qualcuno ossessionato da questo tipo di delitti. La letteratura criminale è piena di ricorsi».

«Oppure è qualcuno coinvolto personalmente nella storia» aggiunse Marcus.

«Possibile, in questo caso però dovremmo riprendere in mano il fascicolo di allora e studiarlo attentamente» precisò la Sartori.

«Credo sia meglio fare un passo per volta, anche per non entrare in collisione con il tuo boss» suggerì il detective. «Intanto eccoti il cellulare di Danny Olivares».

Damiani prese il sacchetto di nylon che conteneva l'apparecchio e lo consegnò alla poliziotta.

«Ci sono parecchie informazioni sulla vita del ragazzo ma l'elemento più interessante è la chat con qualcuno che si fa chiamare Sexy Beast. A quanto pare è l'ultima persona che Danny avrebbe incontrato prima di essere ucciso. Il suo profilo è anonimo».

La donna prese il pacchetto con un misto di stupore e risentimento. «Grazie Marcus» disse, leggermente infastidita «mi chiedo perché i nostri uomini non lo abbiano trovato. In ogni caso lo farò esaminare immediatamente dagli esperti della polizia informatica».

«Un'altra cosa» aggiunse Marcus, glissando su quella velata polemica «dalla conversazione sembra che Danny si sia recato all'appuntamento, nei pressi del faro di Rimini, con una Ford Fiesta ma, a quanto mi risulta, a Covignano non sono state trovate auto. Ciò fa supporre che il giovane sia salito sulla macchina dell'assassino. Ti consiglio di fare controllare le aree di parcheggio attorno al faro. La Fiesta di Danny potrebbe essere ancora là».

«Certo, mi attivo subito».

«Non ho bisogno di dirtelo, però ricordati anche di fare un controllo con le telecamere di sicurezza della zona del faro e nelle strade di accesso a quell'area. Stando alla chat, l'incontro era stato fissato per il tramonto, quindi attorno alle 21. Se siamo fortunati l'assassino, o la sua auto, potrebbero essere stati ripresi, anche se dubito che il killer sia così sprovveduto».

«Ci avevo già pensato, comunque grazie».

«Di nulla. Restiamo in contatto, mi raccomando. Sento che saranno giorni difficili» disse Marcus, lasciando cinque euro sul tavolino e alzandosi.

Domizia fece altrettanto, controllando, nel frattempo, eventuali nuove chiamate al cellulare.

«Torno nella giungla» si congedò la poliziotta, una volta usciti dalla gelateria «grazie per le preziose informazioni e soprattutto per il telefono di Danny. Non era scontato che tu me lo consegnassi. Significa molto per me».

«Abbiamo un patto, mi sembra» sorrise Marcus «e io sono uno che rispetta gli accordi e che conosce le regole».

«Lo stesso vale per me» spiegò Domizia «ed è anche per questo che non ti ho chiesto come hai fatto a venire in possesso del cellulare della vittima».

15

Morciano era uno degli ultimi paesi di pianura, relativamente abitati, sulla provinciale 44, prima che la strada si restringesse e si inerpicasse sulle colline del riminese, toccando borghi medioevali e piccoli centri, scarsamente popolati. Carmen aveva insistito per prendere la sua auto e Marcus, che odiava guidare a causa della menomazione alle gambe, aveva accettato di buon grado.

L'idea di fare visita a Luca Rambaldi era stata del detective privato e gli era venuta dopo che, durante il colloquio con Domizia, era sorta l'ipotesi che l'assassino di Danny e Olimpia potesse essere la stessa persona e, nello specifico, qualcuno con un motivo personale per fare rivivere, dopo vent'anni, le gesta del *killer delle ballerine.* Carmen, che era più aggiornata sulle condizioni di Luca, era stata parecchio dubbiosa riguardo all'iniziativa di andare a trovare il giornalista. Alla fine si era fatta convincere da Marcus che riteneva fondamentale la presenza della donna per rendere l'incontro meno ansioso per tutti e allentare eventuali tensioni.

Prima di partire da Rimini, avevano provato a contattare Luca sul cellulare per annunciargli il loro arrivo. Ma il suo telefono era spento, così gli avevano lasciato un messaggio in segreteria e si erano messi in viaggio.

Superata Santa Maria del Monte e San Rocco, la strada si fece ancora più tortuosa, inoltrandosi tra foreste di faggi e larici. Dopo il bivio per Saludecio, Carmen svoltò in direzione di San Carlino, percorse un piccolo ponte sul torrente Ventena e risalì fino a un incrocio con una strada sterrata, al cui centro vi era una piccola cappella sconsacrata. Imboccò la trattura e si arrampicò in direzione di un capannone, adibito a falegnameria. Le ruote slittavano sul terreno di sassi e ghiaia e l'auto prese a sobbalzare. La donna aumentò la pressione sull'acceleratore e la vettura raggiunse con qualche difficoltà la cima di quella piccola altura. Lasciatasi alle spalle la segheria, iniziò una discesa verso un fitto bosco di ippocastani e pioppi.

Il cancello di ferro apparve quasi all'improvviso, sulla destra del tracciato, semicoperto da piante di edera che nascondevano completamente il resto della recinzione.

«Dev'essere questo!» disse Carmen, inchiodando la macchina.

Prima di scendere e provare ad aprirlo, Marcus richiamò il cellulare di Luca.

Ripartì la voce registrata.

Senza lasciare un nuovo messaggio, il detective scese dalla macchina, raggiunse il cancello, vide che non vi erano campanelli o telecamere a circuito chiuso e lo sospinse lentamente, aprendolo senza difficoltà.

Attese che Carmen entrasse, quindi richiuse il cancello e salì in macchina.

La casa di Luca era un edificio a due piani, a trapezio, in mattoni rossi con un patio al pianterreno, una terrazza che correva su tutti e quattro i lati e un ampio giardino che circondava la struttura con una varietà di alberi e piante e una prevalenza di cipressi. Il terreno degradava dolcemente verso un campo coltivato ad alberi da frutta, vigne e orti. Il silenzio era totale, scandito dal cinguettio di passeri, merli e pettirossi.

«Sei sicuro che stiamo facendo la cosa giusta?» chiese Carmen, dopo avere fermato l'auto in un piccolo spiazzo, sul lato sinistro della casa.

«Non lo so» rispose Marcus, osservando l'edificio «ma ormai siamo qui».

I due rimasero qualche secondo in attesa all'interno dell'abitacolo. Quindi scesero e si incamminarono verso la porta d'ingresso.

In quel momento si alzò un vento caldo che gonfiò le fronde degli alberi.

Fu Carmen a bussare per prima. Due colpi leggeri al portone che non ebbero alcuna risposta.

«Luca? Ci sei? Sono Carmen, Carmen Gemini, ricordi? Sono qui con Marcus Damiani...»

Ancora nulla.

«...abbiamo provato a chiamarti ma il tuo cellulare risulta spento» riprese la donna «non vogliamo disturbarti. Ti rubiamo solo qualche minuto. Possiamo entrare?»

Silenzio.

Carmen guardò Marcus con aria interrogativa. Il detective scosse la testa e allargò le braccia. Poi prese lui l'iniziativa.

«Sono Marcus, Luca, ricordi?» disse il detective, avvicinando la bocca alla porta. «Ma forse per te è più facile ricordarmi come Samantha. So che sono vent'anni che non ci sentiamo e ti giuro che avrei fatto a meno di romperti le scatole se non fosse per una vera emergenza. Se non ti va di vederci lo capiremo e ce ne andremo. Dacci solo un segnale, per favore...»

Passarono altri venti secondi. Poi, di colpo, la serratura scattò e la porta si aprì di qualche centimetro.

A Carmen salì il cuore in gola e Marcus ebbe un sussulto.

Entrarono timidamente, in fila indiana, richiudendo dolcemente la porta alle loro spalle. Si ritrovarono in uno spazioso salone con camino, arredato in modo essenziale: un grande tavolo in noce da otto posti con altrettante sedie, una libreria in legno di quercia, colma di volumi, che occupava interamente una parete, due ampie finestre con le persiane socchiuse, un divano a tre posti, rivestito in cotone chiaro, orientato verso il focolare in pietra e due poltrone, una per lato, della stessa fattura del sofà a completare il salotto. Dal soffitto pendeva una grande lumiera nera, in ferro battuto, con lampadine a candela, rigorosamente spente. La stanza era fredda e avvolta nella semi-oscurità.

Seduto sul divano, rivolto verso il camino vi era un uomo. Dalla posizione in cui erano, Carmen e Marcus potevano vedergli solo la nuca, coperta da un berretto bianco di lino a spina di pesce, con otto spicchi, visiera e bottone al centro. Bianca era anche la maglia di seta a collo alto e maniche lunghe che indossava.

«Venite avanti» disse l'uomo con voce debole e stanca.

«Abbiamo provato a chiamarti» si giustificò Marcus, avviandosi lentamente verso il divano, con Carmen a fianco «ma il tuo cellulare è sempre spento».

«Non è spento» precisò Luca, con un filo di voce «quassù non c'è segnale. Ho fatto installare una rete internet con un cavo che sale da Saludecio, inserito nelle condutture elettriche. È l'unica connessione possibile in questa casa. La uso per leggere i giornali e per la posta elettronica».

I due si fecero coraggio e raggiunsero il salotto.

Luca non si girò e continuò a fissare il camino spento. Nel vederlo da vicino Carmen e Marcus rimasero scioccati.

L'ex giornalista era completamente vestito di bianco e non aveva nemmeno un centimetro di pelle scoperto. Sul volto indossava una maschera in silicone e schiuma di lattice con tre fori per occhi, naso e bocca, che si adattava perfettamente all'ovale del viso ma non permetteva alcuna mimica facciale. Le mani erano avvolte in guanti bianchi di tipo chirurgico. Oltre alla maglia bianca di seta a collo alto, Luca vestiva dei pantaloni dello stesso colore, in cotone stretch ultralight, con elastico in vita. Ai piedi calzava dei desert boots di tela beige, alti fino a metà polpaccio. Il suo corpo era gracile e minuto. Respirava lentamente e con un sottile fischio che gli fuoriusciva dalla gola.

Raggelati e turbati, la donna e il detective non riuscirono né a muoversi, né a parlare. Non c'era più nulla del Luca Rambaldi che conoscevano in quell'uomo sofferente di 50 anni, che pesava poco più di 40 chili e aveva l'aspetto di un fantasma.

Marcus tentò di uscire dall'impasse e avanzò di qualche passo, in modo che Luca potesse vederlo in faccia. Carmen restò indietro e appoggiò le mani allo schienale di una poltrona per reggersi in piedi.

«Come stai Luca?» chiese il detective, modulando il tono della voce.

L'ex giornalista chiuse lentamente gli occhi, raccolse l'aria dai polmoni e girò lo sguardo verso Marcus. Ma non rispose.

«Carmen e io siamo profondamente dispiaciuti per ciò che ti è successo» riprese l'uomo «e ti preghiamo di perdonarci per questa invasione non prevista».

Luca abbassò lentamente la testa, socchiuse la bocca e fece un altro confuso respiro, mentre un sibilo penetrante eruppe dal suo petto.

«Andiamo via, Marcus, ti prego, non mi sembra il caso di...» si inserì Carmen, con gli occhi gonfi di lacrime.

«Un attimo solo ancora!» disse Damiani, alzando una mano.

Poi il detective si accovacciò di fronte a Rambaldi per poterlo guardare negli occhi.

«Siamo qui per un fatto molto grave che potrebbe essere legato a una vicenda di vent'anni fa nella quale tu sei stato coinvolto direttamente» attaccò Marcus.

Nei dieci minuti successivi il detective privato raccontò a Luca dei due omicidi, al Wonderland e al Classic, del modus operandi dell'assassino, ricorrente in entrambi i delitti e straordinariamente simile a quello del famigerato *killer delle ballerine*, del fatto che i luoghi scelti dall'omicida fossero due delle discoteche in cui si consumarono i delitti di allora, dei sospetti riguardo a un ipotetico emulatore, della possibilità che l'autore degli omicidi fosse qualcuno mosso da un interesse personale nel far rivivere quel dramma e dei rischi a cui tutti sarebbero stati esposti se, veramente si fosse trattato di un serial killer legato al passato. Nel descrivere i crimini, Marcus omise gli aspetti più crudi, tuttavia il suo resoconto si rivelò estremamente realistico e toccante.

Ne seguì oltre un minuto di silenzio, marcato dal respiro sempre più affannoso di Rambaldi e dai rumorosi tentativi di Carmen di deglutire il nodo in gola che le si era creato.

Poi finalmente Luca aprì bocca.

«Che cosa volete esattamente da me?» sussurrò, guardando per la prima volta Carmen.

La donna si portò una mano al petto e scoppiò in lacrime.

«Scusate, non ce la faccio...» disse con la voce rotta dal pianto, avviandosi velocemente alla porta d'uscita.

Marcus invece rimase in piedi, di fronte a Luca, con i pugni serrati.

«Solo che tu dia uno sguardo a del materiale sui due delitti che ho raccolto in un file e mi dica che cosa ne pensi. Forse potrebbe venirti in mente qualcosa che a me sfugge o che proprio non so».

«È una storia passata. L'ho cancellata dalla mia memoria» sottolineò Luca, sapendo di non essere credibile.

«Certo, capisco» commentò Marcus «e mi ripugna l'idea di farti rivivere un dolore ormai metabolizzato. Dimmi con totale sincerità se vuoi che ti mandi il file o no. E in ogni caso considerati libero di ignorarlo».

Luca si portò entrambe le mani guantate sul petto, incrociandole. Chiuse gli occhi, inghiottì la saliva, quindi respirò avidamente dalla bocca, come un subacqueo che torna in superficie dopo una lunga apnea.

«Mi ha fatto piacere rivederti Marcus» disse poi, fissando l'investigatore con gli occhi velati e arrossati «per favore riferisci a Carmen che le voglio bene e che è stato bellissimo ritrovarla... però no, non mandarmi quel file e non cercatemi più. Il Luca che conoscevate è morto. Io sono solo uno spettro, costretto a contare i giorni e le ore che mi restano prima di potere uscire da questa gabbia senza vita, recriminando ogni mattino per il solo fatto di svegliarmi e maledicendomi per non avere il coraggio di terminare questa vuota agonia, che mi fa rimpiangere di non provare nemmeno più il dolore fisico. Vai ora Marcus e fai quello di cui sei capace. Addio».

Il detective annuì silenziosamente, alzò una mano in gesto di saluto e si allontanò, uscendo di casa. Raggiunse Carmen che lo aspettava in macchina e le fece cenno di no con la testa. Ripartirono senza dire una parola.

Luca, invece, restò seduto e in silenzio sul divano. Udì un lieve bip provenire dal suo telefono, scivolato tra due cuscini. Lo tirò fuori e lo controllò. Aveva ricevuto una nuova mail. Le sue pulsazioni aumentarono di qualche battito. Dopo un attimo di indecisione, la aprì. Il mittente era un anonimo che usava lo pseudonimo *Snapper*. Allegate al messaggio vi erano due foto che ritraevano Danny Olivares e Olimpia Berti in punto di morte con i corpi martoriati e sanguinanti. Una riga sola di testo: «Ti ricordi di me?»

16

L'insegna "Bertarelli Gomme&Service" dominava l'entrata di un'autofficina, situata al piano terra di uno strano edificio di colore giallo e rosso, a tre piani, con al centro una specie di silos di cemento, tra via Rossetti e via Flaminia, vicino al nuovo tribunale e al comando provinciale dei carabinieri di Rimini.

Attilio vi arrivò a piedi con il suo inseparabile zaino sulle spalle e l'auricolare alle orecchie.

Entrò nell'officina, si tolse le cuffie e lanciò un poco convinto «salve» nell'aria, restando in attesa che qualcuno si facesse vivo. L'ambiente era quello tipico dei garage per le autoriparazioni, poco illuminato, sporco e con un pungente odore di gomma e lubrificante.

Un uomo ossuto, con un'età indefinibile, tra i 45 e i 60 anni, i capelli ricci e grigi, e con indosso una tuta blu sporca di grasso, uscì da un gabbiotto adibito a ufficio e si fece incontro al giornalista.

«Giovanotto, oggi sono solo» lo incalzò «non prendiamo altre commesse, come vedi siamo oberati di lavoro. Ho anche in sospeso una pantera della polizia, a cui devo dare la precedenza».

«Sì, no, certo, anzi, volevo... non sono qui per un problema alla macchina...» bofonchiò Attilio colto, come sempre, alla sprovvista.

«Devi ritirare l'auto di qualcun altro?» domandò prontamente l'uomo «Vedo se è pronta. Com'è il nome?»

«No-no, ne-nemmeno...» balbettò il cronista. Poi fece un lungo respiro e disse, tutto d'un fiato: «Sono un collega di Loris Fabbrini, mi ha detto lui di passare. Lei è il signor...»

«Ah, ma sì certo! Il grande Loris, l'occhio di falco di Rimini! Mi ha detto che saresti passato, sei quel ragazzo che lavora alla "Gazzetta", giusto? Perché non me l'hai detto subito?» esclamò l'uomo, spalancando una bocca di denti gialli.

«Piacere, Attilio D'Acquino» disse il giovane, allungando la mano.

«Sono Amendrisio Bertarelli» fece il gommista «se ti do la mano ci vorrà il vulcanizzatore per toglierti la mescola dalla pelle».

Il cronista ritrasse la mano ma ancora prima che estraesse il suo tablet e gli mostrasse le foto dell'impronta del pneumatico, l'uomo lo condusse in ufficio. Lo invitò a sedersi su uno sgabello a fianco di un piccolo tavolo, pieno di attrezzi, prese un catalogo di copertoni e borchie e lo sfogliò, fino a trovare una pagina che aveva memorizzato, facendo un orecchia nell'angolo alto.

«Eccolo!» disse con fare trionfante, sbattendo il dorso della mano sulla pagina «il modello è questo!»

«Si riferisce all'impronta della gomma che compare nella foto che ho...»

«Sì, sì, quella! Loris mi ha girato lo scatto» confermò Bertarelli «non è un modello raro ma nemmeno così comune. È della Nankang, una fabbrica thailandese che produce a Taiwan e in Cina. Le sue gomme sono adattabili a ogni tipo di vettura e si riconoscono grazie ai disegni particolari dei battistrada. Quello della foto, per l'esattezza, è uno pneumatico estivo, diametro 16, per un'auto di media cilindrata. Devi sapere, caro Aurelio...»

«Attilio» lo corresse il cronista.

«Sì, certo, ti dicevo che... come le impronte che lasciano le scarpe possono aiutarne a individuare il marchio, lo stile e le dimensioni, le tracce dei pneumatici possono fare la stessa cosa. Negli Stati Uniti, dove c'è il culto delle supercar e dei truck con ruote enormi, l'FBI ha creato un database delle impronte dei pneumatici come per quelle digitali».

«Molto interessante» commentò Attilio «e quindi è questo il tipo di gomma che ha lasciato l'impronta che si scorge nell'immagine?»

«Al cento per cento. E ti dirò di più, credo di essere l'unico gommista, a Rimini, a vendere questa marca».

«Davvero?» fece Attilio, con un brivido che gli attraversò tutta la schiena. «Quindi potrebbe essere in grado di ricordare le auto sulle quali ha montato i copertoni e anche i loro proprietari?»

«Certo, figliolo! È più facile che mi dimentichi le facce dei miei nipoti che quelle dei miei clienti e delle loro macchine!»

Il giornalista avvertì un fremito nel petto, più intenso di quello che aveva provato nel momento in cui aveva trovato il cellulare sotterrato nel parco di Covignano.

«E, secondo lei a chi...» attaccò Attilio, cercando di farsi venire in mente un modo convincente per farsi dire dall'uomo i nomi degli automobilisti in questione.

«Sono tre» disse candidamente il gommista, cancellando all'istante ogni esitazione del cronista. «La prima è una signora piuttosto avanti con l'età, che non vive a Rimini. È arrivata con il carro-attrezzi dopo avere forato ed essere uscita di strada, sulla provinciale 16, mentre andava a sud. Per fortuna non si è fatta niente e la macchina era ancora in grado di viaggiare. Le ho cambiato il treno di gomme davanti ed è ripartita per Ancona. Si chiama Annaleva Moscata e questa è la sua scheda».

Attilio prese il cellulare e fotografò il documento che conteneva i dati della riparazione.

«Il secondo è un cliente abituale, un professore di storia del liceo classico Valgimigli» proseguì Bertarelli «si chiama Caffarello. La macchina era però della figlia, Sirdana, che ha preso finalmente la patente. Una Ford Focus di seconda mano, ecco la fattura».

Puntualmente il cronista la immortalò.

«Del terzo in realtà non so nulla» spiegò l'uomo, vagamente contrariato «è un ragazzo sui 30-35 anni, educato e di buone maniere. Non lo avevo mai visto prima, non è un mio cliente. Si è presentato circa un mese fa, di mattina presto, con una Renault Captur. Doveva cambiare tutto il treno di gomme e aveva una grande premura. Mi ha pregato di farlo subito, non ha voluto nemmeno sapere il preventivo o scegliere il tipo di pneumatici. Mi ha lasciato l'auto e un numero di cellulare, dicendomi di chiamarlo appena la macchina sarebbe stata pronta. Dopo due ore è tornato, ha pagato in contanti e se n'è andato, mostrandomi in modo tangibile la sua gratitudine».

«Posso vedere la scheda anche di questo cliente?» chiese ingenuamente Attilio.

«Ragazzo, ti devi svegliare però» lo rimproverò il gommista «è stato un lavoro di quelli super-fast, con servizio espresso, pagamento in contanti più lauta mancia e tutto rigorosamente in nero. Di quale fattura vai parlando?»

«Ah bè, sì, certo, che stupido» disse il cronista «quindi di lui non abbiamo alcun riferimento?»

«Solo il suo cellulare. L'ho ancora segnato nell'agenda».

«E crede che… potrei averlo?» domandò, timorosamente, il giovane giornalista.

«È contro la privacy, lo sai. Non avrei dovuto nemmeno conservarlo. Ma visto che ti manda Loris, eccolo qui, ovviamente io non ti ho dato nulla» rispose il gommista con un sorriso color senape, allungando al cronista il suo diario sporco di grasso.

Attilio non si fece pregare e scattò un paio di foto alla pagina, quindi controllò che il numero fosse leggibile. Ripose cellulare e tablet nello zaino e si avviò verso l'uscita.

«Grazie per l'aiuto signor Bertarelli» disse, in modo esageratamente ossequioso, provando allo stesso tempo un forte senso di colpa e un'irrefrenabile euforia.

«Amen!» replicò il gommista, alzando l'indice della mano destra.

«Come scusi?» chiese Attilio, spiazzato.

«È come mi conoscono tutti, qui a Rimini. Amen, diminutivo di Amendrisio. Anche Loris mi chiama così, salutamelo tanto, mi raccomando».

17

Non riusciva a togliersi dalla mente l'immagine devastante di Luca Rambaldi. Nonostante fosse al corrente delle sue condizioni fisiche e avesse seguito, seppure a distanza, ogni sviluppo del suo lungo ricovero, Carmen non avrebbe mai immaginato di vedere, in quello stato, l'uomo per il quale aveva provato, e continuava a provare, un profondo sentimento di affetto. A colpirla e annientarla era stata soprattutto la sua mancanza di voglia di vivere e di lottare. Persino il suo sguardo non era più lo stesso. Tornando a casa, dopo avere lasciato Marcus all'Arco di Augusto, dove iniziava la zona a traffico limitato, Carmen ripensò, con il cuore stretto in una morsa, alle parole che vent'anni prima Luca le aveva detto, in un momento in cui tutto sembrava crollargli addosso: «*Quando cominci a trascorrere troppi giorni da sopravvissuto vuol dire che ti stai abituando alla negazione. Alla morte. A quel punto puoi scegliere. Aspettarla, come fa la maggior parte della gente, o cercarla*».

«Quanto ancora lui avrebbe aspettato?» si domandò, affranta, la donna.

Era una di quelle giornate di giugno, sempre più frequenti in Romagna, in cui la pioggia non dà tregua e la temperatura non supera i 22-23 gradi. Molti turisti avevano rinunciato ad andare in spiaggia e il centro di Rimini era particolarmente trafficato.

Per raggiungere il borgo di San Giuliano, distante appena due chilometri dal corso d'Augusto, sull'altra sponda del porto canale, senza rimanere imbottigliata, Carmen decise di allargare il percorso, immettendosi sui bastioni orientali, facendo tutta via Roma e imboccando ponte Matteotti, per poi risalire in via Marecchia. Giunse al borgo verso le 18,30, nell'unico momento della giornata in cui, in estate, quel piccolo e caratteristico reticolo di strade e casette, appariva relativamente tranquillo, poco prima dell'apertura serale di ristoranti, trattorie e osterie. Anche quello in cui lei abitava era un piccolo edificio a due piani, rettangolare, nel classico stile cittadino, con portone in legno e tre finestre con doppie persiane, alla fine di vicolo Cattolica, a un tiro di schioppo da un piccolo hotel che si vantava di essere la casa natale di Federico Fellini.

Carmen aveva acquistato quello stabile due anni prima, come investimento, ma dopo averlo ristrutturato aveva deciso di farlo diventare la sua dimora principale.

Parcheggiò l'auto in uno spazio riservato ai residenti, in via Chiavica, una strada stretta e lunga che correva lungo la recinzione della clinica Villa Maria. Scese dall'auto e si incamminò verso casa, continuando a sentire un peso nel petto.

Il borgo era deserto e il rumore della pioggia ovattava suoni e rumori. Carmen aumentò l'andatura per evitare di bagnarsi in modo eccessivo e piantò inavvertitamente un tacco delle scarpe tra due ciottoli malfermi, nel fondo dissestato del vicolo, procurandosi una storta. Urlò per il dolore alla caviglia e si bloccò per riprendere fiato. Riprese a camminare, zoppicando leggermente, proprio nel momento in cui una figura spuntò dal nulla alle sue spalle. La donna non se ne accorse e proseguì lentamente verso la porta di casa, svoltando l'angolo di vicolo Cattolica e uscendo così dalla visuale della piazzetta. A pochi metri dal portone d'ingresso, una mano le afferrò il collo da dietro, stringendoglielo con forza e un'altra le serrò la bocca. Carmen sentì mancarle il respiro, la testa si fece improvvisamente pesante e in pochi minuti perse conoscenza.

18

«Da quanti anni ci conosciamo Rino?»

«E questo cosa c'entra?»

«Te lo dico io cosa c'entra. Sono almeno quindici anni che io e te ci frequentiamo, più o meno intensamente. Quando sei arrivato alla mobile di Rimini io ero un agente della omicidi sotto copertura. Poi le nostre carriere hanno preso strade diverse ma siamo sempre rimasti in contatto e la stima reciproca noi è mai venuta meno, non è così?»

«Marcus, per favore, arriva al punto, sono giornate molto difficili e...»

«Puoi non condividere i miei metodi, dissentire dalla mia idea di giustizia e anche disapprovare il mio stile di vita, sebbene tutto ciò che riguarda le mie scelte sia una questione totalmente personale. Ma non penso tu possa affermare che io non sia obbiettivo e razionale quando si tratta di un'indagine di polizia e che abbia la tendenza a montare i casi, accentuandone gli aspetti sensazionalistici».

«Non l'ho mai detto, né pensato».

«Okay, allora Rino mi spieghi il motivo per cui non vuoi nemmeno contemplare l'ipotesi che i delitti del Wonderland e del Classic possano avere un legame? Non sto parlando di un serial killer, di omicidi in serie o di un pool investigativo, vorrei solo che tu guardassi alla situazione nel suo complesso, confrontando i dati e considerando le possibili coincidenze. Gli elementi in comune tra i due casi non mancano».

«Senti Marcus, io apprezzo il tuo contributo, so che ti stai occupando al caso Olivares e sono certo che tu stia svolgendo un ottimo lavoro. Ma io rappresento lo Stato, faccio parte di un'istituzione che ha delle regole e dei limiti da rispettare. Troppe volte la polizia è finita nel mirino per scelte sbagliate, errori di valutazione, superficialità nelle indagini e anche peggio. Soprattutto in questa regione e tu lo sai bene. Non ho paura di dover dare la caccia a un assassino seriale o affrontare un'inchiesta su delitti collegati fra loro. Ma tutto a suo tempo. Fino a quando non avrò elementi certi che mi confermino questa linea investigativa, proseguirò a tenere le due indagini separate e nulla mi farà cambiare idea».

«Non credi in questo modo di perdere tempo prezioso e regalare un vantaggio al, o ai, criminali? Più gente dà loro la caccia e più ci sono possibilità di catturarli».

«Con la fretta e la pressione si rischia solo di fare confusione e dal caos nascono gli errori».

«Sui giornali i casi stanno già montando. Da sempre il sangue fa vendere copie e moltiplica le visualizzazioni in rete. Presto qualcuno tirerà fuori la tesi del serial killer e subito dopo ci sarà anche chi teorizzerà possibili collegamenti con vicende del passato. Partirà una campagna stampa a livello nazionale e dal ministero cominceranno ad arrivarti pressioni. Di questo sei consapevole, spero…»

«Ho tutto sotto controllo, Marcus, non ti preoccupare. Comunque grazie dei consigli. Adesso, se non ti dispiace, dovrei …»

«Rino, lascia che te lo dica, ho uno strano presentimento riguardo a questi delitti. C'è un aspetto, per così dire, già visto, qualcosa che definirei famigliare. E non mi sto riferendo a questioni tecniche quali il modo di agire degli assassini, l'ambiente da cui provengono le vittime o le scelte dei luoghi. È una sensazione che non saprei come spiegare e che mi colpisce a livello personale».

«Vuoi dire che ti senti minacciato?»

«No, non proprio, però sono anni che non avvertivo questo carico di ansia».

«Hai bisogno di qualcosa? Vuoi che predisponga dei controlli, dei pattugliamenti?»

«Assolutamente no, Rino, grazie. Penso di sapere badare e me stesso. Vorrei solo che tu non escludessi alcuna evenienza».

Il capo della squadra mobile di Rimini si prese qualche secondo per riflettere. Quindi rispose: «Marcus, sei un amico e ti stimo. Però non cambio idea, almeno per adesso. Continuerò a tenere distinte le due indagini. In ogni caso voglio che tu sappia che puoi chiamarmi in qualunque ora del giorno e della notte, anche solo per espormi le tue teorie e aggiornarmi sui tuoi progressi. Ora ti saluto, buon lavoro».

Battisti interruppe la comunicazione e Damiani restò con il cellulare in mano, incerto se essere soddisfatto o meno della conversazione appena conclusa.

Per costringere il capo della mobile di Rimini a cambiare rotta gli sarebbe bastato fare un paio di chiamate a tivù e giornali e fornire loro la storia su un piatto d'argento.

Ma, per quanto efficace, quell'espediente avrebbe alzato la posta e fatto aumentate il numero dei giocatori, rendendo meno chiari confini e orizzonti.

Mentre Marcus aveva deciso che avrebbe affrontato quella sfida da solo ed era pronto per un faccia a faccia.

19

Il telefono risultava acceso ma nonostante le ripetute chiamate, nessuno aveva ancora risposto e dopo il quinto squillo partiva sempre la segreteria.

Seduto alla sua scrivania, nell'open-space degli uffici riminesi della "Gazzetta di Forlì", Attilio continuava a fissare le foto scattate dal gommista, che aveva scaricato sul desktop. Una serie di immagini di copertoni, tratte da un catalogo, le istantanee di due fatture e di un numero di cellulare, scritto su un pezzo di carta annerito.

Combattuto se insistere con i tentativi o lasciare perdere, il cronista iniziò a sbuffare e a tamburellare con le dita sul tavolo. Per la prima volta nella sua vita sentiva di essere parte attiva di un'inchiesta giornalistica, comprendeva finalmente il significato del termine reporter investigativo e riusciva anche ad avvertire quell'adrenalina di cui, fino ad allora, aveva solo sentito parlare, negli eventi o nei talk-show televisivi, da giornalisti anziani ed esperti, ex inviati di guerra o di cronaca nera.

Studiò una possibile comunicazione, si concentrò sulle parole e compose nuovamente il numero di quel cellulare, usando, questa volta, il telefono fisso della redazione, per conferire maggiore autorità alla sua chiamata.

Come sempre scattò il messaggio registrato e una voce anonima invitò l'interlocutore a lasciare un messaggio.

«Sono Attilio D'Acquino, cronista della "Gazzetta di Forlì". Faccio parte della redazione di Rimini. Mi scusi per il disturbo. Sto conducendo un'inchiesta per le pagine dei motori. Riguarda l'uso di nuovi materiali per auto, rispettosi dell'ambiente, quali copertoni di nuova generazione, sistemi di alimentazione elettrica, tecnologie per i circuiti elettronici. Da una ricerca che ho svolto presso alcuni rivenditori della zona, è emerso come lei abbia di recente acquistato, per la sua vettura, un treno di gomme di produzione dell'est-asiatico, di una lega speciale, poco comune nel nostro paese e considerata dagli esperti una possibile svolta nel mondo delle auto commerciali. Le sarei moto grato se potesse dedicarmi qualche minuto per spiegarmi i motivi di questa scelta, fornirmi una sua opinione e condividere questa esperienza. Il numero da cui sto chiamando è un fisso del giornale. Le lascio anche il mio telefono personale. Può chiamarmi quando vuole. Spero di sentirla presto e grazie per il tempo che mi potrà dedicare».

Attilio scandì le quattordici cifre del numero del suo cellulare e concluse la chiamata tirando, subito dopo, un grosso respiro.

Orgoglioso della sua trovata, controllò il livello della batteria del suo telefonino e lo collegò al cavo di ricarica, sebbene l'apparecchio fosse al settanta per cento.

Nel farlo, gli tornò in mente il cellulare che aveva rinvenuto nel terreno a Covignano e valutò se chiamare il detective privato e chiedergli se fosse riuscito a tirarne fuori degli elementi utili. In cambio di qualche informazione, pensò, avrebbe potuto rivelargli anche la storia del copertone e i progressi che stava facendo. Ma prima avrebbe voluto capire se il titolare di quel numero si sarebbe fatto vivo. Presentarsi a quell'investigatore con un nome e un telefono, avrebbe senz'altro fatto la differenza.

Passate le 20, tentando di tenere sotto controllo l'ansia e di controllare la delusione per non avere ancora ricevuto nessuna risposta al messaggio lasciato in segreteria, Attilio uscì dalla redazione della "Gazzetta" e si avviò verso casa.

Abitava da solo in una villetta indipendente a un solo piano, con giardino, di circa 65 metri quadrati, in via Orsoleto, zona Santa Giustina, a nove chilometri dal centro di Rimini, non lontano dalla nuova Fiera. La casa, composta da una sala con angolo cottura, un bagno e una camera da letto, era in condizioni accettabili e ancora di più lo era l'affitto. Inoltre era ben collegata. Con l'autobus numero nove, impiegava solo quaranta minuti per raggiungere gli uffici della "Gazzetta", in piazza Cavour.

Il trambusto proveniva dalla porta d'ingresso. Un piccolo tonfo e uno leggero scricchiolio, seguito da uno sfregamento sommesso e un rumore metallico in corrispondenza della serratura.

Attilio si svegliò con il cuore in gola. Allungò una mano per cercare il cellulare sul comodino. Lo trovò e schiacciò uno dei pulsanti laterali. Lo schermò si illuminò, rivelando l'orario. Erano le 3 e 24 del mattino.

Qualcuno stava cercando di entrare in casa sua. Impresa non certamente difficile visto la fragile serratura a tre mandate e la mancanza assoluta di catenacci o altri sistemi di sicurezza. Un crack appena accennato sul pavimento di legno del soggiorno bastò ad Attilio per capire come l'intruso fosse ormai all'interno. Il giovane cronista rimase nel letto, paralizzato dalla paura e iniziò a tremare, sebbene la temperatura nella stanza fosse vicina ai 30 gradi. Stringeva il cellulare fra le mani e faceva fatica a riempire di aria i polmoni. Era indeciso se telefonare al 113, urlare da una stanza all'altra con la speranza di costringere lo sconosciuto a darsi alla fuga, rimanere in silenzio totale o tentare di scappare. Il terrore gli impediva di ragionare in modo lucido e razionale. Cercò di cogliere eventuali rumori che provenivano dalla sala ma il battito frenetico delle sue pulsazioni gli rimbombava nella testa, coprendo ogni altro suono. Poi sentì un altro cigolio del parquet a pochi passi dalla porta chiusa della sua camera e comprese di non avere più tempo. Agì in un lampo. Si alzò dal letto, lo rassettò velocemente, stese il lenzuolo, sprimacciò i cuscini e tirò su il copriletto. Diede un'occhiata veloce alla stanza, verificò di non avere lasciato in giro vestiti o scarpe, si tolse la maglietta, la piegò e la infilò sotto il cuscino. Con indosso solo i boxer, e stringendo il cellulare tra le mani, si infilò rapidamente sotto il letto, a pancia in giù, assicurandosi che i lembi esterni della coperta, scendessero fino a terra in tutti e tre i lati.

Trattenne il più possibile il respiro e restò in attesa. Dopo pochi secondi la porta si aprì, lentamente, con un lieve cigolio. Sull'uscio, avvolti nel buio, comparvero due scarponi neri, da trekking, allacciati alla caviglia, di una misura da uomo. Dalla posizione in cui si trovava Attilio riusciva a scorgerne, a fatica, soltanto i lacci e le cuciture della suola. La persona che li indossava rimase ferma sulla porta per diversi secondi. Poi i passi si avvicinarono al letto. Il cronista strinse i pugni e aprì la bocca per respirare. Il cuore gli stava scoppiando nel petto e aveva i crampi alle gambe. Ora i piedi erano vicinissimi al bordo del letto. L'intruso stava controllando lenzuola e coperte. Attilio capì che aveva alzato il cuscino e stava ispezionando il grado di calore della biancheria. Tutta la stanza era una specie di forno e probabilmente ciò non avrebbe permesso di apprezzare la differenza di temperatura, si augurò Attilio.

Lo sentì aprire il cassetto del comodino e rovistare tra blister di aspirina, auricolari del cellulare e scontrini del supermercato. Quindi i passi si diressero verso l'armadio, nella parete a destra del letto. Il cronista vide le ante aprirsi e gli stivaletti posizionarsi al centro. Poi udì il rumore degli appendiabiti che scorrevano sul sostegno di metallo e dei cassetti che percorrevano le guide del mobiletto. I piedi tornarono verso il letto e Attilio dovette trattenere nuovamente il respiro. D'un tratto sentì la rete che strideva e avvertì un peso sulla schiena mentre gli scarponi da trekking si sollevarono leggermente da terra, rimanendo sospesi su un lato del letto. Attilio realizzò che lo sconosciuto si era seduto e iniziò a fremere, portandosi una mano sulla bocca. Gli parve di sentire una serie di impulsi sonori ripetuti e in rapida successione. Seguiti da un sospiro e da un'altra sequenza di bip. Immaginò che l'uomo stesse mandando dei messaggi o controllando dei dati sul cellulare. D'improvviso la mano nella quale stringeva il telefono si fece più calda e una luce azzurrognola filtrò tra le sua dita. Attilio trasalì e fu sul punto di urlare. Qualcuno lo stava chiamando, proprio in quel momento. Ringraziò Dio di essersi ricordato di togliere la vibrazione e la suoneria, pur dimenticandosi di disattivare le altre funzioni. Strinse gli occhi, si sollevò appena da terra e fece scivolare piano il cellulare sotto al petto per nasconderne l'alone luminoso.

Dopo una serie di squilli, scattò la segreteria e l'uomo chiuse la comunicazione. Quindi si alzò dal letto e si avviò a passo svelto verso la porta della camera. Quando fu sul punto di uscire si bloccò di colpo. Attilio scorse i piedi, sulla soglia, che si giravano di 180 gradi. Poi i talloni si sollevarono leggermente e le gambe dell'uomo cominciarono a piegarsi. Un'ondata di terrore assoluto invase il corpo del giornalista che riuscì, con la forza della disperazione, a ritrarsi verso il lato opposto del letto e rannicchiarsi in uno spazio angusto, facendo il possibile per rimanere sotto alla rete. Trattenne il respiro mentre l'intruso abbassò la testa per guardare il pavimento, sotto al letto. Per sua fortuna si accontentò di farlo a distanza, senza illuminare la superficie, e per pochi secondi. Poi uscì definitivamente. Attilio rimase in quella posizione anche quando captò lo sconosciuto aprire la porta del bagno, scostare la tenda della doccia, tornare nel soggiorno e dirigersi verso la porta. Solo quando sentì l'uscio sbattere, il cronista si fece coraggio e balzò fuori dal suo nascondiglio con il cellulare in mano. Lasciò la camera e si precipitò verso l'unica finestra che si affacciava sul davanti della casa. Vide la figura in strada che si stava allontanando, dandogli le spalle, è sparò una raffica di foto. Poi l'uomo girò l'angolo e sparì dalla sua visuale. Attilio rimase immobile, indeciso se uscire o meno. Percepì il rumore della portiera di un'auto che sbatteva e di una vettura che veniva messa in moto.

I battiti impazziti e l'adrenalina gli impedivano di ragionare coerentemente. Fu sul punto di precipitarsi in strada per tentare di fotografare il modello e la targa dell'auto dell'intruso prima che questi si dileguasse. Ma all'ultimo si fermò, spaventato dalla possibilità che lo sconosciuto potesse vederlo. Rimase dietro alla porta fino a quando l'eco del motore si fece lontano. Quindi corse fuori, impugnando il cellulare come un'arma, lo puntò verso quel poco che ancora si scorgeva della macchina, immersa nel buio della strada provinciale, e scattò all'impazzata fino a quando il telefono andò in tilt. Un urlò gli si strozzò in gola mentre le lacrime gli scoppiarono sul viso. Prese a singhiozzare in modo irrefrenabile, con il petto nudo, e grondante di sudore, che si gonfiava e si comprimeva come un mantice.

20

«È sta-sta... to qui! Voleva uc..uccidermi! E-era lu-lui! Ne sono si-si-si...! Non sono riu-riu...!»

«Attilio, calmati! Per l'amor del cielo! Non capisco niente se continui a balbettare! Cosa è successo? Stai bene? Sei ferito?»

«No-no... sto be-be-be... ma lui, il ki-killer è venu...to qu...a ca-casa mi...»

«Sei stato aggredito? È questo che stai cercando di dirmi? Vuoi che chiami una pattuglia? Ti serve l'ambulanza? Forza Attilio, fai un respiro profondo e rispondimi!»

«No-no! Non chia-chiami... nessuno...»

«Okay, ho capito. Dammi l'indirizzo, Arrivo subito».

Al secondo tentativo il cronista riuscì a indicare correttamente il suo recapito all'investigatore privato il quale, in meno di venti minuti, si vestì e uscì di casa. Giunse dal giornalista che erano da poco passate le 4 e 30. Quando Attilio gli aprì la porta, Marcus trasalì. Il giovane era a torso nudo, con indosso solo un paio di jeans e i piedi completamente scalzi. Non riusciva a controllare i tremori e aveva gli occhi sbarrati, il viso pallido come la luna e un filo di bava che gli colava dalla bocca.

«Cristo, Attilio! Sei sotto shock! Sdraiati sul divano e fai una serie di ampi respiri con la bocca aperta. Ti prendo dell'acqua ma tu cerca di riprenderti. Ora non c'è più alcun pericolo. Ci sono qua io».

Solo dopo dieci minuti e tre bicchieri d'acqua, il giornalista riprese un po' di colore e smise di tremare. Marcus lo avvolse in una coperta e gli controllò le pulsazioni, cingendogli il polso con due dita.

«Coraggio, il più è passato» disse il detective «hai avuto una serie di attacchi ma adesso li hai superati. Il battito cardiaco è ancora un po' accelerato, cerca di rilassare le gambe e aprire il diaframma. Presto sarai nuovamente in grado di controllarlo».

Attilio accennò un debole sorriso e fece un altro respiro profondo.

«La ringrazio Marcus...» disse poi, raschiando le parole dalla gola infiammata.

«Lasciamo stare ringraziamenti e convenevoli, non mi sembra proprio il caso in questo momento. Inoltre, per favore, dammi del tu» lo rinfrancò l'investigatore.

«Adesso che sei più tranquillo riesci a raccontarmi esattamente che cosa è successo questa notte?»

Con l'aiuto di altri due bicchieri d'acqua e interrompendosi a più riprese, il giornalista riuscì a ricostruire tutti i fatti, partendo dall'impronta dello pneumatico nel parco di Covignano, descrivendo a Marcus il dialogo avuto con il gommista, per finire sull'intrusione, inaspettata e agghiacciante, di quello sconosciuto a casa sua nel corso della notte.

«Forse avrei dovuto chiamare la polizia» concluse Attilio «ma la prima persona che mi è venuta in mente è stata le... cioè, sei stato tu. Mi dispiace averti svegliato in piena notte».

«Ho detto niente smancerie» ribadì il detective «hai fatto bene a chiamarmi, non parliamone più. E sei stato anche bravo e coraggioso, però hai compiuto alcuni errori stupidi che ti sarebbero potuti costare molto caro».

«In che senso?»

«Come mi hai detto del ritrovamento del telefono nel luogo dell'omicidio al Wonderland, avresti dovuto riferirmi anche dell'impronta della ruota sul terreno. Comprendo le tue resistenze ma, sapendolo, avremmo potuto lavorarci assieme. Comunque la decisione di affidarti a un esperto di gomme è stata azzeccata. Avrei fatto esattamente lo stesso».

«Mi spiace io...» attaccò Attilio, bloccandosi immediatamente dopo avere visto lo sguardo di rimprovero di Damiani.

«Il secondo errore è stato quello di lasciare un messaggio a quel cellulare, anche sei hai inventato la scusa dell'inchiesta giornalistica» proseguì il detective «è evidente che quell'uomo non ci sia cascato e abbia quindi cercato di risolvere il problema, venendo qui».

Il giovane rabbrividì.

«Quindi potrebbe essere veramente lui l'assassino ed è venuto qui per...»

«Bè, di certo non si è palesato per fare due chiacchiere sugli pneumatici eco-frendly, vista l'ora e il modo in cui si è introdotto in casa tua».

«Merda, che cazzata che ho fatto!» imprecò Attilio. «Avrei potuto essere ucciso, come...»

«Sì, sei stato sprovveduto con quella telefonata ma in compenso hai avuto un'idea geniale che ti ha salvato la vita» sottolineò Marcus «nascondersi sotto al letto dopo avere rimesso a posto la camera per fargli credere di non essere in casa è stata una mossa prodigiosa. In più, il fatto che lui abbia anche provato a contattarti al cellulare, ci ha confermato che si tratta proprio del nostro uomo».

«Ma chi può essere?» domandò D'Acquino.

«Non ne ho la minima idea. È ciò che dobbiamo scoprire. Una cosa però ora la sappiamo. Si tratta di un soggetto estremamente pericoloso, pronto anche a eliminare possibili testimoni. E di sicuro, non si fermerà».

«Peccato però per le foto» si rammaricò il cronista.

«Qual è il problema delle foto?» chiese l'investigatore privato.

«Guarda» disse Attilio, mostrandogli le immagini salvate sul suo cellulare «in queste, che gli ho fatto dalla finestra dopo che era uscito, l'uomo si vede sempre solo di spalle. Tra l'altro è tutto vestito di nero e ha un sottocasco dello stesso colore infilato in testa. Mentre queste altre, che vorrebbero essere della sua macchina, sono lontanissime ed estremamente sgranate. Si fa fatica a capire anche solo il colore dell'auto».

«Guarda che ti sbagli!» lo corresse Marcus «sono foto preziosissime per l'indagine. Nelle prime si distinguono bene gli abiti, si può dedurre peso e altezza del soggetto e, volendo, anche il suo modo di camminare. Riguardo agli scatti della macchina, un esperto è certamente in grado di identificarne modello e colore, inoltre si scorgono distintamente almeno tre elementi della targa: le lettere X e A e il numero 9. Mancano due numeri e altre due lettere ma non è detto che la scientifica, analizzando le foto con i mezzi sofisticati che ha disposizione, non riesca a risalire anche a questi. Non devi assolutamente rimproverarti. Uscire dal nascondiglio per fotografare quell'uomo e la sua auto è stata un'iniziativa grandiosa, da vero reporter investigativo. Ti faccio i miei complimenti, Attilio, ti avevo giudicato male».

Le lodi del detective ebbero un effetto immediato sullo stato d'animo del giovane cronista che, di colpo, riacquistò vigore e sicurezza in sé stesso.

«Mi fa piacere che lo pensi e spero che le mie ricerche possano realmente contribuire a identificare l'assassino» disse Attilio, con un sorriso soddisfatto «adesso come intendi procedere?»

«Nell'unico modo possibile. Mettendo al corrente la polizia. È la cosa giusta da fare» spiegò Marcus.

Il cronista annuì in modo poco convinto.

«Non ti preoccupare so a chi rivolgermi» lo rassicurò il detective.

Ma le cinque chiamate consecutive che Damiani fece all'ispettrice Domizia Sartori furono inutili. Il cellulare della poliziotta risultava sempre spento o partiva direttamente la segreteria.

A quel punto, dopo avere controllato l'orologio, Marcus telefonò a Battisti.

Restò al telefono con il capo della mobile per venticinque minuti. Terminato il colloquio Marcus si riavvicinò ad Attilio, ancora seduto sul divano, e alzò il pollice della mano destra, in segno di conferma.

«Tutto okay» disse «ho riferito al titolare delle indagini ogni cosa, dal particolare del telefono trovato a Covignano, all'impronta della gomma, fino all'incontro ravvicinato che hai avuto questa notte. Sta venendo qui con la scientifica per i rilievi. Ti prenderà a verbale e acquisirà le foto. Non è escluso che decida anche di piazzare una volante fuori da casa tua per alcune notti, nel caso il nostro amico si faccia vivo di nuovo. Non ti devi angosciare» aggiunse Damiani, cogliendo lo sguardo ansioso del giovane cronista «lo aspetteremo assieme».

21

Quella mattina i merli e i passeri non si erano fatti sentire e una densa foschia, inusuale per quel periodo dell'anno, avvolgeva campi e colline, sfumandone i contorni in uno spazio bianco e indefinito.

Luca Rambaldi non era riuscito a chiudere occhio. Per tutta la notte, steso sul letto e con gli occhi spalancati, aveva continuato a fissare il soffitto, cercando di combattere l'angoscia che lo affliggeva e di tenere a bada i fantasmi risvegliati da quella mail.

Rivedere Carmen e Samantha dopo vent'anni, e quasi contemporaneamente ricevere quel messaggio agghiacciante, che lo faceva ripiombare nelle tenebre di un vissuto del quale non era mai riuscito realmente a liberarsi, non poteva essere una semplice coincidenza. Tra l'altro Luca non aveva mai creduto alle fatalità.

A consumarlo e divorargli l'anima era la possibilità che dopo tanti anni qualcuno avesse deciso di riaprire quella ferita, ricalcando le stesse dinamiche di terrore e morte sperimentate due decenni prima e, come allora, nominandolo terminale esclusivo di una scia inesauribile di sangue e furore omicida.

Luca sapeva di non avere più le risorse, fisiche e psicologiche, per affrontare una sfida del genere. Tantomeno, però, avrebbe potuto sopravvivere, ignorando le conseguenze del suo disinteresse nei confronti di una storia, destinata a spargere nuovamente lacrime e disperazione.

E poi c'era di mezzo Carmen. Incontrarla dopo tanto tempo gli aveva fatto sanguinare il cuore. Mai e poi mai avrebbe voluto che lei lo vedesse in quelle condizioni, cancellando definitivamente il ricordo di un amore che lui non era mai stato capace di vivere ma che continuava ad alimentare quella parte del suo cervello che non voleva ancora arrendersi all'evidenza.

Ora anche lei sapeva che Luca Rambaldi era morto, sebbene non vi fosse ancora una sua lapide nel cimitero.

Forse il *killer delle ballerine* era tornato veramente, per fargli chiudere i conti con il passato e liberarlo, una volta per tutte, dalle sue paure.

Ma questo avrebbe significato che il suo gioco mortale era appena iniziato.

Vestito con i suoi abituali abiti bianchi ma senza indossare la maschera, Luca uscì in giardino e scomparve nel candore, irreale e silenzioso, di quella mattina.

Camminò lungo un sentiero circondato da peschi e ciliegi, con la brezza bagnata che gli rigava il viso, seguendo le linee profonde delle cicatrici disegnate dal fuoco.

Restò oltre un'ora in quell'oblio ovattato, lasciando che la sua mente riportasse a galla volti e immagini di una vita sommersa ma mai cancellata.

Svuotato e annientato dai ricordi, tornò a casa, con i vestiti fradici e una cascata di brividi nella schiena.

Non appena rientrò nell'area coperta dalla rete, il lieve segnale acustico del cellulare che aveva in tasca lo colse di sorpresa e lo alterò. Erano anni che non riceveva due messaggi in un lasso di tempo così breve.

Fu tentato di ignorarlo, di gettare via il telefono e di dimenticare tutto.

Ma forse, pensò Luca, quello era l'avvertimento che stava aspettando, l'inizio dell'ultimo giro.

Si lasciò cadere su un divanetto di vimini, ricoperto di cuscini, nel porticato esterno della casa, prese l'apparecchio e aprì la sua casella di posta.

Era un altro messaggio di *Snapper* e anche questo aveva una foto *jpeg* allegata.

Lesse prima il testo.

«Il destino ti chiama, Luca. Decidi tu se cambiarlo».

Poi aprì l'immagine inclusa. Ritraeva Carmen con una corda al collo, appesa a una trave di legno, con i piedi appoggiati sopra un tavolo. Aveva le mani legate dietro alla schiena e il viso era una maschera di terrore. Il luogo era ampio e poco illuminato ma Luca lo riconobbe all'istante.

Per la prima volta dopo tanti anni, Luca si sentì libero da quel peso che gli opprimeva il petto. Si alzò dal divano, respirò profondamente e a lungo, chiudendo gli occhi e distendendo tutti i muscoli.

Salì con calma al piano superiore, fece una doccia, si cambiò i vestiti, indossò la maschera, prese le chiavi della macchina e si preparò a uscire.

Prima di salire in auto si girò per guardare la casa. Il sole aveva spazzato via in un lampo la foschia e ora baciava il tetto e le pareti, mentre le fronde degli alberi si erano ripopolate di uccelli.

Sorrise per quell'immagine che la vita aveva deciso di regalargli e si chiese se sarebbe stata l'ultima.

Il pensiero lo fece sentire in pace.

22

«Carmen? Sono Marcus. È già il terzo messaggio che ti lascio in segreteria, scusa se ti sto assillando. Chiamami appena puoi, è importante. Forse sto diventando paranoico, ma questa storia dei delitti nelle discoteche mi sta terribilmente preoccupando. Ho dei tragici presentimenti e, non so perché, ho la netta sensazione che tu, Luca e io ne siamo coinvolti direttamente. La scorsa notte, tra l'altro, è successa una cosa grave. Il killer, o chi per lui, si è introdotto in casa di un giornalista che segue il caso e avrebbe tentato di… vabbè ti dirò tutto a voce, appena ci sentiamo. Io adesso sto tornando a casa di Luca. Sì, lo so che ci ha detto che non vuole essere tirato in ballo e che ci ha chiesto di lasciarlo in pace, ma dentro di me sono convinto che abbia invece bisogno di uscire da quella specie di tempio del dolore in cui si è rinchiuso ed elaborare i suoi lutti una volta per tutte. E poi non sono tranquillo a saperlo lassù, da solo, in quella casa sperduta, giorno e notte, con la possibilità che in giro ci sia un assassino che si ispira al killer delle ballerine. Ti richiamo appena sarò da lui. Fatti viva, Carmen, per favore».

Marcus Damiani giunse a Morciano, dopo essere uscito dall'A14 all'altezza di Riccione e aver preso la provinciale 50, in direzione di Montegridolfo.

La foschia che aveva coperto l'entroterra riminese si era ormai completamente diradata e un sole, pieno e brillante, faceva risplendere la punta del crinale che divideva la Romagna dalle Marche.

Marcus spinse il piede sull'acceleratore e un dolore penetrante gli percorse la gamba, concentrandosi nei punti in cui le ossa si erano spezzate. Strinse i denti, fece un urlo soffocato, batté due volte il palmo della mano sinistra sul volante e mandò giù un grumo di saliva.

Ma non si fermò.

Dopo l'incidente non era più riuscito a guidare senza patire spasmi continui alle gambe. Motivo per cui aveva cercato di ridurre al minimo i suoi spostamenti in macchina, prendendo in affitto un ufficio che fosse raggiungibile a piedi da casa e al tempo stesso vicino a questura, comune, stazione dei carabinieri e palazzi istituzionali.

Si era anche ripromesso di fare modificare il posto di guida della sua auto per renderlo più accessibile alle sue necessità, fino a quel momento però, come presa di coscienza del proprio stato di disabile, gli erano bastate le scarpe con tacchi e suole di altezze diverse.

Giunse al bivio con Saludecio con un crampo intermittente alla gamba, la schiena spaccata e rivoli di sudore che gli scendevano dal cranio pelato fino al collo. Prima di svoltare verso Meleto, il detective diede nuovamente un'occhiata allo schermo del cellulare. Nessun messaggio ricevuto.

Salì verso San Carlino, scalò la marcia e infilò la trattura che conduceva alla casa di Rambaldi. Le ruote dell'auto slittarono sul terreno di ghiaia e sassi, alcuni dei quali rimbalzarono sotto il pianale dell'auto.

Arrivò al cancello e lo trovò spalancato. La cosa lo sorprese e lo inquietò. Fermò l'auto ma non scese, cercando di cogliere, dall'interno, qualche particolare anomalo. Tutto però sembrava a posto. Riprese lentamente l'andatura, superò l'ingresso e giunse alla casa di Luca.

Subito registrò altre stranezze. La macchina di Rambaldi, che la volta prima era parcheggiata sotto una tettoia di legno, non c'era. Almeno due finestre del primo piano erano completamente spalancate ma soprattutto la portafinestra che dava sul porticato, al pianterreno, era socchiusa.

Il sudore gli si gelò nelle spalle. Prima di uscire dall'auto, Marcus aprì il mobiletto a fianco del posto di guida e prese la sua Beretta calibro 9x21. Controllò il caricatore, mise il colpo in canna, e uscì dall'abitacolo, reprimendo un urlo per l'ennesima fitta alla gamba.

Si avvicinò lentamente all'edificio, puntando la pistola davanti a lui e guardando continuamente a destra e sinistra. Conosceva bene le tecniche di assalto ed era perfettamente in grado di ricordare come portare a termine con successo un'irruzione. Il problema erano però le sue condizioni fisiche e il fatto che fosse solo in un luogo che conosceva a malapena, senza un piano prestabilito.

Si concentrò su quel poco che riusciva a scorgere dell'interno della casa e si portò radente al muro, con le spalle alla parete, tenendo la pistola sollevata e la canna rivolta verso l'alto. Fece due passi e piegò la testa quel tanto che gli bastava per guardare attraverso la portafinestra. L'interno dell'abitazione era in perfetto ordine. La sala era deserta e così le altre stanze al piano terra. Anche la scala di mattoni rossi che portava al piano superiore appariva pulita e ordinata.

Usando una spalla, Marcus scostò la porta ed entrò. Esplorò con lo sguardo il perimetro della sala e si avviò verso la scala, stando attendo a non fare rumore. I gradini erano pochi ma ripidi e il detective fu costretto ad aiutarsi con il corrimano, faticando a mantenere in linea la pistola.

Anche le tre stanze del primo piano non mostravano nulla di inconsueto. In quella che Marcus individuò come la camera di Luca, l'armadio e la cassettiera erano aperti e il letto era disfatto.

Controllando il bagno della stanza, il detective notò una chiazza bagnata sulla pedana fuori dalla doccia e constatò che l'asciugamano appeso alla porta era ancora umido.

A quel punto l'investigatore cominciò a valutare l'ipotesi che Luca non fosse in casa e che, anzi, fosse uscito in tutta fretta senza nemmeno avere il tempo di chiudere la casa.

Cercò inutilmente nella stanza uno spunto, una traccia o un elemento che gli consentisse di capire cosa fosse successo. Perlustrò tutte le camere in cerca di un telefono o un computer. Scese di nuovo al piano terra e rovistò anche nelle altre stanze, aprendo mobili e cassetti. Non trovò nulla e, con l'ansia che gli comprimeva il petto, uscì nel porticato.

Fu proprio in quel momento che lo vide.

Infilato di taglio fra due cuscini di un divano a due posti in vimini, accanto alla parete esterna della casa, vi era uno smartphone di colore scuro. Si poteva scorgere solo uno dei lati corti, con i vani per la connessione dell'auricolare e del cavo di ricarica.

Disinteressandosi del rischio di lasciare le sue impronte, l'investigatore, dopo avere infilato la pistola nella cintura dei pantaloni, prese il cellulare e lo attivò, spingendo un tasto laterale. Lo schermo si illuminò su una foto che troncò il fiato a Marcus.

«No! No!» urlò il detective, appoggiando le spalle al muro con le gambe che tremavano.

Capì subito che si trattava di Carmen e il suo cuore iniziò a battere all'impazzata. Risalì al testo della mail, inviata da *Snapper* e aprì anche quella precedente dello stesso mittente. Le immagini di Danny Olivares e Olimpia Berti, agonizzanti, furono come un calcio violento nello stomaco. Spalancò la bocca per respirare e tornò a esaminare la prima istantanea. Voleva capire se, nella foto, Carmen fosse ancora viva e in quale luogo si trovasse.

Ci mise un attimo per identificare il posto e di colpo comprese l'urgenza di Luca nell'uscire di casa. Stava andando da Carmen.

Urlando di dolore per l'ennesima stilettata alla gamba, Marcus si precipitò in macchina e ripartì sgommando.

23

«Ispettrice Sartori!» recitò Domizia, rispondendo al secondo squillo del suo cellulare.

«Grazie a Dio ti ho trovato, Domizia!» disse Marcus, cercando inutilmente di controllare la voce. Prima di potere telefonare alla poliziotta, il detective aveva dovuto attendere di rientrare in una zona coperta dal segnale ed erano ormai passati quasi venti minuti da quando aveva lasciato la casa di Luca. Ora si trovava a pochi chilometri da Coriano e prima di un'altra mezzora, traffico permettendo, non sarebbe arrivato a destinazione.

«Ti chiamo in totale emergenza!» proseguì Damiani «il killer ha rapito Carmen Gemini e minaccia di ucciderla. Luca Rambaldi sta andando sul luogo in cui la donna viene tenuta segregata per cercare di salvarla. Bisogna agire immediatamente!»

«Aspetta Marcus, non ho capito bene. Chi è stata sequestrata?» domandò Domizia

«Ti spiegherò tutto nei dettagli ma prima per favore, memorizza questo indirizzo di Rimini: Rockisland, largo Ruggero Boscovich, numero 1. È quel locale che si trova proprio sulla punta esterna del molo. Hai presente?»

«Sì, certo lo conosco bene. È chiuso da anni se non sbaglio».

«Esatto ma a pochi metri da esso c'è un vecchio capanno in legno abbandonato. Di quelli che usavano un tempo i pescatori, ricordi?»

«Perfettamente».

«Ecco, è proprio in quella baracca che il killer ha rinchiuso Carmen, dopo averla rapita. Poi ha mandato una foto di lei a Luca Rambaldi e ora lui sta andando proprio lì, se non è già arrivato. Vuole ucciderli entrambi, mi sembra evidente. Devi recarti immediatamente sul posto e chiedere rinforzi. Non c'è tempo da perdere. Io sto guidando più veloce che posso ma difficilmente arriverò prima di 20-25 minuti».

«D'accordo, farò come dici, anche se in questo momento sono nel mezzo di un intervento alla Cagnona, il centro di accoglienza temporanea di San Mauro. C'è stata una rissa con accoltellamenti tra profughi albanesi e croati. Ci sono diversi feriti ma per fortuna non c'è scappato il morto. Lascerò sul posto il mio assistente».

«Mi spiace ma è veramente una questione di vita o di morte. Bisogna fermare l'assassino prima che sia troppo tardi» la incitò Marcus.

«Non ti preoccupare, sto già muovendomi. E durante il tragitto chiederò una pattuglia in appoggio via radio».

«Grazie Domizia e, mi raccomando, stai attenta. Quel soggetto è estremamente pericoloso. Non ha più nulla da perdere ed è pronto a uscire di scena con un bagno di sangue. Sebbene non conosca la sua identità e il movente che lo anima, ho l'impressione che voglia solo seminare morte e dolore».

«Farò del mio meglio, Marcus, te lo assicuro. Ci vediamo prestissimo».

«Io cercherò di volare» promise il detective, quindi aggiunse «un'ultima cosa. Non ho avvertito Battisti perché sarebbe stato troppo lungo e complicato spiegargli al telefono tutta la situazione e, conoscendolo, mi avrebbe fatto un sacco di domande, facendomi perdere tempo. Però è giusto che anche lui venga messo al corrente. Lo chiami tu?»

«Certo, metto giù con te e lo avverto, nessun problema».

«Ok, allora in bocca al lupo e chiamami appena puoi. In ogni caso tieni presente che fra... diciamo, 18 minuti dovrei essere al capanno».

«Crepi il lupo».

24

Dopo aver dissolto la foschia, il sole aveva già smesso di lottare con le nuvole, nascondendosi dietro cumuli neri, gonfi di pioggia. D'improvviso quel pomeriggio d'estate era diventato grigio e cupo. La temperatura era crollata, il vento aveva preso a soffiare forte dal mare e le spiagge si erano velocemente svuotate. Serie di lampi, sempre più ravvicinate, fendevano il cielo, ormai di colore ardesia, annunciando rovesci poderosi.

Onde cariche di energia si infrangevano con veemenza sui tronchi piantati nell'acqua che sostenevano, da decenni, quella specie di palafitta, a metà strada tra la darsena e il mare aperto.

Nonostante fosse abbandonato e inutilizzato da anni, il capanno di pescatori era ancora in piedi, seppure con le pareti completamente sverniciate, diversi buchi negli infissi e la ruggine che aveva divorato le carrucole per il recupero delle reti.

Dopo tanto tempo nessuno, nemmeno all'ufficio del catasto, era più in grado di risalire al proprietario di quell'edificio fatiscente, tantomeno c'era chi voleva assumersi la responsabilità di ristrutturarlo o demolirlo.

Assieme al Rockisland, che negli anni '90, era stato uno dei locali notturni più in voga a Rimini, prima di cadere in disgrazia e venire chiuso, quel capanno era considerato un luogo maledetto, la punta estrema e tenebrosa del molo, nella quale nessuno, in città, avrebbe mai rischiato di avventurarsi.

E a contribuire a questa immagine funesta era stato senza dubbio anche il caso del *killer delle ballerine.* Venti anni prima, proprio in quella baracca, l'assassino era stato ucciso e Luca Rambaldi aveva rischiato di fare la stessa fine.

Marcus questo lo sapeva bene e, più si avvicinava al molo, più il pensiero di ciò che era avvenuto allora, continuava a comprimergli la mente.

Parcheggiò la macchina nell'ultima piazzola, all'imboccatura del tragitto che conduceva alla fine della darsena e proseguì a piedi.

Dopo pochi passi, si scatenò un violento temporale e le raffiche di vento alzarono onde giganti che superarono le scogliere a andarono a infrangersi sull'asfalto, creando torrenti d'acqua scomposti. La scarsa visibilità e la pioggia battente sottraevano alla vista la fine del molo. Marcus strinse gli occhi ma non riuscì a comprendere se vi fossero o meno le auto della polizia. Decise comunque di proseguire il cammino. Quando giunse davanti alla palafitta era completamente fradicio e tremava dal freddo. Teneva la pistola stretta nella mano destra e puntata verso il basso. Un lampo improvviso illuminò per qualche secondo il capanno rivelando tutto il suo aspetto lugubre e tetro.

Il fragore del tuono che ne seguì fu, per il detective, come una frustata nella schiena.

L'unico accesso alla baracca era attraverso una piccola porta in cima a tre scalini. Dalle due finestre, sui lati sospesi della struttura, non filtrava un filo di luce.

«Sto entrando. M.» scrisse velocemente l'investigatore privato nel cellulare e inviò il messaggio a Domizia. Attese meno di un minuto, senza ricevere alcuna risposta.

Con il braccio teso e la pistola dritta davanti a sé, Marcus fece una leggera pressione sulla porta e si introdusse nel capanno. Il pavimento di legno scricchiolò sotto i suoi piedi. L'interno era buio e umido. Una serie di bagliori illuminavano, a intermittenza, le pareti scrostate e intrise di muffa. Un silenzio inconcepibile avvolgeva l'ambiente. Per raggiungere l'unica grande stanza del locale, vi era un breve e angusto corridoio che il detective percorse a piccoli passi, cercando di cogliere suoni e rumori. Si fermò alla fine di esso, con le spalle alla parete. Rimase in quella posizione per una quindicina di secondi. Non riusciva a spiegarsi il motivo di tutto quel silenzio e della totale mancanza di rumori e movimenti. Di certo non era un buon segno, pensò Marcus, aspettando che i suoi occhi si abituassero all'oscurità. Sporse appena la testa oltre il muro di legno, stringendo la pistola con entrambe le mani e trattenendo il respiro.

Poi la vide e tirò un sospiro di sollievo.

Domizia era in piedi, avvolta nella penombra, con la pistola abbassata, e lo sguardo verso una zona della stanza che Marcus ancora non riusciva a vedere. La poliziotta era rilassata e in totale controllo della situazione. Sembrava fosse in attesa di qualcuno. Probabilmente, considerò il detective, è in arrivo la pattuglia.

Rinfrancato e rassicurato da quella visione, Marcus assunse una posizione di riposo, girò l'angolo, con la pistola lungo il corpo, ed entrò nella stanza.

«Fermo!» urlò l'ispettrice, puntandogli l'arma alla testa, non appena lo vide comparire.

«Sono io Domizia, è tutto ok!» rispose Marcus, allargando le mani e accennando un sorriso.

Ma la poliziotta non ricambiò il sorriso e non abbassò la pistola.

Il detective rimase interdetto. Aggrottò la fronte e si voltò verso la parte opposta del grande stanzone.

Ciò che videro i suoi occhi lo lasciò senza fiato.

25

Carmen era appesa a una corda che scendeva da una trave del soffitto. La fune era legata a un anello di ferro incassato nella parete. La donna aveva il cappio stretto al collo e la bocca chiusa con del nastro adesivo, fissato attorno alla testa. Le mani erano legate e il viso stava diventando violaceo. Il suo sguardo era la rappresentazione del terrore.

Meno di due metri separavano i piedi della donna dal pavimento. Le sue gambe erano a cavalcioni sulle spalle di Luca, il quale era in piedi su una cassetta di legno, alta circa 25 centimetri, con le mani dietro alla schiena, strette in una fascetta di plastica. Era senza maschera e anche lui aveva il nastro adesivo sulla bocca. Gli tremavano le gambe per il peso che stava sopportando ma soprattutto a causa di un buco d'arma fuoco, poco sopra al ginocchio destro. Il sangue continuava a uscire dalla ferita e gli aveva inzuppato pantaloni e scarpe, creando una pozza scura sulle assi del pavimento.

Una scultura umana agghiacciante, che solo una mente sadica e malata avrebbe potuto concepire.

«Luca, Carmen!» gridò Marcus, tentando di lanciarsi verso di loro ma Domizia gli sbarrò la strada e si piazzò di fronte a lui, tenendolo sotto tiro con la pistola.

«Cristo, Domizia, ma che cazzo stai facendo!» urlò sconvolto il detective, non capacitandosi dell'assurdo comportamento della poliziotta «Non possiamo perdere altro tempo, Luca non reggerà ancora per molto e il killer potrebbe essere...»

Si bloccò di colpo, con la bocca aperta e le braccia spalancate.

Fissò la donna con gli occhi sbarrati.

Lei lo guardò con la stessa intensità e un accenno di macabro ghigno sulle labbra.

«È finita Marcus!» disse poi con un tono di voce piatto e glaciale «Luca e Carmen pagheranno per le loro azioni, non puoi fare nulla per impedirlo. Ho aspettato vent'anni questo momento e finalmente ora potrò avere giustizia».

«Ma quale giustizia! Domizia, ma cosa stai dicendo? Ti prego, fammi passare! Qualunque cosa abbiano fatto quei due, non è questo il modo per risolvere la questione. Per favore, permettimi di aiutarli e ti assicuro che troveremo una soluzione».

In tutta risposta la donna azionò il carrello della sua pistola, mise il colpo in canna e puntò l'arma esattamente verso la fronte di Marcus, accennando un sorriso sommesso.

«Non ti preoccupare Marcus. O forse dovrei chiamarti Samantha. Tutto si metterà a posto, stanne certo. Presto non avrai più alcun tormento».

In quel momento Marcus capì che era lei la mente che aveva organizzato quel raccapricciante rituale e che anche lui faceva parte del folle disegno criminale di Domizia. Cominciò a elaborare freneticamente un piano per uscire vivo da quel capanno.

«Non sforzarti, è completamente inutile» disse la donna, leggendogli nel pensiero «come vedi qui non c'è alcuna pattuglia e nemmeno arriverà. Battisti è all'oscuro di tutto e nessuno potrà venirti in aiuto. Siamo solo noi, con il nostro destino. Adesso, con calma, estrai il caricatore dalla tua pistola e gettalo a terra lontano da te. Non costringermi ad ammazzarti per primo e privarti dello spettacolo».

L'investigatore privato si asciugò nervosamente la fronte con il dorso della mano, quindi iniziò, molto lentamente, ad armeggiare con la pistola.

«Senti Domizia» attaccò, cercando di prendere tempo «Io non so perché tu stia facendo tutto questo. C'è sicuramente un motivo che tu consideri valido. Ma, credimi, si può ancora scegliere un'altra strada. Le condizioni di Luca Rambaldi le vedi anche tu. Quanto a Carmen Gemini, non ho dubbi sul fatto che non dirà una parola. Sei ancora in tempo per lasciarli andare. Di me ti puoi fidare, non sono un poliziotto e non ho alcun interesse in tutta questa storia».

«L'interesse ce l'ho io» sottolineò la poliziotta «ed è qualcosa che vale più della tua e della mia vita. Loro due mi hanno... anzi, voi tre, vent'anni fa, avete distrutto la mia esistenza, mi avete cancellato il futuro e tolto la voglia di vivere. Per tutto questo tempo sono sopravvissuta solo grazie alla rabbia e alla voglia di vendicarmi, non c'è niente che potrà farmi cambiare idea. Perché non ho più nulla da perdere nella vita».

Marcus avvertì una leggera incrinatura nella voce della donna e, fingendo di continuare l'operazione di rimozione del caricatore, spostò delicatamente la pistola che teneva tra le mani, in modo che la canna fosse in linea con il corpo della poliziotta.

Ma un click alle sue spalle, seguito da un fruscio, lo costrinse a bloccarsi.

«Non provarci nemmeno!» disse una voce di uomo. «Togli quel cazzo di portamunizioni e gettalo a terra, lontano da te. Sbrigati o faccio un altro buco nelle ginocchia di quella specie di Freddy Kruger del tuo amico e poi pianto una pallottola anche nella tua testa di minchia!»

Quella voce aveva un che di famigliare ma il detective non riusciva a ricordare dove l'avesse già sentita.

«Okay, okay, stai calmo!» disse Marcus, alzando entrambe le mani. Senza girarsi, e mantenendo le braccia in alto, sfilò velocemente il caricatore dalla pistola e lo lanciò a terra, alla sua sinistra.

«E adesso inginocchiati, tenendo le mani staccate dal corpo» intimò l'uomo alle sue spalle «e non provare a voltarti!»

Il detective eseguì senza fiatare. Si ritrovò a guardare il pavimento, con la sua Beretta, ormai priva di cartucce, schiacciata sotto al palmo della mano destra.

Domizia osservò tutta la scena senza fiatare. Aveva i battiti del cuore rallentati e l'espressione assente. Con l'entrata in scena del suo complice e la certezza di avere reso inoffensivo Marcus, ora sentiva di avere il controllo totale della situazione. Ripose la sua pistola nella fondina ascellare, prese una sigaretta dal pacchetto che aveva nella tasca del giubbotto, la accese con uno zippo e aspirò una profonda boccata. Quindi si accovacciò di fronte al detective, in modo che lui la potesse vedere in faccia.

«Abbiamo ancora un po' di tempo» disse «sempre che la gamba del tuo amico regga il peso che ha sulle spalle. Voglio raccontarti una storia che sono sicura ti piacerà, ma prima voglio avvertirti che dietro di te c'è un uomo che ti tiene sotto tiro e non esiterà a spararti se ti viene in mente di fare qualche idiozia».

Marcus abbassò la testa, sospirò e chiuse per qualche secondo gli occhi.

«È la storia di una ragazzina di soli undici anni che si chiamava Rossella, aveva una bella famiglia e si sentiva amata a protetta» riprese Domizia «figlia di un padre attento e premuroso, di una madre dolce e amorevole e con una sorella più grande, che era stata adottata e accolta in casa con tutte le cure e le attenzioni possibili. La bambina stravedeva per il padre e sognava di diventare, un giorno, forte e rispettata come lui. Ma una sera di vent'anni fa tutti i suoi sogni scomparvero di colpo, la sua vita divenne un incubo e le sue speranze vennero cancellate. Tutto accadde qui, dove siamo noi adesso».

Marcus alzò la testa e fissò la donna negli occhi. Ancora non riusciva a capire che cosa Domizia stesse nascondendo ma la stretta che aveva nello stomaco gli faceva temere il peggio.

Improvvisamente Luca emise un lamento soffocato e la gamba ferita prese a vibrare, facendo scuotere il corpo di Carmen la quale, a sua volta, iniziò a mugolare.

«Ops! Il tempo stringe» osservò la poliziotta, interrompendo il suo racconto per qualche secondo «cercherò di arrivare subito al punto. Dunque, come dicevo, la fine di tutte le illusioni di questa bambina si consumò tra le luride pareti di questa baracca. Fu proprio qui che, una sera come questa, a causa del tuo amico e della sua puttana, la sorella di Rossella venne uccisa e con lei anche il fratello di sangue della ragazza. Ma soprattutto a perdere la vita fu anche il padre di entrambe. Non puoi nemmeno immaginare lo shock tremendo per la famiglia della giovane e il dolore immenso e brutale che lei e sua madre dovettero sopportare. Dopo appena quattro mesi, il cuore straziato della madre di Rossella non resse e la povera bambina si ritrovò completamente sola, senza genitori, parenti, o qualcuno che potesse occuparsi di lei. Il tribunale dei minori la affidò ai servizi sociali e dopo circa un anno di permanenza in una casa-famiglia, venne adottata da una coppia di Bologna. Cambiò città, nome, identità e vita. Ma qualcosa dentro di lei era morto».

Marcus Damiani cominciò a capire e il senso di angoscia e soffocamento si fecero intollerabili.

«I genitori adottivi di Rossella erano delle brave persone. Non le fecero mai mancare affetto e dedizione e la aiutarono a terminare gli studi. A 18 anni, la ragazza si iscrisse all'università, a Bologna. Voleva studiare giurisprudenza e diventare una paladina della giustizia. Ma la sua idea di equità era diversa da quella che studiava sui libri. Così, dopo due anni e una decina di esami, lasciò Bologna, l'università e la casa dei genitori adottivi. Si trasferì a Roma e si iscrisse all'Accademia della Polizia di Stato per proseguire nel suo unico proposito: diventare come suo padre».

Marcus strinse gli occhi e serrò i denti. Ora aveva tutto chiaro. Si voltò verso Luca e comprese che anche lui sapeva tutto.

«Da quel momento Rossella Sacchi diventò Domizia Sartori» disse la poliziotta con tono spaventosamente solenne.

«Cristo!» esclamò Marcus, rivolgendole uno sguardo sbigottito «sei la figlia di Daniele Sacchi, il vicequestore di Forlì, ed ex capo del commissariato di Rimini. Conoscevo bene tuo padre!»

«Lo so e so anche che non ti sei fatto scrupoli nel tradirlo!» sottolineò la poliziotta, guardandolo dall'alto in basso, con una luce perfida negli occhi.

«Ti sbagli Domizia! Io non ho mai fatto nulla che potesse nuocere a tuo padre. E nessuno di noi tre è responsabile per la sua morte. Luca e Carmen sono solo delle vittime!»

«Stai zitto, essere informe! Tu e la tua Samantha!» imprecò Domizia «è solo colpa tua e di quei due esseri rivoltanti appesi alla trave se mio padre non c'è più. Ma ora finalmente la pagherete tutti e avrò giustizia».

«Ascoltami Domizia, ti supplico! Le cose non stanno così. Dammi almeno la possibilità di spiegarti. Sacchi... cioè, tuo padre, si è suicidato dopo che la sua figlia adottiva, Eleonora, fu uccisa da suo fratello, Fabrizio Dentice. Eleonora era molto malata e aveva delle gravi turbe psichiche, provocate dalle violenze sessuali che lei e suo fratello maggiore, avevano subito in famiglia. La sua ossessione per Luca Rambaldi l'aveva trasformata in un'assassina. Aveva ucciso diverse persone e quella notte, in questo capanno, era pronta ad ammazzare anche Luca se non fosse intervenuto all'ultimo momento suo fratello. Tuo padre ha fatto di tutto per proteggerla, superando ogni limite. Ha coperto i suoi crimini e ha corrotto dei suoi colleghi e sottoposti. È lui che ti ha tradito, non io! Tuo padre ti ha voltato le spalle e ti ha abbandonato, per lui esisteva solo Eleonora. Quando lei è morta, non ha avuto più ragioni per continuare a vivere e si è sparato in bocca. Esattamente nel punto in cui sei tu adesso, Rossella».

«Non ti azzardare a chiamarmi in quel modo, bugiardo schifoso!» urlò la poliziotta, rossa in volto e con gli occhi iniettanti di sangue «non devi nemmeno pronunciare il nome di mio padre! L'unico suo errore è stato quello di trovare te e quelle merde sulla sua strada. Ma ora finalmente potrò rendergli giustizia. Vedrai crepare i tuoi amici come dei cani. E poi toccherà anche a te. Ora sono contenta di non essere riuscita ad ammazzarti anni fa e di averti reso uno storpio...»

Quelle ultime parole lasciarono Damiani senza fiato.

«Che cazzo stai dicendo! Sei stata tu a...» biascicò il detective con un groppo in gola.

«Sì, povero idiota. Non c'è mai stato alcun pirata della strada. Quella sera a Bologna ho aspettato che uscissi dalla questura e ti ho seguito con la macchina. Appena hai lasciato piazza Roosvelt e sei entrato in una zona senza telecamere, ho accelerato e ti ho travolto. Avrei voluto passare sopra il tuo corpo più volte per essere sicura di averti ammazzato ma qualche stronzo si è affacciato dalla finestra e ha cominciato a urlare. Così ho dovuto desistere e me ne sono andata. Quando ho saputo che eri riuscito a sopravvivere ero furiosa. Ma almeno ti ho rovinato la vita, facendoti diventare un ex poliziotto, frocio e deforme. Uccidere te, Rambaldi e la sua puttana e vendicare mio padre è rimasta sempre la mia priorità. Per questo mi sono fatta trasferire a Rimini dove, finalmente, avrei potuto completare il mio piano: il ritorno, dopo vent'anni, del *killer delle ballerine*. E tu, stupido investigatore del cazzo, mi hai solo facilitato il compito, abboccando come un fesso alle irreprensibili diligenze della poliziotta piena di premure e attenzioni, politicamente aperta e corretta, nonché pronta a venire incontro alle esigenze dei meno fortunati. Che montagna di stronzate! Mi sono dovuta mordere la lingua per non scoppiare a ridere quando mi hai consegnato il cellulare di quel finocchietto brasiliano che quell'idiota del mio complice aveva perso nel parco di Covignano, dopo averlo fatto a pezzi. Avevo in mente qualcosa di speciale anche per te. Poi mi hai telefonato, dicendomi che stavi venendo qui ed allora ho capito che il destino si sarebbe finalmente compiuto questa sera. E che mio padre avrebbe finalmente avuto la sua ricompensa».

«Stai delirando Domizia!» replicò Marcus «Ammazzarci tutti non servirà a dissolvere i tuoi spettri! Le tue ferite continueranno a sanguinare e gli incubi ti tormenteranno. Hai bisogno di farti curare».

«C'è solo una cura possibile» sentenziò la donna.

Fece quindi un piccolo gesto con la testa all'uomo alle spalle del detective.

Questi si mosse velocemente verso il fondo della stanza e si avvicinò a Luca e Carmen. Marcus si girò e lo riconobbe. Era quel losco figuro che si era introdotto in casa di Attilio D'Acquino. Vestiva allo stesso modo ed era incappucciato, esattamente come nelle foto scattate dal giovane cronista.

L'uomo puntò la pistola verso Rambaldi ed esplose tre colpi in rapida sequenza. Uno dei proiettili gli trapassò la carotide. Gli altri si conficcarono nel petto e nel fegato. Luca crollò a terra con fiotti e bolle di sangue che zampillavano dal collo.

Carmen rimase appesa alla corda con il cappio che iniziò a comprimerle la gola. La donna cominciò a gemere, dimenando le gambe in modo scomposto.

Prima che l'uomo incappucciato si girasse verso di lui, Marcus scattò in piedi, alzò la sua pistola, mirò verso la testa e sparò il colpo che aveva in canna, l'unico rimasto all'interno dell'arma.

Il proiettile gli penetrò nel cranio, all'altezza della tempia, e uscì dal lato opposto, assieme a particelle di materia cerebrale e frammenti di osso. L'uomo stramazzò a terra, non distante dal corpo senza vita di Luca.

Con un balzo, il detective si lanciò verso Carmen per cercare di afferrarle le gambe e sollevarla. La raggiunse nel momento in cui Domizia, iniziò a urlare come un'indemoniata e a sparare all'impazzata.

«Vi ammazzo tutti, bastardi!» gridò la donna, esplodendo colpi a ripetizione nella semioscurità di quel capanno.

Marcus sentiva le pallottole fischiargli nelle orecchie. Con un ulteriore sforzo, afferrò i piedi di Carmen e cercò di portarseli sopra le spalle. Riuscì ad appoggiare il ginocchio sinistro della donna sulla sua clavicola e contemporaneamente salì con la gamba sana sulla cassetta di legno. La corda si allentò, mitigando la pressione del cappio. Carmen contorse la testa, cercando disperatamente di respirare col naso.

Domizia smise di colpo di sparare ma non perché avesse finito i proiettili.

La baracca ripiombò improvvisamente nel silenzio, scandito dai lamenti di Carmen e dal respiro affannoso del detective.

«Che scena commovente!» attaccò la poliziotta, avvicinandosi ai due, con la pistola puntata verso di loro. «Ecco il nostro intrepido eroe che si immola per salvare la sua amica. Ma il suo gesto valoroso non servirà a un cazzo...»

«Vattene Domizia, sparisci!» urlò Marcus, affannandosi per rimanere in equilibrio. «Hai ottenuto ciò che volevi, Luca è morto! La tua missione di vendetta si è conclusa. Se te ne vai ora, nessuno potrà mai risalire a te. Gli esami balistici dimostreranno che a sparare a Rambaldi è stata la pistola del tuo complice, chiunque esso sia. Farò sparire gli altri bossoli e della tua presenza in questo capanno non resterà traccia. Potrai andartene da Rimini e rifarti una vita».

Domizia sorrise e scosse la testa con un'espressione alienata.

«La mia vita è qui, Marcus, la mia esistenza avrà un senso solo quando l'ultima goccia di sangue fluirà dai vostri corpi ripugnanti e uscirò da questo capanno, liberando l'anima di mio padre. Non sarà una vendetta ma una sentenza. La giustizia rende liberi. Di vivere e di morire».

La poliziotta fece un lungo respiro, tese il braccio, strinse la pistola e mirò al ginocchio del detective.

«Aspetta! Non farlo!» la implorò Marcus «puoi ammazzarmi, puoi spararmi in testa, nelle gambe, dove cazzo ti pare. Puoi farmi morire dissanguato se è questo che vuoi. Ma prima, ti prego, libera Carmen! Lei non c'entra! In questa storia è sempre stata soltanto una vittima!»

«Allora è perfetto!» sottolineò Domizia con un sogghigno. «Abbiamo i buoni, i cattivi e le vittime innocenti. Un copione esemplare. E poi, guardati, Marcus. Hai assunto, senza che nessuno ti costringesse, il ruolo che avevo pensato per Rambaldi. Sei debole e disarmato e ti sei caricato sulle spalle, è proprio il caso di dire, tutta la responsabilità della morte della tua amichetta. Ora ti dico quale sarà prossima scena, anzi... te la mostro».

La poliziotta sparò due colpi ravvicinati. Il primo perforò la coscia di Damiani. Il secondo gli trafisse il polpaccio e gli fratturò il perone. Il detective urlò dal dolore ma riuscì, con un gesto disperato, a rimanere in piedi, appoggiando la gamba menomata sulla cassetta di legno e spostando il peso su di essa.

«Sei un vero fuoriclasse, Marcus! Non ti facevo così resistente...» lo schernì la poliziotta «...il gioco si fa ancora più interessante. Vediamo quanto reggerà quella tua gambetta ridicola dopo che ti avrò fatto esplodere la rotula...»

Domizia puntò la pistola verso il ginocchio del detective e appoggiò il dito sul grilletto.

Marcus chiuse gli occhi.

Carmen fece lo stesso.

Il colpo, assordante, fece vibrare le pareti del capanno.

Domizia rimase a bocca aperta e l'impatto la fece barcollare. Si portò la mano su un fianco. Il sangue prese a colarle fra le dita. Il proiettile era entrato all'altezza della milza, uscendole dalla schiena, a pochi centimetri dalla colonna vertebrale.

«Getta la pistola e alza le mani!» ordinò perentoria una voce di uomo.

La poliziotta si girò verso quel suono ma riuscì solo a vedere le luci accecanti delle torce puntate verso di lei.

«Te lo ripeto per l'ultima volta, Sartori! Non fare cazzate! Butta la pistola e arrenditi!»

Domizia guardò la vetrata. Cercò inutilmente con lo sguardo l'orizzonte sul mare. La pioggia e le tenebre lo avevano cancellato. Vide suo padre che si infilava la pistola in bocca. «*No, non poteva finire di nuovo in questo modo!*» disse una voce nella sua testa. Alzò il braccio e cominciò a sparare in direzione di quei fasci di luce. Quindi si lanciò verso la finestra, sfondò quello restava dei vetri e si gettò fuori dal capanno. Precipitò nel vuoto per pochi metri, prima di cadere rovinosamente su uno dei pali di legno immersi nell'acqua, che un tempo reggevano la pedana esterna della baracca, usata come attracco per le barche. Le assi di legno, ormai marce, erano state inghiottite dal mare e il pilone era rimasto piantato sul fondo. Proprio su quel palo, venti anni prima, il killer aveva legato Carmen, in attesa che sopraggiungesse l'alta marea. Domizia vi piombò sopra con tutto il peso del corpo. La punta del palo le sfondò la cassa toracica, perforò i polmoni, fracassò le vertebre, spezzò in due la spina dorsale, lacerò le fasce muscolari, squarciò la pelle e uscì tra le scapole. La donna rimase immobile, incastrata in quel pilone, con gli occhi sbarrati che fissavano le onde nere del mare.

26

L'infermiera entrò nella stanza, spingendo il letto. Marcus Damiani era bianco come il lenzuolo, con una cannula che gli partiva dall'ago infilato sul dorso della mano e l'antidolorifico che gli colmava le vene. La gamba operata era completamente fasciata, dall'inguine alla caviglia. Aveva lo sguardo offuscato dai farmaci e dai calmanti. Gli effetti dell'anestesia spinale si stavano lentamente affievolendo e un fastidioso formicolio cominciava a salirgli dagli arti inferiori.

Rino Battisti lo aspettava in piedi, vicino alla finestra della piccola stanza dell'ospedale di Rimini. Fuori da essa, seduto su una sedia di ferro, a fianco della porta, vi era un poliziotto in divisa.

Marcus fu felice di vedere il capo della mobile anche se, in quel momento, avrebbe avuto voglia solo di chiudere gli occhi e dormire, per almeno due giorni di seguito.

«La flebo con il Toradol dovrebbe finire tra circa dieci minuti» disse l'infermiera «dopo tornerò per una soluzione fisiologica. Qui c'è il campanello. Mi chiami se ha bisogno».

Marcus accennò un grazie con la testa, sforzandosi di accompagnarlo con un sorriso mentre la donna si allontanava.

Battisti si avvicinò al lato del letto opposto a quello in cui vi era la flebo.

«Come stai?» chiese. «Mi ha detto l'ortopedico che l'operazione è andata bene...»

Il capo della mobile evitò di aggiungere che il chirurgo gli aveva espresso più che un dubbio sulla possibilità che l'investigatore potesse tornare a camminare in tempi brevi, considerando le pregresse menomazioni alle gambe.

Marcus non rispose, leggendogli negli occhi la verità. A sua volta domandò: «Carmen?»

«È in osservazione. I medici non hanno riscontrato lesioni significative all'osso ioide a alle vertebre cervicali. Anche la cartilagine tiroidea, nonostante qualche piccola lesione, è in buono stato. Per fortuna la pressione della corda sul collo è stata limitata. E questo grazie al tuo prezioso intervento».

«Ma lei come sta?» insisté Damiani, ignorando totalmente il tentativo di Battisti di accordargli il merito della sopravvivenza della donna.

«È ancora sotto shock ma si riprenderà, non ti preoccupare. Le stanno somministrando dei sedativi. Ha bisogno di riposo totale per qualche giorno. E poi dovrà cercare di dimenticare presto questa brutta esperienza».

«Già...» commentò Marcus, con il pensiero che corse subito a Luca Rambaldi. Non avrebbe mai dimenticato la sua espressione, quasi di sollievo, quando in quel capanno, l'uomo incappucciato si era avvicinato a lui puntandogli la pistola alla testa, un attimo prima di premere il grilletto.

«Quando faranno l'autopsia sul corpo di Rambaldi?» domandò il detective, deglutendo a fatica.

«Domattina» rispose Battisti. «Ma è solo una formalità, un atto dovuto, visto che non ci sarà un processo».

Quindi aggiunse: «A seguire verranno eseguiti anche gli esami autoptici sui cadaveri dell'ispettrice Sartori e dell'agente scelto Mariani».

«Di chi?» chiese sorpreso Marcus.

«Luigi Mariani, assistente di reparto dell'ispettrice Domizia Sartori, suo braccio destro in molte indagini e soprattutto suo complice nei crimini. Non lo hai riconosciuto perché ha sempre tenuto in testa il cappuccio».

«Cristo, era lui...» imprecò debolmente l'investigatore privato.

«Non fartene una colpa, Marcus, non potevi saperlo. E in ogni caso aveva appena ammazzato Rambaldi e il prossimo saresti stato tu».

«Quindi era sempre Mariani lo sconosciuto che si è introdotto in casa di quel giornalista...» sottolineò sbigottito Damiani.

«Senza ombra di dubbio» confermò il capo della mobile «e se il giovane D'Acquino non avesse avuto la prontezza di nascondersi, ora farebbe parte della lista delle persone che Damiani e la Sartori hanno fatto fuori».

«Pazzesco, ancora una volta, dopo vent'anni, dei poliziotti assassini...» disse a sé stesso Damiani, quasi sussurrando.

«Già» rimarcò Battisti. «Ma per fortuna hanno commesso degli errori e siamo riusciti a fermarli».

«Quali errori?»

«L'impronta dello pneumatico e l'identificazione dell'auto di Mariani ci hanno permesso di risalire a lui» precisò il dirigente della mobile «grazie alle foto scattate col telefonino da Attilio D'Acquino abbiamo ricostruito la targa e il modello di auto. Immagina la nostra sorpresa quando abbiamo scoperto che la macchina era intestata ad un poliziotto che lavorava nella nostra stessa questura. Mi è sembrato di ripiombare nell'incubo degli anni della Uno Bianca o degli omicidi in discoteca».

«Credo che fosse proprio quello il loro intento» precisò Marcus.

«In ogni caso allora non potevamo saperlo. Né avevamo la certezza che non avesse dei complici tra i colleghi» proseguì Battisti «motivo per cui, dopo avere informato il pubblico ministero, abbiamo deciso di non mettere al corrente nessuno, in questura, di quello che avevamo scoperto, tantomeno l'ispettrice Sartori».

«E come vi siete mossi?» domandò il detective.

«Per prima cosa abbiamo messo sotto controllo il telefono di casa di Mariani e contemporaneamente il suo cellulare è stato tracciato. Quindi ho chiesto con urgenza i tabulati delle telefonate che ha effettuato negli ultimi giorni e la verifica dei suoi spostamenti, attraverso le cellule del suo portatile. Sono emerse diverse chiamate tra lui e la Sartori, oltre alla sua presenza nei luoghi degli omicidi all'ex Wonderland e al Classic. Niente però che potesse destare sospetti» specificò Battisti «visto che poteva trattarsi della sua regolare attività di polizia».

«E quindi?» fece Damiani, sempre più ansioso.

«Nel corso della perquisizione effettuata a casa di Mariani...» riprese Battisti ma il detective lo interruppe immediatamente.

«Sei riuscito ad avere un mandato così in fretta?» si meravigliò Marcus.

«Dall'esame del suo computer» riprese il funzionario, glissando di proposito sulla domanda del detective «è emerso come l'agente avesse usato il soprannome *Sexy Beast* per entrare in una chat clandestina e adescare la sua vittima, Daniele Olivares. Al momento non abbiamo ancora elementi sufficienti per ricostruire la dinamica dell'omicidio. Ma è molto probabile che Mariani e Olivares si siano incontrati in un posto diverso dal Wonderland e che, solo dopo averlo ucciso, o quanto meno stordito, Mariani abbia portato Olivares nel parco dell'ex night di Covignano. E ciò spiega l'impronta della gomma della sua auto nel terreno del parco e anche il motivo per cui i rilievi sul luogo del delitto, che non a caso sono stati compiuti proprio dall'ispettrice Sartori e dal suo assistente, non siano stati così accurati. Per fortuna quel giovane cronista della "Gazzetta" ha scoperto l'impronta e l'ha fotografata».

«Già, proprio una gran fortuna...» sottolineò sarcastico Marcus.

«Grazie al tracciamento del suo cellulare» riprese Battisti «siamo riusciti a seguire con costanza gli spostamenti di Mariani, fino a quando il GPS del suo dispositivo ci ha segnalato la sua presenza in quel capanno sul molo. Da un controllo incrociato con il telefono dell'ispettrice Sartori, abbiamo capito che si trovavano entrambi in quel luogo, che non è certo una destinazione di routine, è la cosa ci ha subito fatto scattare l'allarme».

«Siete arrivati troppo tardi...» commentò mestamente Damiani.

«Hai ragione e mi dispiace molto per Luca Rambaldi» ammise il poliziotto «ma è successo tutto nel giro di poche ore, inoltre sono stato costretto ad agire solo con due agenti di cui mi fido ciecamente per evitare che in questura circolassero troppe voci e che queste arrivassero alle orecchie degli assassini. Sono felice di essere riuscito a salvare te e la signora Gemini, non ti nascondo però che avrei preferito catturare viva la Sartori».

«La figlia dell'ex capo della mobile di Rimini e Forlì, Daniele Sacchi» sottolineò ancora incredulo Marcus «quella famiglia è stata veramente segnata dalle tragedie e con essa, a distanza di vent'anni, almeno due comandi di polizia».

«Non è la sola famiglia coinvolta in questa incredibile vicenda» puntualizzò Battisti.

«In che senso? Spiegati Rino, per carità, cos'altro hai scoperto?»

«È tutto scritto nel computer di Mariani. Tra i suoi file abbiamo rinvenuto anche una specie di autobiografia che l'agente conservava tra i documenti archiviati sotto il nome *Rimini Confidential.* C'è la storia della sua vita».

Il detective puntò le braccia sul materasso e si sollevò faticosamente, fino a mettersi seduto. Le gambe si erano quasi del tutto risvegliate ed erano cominciati spasmi e fitte.

«Chiamo l'infermiera?» chiese allarmato Battisti, vedendo la smorfia di dolore sul volto di Damiani.

«No, no... non importa. Adesso voglio solo che mi racconti tutto» rispose Marcus.

27

Non appena entrò nella redazione della sede riminese della "Gazzetta di Forlì", fu accolto da un applauso fragoroso e dal rumore dei tappi di sughero che saltavano da bottiglie di prosecco.

Attilio D'Acquino si bloccò, imbarazzato, chiedendosi se fosse arrivato nel mezzo di un festeggiamento di cui non era stato messo al corrente.

Continuò a pensarlo fino a quando vide il direttore della "Gazzetta", Odone Ravaioli, venirgli incontro con un sorriso solare e gli occhi che brillavano.

«Eccolo, il nostro Bob Woodward di provincia!» esclamò il capo supremo del giornale, stringendo Attilio in un abbraccio plateale. «Il tuo articolo in prima pagina sulla "Gazzetta" è stato ripreso da tutti i quotidiani nazionali più importanti. Rai, Mediaset e Sky News hanno aperto i notiziari, mostrando la nostra copertina. Manderanno i loro inviati a Rimini e verranno qui per intervistarmi. I concorrenti locali sono completamente al tappeto, per non parlare dei profili social e del sito della "Gazzetta". Il tuo articolo in forma digitale ha totalizzato oltre 460mila visualizzazioni in 12 ore e continua a raccogliere consensi. Credo che sia il più grande scoop nella storia del nostro quotidiano».

Nella stanza, colma di giornalisti, collaboratori e impiegati, giunti appositamente da Forlì, in delegazione con il direttore della testata, partì un altro applauso, condito da una serie di «Bravo Attilio! Grande! Continua così...»

D'Acquino era frastornato e turbato da quelle esagerate manifestazioni di stima da parte di colleghi che, fino al giorno prima, non sapevano nemmeno della sua esistenza. Cercò di pronunciare alcune banali frasi di ringraziamento ma Ravaioli, ancora una volta, lo anticipò, rubandogli la ribalta.

«Caro Attilio, ho qui una cosa per te» disse con aria solenne, sventolando un paio di documenti word in formato A4 con il logo del quotidiano, come se si trattasse di un'onorificenza concessa dalla casa reale britannica «questo è un contratto di assunzione giornalistica, ex articolo 1, a tempo indeterminato alla "Gazzetta di Forlì", con validità immediata. Da oggi sei a tutti gli effetti un redattore della nostra testata. Naturalmente con un periodo di prova di sei mesi...»

Tra l'ennesimo battimani e ululati di finto giubilo, D'Acquino ricevette il contratto dalle mani di Ravaioli, mentre la corte dei giornalisti fedelissimi del direttore, si affannò a scattare foto e video con i telefonini.

Ma invece di firmarlo all'istante e concedersi alla folla festante di colleghi mentre stringeva la mano del boss, il giovane cronista prese il documento, lo infilò nello zaino e disse: «Grazie mille direttore. Più tardi darò un'occhiata al contratto e le farò sapere».

La redazione si ammutolì di colpo, qualcuno si lasciò andare in un ooooohhhh! di sorpresa, mentre Ravaioli, basito e infastidito, sfoderò un sorriso tirato, diede un paio di colpetti finto-amichevoli sulla spalla di Attilio e replicò: «Ma certo, D'Acquisto, prenditi tutto il tempo che vuoi ma ricorda che questa è la tua famiglia!»

«D'Acquino!»

«Come scusa?»

«Il mio cognome. D'Acquino, non D'Acquisto...»

«Oh, senz'altro. Bravo, Ancora complimenti!» ribadì il direttore, allontanandosi velocemente dalla stanza con il suo seguito di ruffiani.

In pochi minuti il camerone adibito a redazione si svuotò quasi completamente, sui tavoli rimasero le bottiglie di prosecco vuote e i bicchieri di plastica mentre un odore intenso di umidità e carta di giornale bagnata saturò l'ambiente. Attilio si ritrovò solo, nel suo cubicolo, con le decine di copie di quotidiani che gli avevano messo sul tavolo e una quarantina di avvisi di chiamata nella sua linea fissa.

Ignorò entrambe, estrasse il suo laptop dallo zaino e lo accese. Quindi aprì il sito della "Gazzetta di Forlì" e per la prima volta, da quando lo aveva scritto, rilesse il suo articolo.

Il titolo, ovviamente, non lo aveva scelto lui.

«Il *killer delle ballerine* è tornato!»

Anche occhiello e sommario erano stati decisi dalle alte sfere del giornale.

«Dopo vent'anni scorre ancora il sangue nelle discoteche del riminese».

«In esclusiva tutti i segreti e i retroscena di una vicenda che ha sconvolto la nostra regione».

Finalmente iniziava il pezzo, firmato in testa, *dal nostro corrispondente a Rimini, Attilio D'Acquino.*

Il testo era asciutto, avvincente e ricco di notizie. La prima parte ricostruiva le ultime fasi della vicenda, dalla sparatoria al capanno sul molo, al ferimento di Carmen e Marcus fino alla morte degli assassini, Domizia Sartori e Luigi Mariani. Un lungo capoverso era dedicato alle indagini della polizia, alla dinamica degli omicidi e ai ritrovamenti dei cadaveri delle vittime, Danny Olivares e Olimpia Berti. Un piccolo approfondimento raccontava l'angosciante esperienza in prima persona che il cronista stesso aveva vissuto, nel momento in cui si era trovato faccia a faccia con il killer, durante l'intrusione notturna nel suo appartamento. Un ricordo speciale e commovente era rivolto all'ex collega e colonna della "Gazzetta", Luca Rambaldi, ma la vera esclusiva di tutto il reportage riguardava la vita, la storia e il passato dei due protagonisti negativi e il modo in cui si erano trasformati in poliziotti-killer. Dopo avere tracciato il profilo di Domizia Sartori, alias Rossella Sacchi, figlia dell'ex vice-questore Daniele Sacchi, Attilio si era concentrato sulla figura di Luigi Mariani.

"Luigi Mariani e Domizia Sartori si erano conosciuti quando entrambi prestavano servizio presso la Questura di Bologna. Due giovani agenti del reparto mobile accomunati, apparentemente, dalla passione per il mestiere e da aspirazioni di carriera. In realtà il piano di Domizia, già Rossella Sacchi, era uno solo: vendicarsi di Marcus Damiani, che lei riteneva uno dei principali responsabili della morte di suo padre. Era per questo motivo che dopo l'Accademia a Roma e un breve periodo di formazione a Milano, la donna si era fatta trasferire a Bologna, dove lavorava Damiani. Quest'ultimo, dopo diverse missioni da infiltrato e sotto copertura, tra cui, appunto, anche l'indagine sugli omicidi nelle discoteche del riminese della fine degli anni '90, stava attraversando un periodo difficile a causa di suoi problemi personali, legati all'identità di genere. Era divenuto il bersaglio preferito dei suoi colleghi razzisti e intolleranti, nonché oggetto di continui episodi di bullismo all'interno della questura. Domizia pensò di approfittare di questa situazione per portare a compimento la sua vendetta. Una sera attese che Marcus uscisse dalla questura, lo seguì con l'auto e lo investì a tutta velocità. Il piano della donna era quello di far passare l'aggressione come un atto di violenza di matrice omofoba e segregazionista. Ma Damiani riuscì a sopravvivere, seppure con danni permanenti agli arti inferiori, e decise di lasciare la polizia".

Un sottile rumore di passi costrinse Attilio a interrompere la lettura. Il cronista si alzò in piedi per guardare oltre le pareti divisorie della sua postazione di lavoro ma non vide alcuno. Attese una decina di secondi e riprese a scorrere il suo articolo.

"Il caso venne chiuso come un incidente stradale provocato da un pirata e il colpevole non fu mai identificato. Ma quella sera qualcuno vide Domizia tentare di uccidere Damiani. Il testimone era un suo giovane collega, Luigi Mariani, il quale aveva appena terminato il turno e si trovava nei pressi di Piazza Roosvelt. In-

vece di denunciare la poliziotta, Mariani però decise di parlarle. «C'era qualcosa in quella donna che mi attraeva e al tempo stesso mi spaventava. Sentivo di avere qualcosa in comune con lei» (cito testualmente dal suo memoriale). Domizia inizialmente cercò di negare tutto, quindi si offrì di pagare per il suo silenzio. Mariani però rifiutò la mazzetta e si impegnò a non rivelare ciò che sapeva, a patto che la collega gli svelasse il motivo del suo gesto e di questo suo odio incontrollabile nei confronti di Marcus Damiani. Fu così che la Sartori svelò la sua passata identità a Mariani, gli raccontò tutta la storia del padre e del motivo per cui ritenesse Damiani uno dei principali responsabili della sua morte. La reazione del collega la lasciò di stucco. Con uno slancio improvviso Mariani abbracciò Domizia e iniziò a piangere a dirotto. Lei rimase disorientata ma non si sottrasse a quella stretta irreale di cui non riusciva ancora a comprendere il significato.

Poi Mariani si calmò e iniziò a pararle della sua adolescenza. Le disse di suo padre, Ercole Mariani, magazziniere in una fabbrica di imballaggi di San Vito nel riminese, che a soli 61 anni morì per le conseguenze di una malattia respiratoria, provocata dall'amianto di cui era ricoperto il capannone in cui lavorava. E di sua madre, che il giorno del suo funerale, gli svelò come in realtà lui non fosse il figlio di Ercole Mariani ma di un altro uomo con cui lei aveva avuto una relazione segreta, che si chiamava Federico Bellano. Quel Bellano? Gli aveva chiesto Domizia. Sì, proprio lui, il vicedirigente della squadra mobile di Rimini, allievo e amico fraterno del vicequestore, Daniele Sacchi. E anche lui, come Sacchi, coinvolto in prima persona, nel caso degli omicidi del killer delle ballerine. Mariani concluse il suo racconto, spiegando come il suo padre naturale, arrestato e condannato a vent'anni di reclusione, dopo nemmeno un anno, venne trovato senza vita, impiccato in cella nel carcere di Bologna. Nessuno venne incriminato e la morte di Federico Bellano venne considerata un suicidio e archiviata. Per Luigi Mariani e Domizia Sartori quella fu una notte di dolore e rivelazioni. Scoprirono di avere una storia comune e si convinsero come il loro incontro fosse un segno del destino. Da quel momento avrebbero unito le loro forze per raggiungere un unico obiettivo: vendicare la morte dei loro padri. E la lista delle persone da uccidere comprendeva almeno due nomi: Marcus Damiani e Luca Rambaldi. Iniziarono e frequentarsi assiduamente e ad elaborare una serie di piani. Quando, qualche tempo dopo, Domizia riuscì a farsi trasferire alla Questura di Rimini, come capo della sezione prostituzione, chiese ed ottenne di portare con sé da Bologna, l'agente scelto Luigi Mariani, che divenne suo assistente. Giunti finalmente nella città romagnola, i due poliziotti iniziarono ad elaborare il loro progetto di morte".

Il trillo acuto del telefono sulla scrivania fece sussultare Attilio e lo costrinse nuovamente ad interrompere la lettura. Sul display dell'apparecchio comparve un numero sconosciuto. Il cronista non rispose e dopo altri cinque squilli partì la segreteria. Una donna, che si presentò come la segretaria di produzione di un programma pomeridiano di una rete televisiva privata molto seguita, lo invitava a partecipare ad un talk show, a Milano, per parlare di quella che lei definiva una incredibile e avvincente storia di sesso, sangue e sballo. Attilio attese la fine del messaggio e lo cancellò. Quindi riprese a leggere.

"L'intento di Mariani e della Sartori non era solo quello di uccidere Marcus Damiani e Luca Rambaldi ma anche di ricreare le stesse situazioni angoscianti di vent'anni prima, facendo tornare a galla l'incubo del killer delle ballerine, in una sorta di rancorosa catarsi. Mariani, che per un periodo era stato nella polizia postale e aveva appreso con abilità le tecniche più avanzate per svolgere indagini sul web, iniziò a cercare una potenziale vittima tra i frequentatori di una chat clandestina di incontri a carattere sessuale. Quando si imbatté nel povero Danny Olivares capì che era il soggetto ideale: giovane, sessualmente disinibito, desideroso di esperienze forti e di origini brasiliane come Damiani. Dopo averlo attirato in una trappola, usando lo pseudonimo Sexy Beast, lo ha ucciso e ha portato il suo cadavere martoriato nel parco dell'ex

discoteca Wonderland, uno dei locali protagonisti della vicenda di vent'anni fa. Sia Domizia, sia Mariani, contavano sul fatto che questo brutale omicidio, proprio per la sua dinamica e per la scelta del luogo, avrebbe risvegliato antiche paure. In ogni caso, per essere certa di riuscire a coinvolgere Damiani, che nel frattempo era divenuto un investigatore privato, Domizia consigliò alla sorella di Danny Olivares di rivolgersi al detective per avere più chances di scoprire l'assassino del fratello. Quanto all'omicidio di Olimpia Berti al Classic, è stata Domizia Sartori in persona a compierlo. L'occasione era troppo ghiotta visto che da tempo non vi era una festa di quel genere in una discoteca a Rimini. E anche in quel caso si trattava di uno dei locali in cui, all'alba del nuovo millennio, il serial killer aveva lasciato la sua firma di sangue. Per la poliziotta, attendere che lo spettacolo fosse terminato, nascondersi nel camerino della giovane artista e massacrarla a coltellate, è stato drammaticamente facile. A quel punto, con due omicidi in discoteca a distanza di poche ore, l'incubo di un ritorno del famigerato assassino seriale era divenuto una realtà. Ma per finalizzare il loro piano ai due poliziotti mancava il tassello decisivo: trascinare dentro questa spirale di odio e violenza anche Luca Rambaldi. Ucciderlo nella sua casa sperduta sulle colline del riminese, sarebbe stato semplice e immediato ma non avrebbe avuto lo stesso significato e non sarebbe servito a placare la loro sete di vendetta. La Sartori e Mariani volevano fargli rivivere la stessa agonia e il medesimo supplizio che i loro padri avevano provato e farlo ripiombare in quel delirio. Rambaldi avrebbe dovuto morire nel luogo in cui si era suicidato Daniele Sacchi. In più avrebbe dovuto lasciare questo mondo con un enorme senso di colpa per non essere riuscito a salvare la sua ex amante, Carmen Gemini, rapita da Mariani mentre stava rientrando a casa e portata al capanno sul molo di Rimini. Fu Domizia a mandare al giornalista la mail con le foto delle vittime agonizzanti, poco prima che morissero, e di Carmen con il cappio al collo. La mossa geniale fu quella di firmarsi con lo pseudonimo Snapper, che è il nome inglese del pesce chiamato dentice, come Fabrizio Dentice, il presunto killer delle ballerine. E come allora, l'assassino diede appuntamento a Rambaldi in quella fatiscente baracca. Riguardo a Damiani i due poliziotti avevano invece in mente una fine barbara e infamante. L'idea era quella di ucciderlo, smembrarlo e fare ritrovare il corpo in via Varisco, a Rimini, la zona che due decenni prima era famosa per essere il quartier generale di travestiti e transessuali brasiliani, dediti alla prostituzione. Ma quando il detective, grazie alle sue indagini, scoprì che Luca Rambaldi era diretto al capanno e avvertì incautamente Domizia, mettendola in allarme, l'ispettrice prese la palla al balzo e si organizzò con Mariani per un finale a effetto, nel quale finalmente, stando alle loro visioni malate, la giustizia avrebbe trionfato. Ma come allora, l'intervento in extremis della parte sana delle forze dell'ordine, ha mandato all'aria l'agghiacciante disegno criminale degli assassini".

«Stai gongolando, vero figliolo?»

La frase proveniva da una voce alle sue spalle. Attilio trasalì e scattò in piedi, vergognandosi come se fosse stato beccato a guardare un film porno sul computer dell'ufficio.

Loris Fabbrini scoppiò in una risata e contemporaneamente afferrò una piccola Kodak Instamatic del 1982, scattando un paio di foto al giovane cronista.

«Tranquillo *burdel*!» aggiunse. «Queste sono per la mia collezione privata. Dovresti vedere la tua faccia...»

«Scusa Loris, non ti ho sentito arrivare» si giustificò Attilio «stavo cercando una cosa e...»

«Sentimi bene, *zuvnot*. È da un po' che sono qui che ti osservo. Non ti devi giustificare se stai rileggendo il tuo pezzo. Hai fatto un ottimo lavoro ed è giusto che tu ne sia orgoglioso. Io sono fiero di te. Ho capito subito che avevi la stoffa giusta. E credimi, in tanti anni ne ho visti di pseudo-giornalisti e cronisti da scrivania...»

«Bè... grazie Loris, detto da te è veramente un grande riconoscimento. Io non ho fatto nulla di specia...»

«Alt! Fermo così, *pataca*! Risparmiami la finta modestia. Conosco sin troppo bene i trucchi del mestiere e so che qualcuno ti deve avere imboccato. Anzi, penso persino di sapere chi ma, non ti preoccupare, non te lo chiederò mai. È cosi che funziona in questa professione. I bravi giornalisti sono quelli che sanno conquistarsi la fiducia delle persone e riescono a crearsi delle fonti attendibili. Esattamente come hai fatto tu. Ma lo sai che ogni giorno che passa mi ricordi...»

Loris si ammutolì all'improvviso e un velo di tristezza gli comparve nello sguardo.

«Luca Rambaldi?» domandò timidamente Attilio.

«Già, proprio lui» confermò sommessamente il fotografo.

«A proposito!» riprese Loris, dopo qualche secondo di doloroso silenzio «Domani c'è il suo funerale. Io andrò sicuramente. Vuoi venire con me?»

«Non posso mancare» rispose il giovane cronista, spegnendo il laptop.

28

Eretto nel 1816, attorno alla chiesa dei frati francescani di San Girolamo, per volere dei Manfredi, signori della città di Faenza, il monumentale cimitero dell'Osservanza, solenne luogo di sepoltura per tutti gli abitanti della zona, era anche un affascinante museo a cielo aperto che raccoglieva le opere di importanti scultori e ceramisti locali, nel rispetto delle nobili arti applicate della tradizione faentina.

Entrandovi, attraverso il bellissimo chiostro a semicerchio, si respirava immediatamente un'atmosfera di quiete e riconciliazione con la vita, cristallizzata nelle lapidi storiche, fulgide testimoni del tempo.

Ma quella mattina, non appena Attilio e Loris, varcarono la soglia del cimitero, il cielo si fece cupo e uno schermo grigio cancellò all'istante tutti i colori.

Tra le poche indicazioni che Luca Rambaldi aveva lasciato nelle sue memorie, vi era la volontà di riposare accanto alla madre, Giada, nata a Faenza e scappata a Forlì con la famiglia quando aveva 15 anni per sfuggire alle bombe dei tedeschi. L'ossario della donna si trovava ai piedi di una parete che si affacciava su un lotto di terreno, adibito alla sepoltura in terra. Negli ultimi anni della sua vita, vissuti tra dolore e solitudine, Luca Rambaldi aveva acquistato un piccolo spazio in quel campo, proprio al cospetto della lapide della madre.

A causa di un tamponamento a catena in autostrada, Attilio e Loris erano in ritardo e quando finalmente arrivarono, la cerimonia funebre stava ormai per terminare.

Un gruppetto di persone era riunito, in circolo, attorno alla buca scavata nel terreno, mentre gli operai del cimitero stavano calando lentamente la bara con le corde. Fra questi Attilio riconobbe subito Marcus Damiani, seduto su una sedia a rotelle, spinta da un giovane alle sue spalle. Al suo fianco, anch'essa in carrozzina, pallida e con l'aspetto sofferente, vi era Carmen Gemini, in compagnia di una donna che aveva l'aria di essere un'infermiera. A poca distanza da loro, il giovane cronista riconobbe il capo della squadra mobile di Rimini, Severino Battisti, scortato da un agente di polizia in divisa. Del capannello facevano parte anche altre due persone, un uomo e una donna, che Attilio non aveva mai visto prima.

Lui era magro, di media statura, sui 55 anni, con il volto lungo e scavato, la barba grigia e uno sguardo carico di rimpianto che strideva con l'espressione densa di dolcezza e affetto della persona che gli stava accanto e lo teneva sotto braccio. Una donna di poco meno di quarant'anni, con i capelli biondi, raccolti in una coda, gli occhi azzurri, velati dalle lacrime e un'aria commossa e partecipe.

Attilio si avvicinò timidamente a Damiani mentre Loris rimase qualche passo più indietro.

Non appena il sarcofago toccò la base della fossa e gli operai ritirarono le corde, l'uomo con il viso lungo e scavato, fece un passo in avanti e gettò una manciata di terra sulla bara. Rimase quindi in piedi, in silenzio, davanti alla fossa, mentre gli inservienti colmarono la buca e pareggiarono il terreno, appoggiandovi un mazzo di fiori bianchi composto da rose, gardenie e gelsomini, oltre a una foto plastificata che ritraeva Luca Rambaldi sorridente, prima dell'incidente.

Terminata l'operazione gli operai si allontanarono con discrezione e l'uomo estrasse un foglio scritto a mano dalla tasca e iniziò a leggere, con la voce incrinata dall'emozione.

«Hai conosciuto il dolore, la rabbia, la disperazione. Hai dovuto fare i conti con una vita che non ti ha mai fatto regali, bensì ti ha tolto affetto e amore, rubandoti le persone a cui tenevi di più. Nonostante ciò hai sempre deciso di lottare e combattere per la verità e per quel senso di giustizia che non trovavi nelle divise, nelle uniformi, nei giornali e nelle toghe. Per me sei stato un amico, un fratello, un modello di vita, un immenso dolore. Averti incontrato mi ha donato certezze e, allo stesso tempo, mi ha tolto le difese, colmando la mia esistenza di dubbi e rimorsi. Il fuoco, quel fuoco, da cui non sono riuscito a sottrarti, continuerà a bruciare dentro di me, ora che tu hai trovato finalmente l'armonia. E lo terrò dentro, nel mio cordoglio, fino a quando la terra, che ora ti sovrasta, ridurrà anche il mio corpo in cenere. Fai un buon viaggio, Luca, ora potrai ritrovare la tua Martina e danzare con lei nell'universo».

Terminata la lettura, l'uomo piegò il biglietto e lo infilò nel cumulo di terra fino a farlo sparire. La donna che era con lui lo abbracciò forte e gli accarezzò il viso, guardandolo con tenerezza e commozione.

Poi fu la volta di Battisti.

Raggiunse la coppia e abbracciò affettuosamente entrambi, porgendo loro le condoglianze.

Non appena il drappello iniziò a muoversi, Attilio si approssimò a Damiani, camminando lentamente a fianco della sedia a rotelle, sospinta da un ragazzo sui vent'anni, biondo, esile ed estremamente pallido.

«Lui è Ascanio» disse Marcus, introducendo il giovane al cronista il quale, prontamente, gli strinse la mano.

«Molto piacere, sono Attilio... D'Acquino... della Gazzet...»

«Non importa che declini le tue generalità» lo interruppe l'investigatore «Ascanio è un caro amico che si è offerto di darmi una mano».

«Ah sì... certo» assentì il cronista, in evidente imbarazzo.

«Siete arrivati tardi» osservò Marcus.

«Ehm, sì... mi dispiace... abbiamo trovato un incidente sulla A14 e siamo dovuti uscire a Forlì».

«Per fortuna non hai perso il momento più importante» sottolineò Damiani.

«Già, sul serio. Veramente toccante quel discorso. Ma, se posso chiederlo, chi è il signore che lo ha letto?» domandò Attilio.

«Come? Credevo che tu lo sapessi! È Alvaro Gerace! Per tutti, in polizia, è quasi una leggenda».

«Non lo sapevo, veramente...» si scusò il cronista «... cioè, so chi è, ho letto parecchie cose sul suo conto ma non lo avevo messo a fuoco, mi spiace».

«E lei è l'ispettrice Clarissa Di Natale, una delle investigatrici di maggior talento della Questura di Bologna, nonché sua compagna nella vita» proseguì Marcus.

«Ah... e-ecco, sì-sì...» balbettò Attilio ma l'investigatore lo ignorò e proseguì.

«Luca e Alvaro si sono conosciuti vent'anni fa. Rambaldi stava conducendo la sua inchiesta personale per scoprire chi avesse ucciso la sua fidanzata, Martina, mentre Gerace era un giovane ispettore del commissariato di Rimini, l'unico ufficiale non coinvolto nel loschi giri di Sacchi. Tra loro è nata subito una forte intesa che col tempo si è trasformata in un sentimento di amicizia e rispetto. Dopo la soluzione di quel caso, le loro strade si sono nuovamente incrociate in più di un'occasione. Gerace è andato persino in Kosovo per indagare sulla scomparsa di una collega e amica di Luca, alla sua prima missione in zone di guerra».

«Livia Fiume?» chiese Attilio, fiero della sua domanda.

«Sì, proprio lei» confermò Damiani.

«Ho letto la sua storia su un blog...» attaccò il cronista, bloccandosi di colpo, non appena colse lo sguardo duro di Marcus.

«Ma la vicenda a cui faceva riferimento Gerace nel suo discorso d'addio» riprese l'investigatore «riguarda un caso di quattro anni fa, l'ultimo a cui Luca e Alvaro hanno, per così dire, lavorato assieme: la sparizione di una bambina inglese di cinque anni a Cesenatico, durante la stagione estiva».

D'Acquino conosceva bene anche quella storia ma evitò questa volta di interrompere il detective.

«Purtroppo Luca è rimasto vittima di un grave attentato che, con ogni probabilità, era stato organizzato per uccidere Gerace. L'auto su cui si trovava il giornalista è esplosa e ha preso fuoco. Rambaldi è stato salvato in extremis ma ha riportato ustioni tremende in tutto il corpo e per mesi è rimasto in coma. Credo che Alvaro non sia mai riuscito a perdonarselo. Da allora ha vissuto, e continua a vivere, con un peso enorme e un profondo senso di colpa».

«Una storia tremenda» commentò Attilio, con un piccolo groppo in gola «mi spiace veramente per Rambaldi e per Gerace. Se non ricordo male, le indagini riguardavano un assassino pedofilo...»

«Sì, esatto» confermò Damiani «un omicida seriale che ha rapito e ucciso almeno cinque bambine, tutte tra i quattro e i sei anni. I delitti sono stati compiuti in Romagna ma il killer alla fine è stato individuato addirittura a Londra, dove era scappato, proprio grazie ad Alvaro e Clarissa che gli hanno dato la caccia per anni e non si sono mai arresi. *Filippo il pagliaccio*, questo era lo pseudonimo con il quale si firmava il killer. Per adescare le sue vittime usava vari travestimenti ma quello più ricorrente era appunto un costume da pagliaccio, molto simile alla mascotte di McDonald's, amatissima dai bambini».

Il piccolo manipolo giunse, raccolto, al parcheggio del cimitero. Prima di salire sulla loro auto, Alvaro e Clarissa salutarono con trasporto Loris Fabbrini e si congedarono con delicatezza da Carmen, la quale sembrò quasi non accorgersi di loro e rimase seduta nella sedia a rotelle, con lo stesso sguardo assente e lontano che aveva mantenuto durante tutta la cerimonia di sepoltura.

Quindi i due poliziotti si avvicinarono a Damiani e lo strinsero in un abbraccio caloroso.

«Prima che ve ne andiate, voglio presentarvi un ragazzo speciale» disse Marcus, indicando con una mano Attilio, rimasto alle sue spalle. «Si chiama Attilio D'Acquino, è un giovane promettente cronista della "Gazzetta di Forlì". È anche grazie al suo intuito e alla sua arguzia giornalistica se questo caso è stato risolto».

Attilio avvertì i vasi sanguigni dilatarsi e il volto cambiare colore, mentre Gerace si avvicinò a lui, tendendogli la mano.

«È un vero piacere conoscerti» disse Alvaro, stringendogli il palmo e fissandolo con i suoi occhi neri e penetranti «ora che Luca ci ha lasciato, ci vuole qualcuno che raccolga la sua eredità. Ti auguro di cuore che sia tu a farlo. Per la tua professione, per il bene del giornalismo ma anche e soprattutto per noi. Il mondo ha bisogno di persone che siano in grado di dare un senso ai valori importanti nella vita».

Poi ognuno tornò alla propria macchina e ripartì velocemente mentre Attilio rimase senza parole, in piedi, in mezzo al parcheggio, con la bocca semiaperta e il cuore che sembrava volesse sfondargli la cassa toracica.

Dietro di lui, Loris estrasse nuovamente la piccola Instamatic e, con un largo sorriso sulla bocca, iniziò a scattargli una serie di foto.

29

QUATTRO MESI DOPO

«Ma sei sicuro che stiamo facendo la cosa giusta e che non sia solo una perdita di tempo? A me sembra una normale festa in costume di Halloween, non riesco a trovarci alcuno spunto che abbia un senso... giornalistico» disse Attilio.

«Devi darmi retta e fidarti» lo tranquillizzò Loris «sono queste le situazioni in cui succedono i grossi casini! Potrei farti una lista delle volte in cui eventi del genere sono degenerati in mega risse, accoltellamenti, stupri, blitz della polizia, arresti, per non parlare degli incidenti stradali che si verificano quando queste orde di persone, imbottite di alcol e droga, escono dal locale e salgono in macchina. La *notizia* ci sarà, questo te lo posso mettere per iscritto. E noi, come sempre, saremo qui a documentarla».

Loris Fabbrini e Attilio d'Acquino scesero dall'auto che il cronista aveva parcheggiato a pochi metri dall'entrata di servizio della discoteca Coconut, sulle colline di Riccione, nata sulle ceneri di un leggendario club notturno, famoso per essere stato per diversi anni, il tempio internazionale della musica techno, nonché trampolino di lancio per tutti i più famosi DJ del settore.

Loris era di casa in quel locale e poteva permettersi di non pagare la sosta e usare l'ingresso riservato al personale, saltando le code chilometriche dell'entrata principale.

Al contrario per Attilio si trattava della prima volta al Coconut e, tanto per cambiare, si sentiva inadeguato e fuori luogo.

Nonostante le pressioni da parte del direttore della "Gazzetta di Forlì" e del suo entourage di adulatori, il giovane cronista, anche su consiglio dello stesso Loris, aveva rifiutato l'assunzione a tempo indeterminato, chiedendo, in alternativa, un contratto di collaborazione fissa, con compenso concordato, che gli lasciasse la libertà di decidere e proporre i casi e gli accadimenti da seguire, senza orari od obblighi di presenza in redazione. Era riuscito inoltre a ottenere l'autorizzazione a lavorare anche per altri, a patto che si trattasse di testate esclusivamente online, siti e notiziari internet, blog, social e piattaforme digitali, per i quali avrebbe potuto fornire contributi sia scritti, sia video.

Di fatto Attilio era diventato un giornalista free-lance e, come tale, poteva decidere con chi e in che modo occuparsi dei fatti e delle notizie.

Da quel momento lui e Loris erano divenuti colleghi inseparabili, seppure senza alcun accordo scritto.

Quell'anno la stagione estiva, nella riviera romagnola, era stata un successo di presenze e di turisti. Dopo il tragico epilogo di quello che i giornali avevano rappresentato come *il ritorno del killer delle ballerine*, culminato con la morte di cinque persone, tra cui i due poliziotti-assassini, i comuni, le aziende turismo, le associazioni di albergatori, ristoranti e stabilimenti balneari, avevano fatto di tutto per voltare pagina e tentare di fare dimenticare quel bagno di sangue che avrebbe potuto spaventare famiglie e vacanzieri. Così era partita una campagna straordinaria, finanziata dall'ente regionale, per valorizzare le risorse paesaggistiche, culturali e naturali del territorio, dal cibo, all'accoglienza, all'ambiente, con particolare risalto di quella che, senza alcun riscontro o prova scientifica, veniva definita la sbalorditiva salubrità e limpidezza delle acque del mare.

Lo spaccio di droga, il traffico di clandestini, la tratta delle giovani donne dall'Africa e dall'Est Europa, le aggressioni razziste e omofobe, gli accoltellamenti tra adolescenti, gli abusi e le molestie sessuali e persino le operazioni di riciclaggio di denaro sporco messe in atto dalle organizzazioni mafiose con l'apertura di un numero smisurato di bar e ristoranti nel litorale romagnolo avevano scandito le giornate di quei mesi come in tutti gli anni passati. Sui giornali e sui siti, però, tali argomenti erano stati trattati superficialmente e per poco tempo, grazie alla compiacenza dei direttori e dei responsabili delle testate locali.

Tanto che Attilio e Loris, per trovare spazi per i loro reportage, si erano dovuti spesso rivolgere a quotidiani nazionali o comunque non della zona.

Con la fine di settembre, anche a causa di un brusco e inaspettato peggioramento delle condizioni climatiche, Rimini e la riviera romagnola, erano ripiombati in fretta nella monotonia pre-invernale. La maggior parte dei locali, notturni e non, aveva chiuso i battenti e i turisti se n'erano andati.

Resistevano alcuni eventi speciali e quello del 31 ottobre al Coconut era uno di questi. Una festa di Halloween super esclusiva, con la presenza dei due più famosi DJ del momento, un tedesco e un francese, e uno show ininterrotto dall'una di notte all'alba. I settemila biglietti disponibili per il pubblico, con prezzi sfacciatamente caricati, erano stati messi in vendita in agosto sul sito della discoteca ed erano andati esauriti in meno di un'ora. Quindi era partita la rivendita sul web e il bagarinaggio virtuale. La serata era rigorosamente in costume e prevedeva almeno quattro sessioni di musica, oltre a performer, vocalist, cubiste e ballerini. Il tema era, ovviamente, la paura, in ogni sua espressione.

Nella fila infinita di persone in attesa di entrare nel locale, si sprecavano i costumi e le maschere di Frankestein, Michael Myers, Dracula, Jason Voorhees, Pennywise, Freddy Kruger, Chucky, Tiffany, Samara, Mary Show, Annie Wilkes, oltre a una serie interminabile di zombies, Jokers e tutta la Suicide Squad al completo. Imponente era anche il numero di buttafuori e addetti alla sicurezza, riconoscibili dai bicipiti anabolizzati, gli auricolari che spuntavano dai colli compressi nelle camicie e dai completi total-black che contenevano a fatica i loro fisici da culturisti.

Alle 3 e 20 del mattino la festa era al culmine. Il deejay di Colonia, in preda a un'estasi da consolle, stava mandando letteralmente in orbita il pubblico, alternando pezzi vintage anni '90 a sonorità groove, afro e proto-punk e facendo rimbalzare i decibel nella leggendaria piramide di cristallo che, dopo tanti anni, continuava a sovrastare la più grande pista da ballo.

Cubiste dai corpi martoriati, grazie a litri di trucco e sangue artificiale, dettavano il ritmo dei movimenti di quella danza tribale, mimando torture e agonie indicibili.

Ai banconi del bar si ammassavano, come tanti scarafaggi, giovani sudati e sconvolti a caccia di quello che non poteva che essere il drink principe della festa: il Bloody Mary.

Le toilette, sorvegliate volutamente con poca attenzione, si erano trasformate in un mercato clandestino di piaceri sessuali e chimici. Gli articoli che andavano per la maggiore erano l'MDMA, venduta in blister o in pasticche singole, le strisce di coca, le anfetamine, le bottigliette di popper, le prestazioni di sesso orale, senza distinzione di genere, e le sollecitazioni manuali degli organi genitali.

In quella massa oceanica di corpi eccitati, Attilio e Loris si erano quasi subito persi di vista. Il fotografo, forte di anni di esperienza di notti estreme di quel genere, aveva preso posto alle spalle della consolle del DJ, in un angolo off-limits al pubblico e pertanto decisamente tranquillo, che garantiva un ottimo punto di ripresa per gli obiettivi delle sue macchine fotografiche.

Attilio invece, dopo aver vagato senza punti di riferimento in tutto il club, si era rifugiato all'interno di un perimetro limitato che andava dal guardaroba, ormai straboccante di vestiti e borse, impossibili da individuare e recuperare, alla prima area riservata ai VIP che altro non era che un salottino con tre divani a ferro di cavallo e un tavolino al centro. Il tutto protetto da aste e cordoni di velluto rosso e guardato a vista da un gorilla in giacca e cravatta che sudava come un lottatore di sumo. In realtà le cosiddette celebrità che occupavano quell'angolo erano un patetico imprenditore di Gambettola sui 45 anni, titolare di un mobilificio e di un mercatone, che pretendeva di essere travestito come il Tony Montana di "Scarface" ma somigliava di più a Enrico Montesano nel film "Febbre da cavallo", e due escort, una polacca e una moldava, da lui ingaggiate presso un'agenzia di Milano, svestite come le mogli vampire di Dracula.

Appoggiato a una colonna, con il suo smartphone di ultima generazione, comprato in rete in un sito cinese, il giovane cronista continuava a filmare i vari momenti della festa e gli ospiti con i costumi più interessanti, preoccupandosi di archiviare i filmati con nome e ora nella sua cloud, per poterli pubblicare più velocemente sui siti e sui portali ai quali aveva venduto l'esclusiva della serata.

La sua attenzione si concentrò su una coppia, intenta a parlare con trasporto, in un piccolo spazio riparato alla fine del corridoio che conduceva alla grande sala da ballo. A colpire e incuriosire Attilio, oltre ai costumi, era la differenza di età fra lui e lei.

La ragazza avrà avuto sì e no 14 anni ma sembrava ancora più giovane a causa del suo travestimento. Indossava un costume da studentessa giapponese, con la camicetta bianca a maniche corte, la cravattina scozzese con lo stesso disegno della striminzita minigonna che a fatica le copriva l'inguine, le calze a righe orizzontali bianche e nere, alte fino a sopra il ginocchio e le ballerine con il laccetto.

L'uomo, sui trent'anni, aveva scelto un costume che ad Attilio ricordava qualcosa che era già accaduto in passato, sebbene non riuscisse a mettere a fuoco di cosa si trattasse. Tutone giallo e rosso, maglia con maniche a righe bianche e rosse come i calzettoni, scarpe con le stringhe rosso sangue, di una taglia enorme e la punta arrotondata, e guanti gialli. In testa una parrucca rossa di capelli ricci e sul volto il trucco del clown ridente di McDonald's.

La ragazzina ascoltava rapita le parole del pagliaccio che la fissava intensamente, continuando a gesticolare. Attilio puntò la telecamera del suo cellulare e iniziò a filmare Ronald che tentava di sedurre la scolaretta del sol levante ma un riff improvviso, sparato a tutto volume dal disc jockey teutonico, gli impedì di capire che cosa stesse dicendo. Proseguì in ogni caso la ripresa fino a quando il pagliaccio mise amorevolmente una mano sulle spalle della ragazzina e insieme si avviarono verso il bar principale. A quel punto il cronista stoppò il filmato e lo archiviò con il nome Ronald, pur sapendo che difficilmente avrebbe potuto usare quel video, visto che l'audio era distorto e il dialogo praticamente assente.

Alle 5 e 30, prima che la carica dei settemila si riversasse sulle strade e creasse un traffico da ora di punta nella statale tra Riccione e Rimini, Loris e Attilio uscirono dal Coconut, dalla stessa porta di servizio, salirono in macchina e si avviarono verso nord.

«Allora com'è andata? Hai trovato qualcosa di buono?» chiese il cronista.

«Io sì, come sempre. In quello zoo c'erano animali di ogni razza. Tra riviste, giornali e web riuscirò a piazzare almeno una decina di scatti. E tu?»

«Anch'io ho una decina di video interessanti» spiegò Attilio «però non sono riuscito a fare interviste. Troppo rumore e troppa gente fuori di testa».

«Bè, allora è perfetto!» sottolineò Loris. «È proprio quello che vogliono i giornali online. Zero parole, molto trash. Non sarà giornalismo d'inchiesta ma vedrai quante visualizzazioni per quella spazzatura!»

«Eh sì, giusto... anche se... insomma, mi aspettavo qualcosa di più stimolante dalla serata».

«Non farti problemi, nessuno si aspetta magie. È mancato lo scoop o il grande fatto di cronaca ma anche stanotte il *nostro* lo abbiamo portato a casa ed è questo che conta. Soprattutto per dei freelance come noi. La libertà ha il suo prezzo, ricordatelo».

Attilio annuì con la testa e accennò un timido sorriso. La notte era stata lunga e faticosa, sognava una doccia e qualche ora di sonno prima di mettersi a selezionare i video, scrivere i testi e contattare le redazioni.

La scelta di anticipare la chiusura della discoteca aveva fatto loro evitare i blocchi stradali e in meno di mezzora Attilio giunse sotto di casa di Loris. I due si salutarono con un "cinque alto" e si diedero illusoriamente appuntamento a un domani iniziato già da più di sei ore.

30

Con i capelli ancora umidi e un asciugamano legato in vita, Attilio entrò in camera da letto. Chiuse gli scuri della finestra, diede una scorsa veloce ai notiziari on-line nel cellulare, puntò la sveglia alle 8, scoprendo con un po' di angustia che avrebbe avuto a disposizione solo 1 ora e 20 di riposo, e si infilò nel letto.

Lo squillo del telefono lo svegliò di soprassalto.

Il cronista afferrò l'apparecchio e vide che erano passati solo dieci minuti da quando si era coricato.

Ma la circostanza che lo inquietò maggiormente fu il momento in cui realizzò che a chiamarlo era Loris.

«Sei sveglio?» attaccò il fotografo senza nemmeno attendere che Attilio rispondesse.

«Sì, cioè, adesso sì, ma...»

«Bene, allora sbrigati! Prendi la macchina e corri qui al Coconut!»

«Dove? Ancora? Vuoi dire, di nuovo...» farfugliò il giornalista.

«Sì, sì, dai! Hai capito perfettamente» lo incalzò il fotografo. «Io sono già tornato e in questo momento sono nel parcheggio della discoteca. Pare che ci sia stato un omicidio. Ci sono due pattuglie della polizia e un'ambulanza. Il capo della mobile, Battisti sta parlando con il direttore del locale. Da quello che sono riuscito a capire sta arrivando anche il magistrato di turno, quindi dev'essere successa una cosa grave».

«Un omicidio?» chiese Attilio con voce affannata e il cellulare schiacciato nell'orecchio, mentre si infilava i pantaloni. «Chi è stato ucciso?»

«Una ragazzina, credo. Purtroppo questa volta sono arrivato tardi, anche se, al momento, resto l'unico reporter presente sulla scena» spiegò Loris «un minuto fa ho parlato con una barista del locale che conosco. È sconvolta. Secondo lei hanno ammazzato una quattordicenne di Gatteo Mare. Da quello che ha sentito l'avrebbero violentata e poi strangolata. Un buttafuori ha ritrovato il suo corpo riverso a terra, in un'area isolata del parcheggio per il pubblico. Ciò fa supporre che lo stupro e il delitto siano stati compiuti nell'auto del killer, o dei killer. Ma, ripeto, non c'è ancora alcuna conferma ufficiale né si conosce l'identità della vittima. Ho sentito che sta arrivando la scientifica e poi dovranno fare il riconoscimento».

Attilio finì di vestirsi, infilò computer e taccuino nello zaino, scoprendo con preoccupazione che gli tremavano le mani.

«Oh, ma ci sei?» lo sollecitò Loris.

«Sì, sì, sono pronto» rispose il giovane cronista «sto uscendo».

«Non perdere altro tempo e appena arrivi fammi uno squillo» si raccomandò il fotografo «non so dove sarò. Adesso sto cercando di raggiungere il luogo dove hanno rinvenuto il cadavere attraverso un sentiero tra i campi che non dovrebbe essere controllato».

Attilio rimase in ascolto e sentì che il fotoreporter stava camminando velocemente sul terreno. Riusciva a cogliere il suo respiro concitato e una serie di calpestii. D'un tratto i rumori cessarono e partì una serie di scatti fotografici a ripetizione. Pochi secondi di pausa ed ecco un'altra sequela di click.

«Sei ancora lì Attilio?» chiese Loris, conclusa la terza scarica.

«Sì, sì, dimmi».

«Allora, sono riuscito ad arrivare sulla scena del crimine, senza farmi notare, e a fotografare il corpo della vittima. Non lo hanno ancora coperto. Ora sto controllando le immagini nel display della macchina. Ce n'è una molto chiara. Si vede la ragazza stesa a terra con le gambe divaricate e le braccia lungo il corpo. Credo che indossi una specie di divisa scolastica».

Le parole del fotografo furono per Attilio come un pugno nella bocca dello stomaco.

«Una divisa scolastica?» chiese ansimando «riesci a vedere il colore o il modello?»

«A malapena. Ha una camicetta bianca, strappata sul petto e una minigonna più scura ma non riesco a capire di che colore sia. La cosa più evidente sono le calze a righe bianche e nere. Una arriva sopra al ginocchio, l'altra è arrotolata alla caviglia».

«Cristo santo!» esclamò Attilio, senza aggiungere altro.

«C'è qualche problema?» gli chiese Loris.

«No-no, nessun pro-problema... arrivo subito» biascicò il cronista.

Ma invece di avviarsi ritirò fuori il suo notebook dallo zaino, lo accese, entrò nell'archivio e cercò la clip che aveva catalogato con il nome Ronald. Pensava fosse inutilizzabile a causa dei problemi di audio e per questo, al momento di selezionare quelle da proporre ai giornali, l'aveva totalmente ignorata. Prima di avviarla, indossò gli auricolari e alzò al massimo il volume, quindi schiacciò il tasto play.

Ronald e la studentessa giapponese stanno parlando ma le note potenti della musica coprono le loro parole. Lui fa un passo per avvicinarsi a lei e la fissa negli occhi con uno sguardo lascivo. La ragazza sorride, sembra lusingata da quella attenzione speciale. A un certo punto i decibel calano e uno stralcio della loro conversazione diventa momentaneamente intellegibile.

«Lo sai che questo costume ti sta veramente d'incanto» dice Ronald «sembri una bambina, anzi una bambina molto, ma molto sexy...»

Sul viso di lei compare un'espressione compiaciuta ma al tempo stesso, smarrita.

«Grazie, anche il tuo travestimento è molto bello» replica la ragazzina «è il clown di McDondald's, giusto?»

«Non proprio cara» sottolinea l'uomo «somiglia a quello di Ronald ma in realtà è il costume di Filippo».

«Chi?» chiede lei.

«Filippo il pagliaccio» risponde lui.

Poi i bassi distorti della techno sovrastano nuovamente le loro parole.

STEFANO TURA

Giornalista e scrittore, nato a Bologna, vive a Londra dove lavora come corrispondente per la RAI.

Ha iniziato la carriera come cronista di nera nel quotidiano "Il Resto del Carlino". È stato poi inviato di guerra per la RAI in ex-Jugoslavia, Afghanistan, Iraq e Sudan.

Come autore di gialli e noir ha scritto per Fazi *Non spegnere la luce* e *Tu sei il prossimo* con il quale ha vinto i premi Romiti e Serantini; per Mondadori *Arriveranno i fiori del sangue*, finalista nei premi Fedeli e Scerbanenco, mentre con Piemme ha pubblicato *Il principio del male* e *A regola d'arte.*

Con La Corte è stato uno degli autori della raccolta di racconti *Notti Oscure.*

Dal 2018 è anche l'organizzatore e il direttore artistico del *Cesenatico Noir.*

LA CORTE